AS REGRAS DA TRAPAÇA

COLSON WHITEHEAD

AS REGRAS DA TRAPAÇA

Tradução
Petê Rissatti

Rio de Janeiro, 2025

Copyright © 2023 por Colson Whitehead. Todos os direitos reservados.
Copyright da tradução © 2025 por Casa dos Livros Editora LTDA.
Todos os direitos reservados.

Título original: *Crook Manifesto*

Todos os direitos desta publicação são reservados à Casa dos Livros Editora LTDA. Nenhuma parte desta obra pode ser apropriada e estocada em sistema de banco de dados ou processo similar, em qualquer forma ou meio, seja eletrônico, de fotocópia, gravação etc., sem a permissão dos detentores do copyright.

COPIDESQUE	Thaís Lima
REVISÃO	Victoria Borda e Bonie Santos
DESIGN DE CAPA	Oliver Munday
IMAGENS DE CAPA	Mulher © Harold M. Lambert / Archive Photos / Getty; mala © Ollyy / Shutterstock; apartamentos © Jtm / AP; Harlem à noite © MBPROJEKT_Maciej_Bledowski / Shutterstock; carro © Andrey Moisseyev / Shutterstock; NYC skyline © Songquan Deng / Shutterstock
ADAPTAÇÃO DE CAPA	Guilherme Peres
PROJETO GRÁFICO	Pei Loi Koay
DIAGRAMAÇÃO	Abreu's System

Dados Internacionais de Catalogação na Publicação (CIP)
(Câmara Brasileira do Livro, SP, Brasil)

Whitehead, Colson
 As regras da trapaça / Colson Whitehead; tradução Petê Rissatti. –
Rio de Janeiro: HarperCollins Brasil, 2024.

 Título original: Crook Manifesto
 ISBN 978-65-5511-655-7

 1. Ficção norte-americana I. Rissatti, Petê. II. Título.

24-236017   CDD-813

Índice para catálogo sistemático:
1. Ficção: Literatura norte-americana   813
Bibliotecária responsável: Eliete Marques da Silva – CRB-8/9380

HarperCollins Brasil é uma marca licenciada à Casa dos Livros Editora Ltda.
Todos os direitos reservados à Casa dos Livros Editora LTDA.

Rua da Quitanda, 86, sala 601A - Centro,
Rio de Janeiro/RJ - CEP 20091-005
Tel.: (21) 3175-1030
www.harpercollins.com.br

Para Clarke

SUMÁRIO

PARTE UM
PEGA LADRÃO | 1971 * 9

PARTE DOIS
NEFERTITI TNT | 1973 * 137

PARTE TRÊS
OS FINALIZADORES | 1976 * 265

PEGA LADRÃO
1971

"Pau que nasce torto morre torto, e o bandido odeia quem caminha reto."

UM

A partir daquele momento, sempre que ouvia a música, pensava na morte de Munson. Afinal, foi o Jackson 5 que levou Ray Carney de volta à ação depois de quatro anos no caminho certo. *O caminho certo* — essa frase descrevia uma filosofia e um território, um bairro com fronteiras e costumes locais. Às vezes, quando atravessava a Sétima Avenida rumo ao trabalho, murmurava as palavras para si mesmo, como um bêbado que tentava não cambalear de um lado para o outro da calçada voltando do bar para casa.

Quatro anos de trabalho honesto e gratificante no ramo de mobílias domésticas. Carney equipava os recém-casados para sua aventura e atualizava salas de estar para se adequarem a circunstâncias melhores, guiava aposentados para uma variedade de opções modernas de poltronas reclináveis. Era uma responsabilidade e tanto. Na semana anterior, uma das clientes lhe contou que o pai dela havia falecido "com um sorriso no rosto" enquanto dormia, embalado por uma Sterling Dreamer comprada na Móveis Carney. O homem era encanador na cidade havia trinta e cinco anos, comentou ela. Seu último toque terreno foi a carícia luxuosa daquela espuma de poliuretano. Carney ficou feliz por o homem ter ido embora satisfeito — quão trágico seria se seu último pensamento tivesse sido: "Eu devia ter pegado o de couro Naugahyde"? Ele lidava com acessórios. Peças únicas para espaços sem vida. Parecia chato. E era. Mas também era revigorante, assim como comidas mal temperadas e bebidas diluídas ainda proporcionam nutrição, se não prazer.

Não houve festa de aposentadoria quando ele deixou o cargo. Ninguém lhe deu um relógio de ouro pelos anos de serviço, mas nunca lhe faltaram relógios de ouro desde que havia se tornado um receptador. No dia em que Carney se aposentou, tinha uma caixa deles no cofre do escritório, gravados com nomes de estranhos, pois já fazia algum tempo que não dava um pulo lá no seu contato em Mott Haven. A despedida do negócio de produtos roubados consistiu principalmente em rejeitar antigos clientes e lhes dizer para espalhar a notícia no círculo criminoso: Carney caiu fora.

— Como assim caiu fora?

— Desisti. Pronto.

A porta para a Morningside, aberta no prédio para facilitar os negócios noturnos, virou a rota inocente para as entregas da tarde. Duas semanas depois do assalto de Fortuna, Tommy Shush bateu à porta da Morningside com uma pasta de couro preto debaixo do braço. Carney deu uma olhada nos diamantes para botar sua determinação à prova — e desejou boa sorte ao ladrão. No dia seguinte, Cubby, o Verme, um dos *habitués* brancos, apareceu depois do expediente com "uns negócios de primeira". Cubby especializara-se em roubos improváveis que levavam anos para serem desovados — o homem estava até o pescoço de pula-pulas chineses e meias-calças dentro de ovos de plástico. Carney o mandou embora antes que ele pudesse descrever o resultado da bandidagem da semana, nada pessoal.

Eles pararam de passar por lá, os ladrões, aos poucos, ficando taciturnos apenas por um momento, pois sempre havia outra mão, outro canal, outro acordo a ser feito em um empreendimento tão vasto, complicado e tortuoso quanto a cidade de Nova York.

— Pode encostar... ela não vai morder. É como abraçar uma nuvem no céu.

Do outro lado do showroom, Larry atraiu um cliente, um espécime enrugado que brincava com uma boina vermelha de um lado para o outro nas mãos, os ombros curvados, encarquilhado. Carney recostou-se à porta do escritório e cruzou os braços. Um subconjunto confiável da clientela consistia em homens idosos que esbanjavam coisas simples que havia muito tempo negavam a si mesmos. Então, as molas da cadeira que rangia furavam muitos fundilhos das calças, ou o médico oferecia remédios para circulação ruim e dores obscuras, e eles vinham para cá. Carney imaginou-os, erguendo as mãos aos céus, idosos que viviam sozinhos em apartamentos de piso inclinado ao lado da ferrovia ou em conjugados mal iluminados; motoristas de ônibus procurando poltronas novas para tomar sopa enquanto se debruçavam sobre canhotos de corrida de cavalo, caixas em lavanderias expressas que ansiavam por algo para apoiar seus pés cansados. Os abandonados. Nunca barganhavam, contrariados de precisar mexer na poupança, mas orgulhosos de ter o dinheiro na mão.

O artigo em questão era uma poltrona Egon de 1971 com estofamento de tweed Scotchgard. Um caminhão de conforto, montado em rodízios de latão Pro-Slide.

— O paraíso — repetia Larry.

Quando o cliente entrou na loja, apertou a mão de Larry e se apresentou como Charlie Foster. Estava fazendo uma dancinha com a ponta dos dedos sobre o tecido marrom esverdeado e dava risadinhas de deleite, como uma criança.

Larry piscou para Carney. Quando Ferrugem, o atendente dele de longa data, machucou as costas e ficou de cama por três meses e meio, Carney precisou de um substituto. Larry apareceu no segundo dia de entrevistas e ficou.

Era um estudo de tranquilidade controlada, um desenrolar lento de puro estilo. Se o cumprimentasse quando estivesse batendo ponto, ele levantava dois dedos, pedindo que aguardasse, como se estivesse no meio de uma ligação transatlântica com potências internacionais, e respondia depois de trocar o colete listrado, as calças largas e o chapéu de camurça ou qualquer beca bacana que tivesse escolhido naquele dia. Quando vestido com seu traje de vendedor, finalmente pronunciava um aveludado: "E aí, neném?".

Ele era daquela turma de crioulos galinhas e espertos que chamava todo mundo de "neném" — velho, mãe, um policial afogueado da área. Um cidadão comum usaria a palavra *malandro* para descrevê-lo por causa daquele sorriso meio janota e da torrente de tagarelice frenética, o que Larry consideraria um elogio. *Malandro* era um bom trunfo no jogo de vendas. Tinha apenas vinte e um anos, mas já havia passado por poucas e boas na vida, mesmo que Carney suspeitasse que havia saído já crescido de um caldeirão de Harlem puro cinco minutos antes de botar os olhos nele pela primeira vez. Cozinheiro de estação em um hotel da Madison Avenue, jardineiro em dois cemitérios, motorista da esposa de um magnata do mármore de Connecticut, "apagava cachorrinhos na Veterinária Gotham", o que Carney supunha exigir algum tipo de treinamento especializado ou licenciamento, mas não importava. E virara associado de vendas adjunto da Móveis Carney, na rua 125, "Móveis finos para a comunidade há mais de quinze anos".

"Nunca sai atrasado, sempre tem um encontro marcado", Marie, a secretária de Carney, gostava de cantar, roubando a música do programa *The Patty Duke Show*. Como o falecido primo de Carney, Freddie, Larry alegava que sua área de caça eram o norte e o centro da cidade e todos os meridianos de prazer entre eles. Ouvir as crônicas noturnas nova-iorquinas de Larry e de seus personagens tão diversificados era como receber um relato matutino de Freddie nos bons e velhos tempos, o que deixava Carney de muito bom humor.

Depois que Ferrugem se recuperou, Carney manteve Larry, porque havia trabalho mais do que suficiente e também fazia com que Carney ficasse menos na área de vendas. Era como se a loja sempre tivesse sido formada pelos quatro. Mesmo quando murcho e de ressaca, Larry nunca deixava um cliente sentir a tristeza. *Mantenha seus segredos bem guardados* — esse era um requisito profissional tácito na Móveis Carney. Às vezes, Marie usava óculos escuros para encobrir um olho roxo, mas nunca denunciou o marido, Rodney. Claro que Carney tinha muita prática em esconder seu lado mais questionável. Apenas Ferrugem era o que parecia ser, um simpático refugiado da Geórgia, ainda perplexo com a cidade depois de todos esses anos. Ao menos até onde Carney sabia. Talvez Ferrugem tivesse o melhor desempenho entre todos eles e, quando chegava o fim do expediente, driblava o trabalho fingindo estar muito ocupado salvando o mundo ou caçando fantasmas.

Outra sirene passou pela Morningside Avenue.

— É resistente? — perguntou Charlie Foster. — Eu gosto de poltronas resistentes.

Ele pressionou o braço esquerdo da poltrona como se estivesse cutucando um inseto aquático com a ponta do sapato para ter certeza de que estava morto.

— Como o couraçado *USS Missouri*, neném — disse Larry. — Às vezes, o barato sai caro, certo? A Egon bota um preço bom nesses bebês, porque, quando fazem isso, compensam na fidelidade. É assim que fazemos negócios também. Senta aqui, irmão, senta.

Charlie Foster sentou-se. Ele parecia se fundir com a poltrona estilo club. Pela expressão dele, deixava anos de preocupação para trás.

Isso é uma venda. Carney voltou ao seu escritório. Havia comprado a nova poltrona executiva em abril e repintado o cômodo no Natal anterior, mas o escritório pouco havia mudado ao longo dos anos. O diploma da escola de Administração pendia do mesmo prego, e a foto autografada de Lena Horne permanecia no nicho sagrado. Os negócios iam bem, a prática de receptação de bens "extraviados" permitira a ele e Elizabeth que comprassem a casa em Strivers' Row e deixassem aquele primeiro apartamento apertado. Também possibilitou a expansão da loja para ocupar a padaria vizinha e os ajudou a superar uma porção de dificuldades. Mas a compra dos números 381 e 383 Oeste da rua 125? Era tudo graças à Móveis Carney. Ele comprara os dois prédios de Giulio Bongiovanni na primeira semana de janeiro de 1970, uma nova década, cheia de promessas.

Se alguém tivesse dito, quando ele assinou o contrato, que um dia seria o dono do lugar todo, ele teria dito para a pessoa ir se lascar. O filme *Carmen Jones* estava estreando na mesma rua do Hotel Theresa, e, quando pegou as chaves na mão pela primeira vez, foi como se toda aquela iluminação e barulheira fossem para ele. A propriedade não era tão bonita assim, mas poderia fazer a fortuna de um homem. Durante os primeiros dois anos, ele entregou o dinheiro do aluguel em mãos nos escritórios da Salerno Properties, Inc., na Quinta Avenida, pois não confiava no correio, como se às 12h01 do segundo dia do mês o Exército fosse derrubar a porta e botar as porcarias dele na rua. Sentia que a coisa de 12h01 havia acontecido com alguém que conhecia, ou que seu pai conhecia, mas, já à meia-idade, reconheceu como uma história exagerada. Muito provavelmente.

Carney conhecera o proprietário quando ligara para a Salerno para falar da expansão da padaria. Um dos clientes habituais da padaria tinha ficado alarmado ao descobrir que a loja ainda estava fechada às 7h05 da manhã, em seguida notou pernas estendidas no chão saindo de trás do balcão. Por respeito ao defunto, Carney aguardou quarenta e cinco minutos antes de perguntar sobre o aluguel.

Giulio Bongiovanni deixava a equipe cuidar dos inquilinos, mas já fazia bastante tempo que estava curioso quanto a Carney. O número 383 Oeste da rua 125 era um ponto de venda amaldiçoado desde antes de Bongiovanni assumir a parte imobiliária de seu pai. Duas lojas de móveis, uma de artigos masculinos, duas sapatarias e muito mais foram à falência rapidamente após a assinatura do contrato de aluguel, e o azar seguia os proprietários mesmo após a desocupação do espaço. Cânceres dos quais nunca se tinha ouvido falar, afetando partes do corpo até então desconhecidas; divórcios a serem estudados em cursos de Direito de Família por gerações, uma variedade de penas prisionais. Esmagamento por um grande objeto em frente a um convento.

— Chegou a tal ponto que fiquei com medo de alugá-lo — comentou Bongiovanni com Carney.

— Estou muito bem — garantiu Carney.

O homem submeteu-o a um olhar que dizia: "Nossa, nunca vi um preto como você", o que não era uma experiência nova para Carney. Ele considerou que estava ocorrendo com mais frequência nos últimos tempos, em todo canto. Nas lanchonetes, na cabine de votação, e quando você vai ver, eles também estão administrando lojas de móveis bem-sucedidas no Harlem.

— Mais do que bem — disse Bongiovanni e deu permissão a Carney para derrubar a parede da padaria.

As raízes de Giulio Bongiovanni na rua 110 remontam à época em que o Leste do Harlem era a maior Little Italy deste lado do Atlântico. Falava como um cara comum, mas se destacava com camisas polo justas de poliéster e seu físico musculoso de frequentador da Muscle Beach. Quando questionado sobre seu estilo de vida, atribuía-o ao pensamento positivo, a Jack LaLanne, a cujo programa ele assistia diariamente, e aos carregamentos de vitaminas que recebia todo mês.

— Não subestime o programa de exercícios Glamour Stretcher — disse ele, posando em uma torção de quarenta e cinco graus. — Como o senhor pode ver, não serve só para as mulheres.

O avô dele administrava duas mercearias na Madison, e o pai havia comprado os números 381 e 383 Oeste da rua 125 como investimento quando os judeus dividiram o bairro em franca transformação. As mercearias da família ainda prosperavam, embora os Bongiovanni não morassem mais em cima delas. Haviam se mudado para Astoria após a Segunda Guerra Mundial, e Bongiovanni estava abandonando a área de uma vez por todas.

— A cidade está virando um inferno — comentou com Carney, quando propôs o acordo. — As drogas, a sujeira. Por isso vou para a Flórida.

Carney ficou lisonjeado com o fato de o italiano pensar que ele tinha condições de comprar os dois edifícios, que o lado branco da cidade havia reconhecido seu sucesso, mas rapidamente supôs que algo estava errado e que Bongiovanni estava jogando elefantes brancos no colo dele. A cidade ansiosa para condenar imóveis, alguma catástrofe cara no esgoto lá embaixo ou a versão final da Maldição da rua 125 com a Morningside finalmente havia chegado. No fim das contas, nada disso era verdade, embora a sra. Hernandez, do apartamento 3R do número 381, tivesse uma mancha misteriosa na parede do banheiro, que voltava cada vez que era retirada e repintada, e que tinha uma estranha semelhança com Dwight Eisenhower, o que, na opinião dele, era mesmo uma maldição.

— Ele fica me encarando — dizia ela.

Bongiovanni perguntou a Carney se ele estava pronto para virar o proprietário.

— As pessoas vão ligar para o senhor o tempo todo, a água está muito fria, o aquecedor está muito frio, minha esposa me odeia?

Carney pretendia se refestelar com as queixas e reclamações deles como se fossem um grande bife malpassado com batatas.

— Estou.

— Bom homem.

Fecharam o acordo para os dois prédios e, três meses depois, em Miami, Bongiovanni se estabacou no chão enquanto fazia ginástica ao nascer do sol — um aneurisma. A família o trouxe para casa e o enterrou com seus ancestrais no Cemitério do Calvário, em Woodside, com bela vista da via expressa.

Giro. A palavra que Carney usava para a circulação de mercadorias na sua esfera ilícita, a dança de televisões, diademas e torradeiras de um proprietário para outro, flutuando para dentro e para fora da vida das pessoas, impulsionada pela brisa, pelas rajadas de dinheiro e pela indústria do crime. Mas é claro que o giro também determinava o mundo real, mantendo a memória da vida dos bairros, das lojas. O movimento de lojistas que chegavam e saíam do número 383 Oeste da rua 125, as entidades que mudavam com as escrituras no cartório de registro de imóveis, o minueto de marcas no showroom.

O comércio legítimo de Carney havia se transformado durante os quatro anos de aposentadoria do crime. Argent, seu maior cliente, nome sobre o qual construiria a loja, foi comprado por Sterling em 1968, que descontinuou as linhas dois anos depois. A Sears engoliu a Bella Fontaine e assumiu a distribuição exclusiva. A Collins-Hathaway esforçou-se demais na expansão no Canadá e foi exterminada pela recessão do ano anterior. Carney manteve a placa de REVENDEDOR AUTORIZADO acima da mesa como uma lembrança.

Para substituir o rombo no estoque, Carney assinou contrato com a DeMarco, o braço norte-americano do grande grupo norueguês KnutBjellen, atualmente especializado em "componentes de estilo de vida" quadradões e baixotes. Paleta: tons terrosos. A pesquisa de mercado alertou que o consumidor norte-americano suspeitava de produtos domésticos que parecessem "estrangeiros", por isso a DeMarco renomeou as linhas para o mercado dos EUA, rebatizando o sistema de sofá modular de Homesteader, e a poltrona reclinável de Mitt. O produto vendia, então Carney não ligava para o nome que lhe davam.

A única reclamação dele tinha a ver com as sessões de fotos nos folhetos e nos catálogos da DeMarco, que exibiam estações de esqui distantes e refúgios no topo das montanhas. Um fogo extraordinário na lareira, componentes de estilo de vida cor de ferrugem e mostarda dispostos em torno dela, e mulheres brancas com regalos felpudos nas mãos e caras brancos com suéteres de lã de gola alta, viajando em uma felicidade estúpida em cima de um tapetão peludo. Carney não queria rotular as pessoas, mas imaginava quantos de seus clientes se viam refletidos naquelas imagens. No tapetão peludo.

— Bem-vindos ao meu chalé — dizia Carney sempre que o catálogo mais recente chegava.

Espero que vocês, crioulos, curtam um fondue, interrompia Freddie lá do além.

Outra sirene. Os negócios, negócios decentes, aconteciam entre as paredes da Móveis Carney, mas na rua reinavam as regras do Harlem: turbulentas, imprevisíveis, mais triviais que um tio fracassado. As sirenes passavam de um lado para o outro das avenidas com a regularidade dos trens do metrô, em todas as horas, de acordo com a tabela de horários da calamidade. Se não eram os policiais em uma missão caótica, então vinha uma ambulância a toda velocidade para o destino se deslindar. Um carro de bombeiros acelerando para um prédio vazio antes que o incêndio consumisse todo o quarteirão, ou a caminho de um prédio de seis andares cheio de querosene para o dono receber o seguro, mesmo com uma dúzia de famílias lá dentro.

O pai de Carney havia incendiado um ou dois prédios em sua época, para pagar o aluguel.

Essa era a sirene de uma radiopatrulha. Carney juntou-se a Larry e Charlie Foster ao lado da vitrine; do outro lado da rua 125, dois policiais brancos perturbavam um jovem de jaqueta jeans escura e calça boca de sino vermelha, com a viatura parada bem na calçada. Os policiais empurraram-no contra a vitrine da Tabaco Hutchins, conhecida pelos cigarros sem selo fiscal e pelo problema com insetos. O mata-moscas era personagem o ano todo, sem falta, as barras de chocolate no balcão de doces estavam cheias de carunchos. O Hutchins trancou a porta da frente e olhou por trás da vitrine com as mãos na cintura.

O tráfego de pedestres da rua 125 contornava essa obstrução no fluxo. A maioria não parava, uma batida estava longe de ser algo especial. Se não fosse ali, seria em outro lugar. Mas essa perseguição deixou as pessoas nervosas, tirou-as da rotina. Elas pararam por um tempo e murmuraram umas com as outras, zombando e importunando os policiais, sempre mantendo uma distância que comprovava seu medo.

O policial mais alto afastou os pés do homem e deu uns tapinhas na parte interna das pernas dele. Um espectador gritou:

— Apalpando o pinto dele?!

— O que ele fez? — quis saber Carney.

— Eles pararam o cara e atacaram ele como se tivesse roubado um banco — respondeu Larry.

— Estão agindo como doidos — comentou Charlie Foster.

— Procurando os tais Panteras Negras.

— Exército da Libertação Negra — disse Larry.

— É a mesma coisa.

Carney não gostava de interromper quando o cliente já estava no papo, mas o desacordo entre os Panteras e seu desdobramento, o Exército da Libertação Negra, ia muito além dos nomes. A disputa filosófica abrangia o temperamento das ruas, a postura atual das autoridades em relação ao Harlem e todas aquelas sirenes. Um passo para trás e, talvez, tudo estivesse contido aí.

— Reforma *versus* revolução — explicou Carney a John.
Duas semanas e meia antes, no dia 12 de maio. O veredito no julgamento dos 21 Panteras foi divulgado, e seu filho tinha dúvidas.

— É como na loja — continuou Carney. — A reforma está mudando o que já existe para deixá-lo melhor, como estofados à prova de manchas ou com rodízios, e depois rodízios com freios. Revolução é quando você joga tudo fora e começa de novo. Sabe os sofás da Castro Convertible?

John assentiu, os comerciais de TV eram inevitáveis.

— O sofá-cama é uma revolução — disse Carney. — Pega todas as ideias que temos sobre dormir, sobre espaço, e vira de cabeça para baixo. Sala de estar? Pá, já é outro quarto. — Ele fez uma pausa. — Aposto que você não sabia que o inventor do sofá-cama era negro.

John fez que não com a cabeça.

— Leonard C. Bailey, empresário e funileiro. Registrou uma patente em 1899 que os militares dos EUA colocaram em produção em massa. Pode pesquisar. Foi uma revolução.

Ele havia entrado naquela fase da vida do negro em que, em alguns dias, a única coisa que o tirava da cama era a perspectiva de compartilhar histórias dos Primeiros Negros e dos visionários negligenciados da raça.

John assentiu de um jeito vago. Carney acelerou a explicação.

— Os Panteras estão abrindo despensas de alimentos, têm aquele programa de café da manhã grátis, assistência jurídica... reforma. O Exército quer derrubar o sistema inteiro.

— Se são a favor de uma reforma, então por que aqueles Panteras tentaram explodir o metrô?

— Só porque a polícia disse que foi assim, não significa que tenha sido.

Naquela tarde, o julgamento mais longo e mais caro da história da cidade de Nova York terminou com uma absolvição surpreendente. Os 21 Panteras tinham sido presos dois anos antes, dedurados por policiais disfarçados que se infiltraram na organização. Enfrentaram cento e cinquenta e seis acusações de tentativa de homicídio, incêndio criminoso etc. em uma conspiração para explodir o Jardim Botânico do Bronx, várias delegacias de polícia, algumas linhas de metrô, além da Alexander's, da Korvettes, da Macy's e de outras lojas de departamento. Presume-se que os alvos do varejo fossem uma coisa anticapitalista, mas não estava claro o que tinham contra flores.

John perguntou se queriam explodir a loja de Carney também. O pai lhe disse que provavelmente havia um montão de lojas de brancos para explodir antes que chegassem à dele.

O júri levou noventa minutos para deliberar e vinte para declará-los inocentes das cento e cinquenta e seis acusações.

— Os agentes secretos inventaram as histórias do nada. Uma reviravolta humilhante para Frank Hogan, o promotor público de Manhattan. Para onde vai o mundo quando não se consegue incriminar um bando de crioulos?

— Por que os policiais mentiriam? — perguntou John.

— Por que uma pessoa mente?

Algumas coisas um rapaz precisa descobrir sozinho.

Carney tentou se imaginar quando criança, perguntando ao pai sobre ações políticas. Inconcebível. O grande Mike Carney classificava o Movimento dos Direitos Civis — "estes assim proclamados irmãos justos" — como colegas receptadores. Quanto estavam economizando quando estenderam a mão para coletar doações para a cozinha comunitária, embolsando do custo geral quando cortaram a fita para um novo centro de recreação? Faça uns bicos ilegais para ganhar a vida e verá em todos os lugares as possibilidades, a pequena fresta por onde uma alma empreendedora pode se esgueirar usando um pé de cabra.

Para um menino negro que cresceu em Manhattan, John tinha uma visão inspiradora e ingênua. Lutar pela sobrevivência fazia a pessoa pensar rápido; John tirou um tempo para refletir sobre o mundo de todos os ângulos, reivindicando o luxo da consideração como um direito seu. Às vezes, Carney o via como uma versão do garoto que ele poderia ter sido se tivesse crescido em um apartamento diferente, onde houvesse comida no armário quando ele chegava da escola, com uma mãe para recebê-lo, uma mãe que não tivesse morrido tão jovem. Um pai que não fosse um canalha. Carney apreciava o fato de haver uma versão daquele garoto em algum lugar, mesmo que não pudesse ter sido ele.

May havia puxado à mãe: estridente e segura, uma adolescente resiliente de quinze anos. Uma semana depois do julgamento dos 21 Panteras, Carney e as crianças estavam tomando café da manhã na sala de jantar. Para exercitar o músculo da paternidade, Carney pulou o ritual de tomar um café no Chock Full o' Nuts para passar um tempo com John e May antes da escola.

May bateu com a ponta do dedo no jornal.

— Esses são uns caras grandes — disse ela.

Carney pegou o *Times*. Alguém havia assumido a responsabilidade pelo tiroteio policial na noite de quarta-feira. Dois policiais que vigiavam o apartamento do promotor Frank Hogan estavam em estado crítico, metralhados por "dois jovens negros" que passaram em um carro. Hogan estava sob vigilância desde o verão anterior, quando jogaram uma bomba na casa de John Murtagh. Quem era John Murtagh? O juiz no caso dos 21 Panteras.

Na noite anterior, os atiradores deixaram pacotes no New York Times Building e nos escritórios da rádio WLIB em Theresa, na mesma rua de sua loja. Os pacotes continham uma bala calibre .45, placas do carro identificado no ataque e uma nota:

19 de maio de 1971
Todo poder ao povo!

Aqui estão as placas procuradas pela polícia porca deste estado fascista. Nós as enviamos para exibir o poder em potencial dos povos oprimidos para alcançar a justiça revolucionária.

Os capangas armados desse governo racista enfrentarão novamente as armas dos povos oprimidos do Terceiro Mundo, enquanto estiverem ocupando nossa comunidade e assassinando nossos irmãos e irmãs em nome da lei e da ordem americanas. Tal como a Marinha e o Exército fascistas ocupam o Vietnã em nome da democracia e assassinam o povo vietnamita em nome do imperialismo americano e são confrontados com as armas do Exército da Libertação Vietnamita, as forças armadas internas do racismo e da opressão serão confrontadas com armas do Exército da Libertação Negra, que distribuirá, na tradição de Malcolm e de todos os verdadeiros revolucionários, a real justiça. Somos a justiça revolucionária.

Todo poder ao povo!
Justiça

A sintaxe o deixou tonto, mas ele entendeu a essência.
— Militante — comentou Carney.
— Alguém tem que falar — retrucou May. — O Vietnã. O gueto. É a mesma coisa.

— O Homem com certeza está ocupado.
— Não tem graça. — Ela puxou o jornal.
— Eu não estou rindo.
— Conseguiu os ingressos?

Carney se encolheu.

— Eu falei que estavam esgotados, meu amor.
— Você falou que ia conseguir.

John deslizava o lápis por um labirinto na parte de trás da caixa do cereal Honeycomb.

Na noite seguinte, houve outro ataque, dessa vez bem-sucedido. No sábado de manhã, Carney estava revisando as contas com a rádio 1010 WINS como companhia. *Todas as notícias. O tempo todo.* O locutor mencionou a vizinhança de Colonial Park Houses, na rua 159. Carney tinha clientes que moravam lá, ele organizava as entregas. Pouco depois das dez da noite de sexta-feira, os policiais Waverly Jones e Joseph Piagentini estavam voltando para a viatura quando foram emboscados. Jones era negro e foi baleado duas vezes. Piagentini, o policial branco, levou oito tiros. Tia Millie estava de plantão no Hospital do Harlem quando eles foram levados para lá. "Foi uma bagunça danada." O prefeito John Lindsay compareceu aos funerais, com voz embargada nas transmissões televisivas.

A Delegacia de Polícia de Nova York descreveu a reação deles como uma *demonstração de força*. "Um maldito cerco", foi como o descreveu um homem na fila do Chock Full o' Nuts, pagando seu saco de donuts antes de Carney. "Eu fui pra guerra." Os patrulheiros vigiavam as esquinas, uma nova extensão de carros de ronda invadiu as ruas, com unidades não identificadas seguindo-os para oferecer proteção extra. Batidas à meia-noite contra suspeitos. Ativistas e figuras do movimento nas listas do centro da cidade foram detidos. Essa situação lembrou Carney das revoltas de 1964, ou de 1968, depois que atiraram em King.

Havia um número de telefone especial para ligar se a pessoa soubesse de alguma coisa.

No início, no prédio da Polícia de Nova York, minimizaram a ligação com o Exército da Libertação Negra. Naquele momento, eles abraçaram a ideia, observou Carney. Mais três ataques a policiais aconteceram nos dias seguintes, não letais — o mesmo grupo ou imitadores? Edward Kiernan, chefe da Associação Benevolente dos Patrulheiros, exibiu na TV a camisa perfurada de balas de Piagentini e implorou a todos os policiais de plantão que carregassem uma escopeta. "Com uma pistola, as chances são de uma em cinco de você errar", explicou ele, "mas com uma escopeta as chances são de noventa e nove para um."

Aquele era um papo de linchamento. Percy Sutton pediu para que ele parasse com isso. Sutton — um aviador de Tuskegee, advogado de Malcolm X e, naquele momento, à frente do distrito de Manhattan — teria feito Big Mike revirar os olhos. "Aqui é a cidade de Nova York, não o Alabama", comentou ele. "Não fazemos 'justiça com escopeta'."

Os dias passaram. A caçada humana continuou. As sirenes continuaram.

Primeira semana de junho, início de outro verão desanimador em Nova York. O aparelho de ar-condicionado acima da porta de entrada chiava e tossia como um ônibus que cruzava a cidade toda, mas dava conta do recado.

Embaixo da máquina estava fresquinho. Carney, Larry e o sr. Foster haviam se amontoado ali. Carney supôs que a multidão do outro lado da rua continha várias facções do Harlem: simpatizantes do movimento, jovens inebriados pela contracultura, um pessoal com mentalidade revolucionária que condenava atirar em policiais pelas costas e aqueles que só queriam cuidar da própria vida sem se envolver. Como o sr. Charlie Foster, cuja expressão azedou com a paisagem.

Um Plymouth marrom-escuro contornou a Morningside e buzinou, desbaratando os transeuntes. Parou no meio-fio e despejou dois policiais brancos à paisana. O homem detido balançou a cabeça quando gritaram com ele.

— Porcos — disse Larry.

— Na época em que eu estava subindo na corporação, se ouvissem você dizer isso, deixavam você aleijado — comentou Foster.

— *Oficiais* — consertou Larry.

Os patrulheiros algemaram o homem, um dos policiais à paisana agarrou o pescoço dele com uma mão e o conduziu adiante com a outra. Quando Carney era pequeno, seu pai, sempre entre um emprego ou outro, trabalhava na Oficina Milagre. O dono, Pat Dodds, tinha um vira-lata cinza nos fundos e, quando o cachorro fazia uma bagunça em algum lugar, ele agarrava o pescoço do cachorro e esfregava o focinho dele em cima dela. Foi desse jeito que o policial agarrou o pescoço daquele jovem.

Por um momento, pareceu que o jovem fitava os olhos de Carney, mas, com o sol onde estava, o homem só enxergaria o próprio rosto refletido na vitrine da loja. Era essa a luz da rua 125 àquela hora do dia, transformava tudo em espelho. Os policiais enfiaram-no no banco de trás. O sedã sacolejou e recuou, saindo da calçada. A radiopatrulha seguiu o exemplo.

Um sujeito alto com chapéu de camurça mole começou a cantar "Power to the People", mas não foi contagiante. Com a partida dos policiais, não havia algo que os unisse. Eles arrastaram os pés, como se o sinal verde/vermelho tivesse mudado. Carney pensou: sinal para ficar embasbacado/não ficar embasbacado.

Charlie Foster pigarreou e encaixou a boina na cabeça. Alguma coisa o havia afastado da venda, estava claro em sua postura.

— Vou ter que dar uma pensada — disse ele.

Larry protestou, Carney voltou ao escritório. Que fiasco. Um minuto depois, o sr. Foster havia saído da loja. Às vezes, Carney tinha vontade de dizer: "Compre, pelo amor de Deus. Faça alguma coisa por você!". Alguns negros daquela geração haviam se treinado para não ter permissão, todos aqueles Charlie Fosters se privando desde antes de Carney nascer. Ele invocou a cena solitária que esperava Foster em casa — então, se controlou. Talvez o homem estivesse feliz e satisfeito, erguendo netos aos berros o dia todo como se fossem halteres. Ele não sabia o que quer que fosse desses homens, de suas escolhas e consequências. Só sabia que buscavam uma poltrona confortável. Às vezes, Carney transformava um pavor particular em uma condição universal.

Ele tirou a pilha de cartazes de LIQUIDAÇÃO DO MEMORIAL DAY de sua mesa e os jogou na lata de lixo. A promoção tinha sido um sucesso estrondoso, ele faria dela um evento anual. Quando Carney soube que renomeariam o Dia da Decoração e o transfeririam de 30 de maio para a última segunda-feira do mês, ele não entendeu o motivo. Mas, sem dúvida, gostou das faturas. Fim de semana de três dias, tempo livre de sobra, às vezes a cabeça começa a pensar em produtos domésticos. Era a primeira vez desde que conseguia lembrar que aprovava alguma coisa que o governo tinha feito.

Acima da mesa de Carney, à esquerda da janela do showroom, ficava pendurada a foto Polaroid que Ferrugem havia tirado dele, de Elizabeth e das crianças na frente da loja em 1961. May tinha quatro anos; John, talvez dois. Não importava quando a foto havia sido tirada, Elizabeth tinha a mesma aparência: adorável e imperturbável. Tinha sido um bom sábado, os quatro curtindo a companhia um do outro e o tempo ameno. A boca de May curvada como ela fazia quando reprimia um sorriso.

Ele não queria decepcioná-la, mas havia ficado sem opções. Ele chamou Larry para conversar.

— E aí, neném?

Carney lhe disse que o Jackson 5 tocaria no Madison Square Garden no mês seguinte.

— Vai ser quente essa daí — comentou Larry, no tom entediado dos iniciados.

Tinha "amigos na indústria" de uma encarnação anterior e às vezes espalhava fofocas improváveis para ele, Ferrugem e Marie durante as baixas nas vendas. Um boato sobre o tocador de gaita no terceiro álbum do War ou as informações com palavra de honra vindas do dentista de Aretha Franklin.

— May está pedindo.

Larry fez que não com a cabeça.

— Se eu tivesse ingresso, eu mesmo iria.

Carney saiu em busca dos ingressos. No Clube Dumas, nada feito. Informações confidenciais sobre legislação pendente, quem subornar no centro da cidade, quando a influência era a moeda corrente e quando ela valia dinheiro — coisas nas quais os membros do Dumas se destacavam. Não eram tão espertos quando se tratava de ingressos para o Jackson 5. Lamar Talbot, a quem as pessoas chamavam de "Clarence Darrow Negro" sem nenhuma razão que Carney pudesse discernir, representou o Garden em um processo por homicídio culposo. Trabalhador da construção civil morto enquanto fazia fundações, advogado afro-americano à mesa pode suavizar a situação. Sem chance.

— Eu salvo a pele deles, e veja como me tratam.

Ele se lembrou especificamente de Kermit Wells, gabando-se de que Berry Gordy, o pai da Motown Records, era seu primo. Encurralou-o depois de uma degustação de uísque. Wells explicou que Carney havia ouvido mal; uma amiga de sua esposa era parente de Berry Gordy, mas ela e a esposa tinham brigado feio. Além disso, acrescentou Kermit, se tivesse a oportunidade, ele mesmo ficaria com os ingressos.

O sogro de Carney, Leland Jones, havia dado uma boa mexida nos resultados financeiros para diversos advogados e empresários do entretenimento que, em troca, arranjavam-lhe lugares para assistir à orquestra havia décadas. Apesar de isso ferir seu ego, Carney o perturbou. Em nome de May. Sempre que ouvia a voz de Leland, o timbre trêmulo anunciava o quanto os anos haviam diminuído o homem. Carney o desprezara no passado? Fortes emoções não teriam serventia naquele momento. Ele perguntou sobre os contatos dele no mundo dos artistas.

— Faz um bom tempo que não falo com Albert — comentou Leland. — E Lance Hollis faleceu anos atrás.

Nos últimos tempos, Carney já tinha medo de ligar o rádio, temendo que uma das malditas canções dele o lembrasse de seu fracasso. Quem ele havia esquecido?

Munson. Já fazia um tempinho.

Em geral, Carney deixava uma mensagem quando ligava para a 28ª Delegacia. O homem não parava quieto. Naquele dia, alguém atendeu no terceiro toque.

— Alguém viu o Munson? Quem é?

Outra sirene. Ele informou o nome.

Munson pegou o telefone.

— Carney — repetiu ele, como se tentasse identificá-lo. A voz do detetive ficou rouca: — Por que não pensei nisso antes?

E assim, no momento em que o verde ficou vermelho, Carney saiu da aposentadoria.

DOIS

Carney pegou a linha 1 na rua 125 e se sentou no lado esquerdo do vagão. O viaduto de Manhattan elevava os trilhos do trem cerca de cinquenta metros acima da Broadway com a 125, e se a pessoa não estivesse com o nariz enfiado em um livro, no jornal diário ou em uma coleção surrada de arrependimentos, a vista era um agradável alívio do túnel sombrio. Não tinha charme algum para Carney. Caso se sentasse no lado oposto, provavelmente veria sua antiga casa, na esquina dos trilhos, que por muitos anos o tornara público cativo do espetáculo mais antigo do viaduto. Era a mesma performance repetida, sem variação, a cortina subindo várias vezes por hora, explorando de forma incansável, pela coreografia e pelo ruído, o único tema da condição humana: você não tem condições de pagar por um apartamento melhor.

Estrondo, estrondo. Ele não pegava a linha 1 com tanta frequência como antes, já que haviam se mudado para Strivers' Row, perto da Sétima. Já havia passado tempo suficiente para que associasse a linha acima da 125 àquele período tortuoso e suas complexidades constantes. Um dia, foi uma entrega elaborada com um ladrão com medo de mostrar a cara na rua; no dia seguinte, uma transação com um negociante de diamantes paranoico que baseava as táticas de encontro em *thrillers* de espionagem. Foi um alívio ter se livrado daqueles homens, daquele mundo secreto e de seus rituais idiotas.

Ele recusou a insinuação de que a mudança para Strivers' Row o fizera desistir de tudo. De que tinha um caráter tão raso que um pouco de respeitabilidade o fizera renunciar ao seu jeito de ser, pensar que havia superado os elementos insubordinados que o formavam. Seria necessário mais do que uma fachada digna de tijolos amarelos e calcário para esconder suas premissas.

Elizabeth nunca havia reclamado do primeiro apartamento. Quando um trem freava na estação do outro lado, ela parava e o deixava passar antes de voltar a falar, um retrato de equilíbrio majestoso. "Como a Rainha Elizabeth esperando que um peido suma", brincou Carney certa vez, e, a partir de então, ela arqueava uma sobrancelha para impressionar, uma pitada de desdém que a deixava duas vezes mais elegante. Veja bem, o lugar era um lixo. Certa vez, um rato saiu da privada, furtivo, com os bigodes pingando. Discussões assassinas entre homens e mulheres ressoavam acima e abaixo, as vibrações do metrô faziam os pregos do prédio saltitarem nos buracos. Ela mostrou um controle milagroso. Considerando que o apartamento já havia ficado no passado longínquo, Elizabeth admitiu que "sem dúvida, tinha personalidade".

Arquitetos famosos projetaram as quatro linhas de moradias geminadas de Strivers' Row na década de 1890. O número 237 Oeste da rua 138 fazia parte de uma faixa em estilo Federal Renaissance concebida por Bruce Price e Clarence Luce; Carney fingiu ter ouvido falar deles. Encontrou o anúncio no jornal. Nunca olhava as páginas dos anúncios imobiliários, mas naquele dia olhou. Quando viram o número 237 pela primeira vez, sem móveis, contornos empoeirados onde havia fotografias e quadros pendurados, silencioso exceto por uma ou outra tábua insolente do assoalho, Elizabeth disse: "Dá para eu me perder aqui", com uma mistura requintada de anseio e pertencimento. Poderia ser dela, e já tinha sido: ela havia crescido do outro lado do beco da rua 139, cinco casas abaixo, em um sobrado com uma disposição idêntica. Mesma planta baixa, arranjo completamente diferente. Havia abandonado aquele trecho nobre do Harlem para ficar com ele. Voltar ali era... o quê? Uma volta para casa e também uma recompensa por seu amor e paciência. Claro que o comprariam. Para que mais servia um empreendimento criminoso contínuo e complicado pela violência periódica, senão para fazer sua esposa feliz?

Certa noite, logo que se mudaram, Carney chegou tarde em casa depois de um encontro com Church Wiley, um operador de roubos a lojas que atuava em Baltimore e ia a Nova York para despachar as mercadorias. Coisas de alta qualidade, que sempre vinham com muita empolgação. Arranjos cheios de rococós surgiam quando Carney tinha que suborná-lo: bata duas vezes à porta no final do corredor do quinto andar de um cortiço abandonado na rua 167; separe a sala dos fundos do Blue Eyes, na St. Nicholas com a rua 156; jogue uma rosa na lata de lixo amassada e conte até cem etc.

Dessa vez, Church estava duas horas atrasado, e Carney precisou esperar no que ele considerava uma boca de heroína que havia sido recentemente desocupada após uma batida policial ou um triplo assassinato. Não havia vivalma dentro do prédio dilapidado de arenito, mas fervilhava com evidências de atos desgraçados. Em uma noite fria de março, o vento assobiava. Ele apoiou uma nádega no braço de um sofá Collins-Hathaway da década de 1940 que parecia abatido. Nunca tinha lhe ocorrido que os móveis pudessem adoecer, mas, daquele dia em diante, ele sabia quando os via, o jeito como os seres humanos infectaram tudo. Church finalmente chegou, olhou em volta e comentou:

— Este lugar realmente decaiu.

Quando Carney chegou em casa naquela noite, Elizabeth havia adormecido na sala de estar vendo *The Tonight Show*. Roscoe Pope estava falando um pouco sobre vendedores de enciclopédias. Carney apagou as luzes e pôs a casa para dormir. Deu uma olhada em May e John no terceiro andar, que dormiam em quartos separados. As crianças estavam esparramadas durante o sono, os lençóis todos retorcidos. Tocou a testa deles com as costas da mão para comparar a temperatura com a sua.

No andar de baixo, cobriu Elizabeth com uma colcha em vez de acordá-la. Ela não gostava da última moda de sofás baixos — ou, para ser sincera, de muitas das ofertas atuais no showroom de Carney —, então mantiveram o Argent de três anos, bétula com acabamento champanhe. Ele desligou a luminária. A sombra da esposa emergiu da escuridão enquanto seus olhos se ajustavam. Ela confiava nas desculpas dele para as horas estapafúrdias. Qualquer mulher sã o acusaria de estar tendo um caso. O verdadeiro motivo para ele se esgueirar por aí o botaria por vinte e cinco anos na Instalação Prisional de Sing Sing. O que era pior?

A luz da rua entrava pela janela da sala em um singelo feixe purificador. O silêncio e a calma deixaram-no em um estado de espírito de renúncia. Para ele já bastava.

Virar as costas para ladrões e assaltantes não era o problema. Com Chink Montague e Munson, a questão era outra. Carney entregava a Chink um envelope toda semana, pedindo permissão para operar. Em geral, os mafiosos não respeitavam convenções, como aviso prévio de duas semanas. Carney informou a Delroy, o cobrador de Chink, que não negociava mais com mercadorias que tiveram dono, mas continuaria sua contribuição semanal para expressar gratidão por toda a ótima colaboração que tiveram. O envelope foi recategorizado como *proteção*, como se

Carney fosse apenas mais um lojista babaca sendo pressionado. O que, com certeza, ele era e sempre tinha sido.

Carney convidou o detetive para o Nightbirds, e Munson ergueu um brinde à sua aposentadoria:

— Para o ninguém mais famoso do Harlem.

Ele foi buscar a entrega na semana seguinte e na outra, mas depois disso parou. Depois de um tempo, Munson só aparecia no escritório de Carney na Páscoa e no Natal para arrecadar recursos para o "Fundo de Viúvas e Órfãos". Não visitava pessoalmente havia três anos.

Além de cuidar de sua extensa rede de extorsão e cultivar alianças criminosas e incursões ocasionais no trabalho policial, o detetive Munson era um mediador talentoso. Às vezes, isso significava conduzir um senador estadual pelas escadas de incêndio dos fundos de um prostíbulo da Lexington Avenue durante uma batida policial, ou entregar à amante tagarela de algum bandidinho uma passagem só de ida para Miami no trem Silver Meteor. Sem dúvida, ele havia se livrado de um ou dois corpos no Parque Mount Morris quando estava na moda.

Às vezes, uma solução envolvia conseguir o ingresso concorrido daquela semana para alguém — a luta entre Frazier e Ellis no Garden, ou qualquer outro grande evento que estivesse acontecendo na cidade. Carney lembrou-se de Munson se vangloriando por levar a esposa para ver Sinatra, levar a ex do ex-parceiro aos bastidores para conhecer Vic Damone e levar uma das jovens namoradas para ver Dave Clark Five no Carnegie Hall. Carney não fazia ideia do que o detetive estava fazendo atualmente, da natureza de seus esquemas e golpes, mas se Munson tivesse metade da energia que tinha nos velhos tempos, haveria ingressos para o Jackson 5 chegando em breve.

A que preço, ele não fazia ideia.

* * *

Conforme as instruções, Carney esperou na cabine telefônica em frente à estação de metrô da rua 157, na saída noroeste. A pracinha triangular continha seis pombos decrépitos e três bancos. COMIDAS, FARMÁCIA. Pelas placas e lojas, aquele trecho da Broadway havia se tornado mais porto-riquenho e dominicano desde sua última visita. Na rua 125, os judeus e os italianos deram o fora, os negros entraram, e ali em cima os espanhóis substituíram alemães e irlandeses quando eles se separaram. O mundo gira, bebê, o mundo gira.

Carney tinha tempo para matar. Ligou para casa e disse a John que voltaria tarde.

— Tem comida congelada no freezer — avisou ele. — Sua mãe volta amanhã e provavelmente vai fazer alguma coisa gostosa para vocês. Se não estiver muito cansada.

O trem de Chicago chegou por volta do meio-dia — talvez sim, talvez não. May soltou uma gargalhada ao fundo.

— Fala pra May que ela está no comando.

E desligou.

Quando May era mais nova, ela fazia uma cara quando ficava empolgada demais, uma máscara de alegria. O rosto era inspirado nas feições de Elizabeth, mas Carney ficava orgulhoso de ter contribuído. Ele não havia percebido o quanto sentia falta dessa máscara até o Jackson 5 aparecer. Metade das conversas dela daqueles dias vinha dos panfletos da rua 125: "Tudo remonta à má educação dos pretos, pai". Os caras do Black Power e seus panfletos eram piores que Testemunhas de Jeová. Parando-o na rua: "Qual é a sua opinião em relação a Moçambique?". Ele lá queria saber de Moçambique? Mas quando Carney gritava da outra ponta da casa que o Jackson 5 estava no programa do Flip Wilson, ou os alegres acordes de abertura de "ABC" saltavam da Panasonic na sala de estar, aquele rosto de tempos passados vinha à tona. Ele compraria os ingressos para ela.

Ocupados, esses rapazes do Jackson 5. Não sabia se eram sexualmente ativos, mas com certeza eram promíscuos, com acordos de patrocínio com nada menos que três cereais matinais. May e John cantavam o comercial do cereal de letrinhas Alpha-Bits o tempo todo, em um assédio constante: "Pegue seus Alpha-Bits e venha comigo, vamos comer os Alpha-Bits de A a Z!". A letra fazia sentido, Carney admitiu, mas era imbecil. Cartazes desdobráveis das caixas Super Sugar Crisp recobriam a parede do quarto de May, juntando-se aos das revistas *Flip* e *Tiger Beat*. O quarto dela era um templo brilhoso para os rapazes de Gary, Indiana. Pulando, dançando, relaxando no parque, sozinhos e em fotos de grupo, subindo no palco em roupas de arlequim maneiras e macacões prateados da era espacial, cada imagem recheada com sorrisos sobrenaturais.

May entrou em um concurso da *Teen Beat* para "ganhar um encontro com banana split com Michael!" em março e em um para "ganhar um encontro de patinação com Michael!" da *Tiger Beat* em abril. Não foi escolhida, apesar de seu ensaio impressionante explicando por que merecia a homenagem: "Michael é para gente como eu". Para superar o Super Sugar Crisp, a Alpha--Bits começou a incluir compactos de vinil de 45 de "ABC" e "I Want You Back" nas caixas, o que, por sua vez, alistou o cereal Honeycomb para a nova corrida armamentista de colecionáveis. A arma secreta do Honeycomb: balões no formato da cabeça do Jackson 5 estampados com o rosto deles. Todos brindes macabros, mas May não ficaria satisfeita até conseguir o Michael.

A busca levou semanas. Os supermercados eram declarados "sortudos" ou "acabados", os comerciantes de esquina eram eliminados da lista ou tratados com uma dedicação febril. Correu o boato entre a molecada de que uma bodega na rua 132 havia decifrado o código. Carney recebeu ordens para verificar.

Arrancou a tampa da caixa de cereal e vasculhou.

— O Michael!

— É o Marlon.

— Parece o Michael.

O último Marlon juntou-se à coleção murcha (quatro Jermaines, três Jackies, vários Titos e Marlons) no parapeito da janela. Foram necessárias catorze compras. Como tudo na vida, a promoção do Jackson 5 era uma fraude. Carney aprovou: que aprendam desde cedo.

O telefone público tocou.

— Olhe o passarinho!

Carney procurou ao redor. Do outro lado da rua, havia um restaurante chamado El Viejo Gallo. Ele semicerrou os olhos. Talvez houvesse um telefone no vestíbulo quando a pessoa entrasse. Ele ergueu o olhar — Munson podia estar em qualquer um dos prédios ao redor do parque.

— Atrás de você — disse Munson.

O prédio de nove andares ficava no extremo sul de um bloco em forma de cunha. O lado leste era uma rua da qual ele nunca tinha ouvido falar: Edward M. Morgan Place, que se estendia por um quarteirão e meio antes de virar para a Riverside Drive. Um quarteirão e meio, que merda. Morgan devia ter matado mais indígenas ou roubado mais dinheiro, todo mundo sabe que é assim que se consegue um nome nas ruas longas. Munson abriu a porta para Carney.

O detetive estava com a porta do apartamento entreaberta quando as portas do elevador se abriram, a postura indicando uma arma escondida. Ele acenou para Carney com um movimento de cabeça e garantiu que ninguém mais saísse do elevador.

O apartamento de um quarto tinha sido aberto em uma unidade maior, e as sancas decorativas terminavam nas novas paredes. Munson lhe disse para ficar à vontade e devolveu a .38 para o coldre de serviço.

O lugar estava uma bagunça. Se Carney morasse ali, seus filhos estariam de vassoura em punho para ganhar a porra da mesada. Pelo que ele sabia, Munson morava em algum lugar no centro da cidade com a esposa. O lugar era um esconderijo, com mobília suficiente para deixá-lo habitável. Levar uma garota ali, talvez, se o cara estiver limpo. Nada pessoal à vista, exceto um diabrete de cerâmica de um metro de altura, vermelho e preto, em estilo chinês, que tinha as marcas de um souvenir que havia sido roubado na última parada de uma farra de um dia inteiro bebendo. Estava posicionado em um ângulo de quarenta e cinco graus em relação à parede, como se estivesse escapando às escondidas de algo desagradável.

Munson passou por Carney e fechou a porta do quarto antes que pudesse dar uma olhada lá para dentro.

— Cadáver?

— Uma daquelas garotas do *Laugh-In* tirando um cochilo para passar a bebedeira.

Sentaram-se no sofá, uma peça triste e de má qualidade a pronta-entrega em uma loja barateira. Munson afundou com um suspiro. Parecia terrível. Pálido, com barba por fazer, o cabelo loiro espetado ao redor do novo ponto calvo em seu couro cabeludo. Quando se conheceram, Munson era robusto e de constituição sólida, um daqueles policiais com quem se pensa duas vezes antes de mexer. O detetive havia ficado mais moleirão ao longo dos anos, à medida que aproveitava as inúmeras vantagens do trabalho, os bifes por conta da casa e as rodadas de bebida grátis. Desajeitado como uma mochila militar cheia de roupa suja na qual haviam brotado pernas. Naquele momento, ele havia perdido um pouco do volume e parecia atormentado, emaciado de uma forma que dava para confundir com uma rotina de exercícios se a pessoa não soubesse que era por fugir de algo que estava se aproximando cada vez mais dele.

Munson tomou um gole generoso de sua lata de National Bohemian.

— Está dando um tempo na caçada humana? — quis saber Carney.

Munson lançou para ele uma lata de cerveja, que Carney deixou sobre a mesa.

— Questão de tempo. Aqueles canalhas levaram os revólveres de serviço, você sabia disso? — Munson arrotou. — Isso é como se alguém levasse seu pau.

— Imagino.

— Todo mundo está trabalhando nas ruas, tentando recuperar os pintos daqueles pobres coitados, encontrar aqueles cuzões. Do mesmo jeito que você espera que façam por você.

— Você não tem gente lá dentro? Como no caso dos Panteras?

Munson pareceu enojado.

— Você viu como foi aquele julgamento. Deveriam ter defendido esse caso, mas desistiram cedo demais.

Durante os protestos de 1964, Munson contou a Carney sobre os jovens oficiais que ele enviara para se infiltrar no CORE e no SNCC, para abafar os protestos. O detetive branco não depositava confiança alguma em Carney, mas porque o vendedor de móveis não se mostrava uma ameaça. O que faria, escreveria uma carta ao *Amsterdam News*? Os policiais brancos faziam o que queriam. Policiais brancos escroques? Intocáveis.

Munson surgira um dia como uma verruga que cresceu sozinha. Antes da ação do Theresa em 1959, o negócio de receptação de Carney era insignificante em todos os sentidos — eletrodomésticos, o estranho pingente de esmeralda pendurado na escrivaninha de uma velha viúva. Por uma pequena parte, ele agia como intermediário entre os bandidos da cidade alta e um cara das joias do Canal. Então, Chink Montague divulgou que queria recuperar um item do Theresa — um colar que havia dado à namorada, Lucinda Cole. Os receptadores do Harlem foram avisados, e Carney foi adicionado às Páginas Amarelas do crime.

Logo em seguida, Munson apareceu para o tributo semanal, em parte para fazer uma pressão em Carney e em parte para dar em cima de sua secretária, Marie, antes que ela se casasse. O detetive havia sido útil anos antes, durante a campanha de vingança de Carney contra Wilfred Duke, o banqueiro corrupto do Harlem, mas não faziam nada abominável havia algum tempo.

— Tenho uma coisa aqui para você — revelou Munson, e desapareceu no quarto, fechando a porta atrás de si.

A essa altura, Carney tinha certeza de que havia pelo menos um cadáver ali. As coisas que se fazem pelos filhos.

Ele caminhou até a quina da sala, no ponto em que o prédio se estreitava em cunha. Ali, a oito andares do chão, as janelas tinham uma vista espetacular da Broadway, o Hudson espreitava aqui e ali a Oeste, e, por cima dos cortiços mais baixos, o Parque St. Nicholas, encolhido em seu verde deslumbrante. Uma boa estação de vigilância, com sua visão das entradas do metrô e do pequeno parque triangular. O posto vinha com uma cadeira diretor e uma caixa de leite para botar cinzeiro e latas de cerveja vazias em cima.

— Para ver quem tá chegando — explicou Munson ao retornar, segurando um saco de papel pardo.

— Está se escondendo?

Carney havia tentado encontrar Munson na delegacia, mas o homem agiu como se estivesse fugindo.

— Tenho que cuidar de algumas coisas.

O detetive empurrou para longe a pilha de jornais e embalagens de sanduíche enroladas na mesa de centro. Dentro do saco de papel havia outro saco amassado, do qual Munson tirou um punhado de longas argolas cravadas de diamante. Alto quilate, incrustadas com ouro e platina cintilantes. Ele tossiu e coçou a barba por fazer.

Carney ajoelhou-se ao lado do monte de joias. Desembaraçou as peças, balançando a cabeça diante da descortesia. Ele estava enferrujado, mas viu que a maioria parecia ser de peças dos anos 1940 de Marjorie Baxter, em Boston, alguns coquetéis chiques e colares babete. As peças menores eram dos mesmos designers americanos antigos, como as duas pulseiras de rubi e diamantes de Raymond Yard e as gargantilhas de Louis Long. A variedade que se obteria caso se derrubasse um colecionador especializado ou quebrasse uma vitrine e pegasse o possível enquanto o alarme tocava.

— É com isso que você tá mexendo agora? — questionou Carney.

Munson tomou um grande gole. Ele estava curvado na cadeira diretor como uma gárgula no telhado, sem tirar os olhos das joias.

— É um caso único. O que acha?

— Alguém conseguiu uma das boas.

Antigamente, Carney estaria por dentro dos últimos roubos e saberia a origem.

Munson perguntou o quanto era boa.

— Suponho que... algumas centenas de milhares. Dependendo de quem for levar.

Munson bateu as mãos.

— Excelente. Preciso disso hoje à noite.

Algum agiota barra-pesada apertando-o ou um agente de apostas. Munson tinha a mesma expressão daquela época, anos antes, quando fizera a ronda pelos envelopes alguns dias mais cedo. Uma aposta de merda no Garden State Park, uma dica inútil. Era raro ver aquela expressão no rosto do detetive — apenas mais um civil, sujeito a forças superiores e mais poderosas. Carney se levantou.

— Tô fora, Munson.

— Pense como só mais uma vez.

A postura de Carney dizia que não.

— Eu tenho que ir ao escritório.

— Você não quer ir.

Carney não gostou do tom.

— Você não precisa de mim.

— Para dizer a verdade, as coisas estão meio quentes hoje em dia. Leu nos jornais sobre a Comissão Knapp? De olho nos policiais?

— Em você?

— Quem, eu? — O sorriso era maldoso. — Precisei contornar algumas situações por um tempo. Mas você... você esteve fora. Ninguém está de olho em você.

— Ninguém está de olho em mim porque não há o que ver.

— Jackson 5 — disse Munson.

— Para minha filha.

— Você tem uma filha?

— Porra, você sabe disso.

— Eu consigo ingressos. Consigo ingressos para tudo — garantiu Munson. — Falei que fui aos bastidores do Vic Damone? Ele é do Brooklyn, nem deu uma de metido. Alguns desses filhos da puta...

Sacos de papel pardo. Era indigno. Acabava com o romantismo da coisa. Porque Carney havia se apaixonado por aquelas lindas pedras.

— Ingressos dos bons — reiterou ele. — Bem perto.

— Conheço todo mundo, e todo mundo me deve. — Munson sorriu. — Demora quanto?

Fecharam um acordo para os ingressos do show. Carney foi embora com os sacos de papel, segurando embaixo como se tivessem copos de café vazando.

TRÊS

Dava para saber que a cidade viraria um inferno se o Upper East Side também começasse a ficar uma porcaria. As coisas estavam em declínio aqui e ali, nos limites da visão de Carney: pichações inacabadas na grade de metal de uma drogaria fechada; uma porção de latas de lixo transbordando já fedendo por não terem sido recolhidas; o resultado de um para-brisa estourado, quadradinhos de vidro no asfalto como dentes arrancados. Estava esculpido no rosto dos moradores do Upper East Side, onde uma expressão mais abatida substituíra o sorrisinho debochado, e por trás dos olhos se descobria uma desesperança vaga e disforme, em vez da alegria padrão de quem se acha. As coisas estavam definitivamente em declínio naquela região. Ameaças de greve e paralisações, a mancha amarela de poluição acima e as fraturas perigosas na infraestrutura lá embaixo. Estava se espalhando por todo canto, como uma escuridão que sopra sobre o East River e se infiltra na vasta rede de esgoto, a apreensão de que as coisas já não eram como antes e que levaria muito tempo até que voltassem a entrar nos eixos.

O comércio continuava.

Carney ainda tinha o cartão de visita: Martin Green, Antiguidades. Por que não havia jogado fora? Porque sabia ou desejava que um dia como aquele pudesse chegar. Pau que nasce torto morre torto.

Green morava perto da esquina da rua 82 com a York, em um prédio de tijolos brancos com terraços apertados e equipado com um saguão recuado da rua. Para compensar a pouca idade do prédio, vestiram o porteiro com um traje antiquado vermelho e dourado, como o líder de uma banda marcial que o havia abandonado. O porteiro ligou para o apartamento.

Martin Green foi o único cara de joias finas em quem Carney conseguiu pensar. Os homens em quem confiava haviam caído muito desde sua aposentadoria. Boris, o Monge, foi pego com o dinheiro de Fox-Worthington, que havia sido roubado da cobertura da herdeira na Quinta Avenida. O domínio habitual de Ellen Fox-Worthington estava perdido em meio às colunas de fofocas; o roubo o elevou à primeira página. Os policiais ficaram atentos. Boris estava cumprindo de oito a doze anos em Dannemora, onde o contato original de Carney, Buxbaum, havia morrido na primavera anterior de câncer no intestino. A casa de Ed Brody na Amsterdam havia caído tantas vezes que ele se matriculou em aulas noturnas para conseguir sua licença imobiliária. Passara a vender lotes adjacentes a pântanos na Flórida para uma cartela de idiotas. Brody enviava um cartão de Natal todos os anos: "Estou ganhando mais do que um dia ganhei traficando pedras".

Havia gente nova no pedaço, mas não havia tempo para fazer uma investigação adequada. Martin Green era sua única chance. Um telefonema confirmou que ainda estava no ramo, e, depois de uma parada no escritório para trocar os sacos de papel por sua pasta de couro preto, Carney pegou um táxi para o centro da cidade.

Green havia passado pela loja no outono de 1969 para se apresentar. Carney tinha clientes brancos — militares de carreira da vizinhança, universitários e jovens casais intrépidos em busca de aluguel barato e que não se intimidavam com a atual decrepitude do Harlem. No momento em que viu Green, soube que o jovem branco não era um deles. Estava no showroom, observando uma decoração de parede de Esme Currier, uma treliça de latão e aço sobreposta com uma série de crescentes esmaltados azuis e verdes. Examinou-a com uma haste dos óculos enfiada na boca, como se estivesse sobre o mármore frio de um museu.

— Eu adorei — disse Green, antes que Carney pudesse falar. — Posso levar para casa?

Ele usava um terno de linho branco e uma camisa amarela brilhante, os três primeiros botões abertos para revelar a pele pálida e sardenta e um pingente indiano turquesa. Green teve sorte de não ter apanhado, andando por ali daquele jeito. O homem não tinha noção.

No escritório, compartilhou o verdadeiro motivo da visita: apresentar seus serviços como negociante. Harvey Moskowitz, antigo contato de Carney, era um amigo e o informara que Ray Carney era o homem com quem conversar se estivesse procurando fazer negócios no Harlem.

— Ele falou que você não é uma maçã podre — disse Green para ele. — E que você atendia a uma comunidade carente.

Comunidade carente era uma maneira divertida de dizer *ladrões negros que eram recusados por receptadores brancos do centro da cidade.* Ele perguntou a Green se Moskowitz havia explicado por que haviam parado de trabalhar juntos.

— Ele falou de um incidente e que a culpa foi inteiramente dele. — Green avistou o cofre dos Hermann Bros. — Uau, que belezura.

A fraternidade secreta dos aficionados por segurança da Hermann Bros. Green ofereceu sua proposta. Tal como Moskowitz, era o responsável estadunidense por uma rede europeia. Qualquer coisa que fosse colocada em suas mãos sairia do país em setenta e duas horas. Era cuidadoso, dizia ele, e discreto. Ninguém tinha algo contra ele — criminoso, policial ou agente federal —, e ele pretendia manter as coisas desse jeito.

— Tudo isso para dizer que — concluiu Green — se você precisar de um local um dia, sou eu quem você deve procurar.
— Ele apontou o polegar na direção do showroom. — Agora, sobre aquela peça de Currier... é realmente excelente.

Ele folheou algumas notas de dinheiro.

Carney gostava dele, apesar de sua associação com Moskowitz, que o apunhalara pelas costas durante o último encontro entre os dois. Ainda assim: Carney estava aposentado e, às vezes, passava horas inteiras sem que tivesse um pensamento de bandidagem.

Ele guardou o cartão do homem.

Não sabia as taxas de Green, mas essa era a negociação de Munson e o policial tinha horário marcado, então Carney não se preocuparia. Eram quase sete e meia. Se aconteceria ou não naquela noite, dependia de como rolasse com Green. Talvez tivesse à mão essa quantidade de dinheiro, talvez não. O detetive poderia ter que esperar até o dia seguinte, a menos que Carney conseguisse algum dinheiro naquela noite como adiantamento. Havia virado mais que um intermediário. Se continuasse sendo uma troca por ingressos para shows, Carney poderia dizer a si mesmo que ainda estava aposentado. Se envolver mais...

— Apartamento 19J — disse o porteiro. — Pode subir.

O hall de entrada se abriu para uma espaçosa e moderna sala de estar com vista para norte e oeste. Um espaço para conversa dominava o centro, as banquetas fundas de vinil verde cercavam uma mesa de centro baixa de nogueira escura. As outras peças — o conjunto da sala de jantar, a espreguiçadeira, as luminárias de arco duplo — eram amálgamas de cromo, couro, pele e plástico. Liquidação de encerramento da Barbarella. Houve uma época, no outono de 1967, em que Carney tentara pegar algumas daquelas coisas europeias frias para a loja: e nada. Seus clientes olhavam para ele como se estivesse praticando bruxaria. Apesar do preço mais baixo, a escultura de parede que Green comprara de Carney pendia como um complemento perfeito.

— Que bom que você veio — cumprimentou Green.

Seu sorriso era treinado e sincero ao mesmo tempo. Ele estava vestido com uma jaqueta branca no estilo indiano e uma camisa com estampa de caxemira roxa e rosa. Improvisos psicodélicos, com cítara pesada, fluíam do aparelho de som.

Carney conferiu a vista enquanto Green lhe servia um refrigerante. Alguns meses antes, o apartamento tinha uma visão desimpedida de Randalls Island e Astoria, mas novos arranha-céus residenciais foram erguidos em todas as direções, com luzes de construção acesas em andares esqueléticos e incompletos. Uma corrida em câmera lenta.

— Queens, Bronx — explicou Green. — Sabe o que não dá para ver? O Brooklyn. Estamos de costas. — Ele se recompôs.

— Vamos ver o que você tem para mim.

Eles se acomodaram à mesa da sala de jantar. Quando Green deu uma olhada dentro da pasta, disse:

— Onde estão meus modos? — E puxou um grande tapete de feltro preto do aparador cromado. — Posso?

Ele dispôs as peças ali com cuidado religioso, e luvas se materializaram em suas mãos.

Carney voltou à janela para deixar o homem trabalhar. Tinha os itens catalogados na cabeça, nada desapareceria enquanto ele estivesse de costas. Os arranha-céus — era como se estivessem empilhando andares para escapar da loucura da rua.

Como se a distância lhes conferisse uma certa segurança. Na semana anterior, a cidade havia divulgado um novo estudo de criminalidade, e os jornais pesaram a mão: INDÚSTRIA DO CRIME, CHOQUE DE ASSASSINATOS, A GRANDE MAÇÃ PODRE. Nos dez anos anteriores, a taxa de homicídios havia quadruplicado, os estupros, roubos de carros e arrombamentos residenciais atingiram níveis históricos, e não se conseguia andar um quarteirão sem que bandos de assaltantes armados com facas caíssem sobre as pessoas, e assim por diante. As estatísticas eram elaboradas em listas com marcadores, em tinta barata que manchava as mãos como sangue.

A rua 125 nem precisava dos jornais para dar essa notícia, mas talvez estivesse ainda pior do que a 96. Aconteceu um êxodo branco para Long Island, as constelações dos bairros nobres, e alguns *subiram*, andar após andar. Dá para ficar sem terra, mas não sem céu.

— Você não está mais aposentado? — perguntou Green.

O veredicto dele: que coisa maravilhosa.

— Operação avulsa — respondeu Carney.

— Como eu disse, é lindo. Marjorie Baxter? Mas só faz uma semana, e tem tantos olhos em cima disso aqui que vou ter que passar. — Ele tirou as luvas. — Qualquer outra coisa que surgir em seu caminho... qualquer outra coisa... eu adoraria dar uma olhada primeiro.

— Uma semana de quê?

Green arqueou as sobrancelhas. Era estranho que Carney não soubesse a origem deles ou fingisse não saber. Green abriu o armário do bar — uma cópia preta da Maison Jansen com acessórios cromados — e destrancou o compartimento em sua base. Ele retirou uma pasta.

Haviam atualizado o formato dos boletins policiais desde que Carney se afastara dos negócios. Naqueles dias, estavam mais fáceis de ler. O inventário do assalto à mão armada da semana anterior à Joalheria J. M. Benson Fine, na Terceira Avenida, correspondia ao inventário mental de Carney dos artigos de Munson. Os suspeitos eram quatro homens negros de estatura média com idades entre vinte e trinta anos. Levando em conta a inflação do seguro, Carney acertou em cheio na estimativa do valor das pedras.

Green reiterou que Carney deveria ligar para ele na próxima vez que procurasse um parceiro, mas era impossível trabalhar com a remessa de Benson.

— Dizem que foi o Exército da Libertação Negra — disse ele. — Tem atacado bancos nos últimos meses. Fazendo assaltos. Por isso, e pelos tiroteios com policiais, estão de olho neles.

Claro. Os capuzes pretos não arrombavam joalherias do East Side no meio do dia, apenas radicais malucos e revolucionários doidos faziam esse tipo de merda. Green estava de costas para o bairro natal, mas a maneira como disse "tem atacado bancos" trouxe consigo uma faísca do Brooklyn.

Green comentou:

— Moskowitz disse que você interrompeu o relacionamento comercial de vocês por causa do que ele chamou de "mercadoria de alta visibilidade". Peço desculpas por estarmos aqui em circunstâncias semelhantes.

— Ele me deixou na mão.

— Não foi muito respeitoso — afirmou, com evidente repulsa. — Perguntei a ele quem era o homem mais honesto com quem já havia trabalhado, e ele me disse que era você.

— Certo.

— Morreu no ano passado. Caiu duro na sala dele do nada.

— Parece que foi rápido.

Moskowitz entregou-o aos homens que haviam matado seu primo. Às vezes, Carney imaginava a forma de sua vingança, mas desistira disso assim que se aposentou. Ou você sai do negócio de uma vez ou nunca vai ter saído de verdade.

Carney embalou de novo as pedras.

Já na rua, Carney decidiu caminhar alguns quarteirões antes de procurar um táxi. Noites gostosas de junho como aquela, antes do início do verão, eram raras na cidade, como prefeitos honestos e parquinhos sem drogados e garrafas quebradas.

Se Munson tivesse que pagar o agente de apostas naquela noite, não seria com o dinheiro de Benson. O Exército da Libertação Negra... não era de se admirar que o detetive estivesse exausto. Será que Munson os contratara para fazer o trabalho? Carney não duvidava que ele trabalhasse com assassinos de policiais, se houvesse dinheiro envolvido. Mas com todos os policiais dos cinco distritos procurando por eles? O mais provável era que ele os tivesse roubado, talvez até matado também. Não havia como dizer com o que esse cara branco estava metido atualmente.

O que Carney sabia dessa confusão já era perigoso o bastante. Essa era sua parada, hora de abandonar o barco. Volte para a rua 157, devolva a Munson os diamantes e dê o dia por encerrado. Ele tomou a rua 83 Oeste, parando em uma cabine telefônica para avisar às crianças que estaria de volta às dez.

No dia seguinte, Elizabeth estaria em casa, e aquela breve incursão por sua antiga ocupação ficaria para trás. Ela estava fora havia doze dias. Certa noite, em abril, eles estavam deitados no sofá assistindo ao noticiário, e ela disse:

— Não é estranho eu mandar as pessoas para lugares onde nunca estive?

Elizabeth despachava clientes para o mundo todo, mas raramente saía dos limites da cidade. A família havia passado férias em San Juan e Montego Bay, e só. A agência virara praticamente dela, já que o fundador, Dale Baker, havia se afastado um pouco. Ela mudara o nome da empresa, que era Black Star, imaginando que a rede nacionalista pudesse afastar os clientes mais conservadores. À medida que a Sêneca Viagem e Turismo prosperava e as responsabilidades aumentavam, Elizabeth continuou a faltar às reuniões e convenções e nunca havia posto os pés nas filiais de Atlanta, Los Angeles e Chicago. Quando Carney a incentivava a reconsiderar algum convite, ela negava e dizia:

— Você me conhece.

Parte desses convites era para viajar sozinha como mulher, uma mulher negra. Ela organizava itinerários seguros e hospitaleiros para os clientes, apesar de sua aversão por alguns destinos.

— Vocês não vão ver minha bunda preta em Birmingham nem por um milhão de dólares, caipiras filhos da puta.

Parte disso era não querer se distanciar de May e John, especialmente quando eram mais jovens.

Então Alma, sua mãe, morreu. Elizabeth sentia falta dela; Carney, não. Alma estivera no caminho durante a maior parte do casamento, criticando a indignidade dele, insultando a loja de móveis, seu jeito de falar, a pitoresca história da família Carney. Alma incorporava as qualidades tradicionais de conformidade, retidão e gentileza de Strivers' Row. O genro, não. Alexander Oakes, o belo jovem que crescera com Elizabeth e arrumara emprego na Prefeitura — esse, sim, seria um partido digno para sua filha.

Carney leu um artigo em uma revista sobre a expectativa média de vida humana e entendeu que poderia aguentar a desaprovação dos sogros. Então, os pais de Elizabeth foram forçados a vender a casa, a casa onde Elizabeth crescera, por conta de uma crise financeira. Carney mudou-se para Row alguns anos depois. Uma coisa ficou clara para Alma: não satisfeito apenas em roubar a filha, aquele genro crioulo que crescera na rua passou a praticar pilhagem e roubou a vizinhança inteira.

Cada vez que os visitava, ela revivia o trauma do roubo. "Mudou muito", resmungava enquanto pendurava o casaco de pele envelhecido com bainha desgastada e pelagem solta. As quatro fileiras de casas geminadas eram um oásis dignificado, protegido das mudanças nos destinos do Harlem. Àquela altura, a deterioração local finalmente havia cruzado a avenida. A geração mais jovem dividia as casas onde cresceram em três ou quatro apartamentos, proprietários famintos dividiam grandes residências em ocupações de cômodo único para bêbados e vagabundos. Depois da Sétima Avenida, havia "casas de drogados", como Alma as chamava, entre os cortiços chamuscados, e traficantes de heroína vigiavam as esquinas. Em uma véspera de Natal, um ladrão de bolsa a derrubou na calçada e quebrou seu quadril. "Mal reconheço esse lugar hoje em dia."

Após o ataque cardíaco de Alma, Elizabeth fez morada no luto, e Carney não sabia como consolá-la. Ele tentava. A própria mãe de Carney morrera quando ele era jovem, e ele não tivera estrutura para se despedir de forma adequada. Quando o pai dele faleceu, foi uma bênção; ele experimentou uma nova liberdade, um alívio de sintomas. Só conseguia fazer observações sobre o estranho processo do luto da esposa.

Elizabeth dedicava-se ao trabalho, voltava exausta e depois se instalava no sofá da sala de estar, em uma aflição silenciosa, até adormecer. Havia adquirido um talento para xingar quando entrara na meia-idade, mas não tinha mais energia para insultos. Em outros aspectos, aconteceu o oposto disso. May e John conheciam-na como uma mulher firme e paciente; a nova Elizabeth de pavio curto os assustou. Mãe e filha batiam de frente o tempo todo, especialmente quando uma delas reconhecia alguma coisa de si na outra e se sentia compelida a reprimi-la.

Elizabeth propôs a viagem de trabalho naquele primeiro semestre. O itinerário: uma pesquisa sobre os novos hotéis inaugurados em Miami, depois paradas rápidas em Houston e Chicago para passar um tempo com a equipe da SV&T, culminando em uma carona até em casa no trem Lake Shore

Limited, ou fosse lá como a Amtrak passara a chamá-lo. Ela havia reservado dezenas de milhares de passagens para aquelas longas viagens de trem, mas nunca havia feito uma delas.

— Vai ser uma aventura — comentou.

Ele imaginou se a viagem faria com que ela atravessasse aquela fase triste. Doze dias fora de casa. Ele também não viajava muito — cinco dias fora o tempo mais longo que já estivera fora da cidade de Nova York. Mesmo a esquina da rua 83 com a Terceira Avenida era uma terra estrangeira, se parasse para pensar nisso; as vitrines eram menos apertadas e dispostas de um jeito humilde, como que para poupar sensibilidades refinadas. As letras nas placas da floricultura, da papelaria e da lavanderia eram elegantes e confiantes. Se a pessoa entrasse, não receberia um tratamento mequetrefe. Era como se os fabricantes de placas tivessem segregado as letras bonitas. Aliás, a placa de sua loja precisava de uma atualização. Ele anotou algumas coisas.

Era verão, mas cedo o bastante para que o concreto e o asfalto ainda não começassem a irradiar o calor acumulado durante a noite. A brisa carregava um cheiro agradável que não era de lixo nem esgoto. Um homem mais culto teria conseguido identificar a espécie de planta, mas o melhor que Carney pôde oferecer foi que ela cheirava "a árvore" — aquelas plantações intermitentes penduradas ali nas calçadas, tentando vingar. Carney não andava por aquele trecho do East Side havia anos e, se não estivesse carregando uma pasta cheia de joias roubadas, teria caminhado para casa. Mas não... Havia muitos trechos fodidos entre aquele local e sua casa. Ainda assim, era boa a lembrança de que a cidade já fora bem segura no passado, a ponto de poderem caminhar por onde quisessem.

No Harlem, Carney fazia uma brincadeira chamada *Minhas coisas estão aqui?*, na qual testava vários locais até onde seus móveis se espalhavam. X peças vendidas para X clientes ao longo de X anos, acrescentando variáveis complicadas com o passar do tempo — diluição pela construção de novos apartamentos, aumento e diminuição da população do norte da cidade, frequência de redecorações. Ele tinha um mapa mental, como num programa policial, cheio de alfinetes vermelhos que demarcavam os aglomerados, pontos despovoados, pontos cegos. Onde ficava o alfinete vermelho mais ao sul, o limite de sua empresa? Na rua 94? A que distância a leste? Onde começava a barreira invisível que separava a sua cidade da cidade branca?

O primeiro golpe em seu crânio fez com que ele se curvasse. O seguinte, nos rins, fez com que Carney avançasse para a lateral de uma perua estacionada. SULLIVAN REFORMAS E REESTOFAMENTO DE MÓVEIS. A parte ao redor do pneu estava enferrujada — em sua aproximação rápida, era como se um rato tivesse mordiscado um biscoito de água e sal. O homem ergueu Carney e o empurrou contra a perua azul. Carney buscou ajuda com o olhar — ninguém em qualquer direção na rua 83 — e, então, deparou-se com seu agressor. Não conseguiu identificá-lo até ele falar.

— Pensei que tivesse te perdido.

Pelo que Carney lembrava, Munson havia começado a trabalhar com Buck Webb quando ele havia sido transferido para o Harlem por conta de corrupção. A cortesia de Munson minava as desigualdades de poder entre policiais brancos e aqueles que recebiam para proteger. Buck Webb não via vantagem em ceder terreno, era um policial da velha guarda do Harlem, corpulento e com pescoço de touro. Um menino negro cresce no norte da cidade e, ao longo dos anos, cria um simulacro de policial branco. Buck Webb era fiel à imagem repugnante formada por uma geração de meninos negros. Os tempos haviam mudado. Homens como Buck Webb, não.

Às vezes, Carney via os sócios juntos — incomodando um sujeito do outro lado da rua, olhando por cima de um capô —, mas, certa noite, foram apresentados adequadamente no

Nightbirds. Os policiais tinham acabado de dar um tranco em um malandro no fundo do bar, deixando o homem humilhado, com a fuça toda quebrada. A tonalidade natural de Webb era de barriga de peixe branca que ficava completamente escarlate quando ele se enfurecia, como um lagarto no programa *Mutual of Omaha's Wild Kingdom*. Ele estava escarlate quando os sócios passaram pela porta, afogueados pela violência. Munson parou para cumprimentar Carney e o apresentou ao parceiro. Cumprimentar como se dissesse "até amanhã", sendo véspera do dia da propina.

— Carney? — perguntou Buck Webb. — Filho de Michael Carney?

Carney olhou para ele, piscando.

Webb riu.

— Munson, eu peguei aquele crioulo tantas vezes que quase precisava de um carnê para anotar. Qual é a dele?

Munson pousou a mão no ombro de Carney para acalmá-lo. Na própria história do tempo, nenhum homem negro jamais havia agredido um policial branco no Nightbirds, mas o gesto tinha significado.

— É um cidadão de bem — comentou Munson. — Vamos embora.

Ele lançou um olhar neutro para Carney, que nessa situação serviu como solidariedade.

— Eu o chamava de Big Mike, acho — explicou Webb. Ele se virou para a porta. — Ele nem era tão grande.

E foi isso. Carney raramente via Webb. Se Munson estava com o parceiro, significava que estava trabalhando, fazendo trabalho policial de verdade ou agindo em uma farsa de alto nível, por isso Carney não se envolvia. Quando Munson dava tapinhas no ombro dele, por conta própria, era quando tinha que ficar de olho em sua carteira. Webb aparecia tão pouco que Carney brincava: "Onde está Webb?". Tirando sarro das extorsões de Munson, mas também sem querer Webb perto dele com aquelas merdas de caubói branco.

Naquele momento, ali estava ele, um pesadelo na rua 83. Buck Webb pegou a pasta.

— Tá com os meus bagulhos aqui? — O peso da pasta lhe disse tudo de que precisava saber. — Você saiu daquele táxi e foi direto para o prédio... eu achei que estivesse lascado. — Ele chacoalhou de novo.

Na esquina, uma senhora branca parou o carrinho de compras para observar a cena, e Webb fez sinal de positivo para ela. Ele se virou para Carney.

— Você está com aquela cara de "Munson me fodeu". Sem dúvida. — Ele deu um soco na barriga de Carney. — Fala pro Munson que ele sabe onde me encontrar. A gente pode resolver tudo bem rápido. Botar em pratos limpos como dois brancos fazem.

QUATRO

Quando o vendedor de móveis voltou, Munson estava na janela com uma camiseta encharcada de suor e o antebraço esquerdo envolto em bandagens. Marcas de dedos ensanguentados pontilhavam a gaze branca como pétalas de rosa. Ele amassou uma lata de National Bohemian, jogou-a em direção à cozinha e enfiou com cuidado o braço ferido na camisa social.

— Tive que cobrar de alguém — disse Munson ao visitante. — Teve briga. E você?

O detetive observou Carney caminhar todo rígido até o sofá barato com a mão cobrindo a barriga. Carney deixou-o a par do acontecido enquanto examinava a nuca com delicadeza.

— Isso vai atrapalhar a gente — declarou Munson, acendendo um cigarro.

O vendedor de móveis estava dizendo a verdade: tinha as características de um Tratamento Especial de Buck Webb, com ênfase no trabalho na boca do estômago.

A cadeira diretor rangeu quando Munson se sentou. A vista o levou de novo à brincadeira de pega ladrão. Duas vezes em dois dias — ele não pensava na brincadeira desde que era criança. O feriado do Memorial Day foi a primeira ocasião que fez Munson lembrar, as tardes quentes e o ritmo lento evocando a brincadeira antiga, aqueles tempos passados jogando pega ladrão pelos intermináveis quarteirões e sombras do bairro de Hell's Kitchen. Esconde-esconde, pega-pega, com um toque especial. Munson espremia-se atrás das caixas de correio, tentando não ser esmagado pelos ônibus enquanto corria para dentro do trânsito, curvado na escuridão de escadinhas encharcadas de mijo enquanto o procuravam. Em fuga, como em um ensaio.

Munson riu, lembrando-se de como os adultos sacudiam os punhos para ele e sua turma, esse grupo de delinquentes juvenis cortando na frente deles na calçada e escorregando. Aqueles que ficavam de fora do jogo não conseguiam vê-lo, mesmo quando o jogo se desenrolava ao redor deles com um propósito anárquico. Então, um dos pirralhos pegava alguém do outro time e gritava "teje preso, teje preso, teje preso!", e o jogo invadia o mundo civil em uma explosão de barulho. As velhinhas largavam as sacolas de compras de surpresa, os entregadores desviavam os carrinhos e praguejavam.

Os únicos não jogadores que estavam a par do que estava acontecendo eram aqueles que assistiam de cima — os reclusos, esquisitos e velhos que passavam a vida na janela, peitos e braços empoleirados em travesseiros sujos que descansavam no parapeito. Estavam em cada quarteirão, esses juízes silenciosos. Suas histórias circulavam: ele havia sido derrotado na primeira rebatida com o Brooklyn Robins, e o cérebro ficara todo bagunçado; ela bebera uma garrafa de tônico nervoso depois que foi deixada no altar e, desde que saíra da prisão, observava e esperava que seu homem fosse buscá-la. Eles viam tudo lá de cima, as fintas e as reversões, as manobras e as corridas mal concebidas. Quando o jovem Munson se agachava atrás de um caminhão de leite, olhava para cima e via o ex-interbase olhando para ele com rosto vazio.

Munson virara um deles, assistindo de seu esconderijo na rua 157, expulso do jogo. Depois que estivesse de fora, poderia ver o sistema em sua totalidade, ver onde as engrenagens se encaixam nas outras, como o mecanismo funcionava, e planejar de acordo.

Munson girou o braço e flexionou-o para testar a lesão. Polegares e dedos úteis, ainda que doloridos. O homem das cavernas: polegar opositor de uma das mãos para segurar uma clava, dedo médio da outra para mandar se foder. Ele se espreguiçou e estremeceu. Virou-se para Carney.

— Você é casado, certo?

— Porra, você sabe disso.

— Não estou tentando tirar conclusões precipitadas — continuou Munson. — A unidade familiar é complexa no gueto, eu sei disso. Você tem uma esposa, sabe que não importa o quanto você a ame, não importa o quanto ela seja incrível, ela vai te enlouquecer às vezes. Com a maneira como ela anda e fala, como ela mastiga a porra da comida, como ela respira, caralho. Às vezes. O tempo todo, se não tiver sorte. — Uma lata de cerveja materializou-se em sua mão. — Ter um parceiro é assim. Ficar sentado no carro, ser babá de bandido, está frio, ele conta a mesma história que você ouviu centenas de vezes, você conta uma piada que contou centenas de vezes, cheiram os peidos um do outro, olham para dentro da escuridão... É um casamento. A mesma merda.

O convidado de Munson franziu a testa, dando uma olhada para a porta da frente, como se para ter certeza de que ela ainda estava ali.

— Você se divorciou ou algo assim?

— Divórcio — falou Munson. — É disso que estou falando, é preciso superar os obstáculos. Dar um passo para trás. Se acalmar.

Do contrário, os dois arrancam os olhos um do outro. — Ele apagou o cigarro. — Você sabe o que é um arrego?

— Aquele negócio do Serpico — respondeu Carney. — É como uma delegacia divide as propinas.

Todo mundo sabia as coisas do desgraçado do Frank Serpico. No ano anterior, o *New York Times* havia publicado uma série completa sobre corrupção policial, com Serpico estrelando como "o Denunciante". Serpico era correto, todos os demais na sua repartição eram bandidos. As coisinhas que tornavam o trabalho suportável — ter boia de graça, montar esquemas, embolsar vinte dólares para rasgar e jogar no lixo uma multa por excesso de velocidade — eram consideradas desagradáveis pelo Santo Frank. O que tornava coisas grandes, como a propina — uma maravilha de fraude engenhosa —, moralmente inaceitáveis. Serpico deu com a língua nos dentes para os superiores, que nada fizeram (o que não é surpresa), foi até a Prefeitura, que nada fez (idem), até saber que o *Times* estava prestes a publicar. Então, o prefeito Lindsay criou a Comissão Knapp para analisar "o problema".

Entre as refeições gratuitas e as extorsões de donos de bares, garotas de programa e qualquer idiota azarado que acreditasse que poderia fazer seus corres de graça, a propina passou por um exame minucioso.

— Todo mundo paga para funcionar — explicou Munson a Carney —, desde tempos imemoriais. Mesmo que chamassem de outra coisa, racha ou algo assim. Alguns anos atrás, um sábio disse: por que não organizamos isso? Na delegacia. Essa é a propina: os envelopes de todo mundo estão bem-organizados. No dia da coleta, dois cobradores fazem a ronda por toda a divisão. Procuram apostas esportivas locais, o escritório da loteria clandestina, o cara por trás do grande jogo de dados. Depois, aquela grande pilha de dinheiro é dividida de acordo com quem você é, sua posição e senioridade. Se patrulheiro, digamos que ele ganha seiscentos extras por semana, um sargento ganha oitocentos, até o capitão, que fica com uma parte e meia.

Pelo menos no Harlem, acrescentou Munson para si mesmo. Por isso, chamavam o lugar de Costa do Ouro. Por isso, Munson foi transferido por corrupção, óbvio. Patrulhe as ruas, ganhando doze mil por ano, se tiver sorte; a Costa do Ouro traz um belo bônus. Nos bons e velhos tempos, quando Munson era o cobrador de sua divisão, ele operou uma fraude em que inflacionava o número de policiais à paisana. Os agentes de apostas entregaram a grana. Como havia sido Munson quem dividira a propina, ele embolsou as parcelas dos policiais à paisana inventados. Não foi um esquema ruim.

— Caras como eu — disse Munson —, eu garanto o que é meu, mas podemos dizer que trabalho à noite também. Recolho tributos adicionais de certas partes para meus contratos privados. Como você, Chink Montague, Notch Walker, agora. Ele paga a delegacia para operar, e molha minha mão para manter a operação funcionando perfeitamente. Um é gasolina no tanque, o outro é o óleo.

— Funciona perfeitamente até quebrar — disse Carney. — Serpico levou um tiro no rosto. Disseram que foram os polícias.

— O bandido odeia quem caminha reto, Carney. Quem fica todo posudo... *Acha que é melhor do que eu?* — O detetive encolheu os ombros. — É só uma questão de tempo até que alguém tente acertá-lo.

Carney levantou-se para abrir mais a janela, que nem se mexeu.

— Você quer saber por que Webb atacou você — disse Munson. Ele acendeu um cigarro. — Há duas semanas, o Exército da Libertação Negra atirou naqueles dois patrulheiros e declarou temporada de caça aos policiais. Toda a força está mobilizada para acabar com eles, como foi que o Malcolm X disse? Por qualquer meio necessário. É uma missão sagrada.

Webb e eu estamos correndo a cidade inteira e recebemos dicas de alguns idiotas militantes que usam uma cozinha comunitária como fachada. Entramos, estouramos alguns miolos...

— Cozinha comunitária?

— Já leu aquele artigo dos Panteras? As cozinhas comunitárias são a forma como conseguem se firmar em um bairro, dando às pessoas o que elas precisam. Muitas dessas pessoas são de fora do estado, agitadores. Califórnia, Oakland. E chegam com a conversinha deles e tentam virar nossos negros contra nós.

— Seus?

Vindo de Carney, o tom podia ser interpretado como irritado.

Munson levantou as mãos: as pessoas estavam muito sensíveis esses dias.

— A questão é que estamos por toda a cidade seguindo pistas. Na sexta-feira passada, recebi uma dica de um cara que conheço: quebrou as rótulas de Notch Walker. Às vezes ele me entrega umas coisas, ainda não conheço o jogo dele. A gente se encontra nos fundos do Baby's Best, e ele me pergunta se ainda estou procurando aqueles assassinos de policiais. O que você acha? Ele me dá o endereço do lugar onde uma das namoradas deles está.

Munson e Buck estavam sentados no apartamento, um prédio de cinco andares na rua 146, entre a Amsterdam e a Convent. A janela do terceiro andar não tinha cortina. O apartamento estava iluminado, sombras brincavam nas paredes. Os detetives ficaram esperando no carro.

Dois caras de cor vieram gingando pela rua, com uma postura diferente dos talentos locais, uma espécie totalmente diversa. Munson e Webb se entreolharam: "Tudo bem". Os homens não tocaram a campainha nem mostraram as chaves — a porta de entrada estava arrombada. Subiram para entrar na festa.

Munson suspirou.

— Preciso enfatizar que nosso relacionamento, meu e do Buck, está mostrando sinais de tensão. Estivemos juntos por muitos anos, arrombamos portas e prendemos todos os tipos de cabeças-ocas nesta terra verdejante de Deus-Pai, mas, como eu disse, uma hora ou outra um parceiro vai te irritar. Buck, no meu caso. "Você vai mesmo deixar a bebida de lado, recusar as bolinhas, parar de varar a noite para dar conta de tudo." Vou, mas quem é você para falar...

— Peguei a essência — confirmou Carney.

— O que quero dizer é que... sabe quando sua esposa começa a gritar com você sobre ABC, mas nunca é A, B ou C que irrita de verdade, na realidade é Z, a última coisa da lista dela? Mas ela não consegue dizer isso até passar por todo o alfabeto?

— Pegue seus Alpha-Bits e venha comigo, vamos comer os Alpha-Bits de A a Z.

— O quê?

Carney encolheu os ombros.

— Buck está repassando todo o alfabeto — respondeu Munson —, e, por fim, chega ao Y, que é quanto dinheiro estou ganhando. Por que você não dividiu aquilo ali comigo, por que não dividiu aquilo outro, citando as merdas nas quais eu não pensava fazia um tempão. Gente morta faz anos, negócios antigos de muito tempo atrás. O que ele está esperando? Sou um empreendedor.

— No fim, ele larga o Z. Z é o que deixa o cara chateado de verdade. Z é que ele diz que recebeu uma intimação da Comissão Knapp, e por que ele e não eu?

Por que Buck, e não ele? Não era algo sobre o que Munson quisesse refletir por muito tempo. Antes de a Câmara Municipal conceder a Knapp e sua turma o dom da intimação, ninguém os incomodava. Outra comissão falsa para fins de propaganda. Jogar iscas para patrulheiros de baixo escalão e extorquir donos de bares e motoristas de guinchos, tudo isso são besteiras sem valor. Mas, em março, eles conseguiram o dom da intimação, e as pessoas estão recebendo as delas. E as pessoas que sem dúvida deveriam receber as delas não estão comentando se receberam ou não.

Munson ouviu falar de Knapp pela primeira vez nos anos 1950, quando o promotor-assistente destruiu os esquemas de corrupção na região das praias. Um homem sério. Era de conhecimento público que o orçamento da comissão havia terminado em 1º de julho. Munson havia considerado esperar até que se esgotasse. Mas se chegasse o Memorial Day e eles estivessem ligando para o cara que se senta ao lado dele, quanto tempo faltaria para eles baterem à porta? Às vezes, Munson pensava que deveria ter entrado no negócio da corrupção lá atrás. Com trabalho constante, às vezes dá para criar algum golpe de altíssimo nível de dentro para fora.

Munson acendeu mais um cigarro. Estava com dois acesos e começou a alternar.

— Estou com Buck faz dez anos — recomeçou Munson. — Vi homens mijando as calças quando chegávamos. Ele tem aquele "combustível do mal" desde pequeno. Mas levou um tiro faz uns dois anos e não é mais o mesmo. A mulher dele arranjou um advogado para o divórcio, sabe de onde ele tira o dinheiro e quer usar isso para deixá-lo sem um tostão. No auge, ele era bem diferente. Agora ele tem medo de se arriscar.

— Eu fico me perguntando — disse o detetive. — Se eles botaram o cara pra dentro, será que conseguem acabar com ele? Lá atrás, esquece. Mas os velhos tempos passaram. A cidade mudou. Está desmoronando ao nosso redor, e temos que fugir da merda que foi jogada no ventilador.

Munson parou para encarar seu convidado. Será que Carney entendeu o que ele estava dizendo? Era um daqueles caras de cor inescrutáveis que nunca permitem que ninguém saiba o que passa por sua cabeça. Na maioria das vezes, não tinha problema. Naquela noite, Munson precisava saber se Carney tinha o que era necessário para dar conta da parte dele.

Veremos.

— Será que eles conseguem acabar com ele? — perguntou Munson. — Essa é a pergunta que me faço quando as luzes do apartamento se apagam, e aqueles viadinhos com quem dividimos a mesa saem do prédio.

Munson e o parceiro tiveram uma escolha a fazer: seguir os três suspeitos ou subir e revirar o lugar. Tinham saído de mansinho para buscar cigarros ou estavam tramando alguma coisa e valia a pena ir atrás deles? Ele explicou a situação a Buck, e Buck votou por subirem até o apartamento. O parceiro também sentia o cheiro de algo flutuando na brisa: estavam prestes a aprontar uma das boas.

Cinco andares, dois apartamentos por andar. Alguma *mamacita* estava preparando uma gororoba espanhola que invadiu os corredores e deixou Munson com fome. As escadas estavam vazias, nenhum drogado cochilando no patamar ou bebê com a fralda transbordando rastejando pelos azulejos pretos e brancos. Nunca dava para saber o que se encontraria. TVs aos berros, tiros ressoando no mesmo programa policial, todo mundo assistindo à mesma coisa andar após andar. Nos últimos tempos, as mãos de Munson estavam tremendo, mas Buck, apesar de toda a recente falta de vigor e viço, ainda dava um jeito em fechaduras. Sem muita demora, eles entram.

O apartamento 3F era um quarto e sala, com espaço apertado no corredor por causa das malas e caixas empilhadas. O lugar pertencia a um tipo religioso, Jesus sangrando na parede e tudo o mais, mas o lugar estava tomado. Um dos caras do Exército da Libertação Negra busca a menina no parque. Você ama Cristo, nosso Senhor? Eu também amo ele, ele é muito maneiro. E, na próxima semana, a equipe toda dele vem pra cá. Tinha colchões empilhados no chão, sem lençóis, sacolas militares com roupas. Munson calculou que havia cinco ou seis pessoas hospedadas ali naquele momento.

Buck foi para o quarto, Munson cuidou da sala de estar. Um tapete vermelho grande e surrado cobria grande parte do chão, caixas de jornais e panfletos revolucionários deixavam o local atulhado.

— Os artigos acadêmicos de costume na capa — comentou Munson. — Mate os branquelos, defenda nossos irmãos amarelos no Vietnã.

Ele retirou um travesseiro que estava enfiado em uma caixa de leite. Debaixo do travesseiro encontrou quatro revólveres e algumas caixas de munição. Dois fuzis automáticos embaixo do sofá, como sandálias chutadas para lá.

— Buck chamou da outra sala — disse Munson. — Otimista como no passado, e sei que ele encontrou a coleta que havíamos cheirado lá da rua. Quando volto, ele está segurando uma mochila com dinheiro, e tem outra sacola dentro dela... o que acaba se provando ser o produto do roubo de J. M. Benson alguns dias antes. Reviramos a sala em busca de mais coisas, mas isso aí é o filé. Concordamos com a cabeça um para o outro. Não precisamos de mais nada. Levamos a coisa toda.

Nenhum sinal dos revólveres de serviço de Jones e Piagentini. Munson tirou um dos revólveres da caixa de leite. Seria útil mais cedo ou mais tarde. Era uma característica dos revólveres em que dava para confiar.

Ele não via Buck tão feliz fazia meses, sorrindo como um grande macaco irlandês, descendo as escadas aos pulinhos. Mas, quando chegou no alto da escadaria, ele deu um sinal: o Exército da Libertação Negra estava vindo pela rua 146. Os mesmos três caras.

— Nosso carro está do outro lado — continuou Munson —, então sabemos que vamos chegar até ele, informar o local para a central e retornar mais tarde. A prioridade é esconder a grana que encontramos.

Talvez até se juntar à diversão mais tarde. Era divertido roubar esses merdas, dar no pé e depois aparecer com os policiais responsáveis. *O que temos aqui?* Dez dólares, se conseguir fazer seu parceiro dar risada.

Havia um radical negro cujas ordens os outros acatavam, o chefe. Era um homem alto, com cabelo afro grande e um cavanhaque, caminhando a passos largos com botas de combate e uma jaqueta militar com dragonas de pele de leopardo. Quando saíram do apartamento, ele examinou a rua como um profissional enquanto os tenentes faziam piadas e brincadeiras. Mais tarde, Munson checou novamente o livro de casos dos militantes na delegacia. O homem se chamava Malik Jamal, nome de batismo Robert Taylor, de Chattanooga. Procurado por assalto à mão armada e agressão, ex-membro dos Panteras Negras e atualmente um grande chefão do Exército da Libertação Negra. Desde os assassinatos de policiais, os chefes mantiveram todos atualizados sobre as atividades radicais negras. O Exército da Libertação Negra operando atividades ilícitas lá e na Califórnia, nos últimos meses, para acumular fundos de guerra. Eles chamavam de "expropriações". Roubando clubes noturnos, empreendendo assaltos mal e bem-sucedidos a bancos e outras bandidagens descaradas à luz do dia, como J. M. Benson.

— Jamal me olha bem nos olhos quando subimos a calçada e nos mede de cima a baixo. Buck está segurando a bolsa nos braços, por isso fica quase invisível, mas dois homens brancos corpulentos de meia-idade que caminham como policiais? Naquele quarteirão, saindo daquele prédio? Ele nos encara uma segunda vez. Grita, nós começamos a correr, e um deles começa a atirar. A gente revida os balaços, mas a prioridade é dar no pé com a encomenda, não tirar um distintivo do bolso e oficializar a coisa toda.

Esquivando-se entre os veículos para se proteger, como se estivesse brincando de pega ladrão. Será que foi aí que tudo começou, a ligação entre ele naquele momento e quem ele era antes? Munson continuou:

— Sexta-feira estava quente, se você se lembra, uma porção de civis lá na Amsterdam, tocando música alta e jogando dominó. O Exército da Libertação Negra dá no pé... eles sabem que, com o reforço das patrulhas, vão chegar outros carros num piscar de olhos. Buck fica ofegante, está fora de forma. Para ser sincero, eu também perco o fôlego. Pegamos um táxi quando chegarmos à Broadway, é como nos velhos tempos, eu e ele aprontando uma daquelas. Como se eu tivesse acabado de me transferir para o Harlem e houvesse dinheiro rolando por todo lado, jorrando da calçada como petróleo.

Nos últimos cinco anos, Munson e o parceiro mantinham uma espécie de *garçonnière* na rua 54, perto da Lexington.

— Sabe nos filmes, quando eles mostram um prédio bem bonito e fazem mulheres ricas saírem dele levando poodles para passear? Juro que sempre que chego aparece uma vagabunda rica com um poodle, é bem maluco.

Os detetives recebiam as garotas ali e escondiam itens sortidos de vez em quando. A vista do décimo quarto andar proporcionava uma visão da noite indômita da cidade e a ilusão de invencibilidade. O horizonte impassível não revelava qualquer indicação de sua opinião sobre o assunto. Todo mundo se divertiu no barzinho, que tinha tema de faroeste. Ao lado do balde de gelo tinha uma buzina que, quando apertada, mugia.

Quando chegaram à *garçonnière*, os detetives deram uma boa olhada no produto de Benson. Era magnífico, o auge de suas carreiras ilícitas, de todas aquelas pequenas ousadias ao longo dos anos e da experiência e da dedicação arduamente conquistadas para esse ofício. Buck pegou um punhado de dinheiro, Munson pegou outro, e eles contaram: cento e vinte e cinco paus. Buck e Munson haviam trazido uma bela quantia para casa naquela noite.

— Estamos em dívida com os rebeldes na Argélia, com o Vietnã do Norte e com qualquer merda que tenha inspirado o Exército da Libertação Negra — explicou Munson a Carney, apagando o cigarro e acendendo outro. — Isso ajuda a acalmar Buck quanto à intimação. Sempre ganhamos um dinheiro porque somos espertos e aguentamos a bronca enquanto os outros caras pegam ar. Podemos lidar com Knapp e sua comissão porque é o que sempre fazemos.

O esconderijo era seguro na rua 54 até que a barra estivesse limpa.

O feriado trouxe vários presentes a Munson, como quando a pessoa se senta para jogar um carteado e fica afobada: "Me dá, me dá, me dá, não posso perder". Fred Stevenson fez um churrasco em seu novo duplex em Union City. Salsichões e pimentões estalando na grelha em meio ao fumacê marrom suculento, e uma vista parcial de Manhattan do outro lado do rio, tão tingida pela poluição que parecia uma imagem do Velho Oeste. Ao anoitecer, ele foi até Bay Ridge buscar a Pam e eles foram ao cinema assistir a *Latigo, o pistoleiro*, no Loews. Não foi tão bom quanto o primeiro, mas quando saíram, Pam disse que achava ele parecido com James Garner. Como assim? "Porque você é engraçado, mas também é forte." Ele aceitou o elogio. Ela trabalhava na Young Miss Shop, em Korvettes, e disse que poderia arranjar alguma coisa se quisesse algo para uma sobrinha. Ele disse: "Tenho um desconto permanente". Ele saiu do apartamento dela ao amanhecer, quando os pombos o acordaram com seus arrulhos matinais idiotas.

O domingo passou como uma tela em branco. Ele rabiscava. De alguma forma, acabou no lugar antigo, na rua 46. Todos os rostos novos, até mesmo os observadores nas janelas, tinham se virado de costas, com os travesseiros cobertos de fuligem e julgamentos silenciosos. A cidade parecia tranquila, como se estivesse suspirando.

* * *

Depois do cosmopolita apartamento de solteiro de Green, o esconderijo de Munson na rua 157 parecia um cenário de filme bem espartano. Se empurrar as paredes com muita força, podem tombar.

Carney ficou aliviado por Munson não se incomodar com o fato de Buck Webb ter roubado suas coisas. Parecia entorpecido, o que era um bom presságio para a saída de Carney dessa aventura. Aquilo era entre os dois brancos. Munson acreditou na história, era o mais importante. Ele podia suportar o monólogo e, em seguida, voltar para casa e tomar uma aspirina.

— Hoje de manhã — disse Munson —, estava prestes a entrar na delegacia e ouço meu nome. O negócio chega às minhas mãos antes mesmo que eu possa fazer qualquer coisa: fui intimado. O maldito oficial de justiça jogou essa merda em cima de mim e fez como Jesse Owens. Percorreu a rua 28 inteira para mandar o recado. Knapp está me chamando.

Munson não estava tentando devolver a grana de um agente de apostas, mas sim dar o fora da cidade.

— Entendo por que seu parceiro está bravo — disse Carney.

— Eu iria mandar a parte do Buck — comentou Munson. — Quem ele pensa que eu sou? Eu dou fim nas pedras, cobro algumas dívidas pela cidade e limpo a grana em algum lugar tranquilo. Mas ele não teria me deixado ir até o receptador, considerando a outra complicação.

— Como assim?

Munson acendeu um cigarro.

— Eu poderia ter conseguido. Acalmado o Buck, eu sei fazer isso. O Exército da Libertação Negra, com trinta mil polícias na cidade à procura deles, é apenas uma questão de tempo até que sejam apanhados. Atiram em policiais só por diversão, mas o principal para eles é financiar a operação. Roubos, trazer maconha da Califórnia para Notch Walker vender na rua. Notch tem ajudado os caras com armas e logística. Com outras coisas também, ao que parece.

Carney comentou:

— Isso não é bom.

— Não mesmo, Carney, você tem razão. Eles são parceiros, como no serviço de J. M. Benson. Metade das coisas que deixei com você hoje é do Notch.

— Notch Walker.

— Isso. Um dos meus rapazes trabalha no bar do Emerald Inn. Ontem à noite, me disse que aqueles caras da rua 146 apontaram o dedo pra mim e pro Buck, e Notch espalhou a notícia. Os receptadores da cidade alta não abrem a porta, eu chego batendo. Mas alguém como você, pouco conhecido...

Munson terminou a cerveja e se levantou.

— Provavelmente, minha cabeça está valendo alguma coisa. Pensei que ainda teria um tempo até que Buck percebesse que a grana havia sumido, mas talvez tenha ouvido falar que Notch estava procurando a gente e supôs que daria no pé ou pretendia vazar ele mesmo. Foi Buck quem passou a ligação para Munson quando Carney telefonou para a delegacia. Munson comentou que Buck deve ter se lembrado dos dias de receptação de Carney e ligado os pontos. O detetive jogou dois comprimidos na boca e afivelou o coldre no peito. Ele enfiou uma .38 no que ficava acima do tornozelo.

— Está pronto?

— Estou indo para casa.

— Preciso que você dirija. — Ele ergueu o braço machucado. — Divisão de trabalho.

— Não posso.

— Não estou pedindo.

Carney levantou-se.

O momento passou. Munson abriu um sorrisinho. Vestiu o paletó esporte azul, que estava mais justo do que antes, e conferiu a carteira e as chaves às apalpadelas.

— Me dá uma carona e eu libero você. Você vai receber os ingressos, vamos acabar com isso, e vai poder seguir seu caminho.

Carney já trabalhava com o detetive havia tempo suficiente para saber que ele estava mentindo, inclusive sobre os ingressos. Era culpa dele mesmo. Estava no caminho do bem havia quatro anos, mas deu uma escorregadela, e todos estavam felizes em dar uma força para virar um escorregão. Pau que nasce torto morre torto, e o bandido odeia quem caminha reto. O resto é sobrevivência.

CINCO

Edgecombe Avenue, 535. Um endereço da pilha de faturas em sua mesa, de um de seus clientes. Senhora porto-riquenha, dois filhos, cabelo ruivo encaracolado preso embaixo de um lenço quadriculado em verde e branco. Novo sofá conversível e desculpas por não ter beliches. O nome dela lhe escapava, mas a musicalidade de sua fala ficou gravada. *Cinco três cinco*: um filamento delicado, um fragmento de um jingle de TV, a voz de uma estrela ambiciosa roubando a cena, sedutora e determinada.

Em tempos melhores. O local havia sido incendiado. A madeira compensada selava as janelas do primeiro andar e as de cima estavam escurecidas e rodeadas por fuligem. Carney esperava que tivessem conseguido sair de lá.

— Fraude de seguro — comentou Munson. — O proprietário compra barato, consegue uma hipoteca grande e gravames fiscais. Investe pesado no seguro e *bum*... bota fogo na coisa toda. — Ele saiu do carro para mijar. — Aqui no Harlem, no Brooklyn e no Bronx. Rapaz, eu bem que gostaria de participar.

Um esquema que já vinha de antes de Carney nascer, ele nem precisava dessa lição. Às vezes, o pai chegava em casa cheirando a querosene. Parte da clientela de receptação de Carney entrava nessa às vezes. "Bota fogo em alguns trapos e dá no pé", comentou Skip Lauderdale para ele uma vez. Estavam esperando que o cara das moedas retornasse a ligação.

— Você ouve pessoas brigando no corredor, crianças gargalhando, e espera que o cara que deveria ligar para o corpo de bombeiros faça seu trabalho. Em geral, o incêndio termina antes que alguém se machuque.

Em geral significava que às vezes as coisas aconteciam de outro jeito.

O esquema do incêndio criminoso estava mais descarado. O inspetor estadual está na sua mão, quem vai sinalizar pagamentos suspeitos dos sinistros? Mais um sinal da deterioração avançada na cidade. Dirigindo pela via expressa, Carney olhava ao redor e via uma planície de escombros em vez de um bairro, tijolos espalhados que um dia foram cortiços contendo as esperanças e as lamúrias de dezenas de milhares de recém-chegados, lutadores, que insistiam humildemente. Um homem acende um fósforo e um prédio vira fumaça. O proprietário deixa de pagar impostos e entrega o prédio aos drogados, que se instalam e expulsam as famílias, e em seguida a cidade demole tudo. Cratera por cratera. Uma falta de vergonha organizada que beira a conspiração. Mais simples que a conspiração era a opinião de Carney: em geral, as pessoas eram horríveis.

Em abril, os jornais acompanharam uma delegação de prefeitos que veio à cidade para uma conferência, com uma visita de campo ao bairro de Brownsville. Elizabeth leu as citações, usando sua voz caucasiana para os visitantes indignados:

Kevin White, de Boston, disse que a área de vinte quarteirões "talvez seja o primeiro sinal tangível do colapso da nossa civilização".

"Deus, isso aqui parece Dresden", disse Wesley C. Uhlman, de Seattle.

...*e a maioria disse que lembrava o lar deles.*

Rá, rá. Essa última citação virou piada quando ela e Carney saíram para passear e encontraram sinais de decrepitude na vizinhança. Um pervertido encolhido em um banco de parque, tirando gosma de um balde de ferro; um gato vadio com a cabeça esmagada; uma boneca imunda sem metade do rosto: *Isso lembra minha casa!*

A leste de Edgecombe ficam o Coogan's Bluff e o topo da escada do antigo estádio de beisebol Polo Grounds. Os vagabundos acampavam no parque além da muralha de pedra, em barracos aninhados nas pedras. Paredes de chapa metálica sustentadas por tubos. Um dos moradores havia levado um animal de estimação: um vira-lata com pelo desgrenhado e sujo, amarrado a um bloco de concreto por um fio telefônico longo e encaracolado. A poucos quarteirões do esconderijo de Munson, ele cruzou a fronteira para dentro de uma cidade diferente.

Munson assobiou para o cachorro, e recebeu indiferença como resposta. Então, voltou para o carro.

— É uma vigília? — questionou Carney.

— Só porque estamos esperando. Tirando isso, não tem mistério algum.

Não tem mistério porque estavam esperando o parceiro dele. Munson havia entrado em contato com Webb de um telefone público a três quarteirões do apartamento da rua 157. Enquanto ele discava, Carney sopesou os prós e os contras de sair correndo dali. Elizabeth estava segura fora da cidade, então era pegar as crianças e dar no pé antes que a noite piorasse. Porque estava piorando a cada minuto, como se ele fosse um prego sendo martelado cada vez mais fundo, ficando mais acomodado e preso. Dois policiais brancos sendo perseguidos pelo Departamento de Justiça, por radicais negros com submetralhadoras, por Notch Walker. Aquilo era insustentável. Sua avaliação: era terça-feira à noite, uma noite quente e agradável em Washington Heights, com pessoas ao redor, testemunhas, e Munson não poderia detê-lo mesmo que corresse.

— Carney. — Munson fechou a mão sobre o bocal do fone. — Nem pense nisso.

Ele desligou o telefone e informou a Carney que estavam indo para o Highbridge Park para resolver as coisas com Buck.

— Talvez você até faça com que ele peça desculpas por ter te batido. O que ele fez, te acertou no rim?

— Sei lá como vocês chamam isso.

Munson deu de ombros e explicou que seu carro estava logo após a esquina.

Carney dirigiu o Cadillac até a rua 158 com a Edgecombe, um quarteirão a sul do encontro. Rua 54 com Lexington, 157.

— Quantos esconderijos você tem? — perguntou ele.

— São como mulheres... a gente precisa de algumas reservas.

Carney tinha apenas uma. Estava pensando, mas não havia mais dúvida de que tiraria folga no dia seguinte para ficar com Elizabeth. As crianças só chegariam em casa depois das quatro. Teria que explicar o galo na cabeça e os hematomas na barriga. Da última vez que ficara com um olho roxo em negócios extralegais, ele contara para Elizabeth que um drogado o havia socado e fugido. "Está uma loucura lá fora!" Dessa vez, ele seria *assaltado*, considerando o estado da cidade. Se Alma ainda estivesse viva, ele teria escolhido um local de assalto para irritá-la: na frente da igreja dela, em plena luz do dia, ou diante da Broken Wing, aquela instituição de caridade para órfãos da qual ela fazia parte. Pela primeira vez, sentia a perda dela.

— Eu conheço Chink — comentou Carney —, mas não conheci Notch Walker. Ele começou em Sugar Hill?

— Até que ficou pequeno demais para ele — respondeu Munson.

Carney estava fora havia quatro anos, mas o nome de Notch Walker aparecia bastante entre o velho bando corrupto do Nightbirds ou do Blossom. Prostitutas, heroína, loteria clandestina. Assim como Elizabeth, Notch era uma espécie de agente de viagens, traficando fugas: sexo, embriaguez, o sonho de ganhar uma bolada. Os produtos se vendiam sozinhos, por isso ele direcionava as campanhas promocionais aos concorrentes: acorrentar tenentes de equipes rivais a bancos no Riverside Park e incendiá-los; promover um tiroteio em um clube noturno que matou um grupo de civis e virou notícia nacional. Uma troca de tiros contínua com a gangue do Chink em Lenox em uma tempestuosa véspera de Natal arruinou para sempre as canções de Natal para mais de um espectador. Foi uma inauguração agressiva.

O *Amsterdam News* publicou uma foto de Notch desfilando em frente ao restaurante Sylvia's com um sorriso imperial na cara. Era alto e tinha ombros largos, vestido naquele dia com calças justas marrom e brancas quadriculadas e um sobretudo de couro trespassado que o fazia parecer um pirata crioulo. Bumpy Johnson em seu elegante terno risca de giz Harry Olivier e chapéu Homburg eram relíquias de um Harlem antigo. Notch era o tipo de gângster que as ruas eliminavam: chamativo, letal e implacável.

Munson acendeu um cigarro. Comentou que, a cada dois anos, um novo ator entrava em cena e tentava ganhar fama.

— A velha guarda sufoca ele no berço, ou não. A nova guarda vira o *status quo*, e por isso são eles que os jovens estão buscando derrubar.

Ele observou um Cadillac DeVille que parou na Edgecombe. O motorista era um espanhol de cabelo comprido e costeletas fartas e saudáveis. Munson disse:

— Notch é o caranguejo que chegou ao topo do balde.

Em sua aposentadoria, Carney se juntou ao pessoal bom e decente, fechando bem as cortinas quando os tiros ressoavam na rua e zombando das disputas territoriais e dos rumores sangrentos do jornal matutino. Só mais um careta. Gostava de ficar de costas para a janela, ignorando qualquer drama idiota que ocupasse os clãs em guerra naquela semana. Por que então dava um pulo no Nightbirds, não com tanta frequência, mas com frequência suficiente, e no Donegal's também, e no Blossom, onde um ou outro rosto de dias desviados nunca deixava de aparecer? Não demorou muito para que eles revelassem as últimas novidades, e uma bebida grátis resolvia o problema com correspondentes relutantes. Por que foi até lá e por que guardou o cartão de Green quando estava feliz e aposentado em definitivo?

Silêncio no Cadillac. Os dois homens que percorriam o bate-estaca de seus pensamentos. Munson apressou-se em dizer:

— Você brincava de pega ladrão no Harlem?

— Você não está no estrangeiro, Munson.

Tinha taco, tinha handebol e tinha pega ladrão. Carney adorava essa brincadeira, que era como pega-pega, mas maior e mais monstruosa. Uma equipe caçava, e a outra era perseguida. A "cadeia" ficava em um alpendre, ou no porta-malas de um carro de propriedade de alguém que não bateria em você por tocar em seu carro. Para capturar um oponente, era preciso aguentar o tempo necessário para gritar: "Teje preso, teje preso, teje preso!". Pescoços ficavam machucados, e camisas, rasgadas enquanto o inimigo tentava se soltar. Se o alpendre começasse a encher, uma fuga da cadeia era necessária. Aqueles primeiros ataques, em que se corria para libertar os amigos — "todos livres, todos livres, todos livres" — sem ser pego. Essa última parte envolvia imitar aquelas merdas do Fred Astaire, pulando e girando.

Na maior parte do tempo, Carney e os amigos brincavam na frente da casa do Freddie na rua 129. Dependendo do apetite e do entusiasmo, o limite era de alguns quarteirões, ou a área da brincadeira abrangia toda a cidade, onde quer que os pés os levassem. Depois que todos eram presos, os times trocavam de lado, e a brincadeira recomeçava. Havia lendas de jogos que duravam dias, parando na hora do jantar, quando todos eram chamados para seus cortiços sombrios — os pais bêbados, as mães indiferentes ou qualquer arranjo miserável que estivesse chamando para entrar — até a manhã seguinte, quando o jogo recomeçava.

Carney disse:

— Sempre foram crianças com irmãos mais velhos que contavam histórias sobre as brincadeiras que duravam o dia todo. Coisa de criança mais velha.

— Não, era verdade — comentou Munson —, brincávamos por dias a fio. — Ele acendeu um cigarro. — Devia ser chamada de polícia e ladrão. Pegar a outra equipe pela gola ou correr por aí tentando ficar fora da prisão: polícia e ladrão.

Carney disse:

— A gente chama de prisão porque era um lugar para onde ninguém queria ir.

Se o pai soubesse que ele estava brincando de polícia e ladrão, já teria tirado o cinto. Que merda, ele teria pegado o cinto de Carney também e dado umas lambadas duplas nele.

— Você era policial, depois, ladrão, e voltava a ser policial. Não importava como a pessoa se visse, era os dois ao mesmo tempo — comentou Munson. — Corríamos por toda a Hell's Kitchen. Por toda a cidade. O dia inteiro. Parávamos um pouco para comprar um refrigerante, e aí um dos caras te pegava e gritava: "Teje preso!". Eu ficava: "Espere aí, ainda estamos brincando?". Claro que estávamos, a brincadeira nunca acabava.

— Ele grunhiu. — No dia seguinte, começava tudo de novo.

Buck Webb passou devagar em um Cadillac DeVille verde-escuro. Webb e Munson trocaram um aceno de cabeça que Carney interpretou como um sinal policial silencioso. Webb estacionou mais adiante no quarteirão.

Os parceiros dirigiam a mesma marca, o de Munson era vermelho.

— Compraram juntos? — questionou Carney.

— Eu tenho um contato. — Munson pegou a sacola plástica que estava aos seus pés, flexionando o braço machucado. — Vou pedir desculpas pro cara, explicar e entregar a metade dele. — Ele deu um tapinha na sacola plástica. — Depois, vamos fazer aquela missão que mencionei.

— Achei que *essa* fosse a missão.

— Missão? É só o Buck.

Munson saiu e caminhou até o DeVille, se abaixou para falar pela janela e entrou.

Carney já havia andado de carro com Munson uma vez, anos antes. Enquanto o policial percorria a rota da propina, realizou um interrogatório lento de Carney sobre seu primo Freddie. Carney levou alguns quarteirões para entender o que estava acontecendo. Deu um tapinha no estofamento. Não era esse mesmo carro, mas tinha certeza de que ele já havia passado por muitos problemas. Acumulava a violência como fazia com quilômetros. Dava para acompanhar os quilômetros porque era importante — espancamentos de homens negros, eles não se importavam com esses registros.

Ele imaginou se algum dos caras com quem crescera havia tomado uma pisa no banco de trás. Brad Wiley! Bradford Wiley, com certeza, depois de assaltar uma lanchonete ou roubar o cheque da previdência social de uma idosa. Ele "sempre foi mau", como dizia a tia Millie. Mentia na cara dura, sem nem pestanejar, como quando brincavam de pega ladrão, e ele negava ter saído dos limites quando não podia ter escapado sem um transportador.

Carney e os amigos não faziam torneios de pega ladrão que duravam o dia todo, como aqueles dos quais Munson falava, mas passavam horas se escondendo e perseguindo, espreitando em vestíbulos, gritando rua abaixo como criaturas loucas e barulhentas. A gente pegava alguém, e o outro capturava a gente. Lançava as palavras mágicas antes que o inimigo conseguisse se desvencilhar.

Ficavam roucos no fim do dia por causa de todos os gritos. Ele e Freddie sempre estiveram no mesmo time, e boa sorte para quem tentasse separá-los. Carney morava com ele e tia Millie à época, e com Pedro quando ele estava por ali. Freddie era o recrutador. Ficava de olho em todos que estavam lá embaixo para brincar, as crianças do andar de cima, dos dois lados do quarteirão, do quarteirão seguinte. Os gêmeos Jones, Jesus, Roger Roger, Timmy Perneta. Dando o aval para algum idiota de nariz escorrendo que nunca havia sido visto: "Ah, esse é o Sammy da Jamaica, ele é legal". Nunca se via esse pessoal por aí, só existiam naquele plano terreno quando Freddie convocava um jogo.

Houve algumas partidas históricas ao longo dos anos. Naquela tarde chuvosa, Roger Roger derrubou o carrinho de frutas do sr. Conner e precisou trabalhar durante o verão todo. Naquela vez, Carney e Freddie se esconderam no telhado e viram a mulher nua do outro lado da rua fazer uma dancinha de cinta-liga. Freddie quase caiu pela beirada tentando ver a cena. E aquele último jogo, cuja terrível grandiosidade sobrevivera à mitologia infantil e permanecera sendo uma anedota.

Eram meados do primeiro semestre de 1942. Freddie e Carney estavam na equipe dos ladrões, esgueirando-se pelo Morningside Park. O parque estava fora dos limites do jogo, mas o primo havia proposto que saíssem furtivamente, relaxassem um pouco e, em seguida, voltassem para libertar os irmãos encarcerados. "Não é a mesma coisa se você não der uma roubadinha", dizia Freddie. Carney não era muito esperto. Não demorou muito para alistá-lo em um dos esquemas de Freddie. Se fosse para matar aula para assistir a uma matinê dupla ou explodir latas de lixo com bombinhas de Chinatown, Carney estava dentro.

Após dez minutos de passeio em Morningside, ficaram entediados com a transgressão. Freddie saltou de banco em banco, fingindo que o concreto rachado do Departamento de Parques era lava. Carney chutou latas da calçada para a grama, limpando o lugar depois da festança de alguém.

— Ei, olhe só — disse Freddie.

Carney se aproximou. Um homem de terno marrom-escuro estava deitado na grama, virado de costas para eles. Pernas entrelaçadas, braços estendidos — a postura era tortuosa demais para ele estar realmente dormindo.

Não havia mais alguém por perto. Carney encolheu os ombros, Freddie cutucou o corpo com a ponta do sapato. Nada. Nem um movimento de subida ou descida para sinalizar a respiração. Aproximaram-se para ver o rosto dele. Metade não existia, era uma massa ensanguentada. O que parecia ser lama na altura da lombar e no traseiro da calça eram ferimentos de bala.

— Atiraram na bunda dele! — gritou Freddie.

Eles saíram correndo de lá.

Quando Carney chegou em casa, contou ao pai o que haviam encontrado. Naquela época, tinha voltado a morar com ele no apartamento da rua 127.

O pai dele disse:

— É um crioulo alto de pele clara com bigode? Provavelmente era Clive.

Ele gargalhou.

Carney perguntou se deviam contar à polícia.

— Quem você acha que largou o cara lá?

Ele teria rido mais ou menos se soubesse que um dia a polícia o mataria também? Mais.

A infância normal na cidade de Nova York: taco, pega ladrão e cadáveres coalhados de balas. Quando John e os amigos brincavam de pega ladrão — as crianças ainda curtiam a antiga brincadeira, e os cânticos ecoavam no beco atrás das casas —, Carney exigia que ficassem nos limites de Strivers' Row. O lugar não era mais o que era antes, mas as surpresas ali eram poucas.

O brilho do cano iluminou o interior do Cadillac DeVille por um instante, mostrando a silhueta do banco da frente, a nuca de Buck, e Munson de perfil. Ele deu dois tiros no parceiro — outro brilho — e voltou para o carro. Os disparos não causaram qualquer movimento nos barracos do parque ou nos prédios em frente. O vira-lata estava coçando a perna traseira com a boca.

Munson entrou e colocou a sacola plástica e a pasta de Carney aos pés dele.

— Não foi tão bem quanto eu esperava.

Carney puxou a maçaneta da porta. Munson o agarrou com uma das mãos e encaixou o cano da pistola em sua barriga com a outra. O detetive cerrou os dentes pela dor do ferimento, mas segurou Carney com firmeza.

— Melhor você dirigir — sugeriu ele.

Carney não conseguiu evitar e olhou para o rosto arruinado de Buck Webb quando passaram. O estômago dele se embrulhou. Quando virou para oeste, as pessoas reapareceram nas calçadas, havia luzes nas janelas. O Cadillac havia feito a passagem, voltado ao mundo.

— Aonde estamos indo? — quis saber Carney, tremendo.

— Para ser sincero, vai ser mais do que uma parada.

— É mesmo?

— É — respondeu Munson. — Você vai ser meu parceiro agora, Carney.

SEIS

Eles o chamavam de Corky — "O Rolha" — porque seu irmão mais velho tentara afogá-lo no riacho quando ele tinha cinco anos, mas ele "continuou flutuando". Sua longevidade em negócios perigosos reafirmou o apelido. Ganhara dinheiro como agente de apostas nos anos 1950, cobrindo as grandes lutas, na época em que os carcamanos davam um jeito para tudo, dos boxeadores e juízes das laterais do ringue até os caminhões que recolhiam o lixo do chão do Garden no dia seguinte. Quando Bumpy Johnson o botou para fora, o que pagou as contas foi a agiotagem. Aos dentistas e agentes funerários negros não faltavam clientes; aos agiotas barra-pesada negros, menos ainda.

Em 1957, Corky Bell abria seus jogos particulares para qualquer pessoa que pudesse lidar com as apostas e começou uma nova carreira como empresário de pôquer. O primeiro — e último — jogo de fim de semana do Memorial Day na Sala Aloha foi organizado a pedido de um de seus jogadores de longa data.

Pouco tempo antes, o Aloha havia sido um local confiável, embora nada digno de nota, no Mount

Morris Park West, e a decoração tiki era uma novidade no Harlem. Já que a moda havia chegado ao auge, o Aloha ostentava sua idade nas cenas do mar polinésio descamadas nas paredes e nos grafites de rostos sorridentes desfigurando os totens de madeira. As lâmpadas vermelhas das tochas tiki eletrônicas haviam queimado anos antes e não eram mais fabricadas. Galhinhos de tecido que lembravam longas folhas de grama contornavam as pequenas mesas; a maioria havia caído ou sido arrancada. Os clientes se tocaram da indiferença da gerência — os bartenders ranzinzas e incompetentes ficaram irritados —, e um novo vizinho no andar de cima, um advogado, gostava de registrar reclamações sobre barulho. Atualmente, a Sala Aloha era reservada para compromissos privados.

Corky Bell a conseguia de graça. O proprietário lhe devia seis paus, não conseguia pagar a dívida, daí esse acordo. Para o jogo, Corky Bell levava uma mesa de pôquer de tamanho generoso, com um digno tampo com feltro verde e robustas pernas de carvalho, tão incongruente com a temática de Pacífico Sul do Aloha que parecia um meteorito vindo de um canto secreto do espaço.

— Eles vão se lembrar de onde estiveram naquele primeiro fim de semana do Memorial Day porque passaram com Corky Bell — comentou com Lonnie.

Era quinta-feira, 20 de maio, uma semana antes do jogo. Lonnie era um traficante em ascensão e um dos primeiros contatos de Corky Bell quando ele começava um esquema. Os frequentadores do circuito o conheciam dos jogos de Mo Mo, no Clube Sable, ou do jogo da Morningside, de Mike Yella, onde T-Bone Givens foi morto a tiros pelos irmãos Ryan em meados de 1967 e caiu de cara em uma tigela de salada de batata. Lonnie não era muito falante. Seus olhos simpáticos aliviavam a dor das zebras que aconteciam e, quando elogiado por seu toque mágico após uma mão monstruosa, ele não rejeitava a ideia.

Lonnie estava dentro. Era quase como nos velhos tempos. No auge, as produções de Corky Bell eram um empreendimento sagrado. O jogo no fim de semana depois do Ano-Novo era o mais badalado da cidade, a reunião no Quatro de Julho era diversão garantida, e os jogos avulsos eram inesquecíveis, embora nem sempre remunerados. As mesas atraíam políticos e agiotas perigosos, traficantes de narcóticos, médicos, banqueiros e pastores. Jogadores brancos pegavam táxis até a Park Avenue e saíam dos novos subúrbios para se testarem diante de criminosos autênticos. A comida era de primeira qualidade, sanduíches milagrosos das célebres *delicatessens* judaicas e, às vezes, costela nobre embaixo de um aparelho com lâmpada de aquecimento, e os bartenders, emprestados de qualquer salão de coquetéis ou boate que estivesse na moda no ano, mantinham os jogadores sempre bem-servidos.

Celebridades apareciam; não só seu primo Sylvester King, nem só os músicos locais, mas uns camaradas de Hollywood. No Ano-Novo de 63, Peter Lawford se sentou e começou a "fazer pesquisas para um papel". Disse que jogaria uma partida e ficou dois dias, repassando anedotas de grande sucesso quando tudo ficava em silêncio ou quando se sentia desvalorizado.

— Olho para ela, ela tem uns pernões, e digo: "Mais alguém parecido com você em casa?".

Sonny Liston participou depois de ser derrubado por Leotis Martin. Leroi Banks, o ventríloquo, estava presente com seu manequim, sr. Charles, sacolejando no colo dele, como na TV. O idiota falou merda a noite toda, trabalhando em material obsceno que não passaria pela censura.

— Você foi no posto de saúde, meu bem? Disseram que você está com *farpas*? Eu não tenho nada a ver com isso.

Liston tinha a reputação de ser um animal, mas ria como uma garotinha a cada piada idiota que saía da boca pintada do sr. Charles. Dava boas gorjetas também.

Corky Bell não organizava tantos jogos quanto antes. Forças externas: sua namorada, Stacey, reivindicava a presença dele no Ano-Novo e no Quatro de Julho, que passavam em Sag Harbor, onde ela mantinha um bangalô. Forças internas: o barato, o prazer de aproveitar as energias de boa e má sorte, de ser um canal momentâneo do destino, foi substituído pelo pavor frio desde que Chickie James atirou no rosto de Skippy Damon por causa de um *full house*, e o jorro de sangue estragou a superfície de feltro e acabou com as fichas, e tanto um quanto o outro tiveram que ser substituídos.

Outro mau agouro, demais para contabilizar. O Harlem não era o mesmo. Os canalhas daquela época não tinham código de honra e tinham menos classe ainda. Um bordel abriu ao lado de sua lanchonete favorita de peixe frito, e ele precisava ver aquelas jovens prostituídas do lado de fora quando seu desejo era comer badejo no pão branco. Como um velho, aquilo o aborrecia. Morar em bairros pobres no Harlem era mais perigoso que exótico naqueles tempos, e os homens brancos com gosto pelas variantes do pôquer *seven-card stud* ou *hi-lo* passaram a frequentar as casas de *goulash* no Garment District. Certa vez, Corky Bell foi dar uma xeretada no povo do *goulash*. Demorou vinte minutos até que um maluco de peruca e dentes amarelos quebrados reclamasse com a gerência sobre se sentar ao lado de jogadores de cor. *De cor* não foi a expressão que ele usou. Foi tempo suficiente para se ter uma ideia: decks fixos, parceiros em conluio, tigelas de *goulash* fumegante se houvesse fome, e salas sem ventilação se o câncer de pulmão fosse um passatempo secundário.

Quando recebeu o telefonema de Cameron Purvis sobre a organização de um jogo avulso no Memorial Day, não percebeu o quanto sentia falta do carteado. Cameron Purvis cresceu na Arthur Avenue, no Bronx, e foi um dos pilares dos jogos das Festas de Fim de Ano, vindo lá da capital, onde trabalhava para o governo. Corky Bell não conseguia distinguir os jogadores brancos, mas Purvis se destacava por causa do seu trabalho de merda.

— Vou lá fora, apresentar à América as maravilhas de "Nosso Amigo, o Átomo" — disse ele naquele primeiro jogo de Ano-Novo —, um dos melhores amigos que temos hoje em dia. Com as inovações na demolição, na medicina e na agricultura, a energia nuclear já era mais que só a bomba, era o futuro! Vou contar uma coisa sobre radioisótopos...

Em 1963, a Guerra Fria revelou-se um vento contrário impossível.

— Estou em abrigos agora, amigo — explicava ele. Bunkers de quintal da Hawking para a American Fallout Shelter Company. — Vale a pena ser ágil.

Ele ficou encantado ao ver Corky Bell arrumando as cadeiras quando chegou à Sala Aloha na sexta-feira à noite. Corky Bell não era o único agradecido por uma lembrança dos bons e velhos tempos; o trabalho de Purvis não era mais tão satisfatório quanto antes.

— Cansei de me sentir um menino de recados da RAND Corporation, entende o que quero dizer?

A mesa olhou em silêncio. Naquela época, ele estava prestando consultoria para os militares dos Estados Unidos, fazendo reabilitação de imagem em herbicidas de uso tático como o Agente Laranja.

— O americano médio ouve a expressão *produto químico* — comentou ele à mesa — e faz todo tipo de associação negativa. É meu trabalho reorganizar o cérebro.

Os jogadores assentiram com a cabeça.

A primeira mão foi às 20h06 de sexta-feira, 28 de maio. Oito jogadores abriram fazendo suas apostas, e o jogo sustentou um vigoroso vai e vem de sangue novo, imbecis, exibicionistas e protagonistas das mais variadas cores pelos dias que se seguiram. Passaram por *five-card stud*, *draw*, *razz*, *low ball ace-to-five*, *deuce-to-7* e *hi-lo* com uma maratona de *seven-cards stud* durante o dia inteiro no domingo em homenagem ao pai de Purvis, que havia servido em duas guerras mundiais e era um aficionado. Memorial Day — um momento para lembrar aqueles que serviram ao Exército. Quando a energia diminuiu, Purvis pôs para tocar "From the Halls of Montezuma", o hino dos fuzileiros, e retomou os procedimentos.

Os obstinados cochilavam na sala dos fundos e voltavam depois de uma auditoria de suas mãos horríveis e erros de cálculo, os homens pulavam o sábado e voltavam para um período de 48 horas no domingo. Quando Corky Bell precisava dormir, George, seu sobrinho, presidia as sessões. Os veteranos relembravam cardápios anteriores, como os sanduíches Reuben do Levi's e a vez em que Corky Bell pediu bandejas de frango frito no restaurante de Lady Betsy e teve que pausar o jogo até que "os filhos da puta aprendessem a usar a porra de um guardanapo". Havia comida suficiente? Bebida? A mistura de personalidades à mesa era vívida e revigorante? Quase começou uma briga de soco sobre quem fritava o melhor frango, se o Lady Betsy's ou a New Country Kitchen. A confusão fez com que Corky Bell se sentisse dez anos mais jovem.

Os jogos nos fins de semana de feriado — Quatro de Julho, Dia do Trabalho — em geral terminavam na tarde de segunda-feira, sujeitando-se ao mundo real e seus imperativos. Só era possível habitar um sonho por algum tempo. Aquele Memorial Day parecia que seguiria o exemplo, mas Cameron Purvis precisava continuar, e deu seu jeito. Cancelou o voo para Los Angeles — "para se reunir com alguns dos caras das ideias da DuPont" — e informou a secretária a respeito de uma morte na família. Os jogadores rastejaram para casa, tomaram banho, fizeram a barba e voltaram. A notícia espalhou-se, e os caras que não conseguiram comparecer na segunda apareceram na terça para mais uma rodada. Corky Bell providenciou mais um dia da hospitalidade decadente na Sala Aloha, ligou para Blackeye

P pedindo uma travessa de sanduíches de rosbife e avisou seu contato na delegacia que entregariam outro envelope de propina. Talvez tenha sido essa ligação que chamou a atenção do detetive para o jogo.

Lonnie parou de dar atenção a outros dois crupiês de pôquer de longa data de Corky Bell até bater o ponto de saída no domingo à noite, cansado, mas contente. Corky sentiu-se mal por ligar para ele na terça de manhã. Lonnie disse que só as gorjetas representavam um mês de turnos no Whistle Stop, o bar onde trabalhava na rua 125. O crupiê lavou-se e voltou à Aloha para jantar.

Às 22h35 de uma terça-feira, 1º de junho, haviam se reduzido a quatro jogadores. Apenas Purvis e Nelson Wright continuavam da mesa original de quatro dias antes. Estavam ganhando dinheiro demais para se permitirem ir embora: Purvis já estava com sessenta mil, Wright, com vinte e cinco. Wright administrava um bordel na Broadway que atendia empresários em visita à cidade. Antes de o Hotel Theresa ser convertido em espaço de escritórios, o concierge entregava aos hóspedes cartões com o nome do lugar, Biloxi, em tipografia bem-cuidada. Wright era o único canalha do Harlem à mesa. Os tempos haviam mudado.

O outro homem branco além de Purvis se autodenominava gerente de talentos, e Corky Bell o classificava como apostador do tipo degenerado. Ao longo do jogo, ficou evidente que ninguém tinha ouvido falar de seus clientes ou das "grandes salas" que ele afirmava reservar para eles, mas o dinheiro estava escorrendo pelos dedos, um fracasso retumbante, por isso passou sem ser contestado.

O último jogador era um arquiteto negro de fala mansa de Newark. Contou a eles o que fazia da vida, e recebeu olhares aturdidos.

— Um arquiteto negro? — perguntou Wright. — Não sabia que deixavam a gente fazer esse negócio.

— Não me *deixam* fazer merda nenhuma — comentou ele. — Eu vou lá e faço.

Havia projetado dois hospitais e uma escola de enfermagem. Aquele era seu nicho, instalações médicas.

Wright assentiu, considerando.

— Firmeza.

Havia quatro jogadores, mais Corky Bell, e Lonnie, além do segurança que estava na porta, quando os pistoleiros apareceram.

Antigamente, Corky Bell reunia brutamontes dos velhos tempos, assassinos frios com especialidades: estranguladores, picadores, homens com opiniões fortes sobre qual funciona melhor: cal virgem ou ácido sulfúrico. Mal se moviam ou respiravam, desaparecendo diante das travessuras extravagantes da mesa até que, de repente, eram chamados à ação para coagir um bêbado, quebrar o fêmur de um guarda-costas, dar uma cabeçada em um bisbilhoteiro branco que havia esquecido onde estava.

Os homens se comportavam mal nos jogos de Corky Bell. Ninguém se atrevia a roubar um deles. Fazer isso seria desrespeitar as ordens do Harlem e sofrer as consequências. Sem dúvida, os ladrões estavam cientes desse fato quando miraram no jogo.

No fim de semana, uma equipe de dois homens protegia a Sala Aloha, um na porta e outro no bar. Encontrar substitutos para terça-feira demorou mais do que Corky Bell havia previsto. Com o jogo já no fim, decidiu economizar alguns trocados com seguranças e barman, pois ficava feliz em arranjar o que os garotos quisessem — dois lapsos de protocolo que ele não teria permitido nos velhos tempos.

O guarda de terça-feira era Arnie Polk, um zero à esquerda que havia sido expulso da organização de Chink Montague por ser "meio distraído" e ter "a cabeça enfiada no rabo", de acordo com suas análises de desempenho. Arnie seria o primeiro a admitir que a violência não era a sua maior paixão.

Segundo as orientações, Arnie esperava uma multidão dócil, então sua atenção se desviou. Fazia incursões frequentes à travessa de sanduíches e teve a ousadia de reclamar da qualidade da maionese. Quando o bandido lhe deu uma coronhada, Arnie estava sonhando acordado com o Newport 30, o barco de quilha de aparência elegante que foi capa da edição de maio da *Top Boating*; ele assinava a revista. Por causa de sua perspectiva sombria, ele atribuiu um infortúnio ao seu devaneio: depois de uma virada errada, o veleiro balançou na louca oscilação do Hudson, na esteira de um navio de cruzeiro. Ele supôs que o homem tinha ido jogar — quem já ouviu falar de um homem branco acabando com um jogo de cartas no Harlem? O ladrão lhe deu um soco, e Arnie se estabacou no piso de taco, onde fingiu que estava desmaiado durante todo o assalto. O fingimento passou despercebido, ele nem sequer se encolheu quando o ladrão branco pegou sua arma, embora tenha feito cócegas.

O branco deu o recado. Estava suando e desgrenhado e tinha uma expressão atormentada, mas seus berros fizeram os jogadores pularem. O ar hesitante do ladrão negro — "uma cara de surpresa", como Purvis disse mais tarde — fez com que mais de um jogador pensasse que ele estava drogado e, portanto, era uma variável perigosa e imprevisível. O parceiro lhe disse para levantar a arma. O negro obedeceu às instruções, mas seu braço se abaixou devagar, rendendo-se diante de um fardo invisível. Isso ocorreu diversas vezes durante o assalto, como se tivesse uma luta em seu íntimo. "Obviamente era um assassino implacável", comentou o gerente de talentos ao seu contador mais tarde, "esforçando-se demais para não matar todos nós."

Corky Bell se levantou.

— Detetive Munson? — disse ele, estreitando os olhos.

O homem branco falou:

— Sim, sim.

— Pagamos seu homem na delegacia — disse Corky Bell.
— Que merda é essa que você está fazendo? Além disso, você está acabado, hein, filho da puta.
— Estou trabalhando — respondeu Munson.
— Munson — disse Wright.

Como proprietário de longa data de uma empresa de prostituição no bairro, Wright fazia contribuições regulares para a propina do 28º Distrito. Esse homem, a divisão dele, estava no seu bolso. Mas quem era aquele preto que estava com ele? Parecia um drogado doidão. Deviam estar vasculhando farmácias em busca de xarope para a tosse, e não atrás de carteados.

— Um policial — comentou Purvis, tentando entender o assunto.

Corky Bell virou-se para o intruso negro.
— Você também é policial, porra?

A mão do atirador abaixou-se, e ele deu de ombros levemente, mas com um ar inequívoco de culpa, como se tivesse sido pego mordendo o último bolinho da mesa.

A Sala Aloha apresentava um quadro de tensão e confusão frente ao cenário absurdo com motivos tiki. A violação de um jogo de Corky Bell, a composição inter-racial dos ladrões, a revelação de que o homem branco era policial — aquilo tudo o deixava confuso. Corky Bell estava certo: nenhum deles esqueceria aquele jogo do fim de semana do Memorial Day.

Enquanto o roubo maior acontecia, as partes consideravam manobras privadas. O arquiteto fez uma rápida avaliação da mesa; se a oportunidade se apresentasse, embolsaria algumas fichas. Ao mesmo tempo, o gerente de talentos pesquisou o formidável império de fichas vermelhas e verdes de Purvis em suas muitas colunas. Um quinhão externo parecia vulnerável.

A partir das mudanças mínimas na postura, Corky Bell deduziu que o arquiteto de Newark e o chamado gerente de talentos planejavam roubar fichas quando ninguém estivesse olhando. Não importava quantas fichas esses tontos roubassem se esses ladrões levassem a banca.

A saber: Munson perguntou pelo dinheiro. Quando Corky Bell reiterou que havia pagado no distrito e que o detetive não tinha direito, Munson deu um tiro para cima.

O agente de talentos gritou.

Corky Bell apontou para o bar. Munson disse ao parceiro para encobri-lo e o lembrou, com evidente impaciência, de segurar a arma "de um jeito decente". Como se estivesse repreendendo uma criança por causa dos sapatos desamarrados. Meio minuto depois, a arma do negro apontou mais uma vez para o chão.

A essa altura, Lonnie e Nelson Wright tinham certeza de ter reconhecido o segundo atirador. Lonnie achava que era aquele assaltante que gostava de beber até ficar louco no Blossom, quando trabalhava lá. Mais tarde naquela noite, Wright decidiu que o conhecia da igreja, um *alto* do coro. Os dois homens já haviam comprado itens na Móveis Carney no passado: Lonnie, uma cômoda Egon, e Wright, uma poltrona reclinável Sterling Dreamer.

Purvis disse:

— Ai, minhas terras.

Munson manteve a arma apontada para os prisioneiros. Deu uma mordida no sanduíche de rosbife da tábua, depois pegou a grande caixa de metal e a colocou em cima do balcão. Gesticulou para Lonnie com sua .38 e ordenou que ele pegasse a chave com Corky Bell.

Entre distribuir cartas e cuidar do bar, Lonnie se envolvera em três assaltos à mão armada e três roubos de verdade na vida, além de acessos de raiva incontáveis estimulados por adereços letais. Havia negociado em mesas onde uma *bad beat* ou um *flush* suspeito fez com que os homens pegassem em armas e assistira com admiração silenciosa quando Blackjack Martin puxou uma .22 para o Contador por baixar dois pares. Cada uma dessas vezes, ele teve certeza de que ia morrer. Seu pai, um capanga de Caesar Mills nos anos 1940, foi eliminado e deixado no Mount Morris Park, perto das gangorras. Lonnie evitava o parque e seus lembretes e ficou inquieto durante todo o fim de semana devido à proximidade do lugar. Ele tinha certeza, olhando para a arma do detetive, de que Mount Morris estava prestes a caçar o último membro de sua infeliz linhagem.

Corky Bell abriu o colete e olhou feio para a parede oposta. Lonnie enfiou a mão no bolso do homem e tirou a chave.

— Nós pagamos os policiais — repetiu Corky Bell, mal-humorado. — Nós pagamos vocês.

— Apresente sua reclamação na delegacia.

A comida caiu da boca de Munson enquanto ele falava. Ele ordenou que Lonnie destrancasse a caixa de metal. Munson o estava encobrindo caso sua mão emergisse com um ferro, o que não aconteceu. Quem não sorriria com todo esse dinheiro? Os jogadores haviam sacado, vai e volta, mas das fichas na mesa havia mais de cem mil. Sua estimativa estava correta. Quatro dias de quebrados, novatos e baleias espalhando dinheiro por aí? Cem mil dólares fáceis.

Munson disse que poderia muito bem levar a caixa.

— É melhor que embrulhar na minha jaqueta.

Ele fechou a tampa e começou a recuar para a saída. O braço ferido — o peso da caixa o fez estreitar os olhos de dor. Os jogadores não se mexeram, nem Lonnie nem Corky Bell, e especialmente Arnie, o guarda, que estava tentando ser o Laurence Olivier do papel de desmaiado.

Munson lembrou seu companheiro de levantar a arma. E ele levantou. Quando chegaram à porta, o braço do negro estava amolecido novamente.

Corky Bell disse:

— Este é um jogo do Corky Bell, desgraça.

Munson praguejou e voltou para a mesa de pôquer para sentar uma coronhada no rosto de Corky Bell. Ele se encolheu no chão e cobriu a cabeça para evitar os três próximos golpes.

Eram 22h49 de uma terça-feira, 1º de junho. O ladrão negro havia partido. Munson disse aos jogadores para voltarem às cartas e lhes desejou boa sorte. Quando a porta da frente se fechou, eles o ouviram gritar para o parceiro:

— Aonde você pensa que vai?

SETE

Munson estava saindo de cena. Abandonando a força, sua rede de extorsão, a cidade onde nascera e, provavelmente, a esposa, para recomeçar longe. Carney supôs que seria longe — ninguém atravessaria o rio até a área residencial de Jersey depois de um roubo daqueles.

— Consegui uma boa quantia, claro — explicou Munson. — O bastante. Mas uma bolada de verdade? Hoje à noite, vou ter que tirar leite de pedra.

Ele deu uma batidinha na pasta de Carney, que estava cheia de pedras preciosas e dinheiro pela metade. Tinha espaço para mais.

Carney parou de ouvir as sirenes quando Webb lhe deu aquela pancada. Depois de Edgecombe, encheram a noite de novo, cada uma delas um alerta.

Na esquina, o verde ficou vermelho. Vai lá — dirija o Cadillac até aquela lanchonete e atravesse a vitrine. Era uma maneira de matar aquela noite no berço.

Munson havia assassinado o parceiro minutos antes. Ele engoliu um comprimido a seco. Uma espécie de estimulante, ao que parecia.

— Faz quanto tempo que você tá planejando isso? — quis saber Carney.

— Pensei que eu tivesse mais algumas semanas. Pra refletir sobre essa merda. Então, recebi a intimação, e tinha sido um fim de semana tão lindo, como eu falei, que pensei que talvez fosse um bom fim de semana pra sair por aí em Nova York. — Ele mexeu a mandíbula. — Agora, não há coisa alguma por aqui.

Buck Webb disse que queria "botar em pratos limpos como dois brancos fazem". Desejo realizado. Mandá-lo dessa para melhor era parte do plano ou simples improviso? Em algum momento, quando Munson entrara no carro do parceiro ou antes disso, ele considerou se a Comissão Knapp poderia ou não derrubar o amigo. Decidiu pela resposta afirmativa.

Munson permitiu que Carney respirasse enquanto foi útil. Carney teve a ideia de ligar para Calvin Pierce e perguntar ao advogado sobre suas opções lícitas. Por exemplo: seria ele cúmplice de um assassinato? Já havia sido cúmplice de assassinato antes, uma ou duas vezes — ele havia perdido a conta, para ser franco —, mas não da eliminação de um policial. Ligar para Pierce. Como se Munson fosse deixá-lo parar em uma cabine telefônica. Como se ele fosse sobreviver àquela noite.

Ele pretendia. Sua esposa voltaria de viagem no dia seguinte, e ele sentia falta dela.

— Isso... — começou Carney.

— Não quero falar disso — interrompeu Munson. — Tenho uma lista de tarefas. Algumas cobranças finais. Então, você me leva até o aeroporto da Filadélfia, e eu dou tchauzinho pra você.

— Claro — disse Carney.

Não adiantava perguntar para onde ele voaria. Bimini ou Buenos Aires. Saber qual aeroporto era informação demais, considerando o que Carney havia acabado de testemunhar.

Não, Munson não permitiria que ele fosse a fundo nisso. Tal pai, tal filho — os policiais mataram Big Mike Carney a tiros durante um assalto a uma drogaria.

O detetive encaminhou-o para o centro da cidade, para um endereço perto de Mount Morris, um amplo prédio de arenito italiano. A Sala Aloha? Ele já tinha ouvido falar dela. No chão da sala, no topo da escadaria, uma luz brilhante escapava pelas frestas das grossas cortinas.

Munson estendeu um .38.

Carney ficou olhando.

— Não está carregado. Não é um truque.

Carney aceitou o revólver.

— Não quero.

— Segura. Quanto mais convincente parecer, menor será a probabilidade de foderem com você. Como na maioria das coisas na vida.

— Não.

— Já perdi um parceiro esta noite.

A boca de Carney estendeu-se em uma linha reta.

— Brincadeira — disse Munson. — Nós entramos, você fica aí.

— E se começarem a atirar?

— Não fique na frente das balas.

Objetor de consciência. Esse era o termo que Carney estava procurando. *Por causa da minha constituição moral, devo me recusar a servir.* A guerra era de Munson, não dele. Ele pegou o revólver.

A primeira parada foi na Sala Aloha. Seu braço estava tão pesado que afundava, ele não conseguiu evitar.

A segunda parada foi com o cafetão. Como dizem, um crime oportunista.

Estavam na rua 126 com a Lenox. A última ordem de Munson depois de trancar a banca do pôquer no porta-malas:

— Dirija.

Carney os levou para o norte, em direção ao esconderijo da rua 157. Talvez tivessem terminado o que tinham que fazer.

Munson ordenou:

— Pare ali. — Apontou para dois homens na esquina.

O quociente extravagante no Harlem estava batendo recorde naqueles tempos, graças às inovações industriais no setor de materiais sintéticos, às novas opiniões liberais em relação à questão dos tons e à coragem da geração mais jovem. A linha entre o estiloso e o vulgar era instável, mal definida, mas todo mundo estava se divertindo demais para reclamar. Os homens da esquina eram cafetões, sem dúvida, dada a noite quente e as camadas supérfluas de vestimenta. O mais alto usava um terno roxo com debrum prateado e um chapéu branco de abas largas com lantejoulas. O longo casacão de couro preto de seu companheiro caía sobre os ombros como uma capa. O padrão de pele de tigre na camisa e no chapéu de cowboy vermelho, branco e azul criavam um efeito circense macabro.

Munson orientou Carney a estacionar do outro lado da rua e pediu as chaves antes de atravessar a avenida.

— Detetive Munson! — gritou o homem mais alto. — Fazendo a ronda!

Carney não conseguiu entender a resposta de Munson, mas sua expressão física era clara. Munson agarrou o homem pelo casaco e sentou a mão na cara dele várias vezes. O homem cambaleou e perdeu o equilíbrio. Munson o jogou no chão.

O que estava de casaco preto disse:

— Ei, meu chapa, meu chapa.

E partiu para o oeste, batendo os saltinhos dos sapatos cubanos de pele de crocodilo.

Munson chutou duas vezes o homem de terno roxo na barriga, deixando-o sem fôlego. Ele caminhou até a esquina, pegou uma lata de lixo de alumínio e a arrastou com a mão boa. Puxou-a até o corpo do homem e começou a chutá-lo atrás da lata.

Poderia ter sido um sonho terrível, exceto para a velha morcega que abriu uma janela no segundo andar e gritou para Munson parar com aquilo pois ela estava tentando dormir um pouco. Foi assim que Carney soube que estava na verdadeira cidade de Nova York e não na cidade de um pesadelo. Talvez não houvesse mais diferença.

Munson voltou para o Cadillac. Ele não roubou o cafetão; o objetivo era apenas a surra. O homem gemia e se contorcia na calçada, então Carney soube que não estava morto. Munson deu as chaves para Carney e apontou para o norte.

— Sempre odiei aquele filho da puta. Todo mundo é ruim, mas alguns são piores, Carney. — Ele tomou um comprimido. — Ele é dos piores.

Na terceira e na quarta paradas, ele disse a Carney para ficar no carro, mas não pediu as chaves de novo. *Ele acha que agora estou treinado*, pensou Carney. *Está soltando um pouco mais a coleira.*

O bar ficava na rua 145, a poucos passos da Amsterdam. A janela da frente era pintada de preto, e uma fileira de lâmpadas vermelhas acima dela servia de sinalização. Era uma noite de semana, quase meia-noite, mas homens e mulheres circulavam pela entrada, refrescando-se do interior abafado. Fumavam cigarros e maconha, e bebiam em copos descartáveis. Carney não acreditava que Munson começaria a barbarizar o lugar, mas certamente machucaria alguém que ficasse em seu caminho. Outros chegaram à mesma conclusão, como comprovado pela debandada que explodiu depois que ele entrou. Seguiram as regras de segurança do Harlem, recuando o suficiente para não serem os primeiros a serem abatidos quando a ação vazasse para fora, mas ficando perto o suficiente para dar uma boa olhada em qualquer loucura que acontecesse na sequência. Amanhã tirariam sarro dos amigos que tinham voltado para casa mais cedo.

Carney afundou no banco da frente do DeVille. Dois homens do jogo de pôquer eram clientes. (Ele confessou sentir uma pontada de orgulho.) Não havia como dizer quantos daqueles beberrões do outro lado da rua eram fãs de móveis acessíveis de qualidade. Ele havia anunciado a liquidação de fim de semana no *Amsterdam News* e em dois jornais caribenhos; era perfeitamente razoável que algumas dessas almas tivessem aparecido em busca de pechinchas. Ele ligou o carro e esperou.

Munson saiu correndo do clube, segurando embaixo do braço uma bolsa azul-escura como se fosse uma bola de futebol. Deu um grito, ficou desorientado no meio da Amsterdam e, em seguida, encontrou Carney e o Cadillac.

— Bora, bora! — O detetive embarcou.

Da melhor forma que pôde, Carney escondeu o rosto da multidão enquanto ela se afastava.

A quarta parada foi mais tranquila. A bodega era a única coisa aberta na rua 132 com a Oitava Avenida. Munson deu uma olhada na rua, o lado do Harlem e o do centro da cidade, entrou e saiu dois minutos depois. Nenhuma pessoa, nenhum som — tiros, digamos, ou gritos agonizantes — saiu do local durante sua visita. O dinheiro da bodega estava em um saco de papel enrolado.

— Sou como Robin Hood — explicou Munson —, só que tudo é pra mim!

Carney não questionou.

Munson deixou o dinheiro na pasta e garantiu a Carney que a devolveria no final da noite.

A quinta parada era no Clyde.

Ninguém ia ao Clyde Barbeiros para um corte. O barbeiro — só havia um — faria uma verdadeira merda, transformando a pessoa em uma humilhação ambulante tão grande que jamais voltaria. Então, por que ir até lá? De qualquer forma, havia um tráfego constante de entrada e saída, e horários estranhos eram mantidos. O barbeiro saía às seis da tarde, e um homem muito corpulento começava seu turno sentado em uma cadeira de madeira do lado de fora da porta que dava para a sala dos fundos. O rádio estava sempre sintonizado na rádio 1600 AM, "A Grande RL!", em um volume insuportável. De vez em quando, o homem na cadeira batia o pé ao som de um dos novos artistas da Motown ou de um dos sons cada vez mais elegantes que vinham da Filadélfia, mas, na maior parte do tempo, ele mantinha os braços cruzados, o queixo inclinado para baixo e o olhar de lagarto nivelado. Seu nome era Earl.

Clyde era uma fachada de longa data para a loteria clandestina de Chink Montague, uma confirmação da longevidade da operação no Harlem e do acordo com a polícia. Houve duas tentativas anteriores de roubar essa banca, em 1960, durante a guerra de Chink com Bumpy Johnson, e dois anos antes. O dia seguinte à tentativa de 1960 foi o primeiro turno de Earl no Clyde; além de substituir o falecido antecessor, ele ajudou a varrer o vidro. O ataque mais recente foi reprimido com rapidez. O suposto ladrão era um bandido da vizinhança chamado Dizzy Huntley, imediatamente reconhecido apesar do bigode falso e dos óculos de armação escura. Tinha sido uma noite tranquila, então Earl o conduziu para a sala dos fundos, onde ele e os rapazes zombaram e menosprezaram Dizzy por causa de suas péssimas habilidades em roubo e da noção criminal sem brilho, até que ficaram entediados e o mandaram dessa para melhor.

Chink assumiu o controle do local de Rick Sorriso em uma expansão territorial de 1958. Como lembrança, guardou na parede a foto do homem, na qual Rick posava em frente ao Cotton Club. Os apontadores de Chink se dispersavam pelo sudeste do Harlem, coletando os canhotos de donas de casa e veteranos de guerra, assistentes de encanadores e fiadores, trabalhadores de todos os matizes, condenados e abençoados, enquanto apostavam a combinação de três dígitos que poderia destravar o Cofre da Felicidade. O dinheiro e os canhotos viajavam da rede para a sala dos fundos. Após a publicação das corridas do dia, determinando quais números haviam vencido, os apontadores pagavam aos vencedores sua parte da receita daquele dia. A maior permanecia na sala dos fundos de Clyde até as quintas-feiras, quando os mensageiros a recolhiam para levar para outro quartel-general do gângster.

— Se eu pudesse esperar dois dias — comentou Munson —, pegaria uma grana das boas. — Ele acendeu um cigarro. — Mas não vou esperar esse tempo todo.

Carney e Munson estavam estacionados a vinte metros da barbearia havia meia hora. O Clyde ocupava o andar térreo de uma casa na Lenox com a rua 121. Um bloco residencial com um punhado de comércios no primeiro andar. As coisas ficavam mais animadas na Lenox à medida que se aproximava da rua 125. Ali era tranquilo.

Carney perguntou o que estavam esperando.

— Você perguntou o que é uma vigília? Às vezes, é ficar sentado e observar. Às vezes, é a espera pela última confirmação do que você já decidiu fazer. Um homem aparece. Alguém vai embora. E o interruptor é acionado, é hora de ir.

O ônibus M102 verde-escuro — FORA DE SERVIÇO — entrou na Lenox barulhando, tão brilhante quanto vazio. May e John às vezes pegavam o 102 para New Lincoln, nos horários mais decentes. Estavam preocupados por ele ainda não ter chegado em casa ou felizes por uma noite sem os pais? Quem pagaria a mensalidade da escola se Carney batesse as botas naquela noite? Às vezes, ele ouvia um sussurro quando pensava na viagem de Elizabeth, aquela voz do além. Como Munson tinha falado sobre parceiros e cônjuges? *Eles vão enlouquecer um ao outro.* Ela estava cansada dele, por isso que deu no pé da cidade? Uma viagem de trabalho. Ou um homem dos velhos tempos que morava em Miami ou Chicago, talvez um colega de um escritório satélite que ela sonhava em conhecer pessoalmente.

Ele não notou algo estranho quando conversaram ao telefone. Ainda assim: o sussurro. O pai de May e John aparece morto na sarjeta, a mãe deles começa uma nova vida em Chicago com um espertinho filho da puta. Não, ela parecia bem quando ligou do hotel e sincera ao dizer que sentia falta deles. Se ele acabasse morto naquela noite, ela estaria em casa amanhã para cuidar das crianças. Uma imagem do rosto estourado de Buck Webb o levou de volta à rua 121.

Munson tateou seu ferimento pela jaqueta, e o dedo voltou escuro e molhado.

— O que aconteceu com aquela garota que ficava no escritório? — perguntou ele. — Marie.

— Ela se casou. Teve um filho. Saiu, voltou.

Antigamente, uma coleta de envelopes de Munson era precedida por um breve flerte com Marie. Ela fingia choque com as provocações do detetive, mas usava "brincos bonitos" e um batom especial nos dias de coleta. Quando se tratava da atitude dela em relação a Munson, era preciso inferir a partir dos detalhes. Ela mantinha a boca fechada sobre vários aspectos da loja de Carney, e o mesmo acontecia com seus negócios. Era claro que o marido, Rodney, era ruim que só; o fato de ela poder mudar a própria vida era menos.

— Marido não presta, hein?

— Eu não disse isso.

— Foi o jeito como você disse.

Carney nunca havia conhecido a patroa do policial. Pelo que ele se lembrava, dava aula de Arte na escola primária. Irlandesa atrevida e larga, na caracterização de Munson ao longo dos anos, reconhecendo falhas, perdoando algumas, ocasionalmente traçando um limite. O fato de ela estar fora da jogada ajudava a explicar o comportamento dele, o desalinho e o aspecto de animal encurralado em exibição.

— Angela vai com você nessa viagem?

No momento em que Carney disse isso, emergiu o pensamento: *Ele matou a esposa.*

Munson verificou a arma.

— Minha noiva enrubescida decidiu visitar a irmã em Pittsburgh. Talvez ela me encontre mais para a frente. Não se pode forçar as pessoas a fazerem coisas.

— Mas uma arma ajuda — comentou Carney.

Munson o ignorou.

— Mesmo que eu não tivesse uma chuva de merda caindo em cima de mim, quem quer morar neste lixão? — perguntou Munson, a voz um grunhido exausto. — Antigamente, o gueto era o gueto... agora, é a cidade inteira. Filhas da puta jogando bebês recém-nascidos nas lixeiras. Adolescentes de treze anos grávidas do próprio pai. Mulher toma tanta pancada na cara que estoura os miolos do velho marido e depois soca a arma na própria boca e atira. Velhinhas acorrentadas a radiadores enquanto os netos roubam os cheques da previdência.

— É o ciclo da vida.

Eles riram.

— Você perguntou da minha esposa — disse Munson. — Dando no meu saco como se estivéssemos por aí faz anos.

— A arma. Com Webb... foi a que você pegou do Exército da Libertação.

— Sim, e...?

— Então, pode plantar ela em algum lugar.

— Olha eu, duvidando de você.

Com isso, eles ficaram em silêncio por um tempo.

Mais uma vez, ele havia sido envolvido no esquema de outra pessoa. É verdade que foi Carney quem telefonou para Munson, mas o detetive se aproveitou de sua personalidade de vendedor, a de quem faz tudo para agradar. Sete anos antes, Freddie havia passado seus últimos dias tentando desfazer um roubo catastrófico. Carney não causara a morte do primo, mas estava ao lado dele.

Como estava naquele momento, na corrida kamikaze de Munson pelo Harlem, servindo de acompanhante da fúria do detetive. Machuque quem você quiser, pegue o que quiser. Mate quem quiser. Quando Munson falou sobre pega ladrão, estava falando sobre a emoção da impunidade, de submeter a cidade à sua vontade, em ambas as épocas. Quais eram as regras civis para policiais brancos como Munson e sua turma? As últimas duas horas provaram muitas vezes quais eram: não existiam.

Pega ladrão. Todo mundo brincava por motivos diferentes. Carney valorizava aqueles dias porque, não importava o que acontecesse, Freddie estava lá para salvá-lo. Quando ele ficava preso, era apenas uma questão de tempo até que o primo o libertasse. E vice-versa: se Freddie fosse pego, Carney começava a traçar planos para a fuga da prisão. Metade das vezes em que foram pegos foi por tirar o outro da prisão. O sol batia nas janelas, nos cromados e nos vidros quebrados, e, em seguida, aparecia a cabeça de Freddie saindo de trás da van em movimento, examinando o território, avaliando suas chances. Carney pulava na varanda como um corredor de base, com o braço estendido: *Estou aqui, me tire daqui.*

Freddie não estava mais por perto para tirá-lo da encrenca. Ele teria que fazer isso sozinho.

O movimento afastou a atenção de Earl do *New York Post* do dia anterior. Estava sentado em sua cadeira do lado de fora da sala dos fundos, da qual não se movia havia horas. O sentinela franziu a testa. Carney estava ciente de que também fechava a cara sempre que Munson aparecia para pegar o envelope; só não sabia que era uma reação universal. Earl levantou-se e destrancou a porta.

O rádio estava tocando "I'll Be There", do Jackson 5. Carney estremeceu. Munson não fez sinal de ter reconhecido a música.

Earl disse:

— Detetive Munson.

Seu afeto lembrou a Carney um patife instalado do lado de fora do bar em um faroeste, de fala lenta e sem ser desafiado por muito tempo.

— Vamos lá pra trás — disse Munson.

Earl deu um passo para trás, avaliando Munson, e depois, Carney. A arma na mão do detetive deixou óbvias suas intenções, mas a mente resistiu.

— Então, vai ser assim mesmo? — perguntou Earl com desgosto.

Munson balançou com a arma, indicando para Earl caminhar à frente deles até a sala de contagem. Ele revistou-o, enfiando a pistola do homem na cintura e jogando o cassetete em uma cadeira de barbeiro. Munson observou Carney. Tinha dito para ele deixar a arma de lado dessa vez e apenas fazer o que fosse instruído, mas não previra que o vendedor de móveis levantaria as mãos, como se estivesse se rendendo, assim que o negócio começasse.

Munson fez que não com a cabeça.

— Abra a porta, por favor. — pediu ele.

A fachada pública do Clyde estava suja e amarelada, as placas nas paredes, salpicadas de grumos gordurosos de poeira, os rótulos das latas e potes, descascados e desbotados. A sala de contagem nos fundos era o oposto, animada e convidativa. Se fosse passar longos turnos cuidando do funcionamento tranquilo de uma operação de loteria clandestina adequada, seria melhor ficar confortável. Os painéis de carvalho eram um vestígio da vida do prédio como uma luxuosa casa em uma parte outrora próspera do Harlem; a geladeira e o fogão eram daqueles novos modelos verde-abacate da Frigidaire. Um lustre cheio de vidro brilhante pendia sobre uma mesa de jantar Collins-Hathaway de 1968, sobre a qual havia vestígios de um jantar tardio de presunto com batata. Carney não comia desde o meio-dia.

A estação de contagem — uma mesa de cedro com uma série de contadores automáticos de notas, luminárias e organizadores — ficava fechada durante a noite. Um grande cofre da Eureka Co. ficava encostado ao lado da mesa, e, em cima dele, uma TV portátil Panasonic mostrava uma imagem do *Drácula* de Christopher Lee com o som no mudo. Provavelmente estava no Canal 9, e John estaria acordado até depois da hora de dormir para assistir a esse filme. Carney desejou estar em casa para repreender o filho e depois se juntar a ele no sofá para assistir ao vampirão.

Os dois operadores da sala do fundo tinham a idade de Carney. Mesma marca, quilometragem diferente. Carney descobriu mais tarde que o homem baixo e de rosto azedo chamava-se Driscoll. A calça escura era presa por suspensórios de faixas largas sobre uma camisa de tecido branco rígido. Tinha o olhar penetrante de um mecânico que tenta descobrir o quanto pode passar a perna em você. O cigarro preso no lábio inferior subia e descia enquanto ele falava.

O homem mais alto era Popeye. Uma treliça de pequenos cortes marcava o rosto dele devido a um combate corpo a corpo ou a uma prolongada sessão de tortura. Seu olho sem vida parecia uma colher de chá branca de leite. A constituição esguia e esquelética de Popeye e os tufos que circundavam sua cabeça calva lhe davam um ar manso, como se fosse um velho alquebrado que mantinham por perto para varrer a bagunça. À medida que o episódio avançava, Carney compreendeu que o homem era um completo selvagem.

Carney não os reconheceu. Já havia se envolvido com motoristas e brutamontes de Chink antes, mas houvera uma rotatividade ao longo dos anos. Perigos da profissão. Carney conhecia o chefe deles, claro, e antes de abrir a porta foi amaldiçoado com uma breve visão do próprio Chink Montague, olhando furioso de seu trono. Notch Walker estava em ascensão, mas Chink ainda tinha nas mãos uma boa parte do Harlem. Carney ficou aliviado ao encontrar apenas esses dois homens lá atrás.

Munson arrebanhou os três homens até a geladeira. Carney revistou Driscoll e Popeye, um procedimento que conduziu com cautela diante de olhares furiosos e maledicências faladas entre dentes. Ele pediu desculpas.

— Cuidado com as facas — disse Munson.

Havia um bloco de facas em cima do balcão de fórmica amarela, próximo a uma fileira de potes de cerâmica. Carney afastou-o do alcance.

— Que brincadeira é essa, Munson? — perguntou Driscoll. Ele olhou para Carney e tentou identificá-lo.

— A brincadeira é você me dar a porra do dinheiro. A brincadeira é você achar que não vou atirar em você.

Em seguida, o DJ tocou "Maybe Tomorrow". Era óbvio que haviam deparado com um bloco do Jackson 5. *Ninguém mais consegue me fazer chorar do jeito que você faz, baby.* A música entristeceu Carney quando May a cantou a plenos pulmões, saltitando sobre o cobertor rosa e amarelo. O que ela sabia sobre mágoa e catástrofes? Ela ainda não entendia a verdade das palavras, mas entenderia. Todas as tristezas que ele havia encontrado pela estrada permaneciam em seus postos, esperando a chegada dos filhos. A pessoa canta as músicas tristes primeiro e depois as vivencia.

No entanto, se ele estivesse fazendo algo certo como pai, seus filhos seriam poupados de serem sequestrados por um policial homicida. Poucos compositores abordaram esse assunto.

Driscoll disse:

— Você não vai querer foder com o Chink.

— O Chink vai te esfolar — acrescentou Earl.

— Chink — começou Munson. — Eles o chamam de Chink porque o cara tem olhos de chinês. Acham que ele gosta disso? É uma falta de respeito.

Driscoll franziu a testa. Tinha a habilidade de articular frases perfeitas com um cigarro enfiado na boca. Ficava preso nos lábios pela saliva ou por um epóxi especial; nem os monólogos de Shakespeare conseguiam movê-lo. Para Carney:

— Quem é você?

Carney retomou o gesto de "não atire", como se estivesse afastando de si algo quente ou pontiagudo.

— Só estou aqui — respondeu ele.

— Qual o seu nome? — perguntou Driscoll.

— Ele vai precisar de algo para colocar o bagulho — avisou Munson. — O dinheiro.

Ele apontou para as caixas de amostragem ao lado da mesa de contagem. Não era a primeira vez que se enchiam com o dinheiro vital do Harlem. Ele ordenou que Driscoll cuidasse de abrir o cofre. Carney lidou com as caixas.

Driscoll olhou para Popeye: *O que vamos fazer?* Se alguém fosse roubar Chink Montague sob seu comando, melhor que fosse um policial. De certa forma, a pessoa ficava protegida, como quando um banco era roubado e o caixa entregava o dinheiro — está segurado. Nada que se pudesse fazer. A expressão azeda de Popeye não mudou. Driscoll se ajoelhou diante do cofre Eureka e começou suas súplicas.

Popeye falou pela primeira vez:

— Toca nesse dinheiro pra você ver.

Tinha uma voz alta, afeminada. Carney avaliou-o como a um cliente. Popeye gostava que a pessoa não se recuperasse de uma transgressão como essa. Chink pagou um bom dinheiro para a operação. Se Munson deixasse aquela turma viver, Chink estaria atrás dele dentro de uma hora. Ele e os amigos policiais de Munson também, por foderem com a propina. Dependendo do humor de Corky Bell após o roubo da Sala Aloha, talvez a polícia já estivesse atrás dele.

Em seguida, o rádio na outra sala tocou "Ready or Not", do Jackson 5. Carney tinha certeza de que a noite o deixara maluco, fazendo com que ouvisse músicas do Jackson 5 o tempo todo entre as sirenes. Ficou feliz por May não querer ingressos para o Archies. *Pronto ou não, aí vou eu, você não pode se esconder.* Os DJs às vezes tocavam fitas para fazer uma pausa, fumar um cigarro no telhado ou comer um sanduíche em paz, deixar a namorada se sentar no colo. Ocorreu-lhe que o DJ havia se afastado da cabine, se afastado como Deus, e deixado que eles interpretassem e aguentassem suas escolhas, como Deus. Preparar, enrolar as fitas, deixar rolar.

— Vocês não conhecem o detetive Munson como eu — explicou Popeye. — Nós nos conhecemos desde seus dias de corrupção, certo, Munson? Faz quanto tempo isso?

Driscoll fez uma pausa quando Popeye falou, tirando os olhos do disco de combinação para descobrir seu papel no que estava prestes a acontecer. Assim como a barbearia era uma fachada para a operação de loteria clandestina, a simpatia de Driscoll encobria o caráter cruel de Popeye. Algo aconteceria; depois de acompanhar Munson a noite toda, Carney estava ligadão.

— Continue — disse Munson a Driscoll.

O detetive concentrou-se: Popeye e Earl perto da geladeira, o outro perto do cofre. Interpretando contrações musculares e pequenos movimentos oculares.

— Qual era o nome daquela senhora? — questionou Popeye. Indignado não com a história, mas porque seu local de trabalho havia sido profanado. Ele sorriu com desprezo, mostrando uma fileira de dentes de ouro. — O cafetão chamado Príncipe Mike tinha uma belezinha que trabalhava naqueles hotéis do centro da cidade. Qual era o nome dela, Munson? Eu sei que você se lembra. O que você fez. Se você esqueceu, o Diabo vai te dizer... vai estar na lista dele.

Do lado oposto da sala, o fogo baixo que aquecia a panela era indetectável. Popeye agarrou a alça e jogou o conteúdo da panela — verduras em água fervente e oleosa — pela sala, queimando o rosto e as mãos de Munson. Ele deu um grito. Recuou e disparou, primeiro em Popeye e depois em Earl, que aproveitou a distração para pegar uma cadeira da mesa de jantar e jogá-la no detetive. A cadeira atingiu o peito de Munson, atrapalhando sua mira. O tiro errou Earl, mas interrompeu a insurreição dele; o homem recuou e se encolheu ao lado do fogão. Popeye caiu e agarrou a perna, encostando-se na geladeira. A bala o atingiu abaixo do joelho.

Driscoll não se moveu. Seu rosto permaneceu inexpressivo e bovino.

Munson falou:

— As pessoas nesta porra de cidade. Elas vão testar você.

Ele olhou para as mãos vermelhas. A pele havia ficado escarlate, mas ele não estava gravemente queimado.

— Anda, caralho — apressou ele.

Como vingança, deu um tiro na geladeira cor de abacate.

O cofre foi destravado com um clique rápido. Munson disse a Driscoll para se juntar aos companheiros do outro lado do cômodo. Ele acenou com a cabeça para Carney.

— Vá em frente, irmão.

Carney não via tanto dinheiro em um só lugar desde seus tempos de atividades extraordinárias. O próprio cofre Hermann Bros. dele exalava um cheiro frio e metálico quando aberto, que Carney associava a dinheiro. Ele esperava aquele cheiro aqui. Elásticos amarravam os maços de dinheiro. Ele começou a transferi-los para a primeira caixa.

— Você trouxe o Stepin Fetchit aqui para fazer negócios — comentou Popeye. Ele observou o sangue em suas mãos. — Notch botou você nisso? Você é o crioulo dele agora?

Munson atirou três vezes em Popeye, acertando-o uma vez no peito e duas na cabeça. Mais três buracos na Frigidaire; teriam que substituí-la. Todos caíram no chão, grudando o nariz no linóleo. Apenas Munson estava de pé, com a arma em punho, imóvel. Carney espiou por entre os dedos e achou que o policial parecia uma estátua. Uma figura de bronze no canto de um pequeno parque da cidade, homenageando um homem de poder e influência, coberto de cocô de pombo. Um nome em uma placa de rua. Passam por ele todos os dias e ninguém para e vê de quem deveria se lembrar.

OITO

Peça aos sonhadores famintos que definam *sorte grande* e receberá mil respostas diferentes. A garçonete do pé-sujo jogando os mesmos três números todos os dias, o arrombador de cofres estreitando os olhos em meio às faíscas, o sequestrador chutando o motorista para fora da cabine e dirigindo o caminhão até o cativeiro — o que é a sorte grande? Um diz que significa escapar, sair de circunstâncias miseráveis. Outro sugere que é ter dinheiro suficiente para que você nunca mais precise se preocupar com dinheiro, uma lógica tão circular que é inabalável. Outros podem interpretar a *sorte grande* à luz de um tipo diferente de fortuna — boa sorte, como uma vida confortável, ou uma família amorosa, ou um excesso de sorte em um mundo terrível. Ao ajudar Munson a levar a carga até a rua 157, Carney chegou a uma definição mais prática: se você precisar de dois homens para carregá-la, é uma sorte grande.

Dinheiro pesado. Carney segurou sua pasta. Continha os produtos da joalheria e o dinheiro da bodega. Munson carregou as duas caixas pretas de amostra da barbearia, às quais o dinheiro do bar havia sido adicionado. Tinha começado a chover, uma garoa hesitante, prevista pelos ventos frios nas esquinas desde a Sala Aloha.

A porta da frente do prédio da Edward M. Morgan Place não trancava. Enquanto Carney esperava no vestíbulo que Munson abrisse a segunda porta, ele observou o teto. Um novo hábito desde o dia em que tinha visitado a tia Millie e se deparado com um cara injetando na entrada. Para fazer o sangue fluir para dentro da seringa, os viciados a apontavam para cima e pressionavam o êmbolo. Com o tempo, os tetos de certos vestíbulos, cabines de banheiro e elevadores — o que quer que tenha tirado você dos olhos do mundo por um minuto — ficaram salpicados de manchas vermelhas. Elas espreitavam sobre todos, invisíveis, essas sórdidas constelações.

Carney e Munson atravessaram o piso preto e branco do saguão para esperar o elevador, um daqueles barulhentos, chacoalhando no poço como uma lata de café cheia de pregos.

— Não peça desculpas quando for revistar uma pessoa — ralhou Munson —, é falta de educação. Esteja ou não segurando uma arma. Esteja ou não revistando um homem.

— Eu vendo móveis para casa.

O detetive sopesou as caixas, satisfeito.

— A questão é: escolha… você está dentro ou está fora.

— Quando você decidiu matar o Buck?

Munson ficou em silêncio durante a viagem de elevador inteira. Quando chegaram ao apartamento, ele respondeu:

— Ele não era o mesmo homem. Eles teriam dobrado ele.

O detetive acendeu um cigarro. A pasta e as caixas de amostra estavam empilhadas na mesa de centro como totens primitivos.

— De qualquer forma, já passa da meia-noite — disse Munson —, então, isso já ficou no passado. Hoje temos que esperar pelo homem que vai me trazer um novo nome e uma nova identidade. Chegamos ao aeroporto, e aí eu saio da sua aba de uma vez por todas. Consegue aguentar?

Carney respondeu que sim.

Munson fez como se fosse abrir uma das caixas e contar o dinheiro, mas deu uma olhada em Carney e se conteve.

— Tem um restaurante vinte e quatro horas no quarteirão da Broadway... Por que não vai até lá comprar alguns sanduíches?

— Não vou fugir?

— Nós dois sabemos que não. E traga um pouco de cerveja... mais cerveja.

Carney era a única pessoa na rua. O sinal abriu com um barulho oco e agourento, e um punhado de carros avançou. Na rua tão tarde, em geral, ele ficava mais consciente do que estava acontecendo ao redor, de acordo com as lições do pai. No mundo de Mike Carney, a cidade havia sido invadida por personagens desagradáveis que queriam "dar uma pancada em sua cabeça". Estar vigilante era fundamental. Depois de algumas horas sendo parceiro de Munson, acabaria levando uma pancada na cabeça.

Dois homens mortos naquela noite. Munson parou a violência depois de mandar Popeye desta para melhor — ninguém, incluindo Munson, sabia que rumo a coisa tomaria. Carney esvaziou o cofre da barbearia, e eles saíram do local um minuto depois. Nenhum xingamento ou juramento dos homens restantes os seguiu, apenas as harmonias animadas do Jackson 5 cantando "Stand!".

Algumas horas antes, Munson não havia permitido que Carney ficasse sozinho no carro com as chaves. No bar e na bodega, deixou Carney ficar com elas. Naquele momento, ele estava sozinho, seguindo pela Broadway até o único estabelecimento aberto naquela área, uma bodega de esquina com toldo vermelho e amarelo e luzes piscando: Mercearia El Charrito.

Talvez ele e Munson fossem parceiros àquela altura, depois de tudo o que Carney tinha presenciado. Com certeza Carney estava farto dele, um dos sinais de Munson. Ele se lembrou da primeira vez que tinha andado de carro com o policial, em 1964, quando Munson se gabou de ter se infiltrado em grupos ativistas. A quem Carney contaria? Homem de família como ele, com suas vulnerabilidades. Quem ouviria? Munson era invencível.

Ele acenou para o balconista pelo vidro à prova de balas e esperou pelos dois mistos frios e pelos dois pacotes com seis cervejas Rheingold. El Charrito era o fim da coleira, o limite do jogo. A chuva deslizava para dentro de seu colarinho.

Como Freddie diria? "Não é a mesma coisa se você não der uma roubadinha."

Eles devoraram os sanduíches, Carney no sofá e Munson relaxado na cadeira diretor.

— O cara é um gênio — comentou Munson. — Falsifica qualquer coisa... eu já vi acontecer. Veio da Ucrânia, agora mora pros lados de Coney Island. Está sempre falando sobre o Nathan's. O avô dele tinha o hábito de fazer salsicha, e ele diz que o cachorro-quente de lá é uma falsificação perfeita do que ele levava para casa. Ele aspira à arte do Nathan's. — Ele desalojou um pedaço de cartilagem dos dentes. — Você encontra qualquer coisa do mundo nesta cidade. Ou encontrava antes.

Munson apontou para o diabinho de cerâmica vermelho e preto e afirmou ter uma história engraçada sobre como ele chegara às suas mãos. Carney tinha razão — era uma lembrança de uma grande noitada, no caso, de quando Munson e Webb fizeram uma batida em uma casa de massagem em Chinatown. Ele parou de prestar atenção na história, distraído com o que o esperava quando a manhã se aproximasse.

— Quer pra você? — perguntou Munson. — Talvez venda em sua loja como peça decorativa.

Carney recusou.

— Eu teria que receber minha parte.

— Você fica com sua parte, Munson.

— Você está olhando para mim como se falasse: "Por que tudo isso esta noite?". — Considerando as aventuras daquela noite, seu rosto permanecia imperturbável. — Dinheiro entra, dinheiro sai. Eu tenho um barco. É um barco muito bonito, fica ancorado em Bay Shore e não posso levá-lo dentro do avião. Sabe como é. Você comprou aqueles dois prédios?

— Comprei.

— Fiquei sabendo. Certa vez, tive parte de um prédio. — Munson acendeu um cigarro. — Eles têm um ditado no escritório da promotoria: *Detetives são pobres na casa dos vinte, ricos na casa dos trinta e presos na casa dos quarenta.* O que é um insulto, porque ganhei muito dinheiro aos vinte anos.

— Ainda tem a parte da prisão.

— Estamos aqui para evitar que isso aconteça.

A porta do quarto estava fechada desde que Carney voltara do El Charrito. O dinheiro não estava mais na mesa, então supôs que tivesse ido todo para lá. Quanto Munson havia ganhado naquela noite? O suficiente para encontrar um esconderijo e deixá-lo nos trinques e se livrar das joias quando estivesse instalado. Ele notou uma das armas de Munson na frágil mesa de centro, ao lado de duas latas de cerveja vazias. A outra estava no coldre do tornozelo? Ele não tinha como dizer.

Munson levantou-se para ter uma visão melhor da rua.

— É ele ali? — Não era. — A vista da nossa casa... da minha casa, na rua 54, parece saída de um cartão-postal, mas estou começando a gostar mais desta. — Ele bocejou. — Não é tão iluminado tão tarde, então é como uma pessoa: fechando os olhos, parecendo em paz depois de um longo dia.

A ponta arrebitada do edifício lembrava a Carney a proa de um navio. A cadeira diretor não era o leme, mas o cesto da gávea, permitindo uma visão do movimento azul-escuro da noite da cidade. A cabeça de Munson pendeu, sonolenta. Carney viu como ele lutava contra o sono. Apesar de toda a sua bravata, da fachada cruel daquela noite, o detetive estava exausto. Os dias em que as ruas eram suas e ele caminhava por elas com um carisma rude e violento haviam terminado. Não era o mesmo homem de dez anos antes. Era 1971, e o homem e a sua cidade eram apenas versões de si mesmos, brasas enterradas em camadas das próprias cinzas.

— Lá está ele — anunciou Munson. — Me cobrando os olhos da cara pelo serviço urgente e difícil.

O Ucraniano tocou o interfone meio minuto depois.

Munson voltou ao cesto da gávea para apagar o cigarro. Ele acendeu outro.

— O que não entendo é: onde foi parar o homenzinho do sinal?

Carney concluiu que devia se juntar a ele na janela.

— O sinal de pedestres — disse Munson. — Ele passa pro verde, depois pro vermelho, e eles esqueceram de botar o homenzinho.

— Acho que foi de propósito — comentou Carney. — Pra economizar.

— Todo esse tempo pensei que era um erro e que todo mundo fingia não ver.

O Ucraniano bateu à porta, e Munson foi até lá se arrastando para abri-la. Aconteceu tudo muito rápido: Notch Walker e dois de seus homens saíram do corredor e entraram na sala de estar. Um dos homens de Notch se atracou com Munson, a dupla batendo contra as paredes até cair no centro da sala.

Notch desviou da confusão quando chegaram perto de seus pés, a boca torcida em desdém.

— Esse maluco pensa que é o Bruno Sammartino. O outro capanga de Notch chutou Munson na barriga até ele se render.

Um homem paralisou Munson com uma pequena pistola enquanto o outro o revistava. Fizeram-no com convicção e determinação — Munson aprovaria — e o levaram até a parede.

O detetive agachou-se ao lado da estátua do diabinho, braços cruzados, tristeza e fúria nos olhos como um cachorro de ferro-velho espancado.

Dois jovens se juntaram ao grupo, conduzindo um homem branco, magro e de meia-idade para a sala de estar. O Ucraniano. Ele não parecia assustado; estava mais curioso. O gorro de lã vermelho estava torto. Ele o ajeitou. Carney percebeu que haviam colocado o rosto dele no olho mágico para que Munson aprovasse e entrou correndo assim que a porta se abriu, os homens de Notch agarrando o detetive pelo colarinho.

Pelas feições tristes e pelos trajes militares, os dois jovens que trouxeram o Ucraniano não eram bandidos do Harlem, que geralmente se animavam com uma explosão de violência. As boinas eram como um letreiro em néon: "Estamos nos livrando de nossas correntes". Não como os Panteras, maneiros e elegantes em gola alta preta e jaquetas de couro pretas. Esses caras eram do Exército da Libertação Negra, treinando para a guerra que se aproximava. Guerra racial, guerra de classes — eles não eram exigentes, desde que tudo corresse de maneira muito suave.

A vez seguinte em que Carney viu o líder foi no jornal, meses depois: Malik Jamal, do Exército da Libertação Negra. A fotografia que acompanhava vinha da câmera de segurança de um banco. Pessoalmente, ele era alto e ágil, com uma voz de orador de palanque forte o suficiente para abafar o ruído dos caminhões que passavam e dos bêbados importunadores da rua 125.

— Sou eu de novo, porco imundo — falou Malik, confirmando que os detetives o haviam roubado na sexta-feira anterior.

O segundo soldado do Exército tinha a compleição de um boxeador peso-pesado, usava uma camiseta preta justa e calça camuflada. As lentes de seus óculos de sol eram muito, muito escuras, mas ele conseguia se orientar bem.

Munson olhou para Carney, como se quisesse que ele pegasse a arma do detetive na mesinha de centro e a jogasse para ele.

Ou começasse a atirar. Carney manteve o rosto inexpressivo como se fosse de concreto.

Notch Walker fez uma careta ao analisar o apartamento bagunçado. Entre a postura imperial e a estrutura volumosa, ele parecia grande demais para a sala. Um longo sobretudo de couro vinho pendia de seus ombros como a capa de um tirano. A camisa estava para fora da calça; ele provavelmente havia se vestido às pressas.

— Detetive Munson! — exclamou Notch. — Olhe para você, com essas proezas. Ouvi falar de você a noite toda.

Munson praguejou, a voz voltando para aquele sotaque malandro do Hell's Kitchen. Os homens de Notch sentaram um tapa na cara dele para acalmá-lo.

— Você não é o cara dos móveis? — perguntou Notch a Carney.

— Móveis Carney, na rua 125.

O gângster franziu a testa.

— Me tiraram da cama — disse ele. — Cadê a merda toda?

Carney acenou com a cabeça em direção ao quarto fechado. Ele suspirou fundo: havia sido tirado da prisão.

Carney pediu ao balconista da bodega que trocasse uma nota de um dólar. O homem alegou estar sem troco. Aquilo o deixou com três centavos e pouco tempo antes que Munson se ligasse. Ninguém atendeu o telefone atrás do balcão do Nightbirds, o que foi lamentável e irritante.

A telefonista transferiu-o para Donegal's, e o fone foi suspenso por um momento — música estridente e risadas — e depois voltou a ser desligado. Ele olhou para trás para ver se Munson havia descido. Buford atendeu a segunda ligação.

O Donegal's continuava sendo o bar preferido e o refúgio da família para uma geração mais velha de canalhas da cidade alta. O pai de Carney era cliente assíduo e, em mais de uma ocasião, deixou o jovem Ray sentado em um banco de bar por algumas horas enquanto ele saía a "negócios". A clientela era mais velha, mas Carney se sentia em casa entre aqueles aposentados e colegas que haviam abandonado a ação. Trocavam fofocas sobre as grandes boladas e as últimas manobras, e contavam piadas sábias e lamentáveis sobre negócios injustos, bandidos estúpidos e o funcionamento nefasto do aparato metropolitano de repressão.

Buford cuidava do balcão às terças-feiras, mas às vezes não ia. Até que, enfim, Carney havia pegado uma carta boa depois de um dia de mãos perdidas. Buford era um serviço de atendimento para associados criminosos, e seu bloco amarelo de repórter ao lado da caixa registradora era um almanaque de empreendimentos desonestos. Se os policiais tivessem conseguido decifrar o código — que não era realmente um código, mas uma espécie de caligrafia abominável —, encerrariam mil casos arquivados, décadas de jogos de confiança, execuções e sequestros, grandes e pequenos.

Naquele caso, Carney lhe pediu que entregasse uma mensagem em vez de levar uma, e o barman ficou feliz em atender, visto que devia a Carney por um ótimo negócio em uma sala de jantar no dezembro anterior. Buford havia se reconciliado com a filha perdida muito tempo antes e quis oferecer um jantar de Natal adequado pela primeira vez desde aquele "fatídico inverno de 1946".

Carney nunca tinha visto o homem fora do Donegal's. O barman entrou arrastando os pés de um jeito tímido pela loja de móveis, envergonhado por ser pego em uma atividade quadrada como escolher um móvel. Buford pediu:

— Quero algo classudo, mas não metido.

Carney respondeu:

— Gossamer, da Egon.

A capacidade de Buford de entrar em contato com o pessoal de Notch Walker era evidente. Ele sugeriu que atacassem primeiro Nicky Boots, que havia se acomodado meia hora antes e já devia estar em casa.

— Vamos acordar ele.

Nicky Boots estava fora de combate, menos quando surgia alguma merda insignificante, que ele achava irresistível. Vivia de pensão militar. O filho de sua irmã era malandrinho e vendia drogas para Notch Walker. Nicky Boots pensou que os dez anos em Sing Sing podiam ter dissuadido seu sobrinho, mas não foi convincente. Ele vai transmitir a mensagem, dissera Buford a Carney.

— Garanta que eles cheguem por onde não possam ser vistos dos andares de cima — instruiu Carney. — Ele vai estar vigiando.

Ele deixou a porta do vestíbulo aberta com um folheto da A&P. Quatro minutos depois, ele e Munson estavam comendo presunto e queijo.

A boca de Munson trabalhava em silêncio enquanto ele reconstruía a traição de Carney. Ele se encolheu.

— Eu teria liberado você — disse ele. — Só precisava de uma ajuda.

Carney desviou o olhar para a estátua. Dos vários erros de Munson naquela noite, informar ao cativo que havia "provavelmente uma recompensa" pelo policial tinha sido particularmente imprudente.

O tenente de Malik Jamal vigiou o detetive enquanto os homens de Notch procuravam o dinheiro. Saíram com a pasta e as caixas de amostra e as abriram no sofá. Notch Walker assobiou.

— Porra, tem alguém que você não tenha roubado hoje, crioulo?

Ele acenou com a cabeça para seus homens, o que eles interpretaram como uma ordem para revirar o lugar. Eles começaram com o quarto.

— Disseram que você espancou o Long James — disse Notch.

Carney entendeu como uma referência ao cafetão da Lenox.

Munson olhou para Notch e Carney, incapaz de decidir qual dos dois ele odiava mais.

— Pra quê? — perguntou Notch. — Ele nunca machucou ninguém.

— Claro que machucou — rosnou Munson.

— No que diz respeito aos cafetões... — Notch encolheu os ombros. Não adiantava apontar defeitos. Ele olhou para Carney.

— Minha mãe comprou um conjunto de sala de estar com você. Faz muito tempo. Ainda está com ele.

— Gosto de pensar que as pessoas voltam porque isso as lembra de casa.

— Nicky Boots falou que você é receptador.

— Já fui.

— Porque tenho algumas coisas que estou tentando repassar... coisas bacanas.

— Ficaria feliz em encontrar uma boa casa para elas. Pela sua mãe.

O Ucraniano estava sentado com toda a calma na cadeira diretor, perto da janela, onde foi deixado depois de ser revistado. O falsificador estreitou os olhos para o restante do elenco; se juntou a um grupo improvável de policiais, vendedores de móveis, gângsteres e revolucionários negros. Um teatro perigoso. Era impossível dizer que não conhecia pessoas interessantes em seu ramo de trabalho. O Ucraniano entrelaçou os dedos e prendeu entre as coxas, como um aluno lerdo que havia sido mandado para o canto da sala.

— O rico espetáculo da vida — murmurou ele.

Malik aproximou-se do estrangeiro, parando para chutar Munson no caminho.

— Quem é você?

— Sou o que chamavam de falsário — respondeu o Ucraniano. — Fraudes, falsificações, identidades. Transformar nomes errados em certos. Eu estava fazendo uma entrega.

Ele enfiou a mão no bolso do quebra-vento, bem devagar, e entregou a Malik um envelope pardo dobrado.

Malik examinou a carteira de motorista que tinha dentro e perguntou se o homem tinha um cartão de visita.

— Nunca se sabe quando a gente vai precisar fugir pra Cuba.

O Ucraniano escreveu suas informações em um dos cartões de visita em branco que guardava na carteira e o entregou ao camuflado.

Munson pediu um cigarro. Malik disse que cigarro dá câncer e deu uma pancada nele.

Os homens de Notch fizeram uma balbúrdia, abrindo buracos no teto falso do banheiro, arrancando gavetas e jogando-as no chão, cortando o colchão e o sofá da sala. Não descobriram tesouro algum além do baú cheio de armas de fogo no armário do quarto — pistolas, escopetas, uma submetralhadora. Eles arrastaram-no para a sala. Malik Jamal sorriu.

— Vamos dividir — sugeriu Notch.

— Claro — disse Malik.

— Certo.

Notch acenou com a cabeça para Carney e disse que entraria em contato sobre a recompensa e a mercadoria da qual ele queria se livrar. Malik olhou e abriu a boca para falar, mas repensou. Um pedido? Um aviso? Carney nunca soube.

Você brincava de pega ladrão no Harlem? Todos brincavam, mas talvez as regras fossem diferentes em cada lugar. Munson passou a noite toda botando as coisas em pratos limpos como um homem branco. Estava prestes a aprender como se resolvia esse tipo de coisa no Harlem.

O detetive havia parado de resmungar e xingar e estava com os olhos fixos em um ponto entre os sapatos. Um dos homens de Notch o levantou, fazendo Munson gemer por conta de seu braço machucado. A pistola apontada entre as vértebras o manteve bem calmo. O gângster pegou a pasta, e os revolucionários levaram as caixas de amostra. O outro homem de Notch puxou o baú de armas atrás dele, abrindo sulcos no piso de taco. Carney odiava ver um belo piso de madeira antigo sendo marcado daquele jeito.

Munson não olhou para Carney enquanto o conduziam para fora. O Ucraniano ficou para trás. Ele tirou a boina. A porta se fechou.

Ficaram para trás Carney e a estátua. Duas testemunhas que nunca dariam depoimento.

As chances de recuperar sua pasta do mafioso eram bem poucas. Era melhor pensar nisso como parte do preço da fuga.

Havia a questão de por que Munson tinha sido tão protetor com o quarto. Não tinham sido as armas. O apartamento 8B era imundo, mas a bagunça que tinha se tornado era absoluta. Os homens de Notch tinham revirado o quarto com dedicação e furor, empilhando as gavetas da cômoda e jogando as poucas roupas de Munson, um terno marrom sobressalente e algumas camisetas, em cima do colchão rasgado. O envelope branco chamou a atenção de Carney. Dentro havia dois ingressos para o show do Jackson 5, no dia 16 de julho, na quinta fila da rotunda, no Madison Square Garden.

A chuva batia no parapeito, então ele fechou as janelas. Esperava que as crianças tivessem fechado as de casa antes de irem para a cama. De qualquer forma, ele estaria lá em breve. Ao fechar as janelas do cesto da gávea, Carney avistou dois incêndios na parte baixa do Harlem, as grandes chamas agitando-se e se projetando no escuro. Navios queimando em águas escuras. Pelas sirenes, caminhões de bombeiros estavam a caminho.

NOVE

Ele perguntou a May por que eles usavam o nome Jackson 5 se eram seis.

— Johnny Jackson está na bateria. Eles dizem que é primo, mas é um amigo de infância.

Os Jackson estavam lá na frente, três deles dançando e cantando no centro do palco, ladeados pelo guitarrista e pelo baixista.

— Quem é aquele na guitarra? — perguntou Carney. — Marlon?

— Tito! Xiu!

A banda de abertura tinha sido um conjunto do qual Carney nunca ouvira falar, os Commodores. Eram bacanas. Ele conhecia todas as músicas do Jackson 5 pelas intermináveis repetições de May — os alto-falantes daquele toca-discos portátil dela se infiltravam em todos os cantos da casa —, e desde que subiram ao palco, estava realmente se divertindo. Era sua primeira vez no novo Madison Square Garden. A cúpula era enorme, um arranjo gigantesco de arquibancadas e camarotes em camadas. Os subornos, as propinas e as fraudes gerais de construção devem ter sido algo fabuloso.

Carney teve que substituir Elizabeth de última hora. Assim que conseguiu os ingressos — depois de todo aquele esforço e todo o sangue —, o show foi rapidamente classificado como uma Noite das Garotas entre mãe e filha. As briguinhas haviam cessado com o retorno de Elizabeth, e ela e May estavam em um novo romance. Seis semanas depois, porém, as grandes enchentes no Alabama forçaram Elizabeth a ir ao escritório para remarcar viagens. Disseram que os bagres estavam nadando no saguão do hotel Birmingham Grand. Carney estava adorando acompanhar May depois de pagar aqueles ingressos em diversas moedas.

A multidão era variada, a maioria menores de vinte e um anos. Carney e os outros pais trocaram acenos de cabeça e fingiram estar aproveitando menos do que realmente estavam. As meninas berravam a cada comentário sedutor vindo do palco e aplaudiam no ritmo da coreografia. A música era estrondosa, mas as roupas eram mais. Os Jackson saltitavam e giravam em trajes justos com padrões multicoloridos em zigue-zague. Coletes com as cores do arco-íris cobertos de lantejoulas em camadas balançavam e estalavam, e a boina de cetim vermelho do guitarrista era grande o suficiente para carregar clandestinamente um pernil de Natal. A educação de Carney era tal que ele não pôde deixar de opinar que calças largas serviam bem para permitir um acesso rápido a um coldre de tornozelo.

A conexão de Munson no Garden havia conseguido ingressos de primeira. Duas horas haviam passado entre a partida de Carney com o carregamento de Benson e seu retorno. Munson deve ter conseguido os ingressos e foi esfaqueado ou baleado no braço enquanto buscava as entradas. A menos que tenha roubado alguém no caminho de volta ao esconderijo, havia dado muito duro naquela última noite.

Carney também. Estava deitado no sofá da sala de estar, todo dolorido e exausto, quando Elizabeth chegou em casa naquela quarta-feira. Ela tinha um sorriso estampado no rosto, em parte por seu humor, que havia melhorado, e em parte porque queria ver a reação dele ao seu cabelo. Havia cortado e passara a usar natural, com poucos centímetros de altura. Ela posou, exibindo o perfil, a curva delicada do crânio. O corte afro combinava com ela.

— Descobri o nome de uma mulher do South Side.

Ele gemeu quando se levantou para abraçá-la e explicou que havia sido emboscado por dois rapazes. Um deles tinha uma arma, o outro lhe desferira um soco na barriga. Felizmente, ele não tinha dinheiro no bolso.

— Ai, coitadinho. Esta cidade é impressionante.

Ele disse que estava ferido, ela pediu para ver onde. Uma coisa levou à outra. Ela estava de volta.

Foi no dia seguinte à sorte grande de Munson. Assim que as crianças saíram para a escola, ele foi até o Three Brothers para comer um sanduíche de ovo e pegou uma pilha de jornais na esquina. O assassinato de Webb estava estampado na edição matinal. Martin Diaz Jr., da Avenida Edgecombe, estava passeando com seu terrier quando descobriu o policial morto no Cadillac. Era por volta da meia-noite — Munson estava roubando a bodega naquele momento? As lembranças de Carney daquela noite estavam se desintegrando. Os hematomas no peito apresentavam uma prova física. Uma semana depois, eles desapareceram.

Os primeiros relatos apontaram a morte de Webb como mais um assassinato de policial cometido por radicais. Carney buscou mais informações, mas os jornais abandonaram a história após a atualização de quinta-feira de que Munson havia desaparecido — teria abandonado a cidade ou sido morto. Com a Comissão Knapp investigando os dois parceiros, o centro da cidade devia estar enlouquecendo. Se havia uma investigação em andamento, aconteceu longe do escrutínio público. Carney não tinha mais uma fonte confiável no departamento de polícia e levaria anos até que conseguisse outra. Àquela altura, as atividades de Munson e Webb haviam sido ofuscadas pelos abusos da Unidade de Investigações Especiais. Os tempos mudam, e a gente precisa acompanhar as mudanças. Pegar grana de um jogo de pôquer era falta de imaginação se comparado a roubar milhões de dólares em drogas da sala de provas e revender aos traficantes de quem você as confiscou.

O Jackson 5 terminou a última música e se preparou para a próxima parada. O menor movimento dos Jackson, cada tremor, provocava uma onda de gritos no Garden.

— Gostaria de conversar com vocês hoje à noite — disse Michael — sobre o blues.

Carney deu uma risadinha. O garoto tinha dez anos.

— O blues? — perguntou Marlon, ou talvez Jermaine.

— Sim, o blues. Ninguém faz um blues como eu. Posso ser jovem, mas sei como é.

Os meninos cantaram "Who's Lovin' You", e o edifício estremeceu. As meninas berravam. Havia rumores sobre caras que a máfia havia apagado e enterrado na fundação de concreto ali embaixo. O barulho teria feito com que despertassem. Carney não deveria ter dado a risadinha. Que criança negra de dez anos não conhecia blues?

Sexta-feira à noite, três dias depois da visita de Munson ao Harlem, a polícia prendeu os suspeitos dos assassinatos de Jones e Piagentini e dos ataques aos dois policiais que protegiam a residência de Da Hogan. Assalto ao clube na Park com a rua 17, no Bronx, uma das vítimas fugiu e ligou para a polícia. Dois dos ladrões, Richard Moore e Edward Josephs, eram réus do caso dos 21 Panteras, mas escaparam da fiança e fugiram para a Argélia por um tempo.

Lendo o *Times*, Carney não sabia dizer se eram Panteras ou ex-Panteras que haviam se juntado ao Exército da Libertação. Um deles parecia o companheiro de Malik Jamal, o cara que tinha arrastado o baú de armas de Munson. Carney acompanhou a história, mas não encontrou uma imagem melhor dele. Quando Malik Jamal assaltou aquele banco em Secaucus, Nova Jersey, estava com a escopeta de Munson nas mãos? Munson os roubara e acabara financiando a revolução.

A outra metade da sorte grande parou nas mãos de Notch Walker. Notch passou na loja de Carney naquele final de ano com uma sacola contendo seis relógios Panerai Radiomir da década de 1940. Dispositivos milagrosos. O interceptador de relógios em quem Carney confiava não sabia lidar com esse tipo de mercadoria, mas Green mencionou um contato especializado, um velho polonês. Ele estava se revelando uma boa conexão. Era gostoso guardar pilhas de dinheiro no velho cofre de novo.

Munson estava certo: ou você está dentro ou está fora.

Notch podia ter enviado um de seus homens, mas veio em carne e osso. Durante o dia, ele se vestia de maneira mais conservadora e dava para confundi-lo com qualquer jovem a caminho do trabalho em um escritório no centro da cidade: terno de flanela escuro, camisa branca e gravata sem graça. O guarda-costas esperou no showroom e parecia ter vindo para comprar uma nova luminária de chão. Larry desceu para acompanhá-lo.

Notch e Carney fizeram um acordo pelos relógios e o selaram com um aperto de mão. Não houve menção a uma recompensa. Talvez tenha passado despercebido para Notch, inclusive nas ocasiões seguintes. O gângster se despediu. Parou na porta do escritório e apontou para os modelos em exibição.

— Você paga Chink para operar?
— Pago.
— Por enquanto.

Na semana seguinte, quando lançaram uma bomba no Satin Room, um dos bares noturnos de Chink Montague, Carney supôs que os mafiosos estivessem envolvidos em outra guerra. O noticiário *Eyewitness News,* no Canal 7, passou imagens dos bombeiros "lutando bravamente contra o incêndio", que atingiu os cortiços vizinhos. Os despossuídos formaram uma meia-lua à beira das luzes giratórias, abatidos e de pijama, agarrando-se a tudo o que puderam resgatar.

Sinais locais de um colapso contínuo. Às vezes, quando Carney ficava sabendo da última atrocidade — um massacre sangrento em um vilarejo vietnamita, uma onda de overdoses letais causadas por um lote ruim de droga, um adolescente desarmado abatido pela polícia —, ele suspeitava que a revolução já havia acontecido, só que ninguém conseguia ver e ninguém aparecia para substituir o que havia sido derrubado. A velha ordem havia desmoronado, solapada com suposições de longa data e premissas frágeis, e esperavam que alguém lhes dissesse o que viria na sequência. Esse alguém não apareceu.

— Boa noite, Nova York! Nós te amamos!

Os rapazes de Gary, Indiana, foram convencidos a fazer um bis. O Jackson 5 iniciou "Never Can Say Goodbye", e Carney pensou na morte de Munson. O baixista e o guitarrista — Tito, fosse quem fosse — mergulharam na melodia melancólica enquanto seus irmãos balançavam e cantavam entre eles, três corpos expressando um único lamento. May olhou para o palco e cantou com Michael, preservando cada pausa e entonação do vinil; ela os convocou para a cidade com sua devoção. Agarrou a mão de Carney — fazia anos que não segurava a mão dele daquele jeito. Carney viu-se pronunciando as palavras, embora a música fosse uma mentira. Não era difícil dizer adeus, de jeito algum. À medida que ficava mais difícil diferenciar os dias, tudo ficava mais fácil.

NEFERTITI TNT

1973

> "Em uma cidade como esta, cabe a você abraçar a porra das contradições."

UM

A mobília não estava ao gosto de Zippo — era perfeita. A silhueta elegante que vinha sendo onipresente havia alguns anos, com todas aquelas linhas e pernas afuniladas típicas da Era dos Jatos, era coisa do passado. Sofás modulares, pufes rechonchudos e poltronas volumosas e macias se estendiam ao redor do showroom. País em recessão, todo mundo sentindo o aperto, mas era possível desfrutar de um trono confortável em casa. Sofás como o gigante laranja e marrom ao longo da parede eram aqueles nos quais pessoas de verdade se sentavam, o grande público mal-lavado. Zippo sempre passava pela Móveis Carney quando morava no Harlem, mas nunca havia entrado. Olhe para aquelas coisas. O palpite dele estava correto: a loja era perfeita.

Aquele jovem sujeito espertinho havia saído de um escritório lá nos fundos e se concentrou nele. No centro da cidade, a compleição de Zippo teria afastado os funcionários da maioria das lojas. Quem é esse crioulo meio hippie de calça de pele de cobra e blusa amarelo-vibrante? No Harlem, não era uma novidade. Em alguns círculos, chegava a ser quadrado. Ele perguntou ao vendedor se o dono estava por ali.

Zippo sentou-se em um grande sofá cor de mostarda enquanto esperava. Botas de couro com listras pretas e brancas sobre a mesinha de centro de madeira zebrano, um tornozelo pousado sobre o outro. Via de regra, ele procurava apenas designs minimalistas e desconfortáveis da Europa — couro fixado com cromo, densidades de plástico curvilíneo —, mas tinha que admitir que aquele sofá tinha bons argumentos para convencer alguém a comprar móveis confortáveis.

— Zippo — cumprimentou Carney. Ele não tinha mudado nem um pouco, um comerciante humilde, um esnobe de destaque na comunidade. Tendo trabalhado para o homem naquela época, Zippo sabia que ele não chegava perto disso. — O que posso fazer por você hoje?

Como se anos não tivessem se passado. Como se ele tivesse vendido um tapete para Zippo no dia anterior.

— Tenho uma oferta comercial — respondeu Zippo.

— Não estou no mercado de fotos — comentou Carney. Ele franziu a testa.

— Não faço mais isso. Sou diretor agora. De filmes.

Zippo observou o homem imaginar cenários desagradáveis.

— Não desse tipo — disse Zippo. — Filmes de Hollywood. — Ele alargou ainda mais o sorriso profissional. — Vou botar você nas telas do cinema.

Nove anos antes, o *Harlem Gazette* publicou as melhores fotos tiradas por Zippo de Miss Laura e Wilfred Duke, com destaque na capa e na página interna, creditadas a um "Anônimo". Qual era o sentido de divulgar seu trabalho se ninguém sabia de quem era? Em geral, as pessoas diziam que fotos desse tipo eram chantagem, "comprometedoras", mas Zippo as considerava exatamente o oposto: irredutíveis. Elas não recuavam diante da mecânica primitiva do desejo, dos anseios inatos. As barras pretas no rosto dos personagens os transformavam em receptáculos para a verdade erótica de quem os vê. Quando a tinta barata do jornal borrava seus dedos, você entendia que estava envolvido. Sim: uma arte precisa e irredutível.

Zippo conteve-se para não incomodar o cara da banca de jornal: "Fui eu que fiz". Ele se emocionava ao ver seu trabalho no mundo, nas mãos de um público sem rosto, mas que o aprovava. Ao ar livre — ao contrário de seu trabalho de *boudoir*, escondido debaixo do colchão ou oculto na gaveta de meias e retirado, às vezes, para apreciações sonhadoras ou como estímulo para masturbação. Ele devia a Carney essa percepção, por contratá-lo em seu esquema para arruinar o banqueiro Wilfred Duke.

Depois da operação com Duke, Zippo continuou o trabalho de *boudoir*, fotografando esposas tímidas, namoradas complacentes e exibicionistas iniciantes, e suspendeu — mais ou menos — os cheques sem fundos e outras atividades ilícitas. Ele adicionou retratos de animais de estimação aos seus serviços. Essa atividade secundária era lucrativa e gerava um boca a boca forte, ao contrário dos materiais picantes. Em poucos meses, ele ficou limpo.

Foi necessária a morte do tio Heshie para que ele fizesse uma mudança. Zippo sempre fora o favorito do velhote. "Você enxerga as coisas distorcidas, como eu", disse ele ao menino enquanto compartilhava seus últimos experimentos, os esboços e as bugigangas que povoavam sua oficina. Herschel Lefkowitz era inventor, um pai de patentes. Nascera em Odessa e se estabelecera na Ludlow Street, no Lower East Side, em 1906; a casa da família havia sido incendiada no outubro anterior. *Pogroms*, massacres. Os Estados Unidos também estavam envolvidos no massacre, Heshie observava, mas se concentraram em sua maior parte nos pretos e indianos. Imaginou que iriam atrás dele assim que acabassem, mas poderia levar anos.

Segundo Heshie, havia dois tipos de inventores: aqueles que identificavam deficiências e forneciam soluções e melhorias; e aqueles que conseguiam ver o invisível, descobrir o que estava faltando e fazer com que existisse, "preencher o buraco no mundo". Tio Heshie pertencia a esse último grupo. "Sou um artista pela maneira como vejo as coisas. Algo me vem à cabeça e, então, eu faço com que exista." De todas as invenções, entre os zíperes reversíveis e os abridores de latas de mola, a mais lucrativa e duradoura foi o suporte de cerâmica para escova de dentes, aquela sensação encontrada acima das pias de banheiros em todo o mundo. Quando sua sobrinha Dorothy se casou com Henry Flood, professor negro do Harlem, ele organizou a cerimônia no jardim de sua mansão em Riverdale. Dinheiro do negócio das escovas de dente, o pacote completo.

Heshie foi o único membro da família Lefkowitz presente naquele dia. Fizeram a viagem com meses de diferença um do outro, uma pilha cambaleante de pastas surradas e dentes estragados, mas divergiram desde então. Enquanto os parentes viam em Henry um grosseirão de cor, com ou sem a sabedoria dos livros, Heshie reconhecia nele um colega refugiado. Ele fugira dos ensaios genocidas da Europa, e Henry, dos desígnios assassinos do Alabama. Viraram nova-iorquinos.

Quando Zippo tinha sete anos, seu pai teve um ataque cardíaco na linha A. Estavam voltando para casa vindos do Zoológico Infantil do Central Park. Enquanto o pai caía a seus pés, os outros cavaleiros notaram o afeto desapegado do menino, como se a tragédia estivesse acontecendo com outra pessoa. Como se ele fosse um passageiro de outro trem e corresse por uma escuridão apartada. Os balões de Zippo bateram no teto do vagão e emitiram um som semelhante ao de um batimento cardíaco distante. A partir daí, Heshie cuidou do menino, pagando seu acampamento de verão e financiando suas hospitalizações quando a "coisa do fogo" se manifestava.

Todo mundo o chamava de Zippo depois do incêndio, até a mãe dele. O tio Heshie, não.

— Ninguém se machucou — comentava ele. — Só alguns edifícios.

Heshie deixou para Zippo uma quantia monstruosa em seu testamento, desde que o sobrinho terminasse os estudos; depois do ensino médio, Zippo buscou formar um currículo autodidata de fotografia e pequenos furtos. A encarnação seguinte de Zippo foi a invenção final de Heshie Lefkowitz: ele se matriculou na escola de artes do Pratt Institute, no Brooklyn, e se encontrou.

Um incêndio se deflagrará sozinho desde que haja as condições adequadas; um acelerador multiplica sua potência, velocidade e alcance. Pratt foi o querosene, e a cultura em transformação, um fole. Zippo deixou sua marca no campus com a primeira exposição coletiva. Era alguns anos mais velho que os colegas, e sua experiência no lado desviado da vida enriquecia seu trabalho. A *Blue Movies* mudou a perspectiva de doze fotografias de seus dias de *boudoir* com uma fileira de seis close-ups de rosto sobre outra fileira de corpos de seis clientes. Quadros em uma tira de filme. Nenhum dos rostos — expressões em um espectro de tímido, abatido, agressivo — pertencia aos corpos fragmentados. Echarpe de penas, alça de uma camisola. Fendas nos cotovelos e mamilos um tanto sentimentais.

— Escolhi aqueles com a maior carga erótica — comentou Zippo, com sua turma.

— Uma sensualidade frágil — respondeu o professor.

O professor de fotografia de Zippo não tinha conhecidos negros e nunca lhe ocorrera considerar pessoas negras como seres sexuais. Ele lhe deu um A.

Como muitos artistas, Zippo tinha carência de atenção em sua juventude e, como muitos artistas, canalizou uma pequena quantidade de elogio para uma fase de desprezo ao público: invencível! Começou a se vestir como um Salvador Dalí preto e desenhava um bigode de guidão com lápis de olho. Envergando trajes de veludo, empurrava uma melancia em um carrinho de bebê pela DeKalb Avenue e abordava estranhos, exigindo saber se "gostavam de sua bebezoca". Todo mundo supunha que ele estava chapado na maior parte do tempo, mas não estava.

A cena do jazz de apartamento estava decolando no centro da cidade. A Greene Street era sagrada, a Mercer Street era quase sagrada, a Wooster Street estava no caminho, mas o trem estava atrasado — Manhattan em seus bolsões era um refúgio do *hype* sagrado. Com dois dólares se comprava cerveja em barril e devaneios discordantes que atormentavam os ossos. Certa noite, Zippo e Ornette Coleman estavam diante das janelas abertas de um loft duplex de propriedade de algum guru da indústria musical. Engolindo o ar da noite. Ele perguntou a Ornette Coleman quanto custava o loft dele, a poucos quarteirões de distância.

— O quê? — perguntou Zippo.

A música estava alta. Ornette repetiu o valor.

Zippo podia se dar a esse luxo com o dinheiro do negócio das escovas de dente. Ele comprou um loft de duzentos metros quadrados na Greene Street por doze mil. Um colega da Pratt que estudava Arquitetura fez os projetos e tirou um A quando os entregou como trabalho final. O espaço da Greene Street, também conhecido como a Gruta, foi equipado com uma sala de projeção cujos seis assentos haviam sido resgatados do Cinema Pussy-Cat após seu fechamento pelo Departamento de Saúde. A outra sala era chamada de Estúdio. Zippo pintou-o para se assemelhar a uma superfície lunar — preto espacial profundo sobre cinza imortal — e passou uma semana fazendo pedras de papel machê. Foi cenário de dezenas de curtas-metragens ao longo dos anos, em que uma sucessão de estudantes de Artes Cênicas representava os maiores monólogos do mundo na Lua, enquanto Zippo se esgueirava com sua Bolex de 16 mm.

— Era como caminhar no fundo do mar. Como se eu tivesse morrido muito tempo antes.

Havia até uma sala para seus manequins, refrigerada por um ar-condicionado de janela.

O dinheiro liberava Zippo das preocupações das pessoas normais, a ascendência do complexo de esquisitão riponga expandiu a sua ideia de possibilidade e os deprimidos cuidaram do resto. Em meados de 1972, ele alugou um bangalô em Venice Beach. Havia caçado uma agente de elenco chamada Doris até o outro lado do país. Ele a conhecera no andar de baixo da casa de Max e imediatamente confundira sua agradabilidade universal com uma afeição específica. Ele permaneceu na Costa Oeste, embora estivesse claro até mesmo para ele próprio que nada iria rolar entre os dois. Foi na Califórnia que sofreu (palavra dele) a primeira parte de uma epifania em duas partes enquanto assistia a *Blácula: O vampiro negro*. Afinal, o país estava entrando em recessão; a autorrealização com um plano de parcelamento era uma medida prudente.

Os filmes do movimento *blaxploitation* contaram com a indiferença de Zippo até aquele momento. Que o perdoassem pelo seu desejo por heróis, mas ele havia testemunhado o próprio pai despencar na linha A. Em vez de *Sweetback*, *Shaft* e *Super Fly*, aquela primeira onda, lhe deram desenhos animados. Então, *Blácula: O vampiro negro* entrou voando pela janela. O enredo: quando o príncipe africano Mamuwalde (William Marshall) persuade figurões europeus a aderirem ao movimento abolicionista, o Conde Drácula da Transilvânia pune sua presunção incluindo-o no exército dos mortos-vivos. Séculos se passam. Na Los Angeles contemporânea, Blácula se depara com a reencarnação de sua falecida esposa e jura torná-la sua. (Múmias e vampiros cinematográficos sempre tropeçavam em réplicas de mulheres que haviam amado séculos antes. Zippo não conseguia manter um relacionamento por mais de um mês.) No "final sangrento", ela acidentalmente leva um tiro enquanto Blácula está ocupado destruindo o Departamento de Polícia de Los Angeles. Qual é o sentido de uma eternidade solitária? Ele se mata indo em direção à luz do sol — purificado e destruído pelo fogo.

Mesmo no mundo dos vampiros, as raças levavam vidas segregadas. Ninguém nunca viu um vampiro branco caminhando em direção ao sol. Se Blácula tivesse esperado mais alguns séculos, provavelmente teria reencontrado a falecida esposa. No entanto, o filme continuou sendo um belo testemunho do amor eterno e da negritude sobrenatural.

Meses depois, uma matinê de Natal de *O destino de Poseidon* ofereceu a Parte Dois da Epifania. Zippo gostava de ver os brancos levarem a pior tanto quanto qualquer pessoa, então filmes de desastre eram para ele. Ele queria ver o que fazia o *blockbuster* funcionar, como pesquisa. Saiu do teatro profundamente comovido.

A igreja repreendera o reverendo Scott (Gene Hackman) por suas opiniões pouco ortodoxas. "Raivoso, rebelde, crítico, um renegado", diz ele. "Despojado de meus poderes clericais, como os chamam, mas ainda estou na ação." O transatlântico de luxo *Poseidon* o leva ao rebaixamento: "Banido para algum novo país na África. Inferno, eu tive que procurar no mapa para descobrir aonde estava indo". Um tsunami vira o barco, e Scott lidera um grupo confuso na travessia do perigo, convés por convés. Quase em segurança, apenas uma missão suicida salvará seu rebanho cada vez menor. "O que mais você quer?", exige ele de Deus. "Quer outra vida? Então, me leve!" Ele salva a tripulação e desaparece em uma mancha de óleo em chamas.

O Natal em Los Angeles era um evento desorientador: os Papai Noel usavam short, e os elfos da oficina eram modelos de priscas eras e futuras Garçonete Nº 2. A cidade parecia um filme de Antonioni. A primeira vez que você percebe isso é uma merda, e, então, vê pela segunda vez e fica incrível. Foi assim, exceto que na segunda vez ainda estava uma merda. Zippo estava em uma configuração filosófica no final do ano. O que significa que Blácula tinha vindo da África e que o reverendo Scott havia viajado para lá? A terra natal, a origem. Os dois homens anseiam por significado e o encontram no sacrifício.

Os dois queimando.

Zippo havia superado os experimentos warholianos de sua Gruta. Chega de gestos — que tal cometer o ato em si, sem ironia? Abraçar de verdade a baixa cultura em toda a sua bela vulgaridade.

Que tipo de herói jogar naquela grande tela branca? Traficantes, cafetões, detetives particulares — tudo já tinha sido feito. Ele queria combinar suas preocupações recentes, o vampiro e o reverendo. Blácula simbolizava um poder oculto da África, o berço da humanidade. No final do filme, ele colocou Los Angeles de joelhos, destruindo tudo como um revolucionário sedento por sangue. O inconformista reverendo Scott serviu ao sistema enquanto tentava reformá-lo, ao mesmo tempo dentro e fora dele. Como o preto: norte-americano e, ainda assim, não muito americano, como dizia Du Bois. Como Zippo, que caminhava entre os normais como membro do grupo deles enquanto todo tipo de pensamento perverso tremeluzia em sua mente.

Um agente secreto, então. James Bond... mas uma mulher negra. Numa daquelas operações mais secretas que as da CIA, trabalhando para o Sistema, mas, na verdade, para a Nação Negra como infiltrada.

Nefertiti TNT.

Los Angeles era o feitiço, Nova York, a destruidora de feitiços. De volta à Greene Street, ele escreveu o primeiro rascunho à mão em um bloco de notas, trabalhando em um dos assentos do Cinema Pussy-Cat, a tela vazia provocando-o com o que ele poderia botar ali. Ele tocava *Nuggets* no volume máximo. No final de cada lado, ele virava o disco com a concentração solene de um monge. *Não consigo ter o seu amor, não consigo ter uma fração/Uau, menina, reação psicótica.* Quatro dias depois, ele arrancou o sistema hi-fi e instalou o modelo mais recente, um que era mais agressivo em vários setores. Não contou a ninguém que havia voltado à cidade. Ele escreveu, escreveu. Quando escureceu, vagueou pela West Broadway e, em seguida, voltou-se para uma nova direção quando chegou a Houston, qualquer direção aonde não tivesse ido da última vez.

Nessas caminhadas, em meio a um estupor, tentava conciliar *ideia* com *objeto*. Tio Heshie dizia que suas invenções eram criadas quando enxergava algo na mente e depois entregava ao mundo. Aquilo era arte — manifestar sua ideia no mundo. Se ter a ideia bastasse, todos aqueles garotos brancos com quem Zippo estudara na escola de artes — que conversavam e falavam, mas nunca levantavam a bunda da cadeira — seriam gênios celebrados. A ideia precisava ser executada, encontrar seu valor na passagem à existência.

Era diferente com os incêndios. Os médicos de Zippo disseram-lhe que era perfeitamente normal e tranquilo ter fantasias sombrias se ele não agisse de acordo com elas. Não havia problema em imaginar as chamas lambendo uma cortina, os gases sibilantes escapando, o calor na pele, desde que permanecesse em sua cabeça. O mesmo acontecia com a fotografia erótica. Não havia algo de vergonhoso em um pensamento perverso ou em uma série de cenários cada vez mais elaborados provocados por uma fotografia de nudez. Se acontecesse na sua cabeça e não lá, com outras pessoas, estava tudo bem.

Era um dilema. Melhor concentrar-se no roteiro.

Ele conheceu Samuel Z. Arkoff em um bar-mitzvá em Flushing, Queens. Samuel Z. Arkoff, famoso produtor de *Blácula: O vampiro negro* e *O incrível transplante de duas cabeças* — entre outros clássicos — era amigo da família Lehmann, e Zippo e Josh Lehmann tinham sido colegas de escola. O irmão de Josh era quem estava recebendo o tratamento de gente grande. Zippo encurralou Arkoff na recepção e disse que ele estava fazendo um filme da *blaxploitation*.

— Maravilhoso — disse Arkoff.

Ele estava com um pratinho de aperitivos na mão e resquícios de queijo nos cantos da boca. O rei tinha um conselho para dar: nunca use seu dinheiro. Se tudo desse certo, Zippo tinha reservas suficientes do negócio das escovas de dente para filmar naquele inverno na cidade de Nova York.

— Não com seu dinheiro — repetiu Arkoff. — É pra isso que as pessoas servem.

O pai de Arkoff era um imigrante russo que apostara nos Estados Unidos, como o tio Heshie. Estados Unidos, invenções, cinema — Zippo detectou uma mescla comum de sonho e pragmatismo. Arkoff deu-lhe o seu cartão: Procure-me quando terminar. A American International Pictures lucrou com *Blácula: O vampiro negro* e *Slaughter: O homem impiedoso* e tinha acabado de lançar *Coffy: Em busca da vingança*. *Blaxploitation* = dinheiro de bilheteria. Por enquanto. Filmes sobre delinquentes juvenis, festas de arromba na praia, filmes sobre motociclistas — as modas vêm e vão, e é preciso encher os bolsos enquanto se pode.

— Quanto mais cedo melhor, meu jovem amigo.

Zippo converteu a Gruta na sede da produção. Entidades da época de Pratt voltaram daquela época para o mundo real prontas para colaborar, exatamente como haviam prometido umas às outras anos antes. Não tinham muita coisa para fazer no momento. A designer de produção tirou "licença" do trabalho na loja de molduras, o técnico de som pegou um ônibus Greyhound da casa de seus pais em St. Louis, e Toby Fairchild, pintor de mãos trêmulas que ainda não tinha enfrentado o fato de que suas habilidades eram outras, foi envolvido na área comercial. Zippo sacava dinheiro e cortejava investidores no Harlem, oferecendo vantagens — ele tinha uma proposta completa. Os talões de cheques afrouxavam-se à medida que o elenco se reunia.

Doris, a mulher por quem ele cruzou o país de avião, tinha um palpite sobre Lucinda Cole e Roscoe Pope, e tinha razão. Roscoe Pope assinou o contrato alguns dias antes de sua gravação do espetáculo *O memorando do dr. Goodpussy* chegar às paradas de sucesso. Timing ótimo. Seu empresário não teria atendido as ligações de Doris se tivessem divulgado uma semana antes. Pope concordou a contragosto em cumprir suas obrigações durante uma semana de filmagens em Nova York.

Lucinda Cole percorreu uma trajetória oposta. Zippo lembrava-se dela caminhando pelas mesas VIP das casas noturnas do Harlem, na época em que namorava bandidos locais. Em seguida, soube que ela havia se destacado muito como a freira muito sincera em *A promessa da srta. Pretty*. Os críticos compararam sua virada confiante com o desempenho espetacular de Dorothy Dandridge em *Carmen Jones*, e a música tema do filme, "My Heart Is a Pasture", chegou ao Top 30, o que botou o rosto de Lucinda nas revistas de cinema por algumas semanas, embora o estúdio tivesse feito uma dublagem com outra cantora melhor para o filme.

A juventude de Zippo fez com que ele pensasse o seguinte: se a pessoa tivesse uma oportunidade como essa, estava feita. Mas isso não valia para mulheres negras. Ele pegou Lucinda na TV, no programa *Dragnet*, interpretando a mãe perturbada de um adolescente viciado (pareciam ter a mesma idade), como diretora de uma escola comunitária em *The Mod Squad*. Estava feliz em vê-la e triste em ver o que Hollywood tinha a oferecer para ela. Como era a letra de "My Heart Is a Pasture"? *Às vezes penso que fui plantada de cabeça para baixo / E que cresci longe do sol.*

Lucinda Cole só lhe ocorreu quando Doris sugeriu o nome dela; daquele momento em diante, Nefertiti não poderia ser interpretada por mais ninguém. Realizavam as sessões de testes de elenco em uma sala do oitavo andar do Sandbar Hotel, em Santa Monica. Lucinda Cole entrou flutuando e disse:

— Acho que fiquei neste mesmo quarto na primeira vez que vim para Los Angeles.

Um vestido largo e diáfano, botas de couro branco, óculos escuros do tamanho de pratos de jantar — Zippo não sabia que personagem ela estava tentando representar ali. Mas quem sabia?

Ela gostou do roteiro.

— Melhor do que muito lixo de *blaxploitation* que enfiam goela abaixo das pessoas hoje em dia — comentou Lucinda.

Estaria ela dizendo que não considerava aquilo uma *blaxploitation* ou que era de qualidade superior? De qualquer forma, Lucinda Cole estava dentro. O vizinho de baixo era discípulo de Bong-soo Han, o pai do hapkidô, e já havia concordado em lhe ensinar artes marciais.

Dentro do elevador, Zippo e Doris comemoraram batendo as mãos. Precisaram de três tentativas. O filme estava dando certo. Doris era perfeita no que fazia, perfeita dos pés à cabeça, mas Zippo acabou aceitando que nunca ficariam juntos. Talvez tivessem se amado quatrocentos anos antes, quando eram pessoas diferentes, ou talvez dali a quatrocentos anos se encontrassem de novo pela primeira vez. O pensamento o deixava animado quando se sentia péssimo.

Super Fly TNT foi lançado no meio daquele ano e acabou com ele. Ficou desconsolado ao descobrir que Ron O'Neal havia roubado seu título. Zippo lembrou-se de ter contado para ele em uma festa na casa de Robert Guillaume, e Ron abriu um sorriso estranho. Ele descobrira por quê. Ficou contente quando soube que o filme havia sido um fracasso. E assim nasceu *Nefertiti Jones*. Nem é preciso dizer que Zippo sofreu uma recaída quando saiu da estação de metrô Broadway-Lafayette algumas semanas depois e viu o gigantesco pôster de *Cleópatra Jones*. Era mesmo um linguarudo, isso estava claro, e nunca devia ter aberto o coração para Max Julien naquela noite na casa de Fargas.

Entra *Agente Secreta: Nefertiti.*

Zippo designou a busca de locação para si mesmo. Viu as palavras lá em cima na tela, a última coisa que o público percebia antes de as luzes se acenderem: FILMADO INTEIRAMENTE EM LOCAÇÕES NO HARLEM, EUA. Ele ziguezagueou pelas ruas organizadas do norte da cidade como se guiado por uma vareta de radiestesia, buscando os edifícios que via na mente. De volta à terra natal. Encontrou a casa de calcário de Nefertiti — dava para o pátio da escola e para aquela geração mais jovem que o lembra por quem está lutando. Escolheu o bar onde alcaguetes, traficantes e outras pessoas indesejáveis espalhavam as notícias na rua. A varanda onde o exibicionista da vizinhança mexe com a senhora errada (interlúdio cômico). Escalou o showroom e o escritório da Móveis Carney para uma pequena aparição.

Às vezes, nas esquinas ou perto de um terreno baldio que já fora um lugar querido, ele era Aaron Flood de novo, antes de Zippo aparecer. Visitava seus lugares: o parquinho na rua 131, cujo cascalho ou vidro quebrado ainda estava incrustado debaixo de seu joelho como estilhaços de guerra; a calçada na frente do Jimmy's Tap, na rua 135, onde, segundo a tradição familiar, sua mãe beijou seu pai pela primeira vez. A Dewey's, lanchonete aonde ela levou Zippo depois do funeral do pai dele, tornara--se uma loja de discos. Ele pediu sorvete de passas ao rum em homenagem ao pai e forçou cada bocada desgraçada. Ele odiava passas ao rum. Nenhum desses lugares apareceu no filme. Todo mundo mantém um rolo de filme particular.

Não era para estar fazendo busca de locações naquela última noite, já que as filmagens começariam no dia seguinte. O pretexto serviu para levá-lo de novo até o Harlem, para vagar por seu antigo bairro e, em seguida, passar por ele. Por fim, encontrou o lugar que procurava o tempo todo: o local perfeito. Ficava perto do East River, em avenidas além do mapa de sua experiência. O quarteirão inteiro havia sido demolido, exceto por uma casa de três andares. De canto a canto, os escombros subiam e desciam em ondas vermelhas, destroços de ripas de madeira e canos de ferro irrompendo da superfície. A alvenaria exposta no exterior do único reduto indicava onde ficavam os edifícios adjacentes. Zippo imaginou que tinham sido arrastados por um rio de tijolos.

A madeira compensada na porta da frente estava solta. Outros o precederam. Ninguém estava lá dentro; Zippo vasculhou o prédio do porão até o último andar. Escolheu um antigo quarto, terceiro andar, nos fundos. A quatro quarteirões dali, encontrou um sobretudo de tweed pendurado em uma lata-velha e sentiu que poderia ser útil. E foi. Ele chutou alguns jornais do chão para uma pilha e acrescentou a ela o sobretudo embolado. Retirou a lata de querosene da bolsa. Deu uma cheirada. Lingerie safada. Aquilo o trouxe de volta. Ele ouviu o som do fósforo raspando na caixa antes de acendê-lo — seu canal de áudio estava adiantado. À medida que prosperava e se alimentava, o fogo o levou de volta à sincronia.

Zippo observou as chamas. Anos haviam se passado. Boa sorte, calor, boa sorte, fumaça. As chamas que lambiscavam o teto o tiraram daquele delírio antigo e confortável, e ele saiu correndo enquanto ainda podia.

No dia seguinte, quando gritasse *Ação*, a ideia em sua mente iniciaria a passagem para este mundo. Quando se fala de arte, não basta concebê-la; é preciso executá-la. Às vezes, o mesmo acontecia com os incêndios. Às vezes, é preciso tê-lo bem ali na frente, crepitando, dançando, devorando: mais vivo do que você jamais estará.

DOIS

Tudo piorou depois daquela noite na Móveis Carney. Malagueta estava trabalhando na segurança havia uma semana, desde o quarto dia de filmagem. Duas lâmpadas de tungstênio — alugadas — desapareceram enquanto eram carregadas em uma perua da produção, vítimas de catadores ligeiros. Rolava o boato de que os criminosos desciam com a velocidade e a ferocidade de uma gaivota roubando batatas fritas no calçadão de Coney Island.

— Que rápido.
— Gaivotas de Coney Island? Caralho.

Zippo contratou Malagueta. Os roubos acabaram.

O homem ficava ali sentado, vigiando. Antes de a produção mudar para a Móveis Carney naquela tarde, eles passaram algumas horas do lado de fora da Taverna do Nicky, na Amsterdam, um episódio em que Nefertiti espanca um delator. Ele a enganou, concluiu Malagueta, e ela precisava arrancar a verdade dele. Assim que chegaram à loja de móveis, Malagueta pôs um banquinho na esquina da rua 125 com a Morningside, irradiando ameaça. Os pseudoladrões procuravam presas mais fáceis. O trabalho lembrava Malagueta de Newark, dos velhos tempos trabalhando na porta daqueles pontos na Barbary Coast. Sua técnica: encarar com braços cruzados, mas frouxos; uma sobrancelha cética erguida quando civis se aproximavam demais do perímetro; o grunhido ocasional para alertar alguém para se afastar. Ele era uma carranca de um metro e oitenta moldada, pela magia obscura, em forma humana. Bastava.

— Você está recebendo para ser você mesmo — disse Carney.
— Muito bem.

O sorriso sarcástico dele apareceu por um momento. Entregou uma 7UP a Malagueta.

Malagueta grunhiu.

Carney parou de sorrir quando a equipe chegou e começou a bagunçar o lugar. Depois de uma tomada de estabelecimento do showroom — Zippo queria a loja como ela estava, exceto pelos espelhos, que criavam reflexos —, a invasão começou para valer. Os homens brancos da equipe de produção de *Agente Secreta: Nefertiti* eram hippies de cabelo comprido e barba retorcida, como saqueadores vikings desnutridos, considerando a reação de Carney. Realocaram um conjunto de sofás para o outro lado da sala, enrolaram tapetes em tubos empoeirados e lançaram uma rede escura de cabos elétricos pelo chão. Carney se encolheu todo.

— Cuidado com o chão! Olha o lustre!

Ao longo dos anos, Malagueta viu o homem patrulhar o showroom, fazendo ajustes imperceptíveis, organizando a mercadoria em harmonia com sua ordem secreta. Aquilo parecia um filme de catástrofe.

— A mente de quem coloca uma poltrona Sterling ao lado de uma poltrona Egon... — murmurou Carney.

Malagueta não sabia do que ele estava falando.

Ele se recostou na porta da frente, observando a rua enquanto acompanhava a preparação das filmagens. O esforço que era necessário para colocar alguma coisa na tela. Nagra, f-stop — era um idioma diferente. Uma garota branca chamada Lola andava por ali fazendo umas coisas que diziam ser "continuidade" — garantindo que a cicatriz do ator estivesse no mesmo lugar, cena após cena. Na experiência de Malagueta, as cicatrizes ficavam sempre ali.

Zippo tinha vazado para buscar um investidor em potencial. Na parede mais ao fundo da loja, o chefe da equipe havia enfiado uma lâmpada gigantesca em um soquete que ficara obscurecido por um módulo longo, baixo e terroso. Carney disse que não sabia que aquela tomada existia. *Pam* — as luzes da loja se acenderam, e a energia caiu. Quando Carney e o responsável da equipe voltaram do porão, Ferrugem disse para o chefe dar um passeio.

— Eu cuido disso — afirmou Ferrugem. — Os móveis, eles estão próximos demais. Próximos demais do seu coração.

Malagueta conhecera Ferrugem doze anos antes, quando ele começou a usar a loja como uma operação de secretária eletrônica. Ele entrou, e lá estava Ferrugem, braços finos e barrigudo, cabelo preso em ondas congeladas, perseguindo uma mosca gorda com um mata-moscas. O tempo e a cidade fizeram o caipira virar um membro respeitado da comunidade do Harlem. A paternidade desempenhou o seu papel — nenhum encontro estaria completo sem uma inspeção das fotos que ficavam na carteira dele: da esposa, Beatrice, e dos três filhos. Além disso, ele era religioso, o que conferia um ar de legitimidade a todos que entravam ali. Diácono, servindo a congregação e tudo o mais. Uma vez ele convidou Malagueta para conferir seus cultos, a Igreja do Santo Sei-lá-o-quê, lá na Convent.

— Não importa quanto tempo você esteve fora — disse Ferrugem. — Não há fechaduras em Sua porta, nem campainha, e você sempre será bem-vindo.

A expressão de Malagueta garantiu que o convite fosse o primeiro e único.

Conforme prometido, Ferrugem cuidou da loja. O vendedor orientou os jovens brancos a manterem os Sterlings com os Sterlings e os DeMarcos com os DeMarcos e reuniu as luminárias de chão em um rebanho de prata e bronze. Não seria difícil devolver tudo ao lugar determinado por Carney. Ele aproveitou o sotaque do operador do microfone — vinham de diferentes partes da Geórgia, mas sintonizavam o mesmo pastor de rádio todos os domingos. Naquele momento, os dois estavam em Nova York, trabalhando em um filme sobre uma agente secreta negra envolvida no negócio de matar brancos. Agente secreta ou mestra em kung-fu — Malagueta não lera o roteiro. Será que os filmes negros chegavam aos cinemas ali? A KKK provavelmente mantinha uma barreira erguida para mantê-los longe do interior.

A competência e a amabilidade de Ferrugem o transformaram em um assistente de produção de fato; o carisma fácil de Larry lhe rendeu uma participação especial e uma fala. Na maioria dos dias, Larry era esperto demais para o gosto de Malagueta, mas era menos irritante em comparação ao restante dos caras de sua geração, com as roupas deslumbrantes e as frases cansativas e edificantes. Quando Malagueta apareceu naquela manhã, Larry estava andando em forma de oito na calçada e resmungando sozinho. Ensaiando, explicou ele.

Contou a Malagueta como tudo acontecera. Um dia depois de Carney concordar em deixá-los usar a loja, Zippo fez uma viagem especial para ver Larry. Ele deslizou os óculos escuros pelo nariz.

— Você atua?

— Não mais do que qualquer outro cara — respondeu Larry.

— Você tem algo especial — declarou Zippo.

O personagem de Larry trabalhava para a Móveis Charles e Companhia, nome da loja do filme. Ele segura a porta para Nefertiti e faz um comentário sedutor quando ela chega para encontrar o sr. Dudley, o proprietário.

— Estou trabalhando na fala faz dias — comentou Larry. — Está me estressando.

Não importava o que fizesse, sempre parecia igual à primeira vez que tinha dito.

Malagueta perguntou qual era.

— *Olha só, raposinha.*

O problema era óbvio. Não havia como melhorar o jeito de falar aquilo. Larry falou desse jeito quando as câmeras rodaram horas depois: em um único take.

Francamente, aquela merda da harmonia racial deixava Malagueta nervoso. A maioria da equipe de filmagem era composta por hippies malucos, mas Zippo, o diretor de fotografia e Angela, a moça que cuidava do guarda-roupa e da maquiagem, eram negros. Os brancos obedeciam aos três.

Assim eram os Estados Unidos, um caldeirão misturado e um barril de pólvora. Com certeza, alguma coisa estava prestes a acontecer. E não acontecia.

Malagueta nunca havia trabalhado com brancos antes. Aprontar umas merdas em Newark, depois no Harlem daquela época, a realidade era essa. Não era como se fazia. Às vezes, ele era convidado para se juntar a uma equipe com um motorista branco ou alguém de grana, e isso era um sinal para esperar pelo próximo bico. As recusas atuais vinham do simples bom senso. Malagueta mal confiava em bandidos negros — por que estender a cortesia a algum filho da puta que foderia com ele na primeira chance? Às vezes, os negros se atropelavam tentando defender um homem branco que ainda não os havia prejudicado. Ainda.

Ele concluiu que o trabalho em *Nefertiti* não violava suas regras — como leão de chácara freelancer, ele ficava do lado de fora. Não havia motivo para não aproveitar a oportunidade de aprender uma coisa ou outra. No segundo dia em *Agente Secreta: Nefertiti*, eles estavam filmando uma cena de jogo de dados atrás de uma bodega. A bodega era de verdade — a Tiny's Extra, na rua 132, onde Skitter Lou cortou a traqueia de Bull Moreland perto do freezer de sorvete em 1967 —, mas a porcariada era Hollywood pura, desde as becas bonitas demais dos jogadores até os rostos suaves. Um jogo de dados de verdade tinha pelo menos seis tipos de estampas xadrez — calça, camisa, jaqueta — e um cara com uma cicatriz bem comprida. Malagueta havia lido em um dos jornais militantes que 25% dos caubóis do Velho Oeste eram negros, e sempre que *Agente Secreta: Nefertiti* se afastava muito do Harlem de Verdade, ele gostava de compartilhar esse fato como comentário. Ou seja, Hollywood sempre errava. Os caras do filme assentiam, mas não mudavam.

Entre as tomadas da bodega, Malagueta convocou o Assistente Pete.

— Deixa eu ver isso aí — disse ele.

— Aqui está, sr. Malagueta — disse o Assistente Pete.

A voz dele sempre assustava o jovem branco, que quase deixou cair o walkie-talkie na calçada. Pete ainda não tinha se acostumado com o balanço do Harlem, indo para o norte da cidade quando queria ir para o sul e se perdendo nas entradas do metrô, como se elas mudassem a todo momento, no estilo do jogo dos três montes. O fato de Malagueta dar instruções incorretas quando perguntavam para ele não ajudava muito.

O walkie-talkie Windsor de Pete era um modelo novo, resistente. Malagueta testou o peso, como ele pendia no bolso do corta-vento. Botão de volume bem largo, o suficiente para manipular mesmo se a pessoa estivesse de luva. Os antigos Windsor quebravam como casca de ovo quando escorregavam para o concreto. Ele devolveu o dispositivo ao garoto. Era perfeitamente possível que Malagueta não tivesse acompanhado os avanços na comunicação portátil de curto alcance.

No próximo dia livre, daria uma olhada nas revistas para saber as novidades.

Os vikings hippies cobriram as vitrines da Móveis Carney com lençóis pretos, e os constantes gritos de instruções e epítetos migraram para o fundo da loja para as tomadas do escritório. Chip, o Cara do Som, afundou em um dos sofás moles, lendo uma história em quadrinhos do Doutor Estranho e fedendo a maconha. Um daqueles tipos do Greenwich Village que só se viam no Harlem quando distribuíam panfletos sobre o Vietnã ou o Camboja e ensinavam às pessoas como se engajar mais. Metiam-se nos assuntos dos negros.

— Nós estamos quase prontos — anunciou Lola e, cinco minutos depois, disse: — Eles precisam de mais tempo.

Nós quando era uma boa notícia, *eles* quando era ruim. Malagueta já estava acostumado com o ritmo, o ritmo instável desse metrô que era um set de filmagem. Trabalhadores consertavam falhas no escuro, e as coisas avançavam até quebrar de novo.

Lola parecia ter assumido o escritório de Marie, entrando e saindo de lá como uma ratazana. Malagueta não tinha visto Marie o dia todo. Fecharam a loja para clientes quando o pessoal do cinema invadiu. Talvez já tivesse ido embora quando ele chegou.

Malagueta transferiu seu poleiro para a porta de Morningside, onde colocaram luzes e filtros no interior do escritório de Carney. A tempo de pará-lo quando ele voltasse depois do seu passeio. Ele estava mais relaxado e fez sinal de positivo para Ferrugem por ter mantido a ordem. Carney disse a Malagueta que o time de basquete de May tinha um jogo no Brooklyn e que John estava passando para assistir.

— Já saiu da escola? — perguntou Malagueta.

— São sete da noite — respondeu Carney.

Então, era isso. Malagueta não via o garoto desde o verão, quando encontrou Carney na rua 125, em frente ao Chock Full o'Nuts, e foi embora com um convite para jantar.

— O que você tá comendo?
— Frango?

Nada mais estava acontecendo. Naquela noite, a caminho da casa dos Carney, ele passou por um carrinho na Oitava Avenida e escolheu o buquê menos gasto, um desafio. Malagueta não comprava flores desde que estava com Hazel.

Ele tocou a campainha. Os meninos estavam jogando futebol americano na rua e gritavam uns com os outros. Ainda não estava acostumado a entrar pela porta da frente em Strivers' Row. Havia se esgueirado bastante pelos fundos das casas, saqueando, aqueles becos praticamente imploravam por isso.

Elizabeth abriu a porta, e seu rosto se iluminou com as flores. Ela agradeceu e foi buscar um vaso. A sra. Carney descobriu que ele era um bandido anos antes, e Malagueta soube disso porque ela havia parado de fazer perguntas sobre a vida dele e por causa de sua atitude pensativa. Ela não usou isso contra ele. Malagueta se perguntou o que ela sabia sobre as diversas atividades secundárias de Carney.

May estava tocando música alta lá em cima — aquela coisa de *funk*, carregada no baixo. John lia um livro no sofá da sala de estar.

— Oi, tio Malagueta — cumprimentou ele.
— Malagueta — corrigiu ele, como sempre fazia.
— Claro, tio Malagueta — repetiu John, sorrindo.

Anos antes, Malagueta havia prometido a si mesmo que não os maltrataria por serem atrevidos e continuava mantendo sua palavra.

Malagueta pediu para ver a capa do livro: *O planeta dos macacos*. Ele recomendou ver o filme, que era mais rápido. John disse que já tinha assistido cinco vezes. O menino queria ver o que haviam mudado do livro.

Malagueta assentiu com a cabeça. Às vezes, quando Carney falava de um jeito diferente e as palavras tinham um tom mais cortante, ele via o Big Mike diante dele, o velho bandido voltava ao Harlem por um momento. Houve momentos em que John abriu a boca e Malagueta reconheceu o jovem Carney nas entonações e nos gestos que o acompanhavam. Um vislumbre de Carney antes de ser ele mesmo.

Alguns anos antes, Carney perguntou a Malagueta quando haviam se conhecido. Ele tinha essa lembrança de que era um menino quando Malagueta frequentava o antigo apartamento deles na rua 127. Ele o corrigiu: Carney estava no ensino médio quando o homem começara a trabalhar com seu pai. A mãe de Carney já havia morrido, e eram apenas ele e Big Mike. O adolescente cumprimentava o pai e o bando, com os olhos voltados ao chão, e depois se escondia no quarto até que os homens saíssem para o delito daquela noite, um ataque a um carro blindado, uma invasão na véspera do pagamento a uma loja de departamentos. Com medo dos bandidos ou envergonhado pelo pai ou apenas querendo ficar sozinho.

Carney voltou da loja logo depois que Malagueta chegou, e eles fizeram uma boa refeição, um frango cuja receita Elizabeth havia recortado do *Times*. Ele não viu Carney até novembro. O vendedor de móveis visitava o bar de vez em quando para conversar. No começo eram negócios — Carney tinha que apertar um traficante que tinha dado uma de Houdini e sumido sem pagar, ou precisava de um guarda-costas em um encontro com algumas vagabundas insignificantes. Às vezes, alguma coisa mais complicada. Então, ele se retirou do ramo da receptação e visitava o bar para jogar conversa fora. Quando Malagueta se deu conta, a Páscoa com os Carney era um evento anual e as crianças o chamavam de tio.

Naquela noite de novembro, quando Carney apareceu, o Donegal's estava meio vazio, e a TV, ligada com um filme de

Ray Milland. Não estava claro o que o personagem de Milland fazia; era um tipo de malandro que suava muito, estelionatário ou atropelador culpado. Assistiram ao filme por um tempo, sem falar nada. Em geral, Malagueta não discutia negócios — ou você estava no trabalho ou não. Mas aí veio o comercial da Gillette, e Malagueta mencionou que havia torrado sua última grana e que era hora de arranjar outro serviço. Carney comentou que, se ele quisesse uma coisa tranquila, conhecia um homem que precisava de um segurança.

— Ele é desleixado, mas é profissional — garantiu Carney e explicou como se envolveu no mundo do cinema.

Carney conhecia o diretor desde a adolescência, quando o garoto andava com seu primo Freddie. Tinha feito uns corres por um tempo — passando cheques sem fundo, vendendo filmes pornô — e virara diretor de cinema, rodando um daqueles filmes de negros. Na verdade, John e May adoravam aqueles filmes de gueto, por mais bobos e violentos que fossem, e Carney ganhava algum dinheiro.

— Que tipo de grana? — perguntou Malagueta.
— Relógios.
— Claro.

Carney caiu no papo de Zippo, como uma daquelas pessoas que entravam em sua loja de móveis para pedir informações e eram convencidas a comprar um novo aparador. Zippo havia crescido e se tornado um bom vendedor — talvez fizesse parte de ser um bom diretor, orientar as pessoas nos papéis que você deseja que elas desempenhem. Carney entrou para disputar pontos. Era assim que financiavam filmes naquela época, disse o lojista — pontos. Um bando de dentistas fazia um consórcio, ou um empresário procurava um lugar para botar dinheiro. O filme decola, a pessoa ganha uma bolada.

Por exemplo: a grande história do Clube Dumas no ano anterior dizia respeito a Don Newberry, entusiasta do uísque escocês e presidente do Comitê de Admissões. Newberry era um advogado imobiliário sem grande destaque, mas seu pai fora um dos contatos negros do Tammany Hall, ajudando a realizar a votação no Harlem, e Newberry se escorou a vida toda nessa associação. Também morava no andar de cima do ator Ron O'Neal e concordou em ajudar os criadores de *Super Fly* com alguns contratos, sem problemas. Conseguiu dez por cento do filme, e um ano depois: *bum*. Um milhão de dólares, e contando.

— Dê uma arma a um homem negro e deixe que mate alguns brancos... não é arte, mas deixa algumas bundas coladas nas cadeiras do cinema — disse Zippo.

Ele foi à loja de Carney para finalizar a filmagem do escritório e forçou seu discurso quando chegou o momento certo. *Agente Secreta: Nefertiti* era arte, insistia ele, mas também tinha muita coisa para aqueles com uma sensibilidade grosseira. Seu trabalho derivava de uma lista de princípios estéticos chamada Método ZIPPO.

— É uma espécie de credo pessoal.

ZIPPO era um acrônimo homônimo, uma imitação admitida de Samuel Z. Arkoff e sua Fórmula ARKOFF.

Ele elaborou os principais conceitos e qualidades do ZIPPO:

Zeitgeist (Do alemão, *o espírito do tempo*. Explore a cultura.)

Inteligente (Elevação da nossa ideia de mundo.)

Provocativo (Arranque o público de sua complacência burguesa.)

Profano (Blasfêmia, violência e sexo, habilmente empregados. Consulte *P*, acima.)

Oratória (Diálogos e discursos notáveis.)

— Isso é ZIPPO — concluiu Zippo.

Carney relatou a ideia central a Malagueta, mas teve dificuldade de lembrar o que *Zeitgeist* queria dizer, "talvez por causa da guerra". O principal era que Carney precisava lavar um tanto de dinheiro e seus filhos ficaram entusiasmados quando ele lhes contou sobre isso: ele estava dentro.

O cineasta fez mais um pedido. Estava de olho no Hermann Bros. durante a reunião inteira.

— A gente pode usar o cofre? — perguntara Zippo.
— Não.
— Para a cena.
— Não.
— Ele pediu para usar teu cofre? — perguntou Malagueta.
— Para a cena, foi o que ele disse.

Malagueta pegou uma bebida. Ninguém toca no cofre de um homem.

Buford, o barman, serviu mais duas cervejas. Segundo Carney, ele e Zippo fecharam um acordo pela taxa de locação e ações do filme. Zippo ligou naquela manhã e mencionou que algumas crianças da vizinhança estavam levando seus equipamentos. No dia seguinte, Malagueta foi até lá e se candidatou ao trabalho.

Precisava de algum dinheiro para despesas operacionais, claro, mas, antes de qualquer coisa, estava entediado. Já fazia muito tempo que não dava uma surra em um homem até ele desmaiar. Talvez o trabalho cinematográfico fornecesse acesso a alguém que precisasse de uma surra. Uma contusão ou, como chama, um descolamento de retina. Quanto ao trabalho em si, um bandido de longa data trabalhando meio período como segurança não era tão estranho assim. Metade dos policiais de Nova York eram ladrões safados no começo e viraram meganhas. Em uma cidade como essa, cabe a você abraçar a porra das contradições.

As promessas de Lola não valiam de nada. O indicador mais seguro de que estavam prestes a filmar era a manifestação do diretor. Ele entrou pela porta da frente, examinou os preparativos e disse, com toda a sinceridade:

— Isso aqui está totalmente ZIPPO.

Naquele dia, ele estava vestido com uma calça jeans vermelha e um suéter preto cheio de buracos de traça ou queimaduras de ácido. As pulseiras prateadas, sua marca registrada, tilintavam a cada movimento, tanto que, quando a câmera rodava, ele congelava feito um manequim em uma série de poses que só podiam ser ensaiadas. O pessoal se acostumou com a visão.

A equipe começou a toda a velocidade. Malagueta não gostou muito de Zippo de primeira — em geral, ele olhava para o grupo mais jovem com uma mistura de pena e estupefação. Mas o homem tinha jeito com a equipe, que fazia o que ele mandava com eficiência. Era estranho — eles pareciam acreditar nele.

O boato no set era que o sujeito britânico que interpretava o sr. Dudley, o obscuro vendedor de móveis, era um grande mandachuva nos círculos shakespearianos. Ficaram perplexos e agradecidos por sua presença.

— É uma pena que ele só tenha uma cena — comentou Lola.

Johnson Gibbs era corpulento, digno, com a costeleta primorosamente cortada, e se comportava com a complacência de um gerente de banco ou reverendo. Era estranho ver alguém que não fosse Carney naquela mesa antiga, mas o ator parecia em casa. O sr. Shakespeare olhou pela janela para o showroom e murmurou silenciosamente suas falas, segurando as lapelas como se estivesse inspecionando Gettysburg.

Então, Lucinda Cole apareceu. Fazia horas que estava na loja ao lado, o Skinny's — a produção alugou o bar para fazer de guarda-roupa, maquiagem e "holding". (Até onde Malagueta sabia, o *holding* era um lugar para deixar as pessoas até que precisassem delas, como um refém que acabaram de resgatar.) Malagueta não estava familiarizado com o trabalho dela. Na reunião inicial, Zippo listou alguns de seus projetos. Ele deu de ombros. Zippo cantarolou uma música de um dos filmes dela.

Ele continuou sem saber. Malagueta questionou sobre o nome da personagem.

— Nefertiti... é alguma merda afrocêntrica?

Zippo respondeu:

— Significa *"a linda mulher chegou"*.

Malagueta não ligava para a sofisticação, fosse a de Strivers' Row, Park Avenue ou Hollywood, mas assim que conheceu Lucinda, teve que dar o braço a torcer: o nome lhe fazia justiça. Tinha o corpo como uma ampulheta, não no formato, mas no lembrete melancólico de que o tempo estava se esgotando e havia coisas nesta Terra que alguns nunca experimentariam. Embora só tivessem se falado uma vez, no primeiro dia dele, o breve sorriso dela todas as manhãs era um conforto inesperado, como um aceno de cabeça do balconista da bodega da esquina ou da garçonete da birosca, do cara da banca de jornal. Uma vizinha próxima, embora o figurino declarasse que vinha do espaço sideral.

Para a cena da loja de móveis, colocaram Lucinda com calça de couro branca e uma blusa azul-escura brilhante embaixo de uma capa de couro preta. O rosto redondo de Lucinda era emoldurado pela grande peruca afro, posicionada como uma joia marrom. A peruca em si era um item audacioso que se opunha às leis da física e era presa por uma faixa bordada com símbolos estranhos, hieróglifos que representavam o "sistema mitológico" de Zippo. Malagueta cochilava sempre que o diretor os explicava. Em qualquer outra pessoa, o conjunto pareceria uma fantasia de Dia das Bruxas. Nela, não.

A atriz cambaleou para dentro do escritório. Lucinda era alta, e as botas plataforma vermelho-rubi a deixavam mais imponente, mesmo que representassem um desafio técnico para chutar a garganta dos babacas; a miríade de chutes e pisões exigira várias tomadas nos dias anteriores. Ela se sentou na mesa de Carney e se inclinou para inspecionar a foto autografada de Lena Horne. Aprovou.

Lola expulsou todo mundo do set para que Zippo pudesse discutir a cena com os atores. Carney e John juntaram-se a Malagueta em seu posto da Morningside, onde parte da calçada dava ao garoto uma visão parcial do escritório. A mão de Carney pousou no ombro do filho. Malagueta percebeu que John tinha mais ou menos a mesma idade que Carney quando o conhecera. Vinte e cinco anos antes? O menino ajudava na loja algumas tardes, Malagueta sabia, mas parecia entediado sempre que o assunto surgia. Não era bandido nem vendedor — por enquanto.

Quem quer que fosse um dia, naquela noite ele era um garoto num set de filmagem. Carney perguntou o que ele achava de toda a operação, e John estava pulando feito um cãozinho.

No escritório, Zippo explicou o projeto grandioso. Como sempre, Lucinda tinha a voz suave e se retraía entre as tomadas; transformava-se em um turbilhão malvado quando começavam a filmar. O sr. Shakespeare ouviu e assentiu sobriamente. Ele fez uma pergunta. Zippo contou a história do dono da loja, sr. Dudley.

Carney sentiu o corpo enrijecer.

— Ele disse que o homem tem uma loja de móveis que serve de fachada para a operação de receptação?

— Acho que sim — respondeu Malagueta.

Carney entrou no escritório e mandou todos saírem, exceto Zippo. Troy, o diretor de fotografia, fez uma careta e se sentou na Sterling do showroom. Malagueta deu de ombros para John, como se dissesse "não se preocupe". O set ficou vazio, mas os cabos elétricos apoiados nas portas permitiam que pessoas próximas ouvissem a bronca.

Zippo chamou todos de volta.

— Então, ele é um agente de aposta — explicou ao sr. Shakespeare. — É mais ZIPPO.

Eles filmaram a cena em que Larry a deixa entrar e se prepararam para o confronto de Nefertiti com o agente de apostas.

Ainda havia silêncio na Morningside àquela hora. Assim que a orquestra noturna começasse a tocar com entusiasmo, teriam que enfrentar um cardápio completo da barulhada que vinha de fora. Malagueta enxotou um bêbado, e o homem deu meia--volta em direção à rua 126, cantando uma versão estropiada de uma música da Motown. A maioria dos transeuntes atravessava a rua para evitar as instalações, desinteressada. As luminárias de cinema emitiam uma luz fria e perturbadora, criando uma bolha sinistra na rua. A 125 tinha o seu tumulto padrão, mas na Morningside as luzes estavam estouradas, as luzes da igreja do outro lado da rua estavam apagadas, os cortiços abandonados no final do quarteirão, escuros, e não havia vivalma na casa da esquina. Como se a rua fosse um teatro escurecido, e o retângulo da porta do escritório fosse uma tela de cinema brilhante. Logo terminariam as filmagens e seguiriam para a próxima locação, daí encerrariam tudo, e para onde Malagueta iria? De novo aos assentos escuros, entre os espetáculos.

Zippo pediu uma última tomada, e daí encerraram.

Carney levou John para casa depois que o menino conseguiu autógrafos para ele e a irmã. O Assistente Pete e companhia carregaram a perua, e ela dobrou a esquina. O vento havia aumentado. Malagueta partiu em direção ao metrô. *Como foi a tomada? Vamos lá, mais uma.* Como se estivessem roubando um banco. Fazer cinema era como assaltar, a mesma coisa. Para arrombar um armazém, sequestrar um caminhão ou filmar uma cena, era necessário discutir todas as variáveis, a paisagem, os participantes, e submetê-los à sua vontade. Instalação e execução divididas em partes. Qual a qualidade da luz a essa hora do dia, os pontos de acesso, o trânsito de pedestres e de veículos. Cada um tem seu papel especial, seguindo o roteiro. Um cara para estourar o cofre, outro ao volante. Guarda-roupa, iluminação, microfone. A obsessão pelo relógio — depois do dinheiro, o tempo era a moeda favorita, no cofre do banco e na locação.

Temos tempo suficiente para fazer o que precisa ser feito? E se fosse feito, a bolada era a que se pensava?

Todo o trabalho que empreenderam. Em um filme, se alguém estragasse alguma coisa, tinham que repetir tudo de novo. Não atirariam na cara da pessoa.

E, como em um assalto, quando se pensa que as coisas estão indo conforme o planejado, tudo vai pras cucuias. No dia após as filmagens da Móveis Carney, eles se instalaram em frente a um dos portões da CCNY, a Faculdade da Cidade de Nova York. Nefertiti entra no campus, e então há uma sala de aula vazia onde ela consulta o dr. Beryl Boyle, professor de Física Nuclear, sobre diagramas sinistros em microfilme. A equipe estava ansiosa, a forma como se moviam e falavam entre si denunciava. Malagueta registrou aquela rede trêmula como uma aranha. Zippo não estava ali. Ele perguntou ao Assistente Pete o que estava acontecendo.

— É a srta. Cole — explicou ele. — Ela está desaparecida.

TRÊS

Malagueta aceitou o serviço no cinema porque estava meio sem grana, e a grana estava curta porque havia dado merda na operação com Anson. O trabalho de preparação de Church Wiley havia sido supimpa. Geralmente era. Church não conseguia se lembrar dos nomes dos próprios filhos, mas pergunte para ele qual a velocidade média do motorista da Fretes Anson na rodovia Jersey Turnpike e ele murmurava:

— Noventa e dois quilômetros por hora, noventa e seis se estiver nublado.

Ele só tinha dois filhos.

O motorista de quinta-feira se chamava Phil Burgher e fazia o trajeto de Alexandria a Newark toda semana para garantir que o armazém da Magnavox fizesse as entregas de sexta-feira. Phil era firme, firme do tipo previsível, o melhor tipo. Ele se permitia uma parada na rota, na área de serviço de Pedricktown, logo depois da fronteira com Delaware.

— É um lugar que realmente dá as "boas-vindas a Jersey" — dizia Church.

Duas bombas de diesel, uma grande pilha de cascalho e um boteco chamado Teddy's Place.

O nome do lugar piscava dentro e fora com um zumbido de néon vermelho quebrado. Burgher tinha uma queda pela garçonete, que tinha um penteado colmeia com um cigarro torto saindo dele. Era normal o caminhoneiro se demorar após a refeição em um flerte sem sorte e tirar água do joelho antes do trajeto final até Newark. Havia dois trechos na rodovia que atendiam àqueles propósitos antes de chegar aos centros populacionais.

A Garagem de West Side havia sofrido uma batida pelo esquadrão antifurto algumas vezes, mas Malagueta preferia Tom Gerald a qualquer outro grupo obscuro. Ele nunca soubera de qualquer um dos carros de Gerald ter sido rastreado, e já fazia quase vinte anos que comprava rodas com ele. Malagueta foi para a rua 165 a partir da Broadway. Tom estava se dando bem; a última oferta a norte do estado o havia deixado de cabelo branco e ossos quebradiços. Ele saiu do escritório para cumprimentar Malagueta, mas rapidamente recuou para deixar o filho assumir o controle. Billy havia puxado à mãe, com rosto oval e cílios longos. Pelo sotaque, falavam espanhol em casa.

Billy recomendou os dois carros, o Dodge Dart e o El Camino, os dois de 1967. Bateu no capô do Dart e disse que era um monstrinho que aguentava qualquer curva e ação que surgisse. Malagueta disse: é mesmo. Só que estava mais interessado no El Camino:

— Tem aquela cobertura pra caçamba?

Billy estava prestes a fazer uma piada sobre ser à parte, mas pensou melhor quando olhou para o rosto de Malagueta. Acabou lhe dando a cobertura, porque no fim das contas não usavam. Um quadrado recortado de carpete marrom cumpria a função à perfeição.

A noite de quinta-feira estava tranquila e insinuante, um daqueles alvos perfeitos que o verão espalhava de vez em quando para que a pessoa se torturasse pensando em como poderia ser o tempo todo, se quisesse. Malagueta conheceu mulheres assim, mulheres sovinas com as melhores partes delas mesmas, e talvez houvesse quem dissesse a mesma coisa dele. Ele encolheu os ombros e sorveu o doce ar da noite. Church e Malagueta estavam no El Camino, estacionados a poucos metros do cubo de concreto que abrigava os banheiros públicos. Do outro lado do estacionamento, Burgher, o motorista do caminhão, estava curvado na janela da lanchonete, observando a garçonete enquanto ela recolhia os pratos da mesa ao lado.

Gus Burnett e Burt Miller aguardavam no Dodge, ao lado da caçamba de lixo, atrás do restaurante. Malagueta não os conhecia; eram caras do Church, lá do Alabama. Vinte, vinte e um, magros como um galgo e bem caladões. No dia seguinte, àquela hora, eles deveriam estar de volta ao sul, devorando lagostins ou dedilhando banjos feitos em casa ou fosse lá o que fizessem naquelas paragens. Pareciam seguir instruções simples e deram respostas corretas quando Malagueta os questionou sobre a configuração. Bem firmes.

Malagueta já havia trabalhado bastante com Church e não tinha dúvidas quanto às habilidades dele. Antes da ação, Church sempre tagarelava como uma tia solitária. Os sinuqueiros e os malandros do carteado falavam à beça quando trabalhavam, sondando pontos fracos e criando distrações. A falação de Church era o oposto: estava se testando para botar tudo em pratos limpos.

Ele estava ao volante do El Camino naquela noite.

— Pedricktown — disse ele, pronunciando as sílabas com tédio. Apontou para a pilha de cascalho e continuou: — Aquele é o prefeito.

Malagueta suspirou e verificou a área de serviço pelo retrovisor.

— Você é bom em, hum, "comunicação não verbal" — comentou Church.

O canto da boca de Malagueta se curvou. Uma sombra de poeira deslizou por cima dele.

— Aqui vamos nós — disse Church.

Ele bateu à porta para sinalizar aos homens no Dodge.

Quando foi que Burgher percebeu que alguma coisa desagradável estava acontecendo? Foi quando o El Camino diante de seu caminhão reduziu a velocidade sem motivo? Ou quando olhou no espelho para ultrapassar o carro e viu o Dodge acompanhando o ritmo de sua cabine e o homem negro no banco do passageiro apontando a pistola para ele? O caminhão era um monstrengo de doze toneladas e, se o motorista tivesse inclinação para a violência, podia ter esmagado ou dado um chega para lá em qualquer um dos carros. Segundo Church, Burgher tinha duas queixas de agressão na ficha corrida, confusões de boteco que acabaram mal. Por isso, escreveram uma mensagem para ele, em letras garrafais para que não passasse despercebido: DIANA CORY LINDA. Garantiram que ficasse visível de vários ângulos da cabine do caminhão, mas não de um carro que passava, e que os faróis iluminassem a placa à noite. Se um homem vir os nomes da esposa e dos filhos na caçamba de um El Camino, ele deve interpretar isso como uma ameaça implícita. Se não, a arma oferecia a legenda.

— Devo botar uma caveira e ossos cruzados? — perguntou Church com o pincel pendurado na ponta dos dedos.

Malagueta respondeu de forma não verbal.

Burgher saiu da pista. Houve uma discussão. Gus Burnett, o cara do Alabama com o revólver, subiu no estribo e levou a carga do caminhão cheio de TVs novas para Newark, até uma fábrica de gelo abandonada a oeste dos pátios de trem. Burt Miller dirigia o Dart, seguindo o El Camino pela estrada pedagiada até que saíram dela e seguiram para um viaduto nas fronteiras irregulares de New Brunswick. Eles estacionaram. A leste, a floresta havia sido derrubada para abrir caminho para um canteiro de obras. Church informou que a obra parava todos os dias às sete. A luz branca nítida descrevia uma silhueta de montes de terra e equipamentos de remoção de terreno. Church e Malagueta se entreolharam. Uns quatrocentos metros antes, haviam passado por um velhote que caminhava pesadamente, empurrando um carrinho de frutas vazio e bambo. Precisavam resolver essa questão? Saíram do carro: deixa pra lá.

Church caminhou até o Dart e apontou para o porta-malas.

— E aí, espertinho?

A resposta de Burgher só poderia ser descrita como abafada.

— Conte até cem — ordenou Church.

— Quinhentos — interveio Malagueta, desenrolando o carpete imundo para cobrir a mensagem na caçamba do El Camino.

— Conte até perder a conta — insistiu Church —, depois abra o baú e siga sua vida.

Burt Miller pulou na caçamba do El Camino e eles se dirigiram para a fábrica de gelo. Malagueta olhou para o viaduto lá atrás. Quantas vezes abandonara carros ou peruas em New Brunswick depois de uma operação? Em 1949, 1954, 1963 com o negócio de casacos de pele, e aquela. É hora de encontrar outro lugar de descarte. Os policiais eram uma espécie burra e preguiçosa? Eram. Mas, às vezes, aparecia um policial que era apenas meio lerdo em vez de um completo imbecil, e se o meio lerdo tivesse iniciativa e lhe ocorresse a ideia de verificar casos antigos, talvez isso pudesse ser um problema.

A ex-mulher de um dos camaradas de Church era dona da fábrica de gelo, o último bem de uma dinastia outrora próspera. O cara tinha alguma coisa contra ela — um casamento reúne uma série de vantagens ao longo do tempo —, e ele, por sua vez, devia alguma coisa a Church. Quando os três ladrões chegaram a Newark, Gus já havia arrombado a fechadura da carroceria e retirado uma das TVs. Mas não era uma TV. Ninguém sabia que porra era aquela. O aparelho dentro da caixa de papelão era feito de plástico preto e branco, um quadrado de dez centímetros saindo de uma base retangular de trinta centímetros de largura. Era para pisar naquilo? O formato lembrou Malagueta daqueles engraxadores de sapato de hotel. Dois outros quadrados de plástico menores tinham cordões marrons.

Church inclinou a caixa em direção à luz.

— Odyssey, da Magnavox.

Os criminosos competiram para ver quem parecia mais perplexo.

— Tênis — disse Gus.

— Tem a foto de uma TV na caixa, mas não tem uma aí dentro — disse Church. — Diz que é o *módulo de controle mestre*. Essas coisas são os controles do jogador. "Adapta-se a qualquer marca de TV em preto e branco ou em cores."

— Tênis de mesa — murmurou Burt.

— E hóquei.

A questão urgente era quanto receberiam pelos aparelhos, se é que receberiam alguma coisa. Esconderam as caixas no porão, e os camaradas do Alabama partiram para se desfazer do caminhão de dezoito rodas. Uma sirene da polícia emergiu do silêncio e se afastou. Church soltou um impropério. Disse que deveria ter ficado em Baltimore, o território de costume. Era um desastre sempre que botava na cabeça que devia diversificar.

— Está igualzinho à operação de Frederico.

Malagueta não estava familiarizado com a operação em questão, mas qual bandido não reconhecia o arrependimento por uma configuração que dera errado?

De volta à cidade. Uma vez no El Camino, Church comentou que precisava fazer uma parada na Clinton Avenue — o homem não deu mais detalhes. Dinheiro ou mulher, o que mais poderia ser? Malagueta fez com que seguisse uma rota tortuosa e absurda para evitar Hillside, já que não estava a fim de agitação. Newark, Filha da puta, Newark, a Peste, Newark, aquele Negócio com Cem Caras de Cobra — sua cidade natal tinha ruas e esquinas que davam pauladas de surpresa em meio à neblina do ontem. Os velhos fantasmas estavam grogues e lentos, mas se lembravam de seus pontos fracos.

Church estacionou em frente a uma casa de madeira branca e cinza na Avon. Malagueta jogava beisebol com um garoto que morava na esquina, Jimmy Temple. Pisou em uma mina na França três dias antes de embarcar para casa — tchau, tchau, *Interbase*. Church tirou um saco de papel pardo de debaixo do assento e entrou na casa escura. A porta estava destrancada. Ele saiu correndo lá de dentro um minuto depois, sem saco pardo, perseguido por uma mulher grande aos berros, as pantufas estalando e ecoando no concreto até que o El Camino dobrou a esquina. Malagueta não fez pergunta alguma. Church não falou uma palavra. Cinco minutos depois, o homem caiu na gargalhada e não parou por quilômetros.

Demorou três semanas para Church encontrar um comprador no Bronx, um lituano com experiência em eletrodomésticos. A oferta: a mixaria de alguns mil dólares. As máquinas eram vendidas por oitenta dólares, mas não eram exatamente um sucesso estrondoso de vendas. Fizeram um acordo pelos consoles de jogos. Uma semana depois, Malagueta estava na casa de Donegal e soube que Dootsie Bell havia "perecido" na prisão com câncer no cérebro. O infortúnio leva todo o nosso dinheiro. A viúva, os filhos, a falta de seguro funerário não eram impedimento para o funeral — Malagueta entregara à mulher dele um montão de dinheiro para despesas. Certa vez, Dootsie havia largado Malagueta no Hospital do Harlem em vez de deixá-lo sangrando à beira de uma estrada. No fim, essa dívida precisava ser quitada. Por isso, em novembro, a grana estava curta, e daí surgiu Zippo.

* * *

Com o desaparecimento de Lucinda Cole, a produção ficou paralisada. Afinal, o filme era dela. Nefertiti estava em todas as cenas, exceto quando foram ao quarto privado no iate do gênio do crime para que ele explicasse os métodos (desencadear a guerra racial) e a motivação (dominação pós-guerra racial). Filmaram essas cenas na primeira semana, já que o ator que interpretava o Barão — o cara branco — precisava partir para um trabalho de teatro com jantar, *Quem Tem Medo de Virginia Woolf?*, em um cruzeiro transatlântico, de Miami a Le Havre. "Tive que cortar uma hora, mas o cerne da peça é o cerne da peça." Assim que desistiram da cena na entrada da CCNY ("Vamos fazer uma tomada externa direta sem ela"), a equipe se mudou para o Prédio de Antropologia para as cenas da sala de aula e torceu para que ela aparecesse.

A última visita de Malagueta a um campus universitário havia sido quando ele e T. T. roubaram o laboratório da Universidade Stony Brook anos antes. (Nunca descobriu o que havia naquele barril, mas ainda se lembrava do alívio por não ter explodido quando caiu do carrinho e quicou escada abaixo.) Ele parou diante dos panfletos e cartazes nos corredores — trabalhar com essa rapaziada do cinema o deixara curioso sobre o que motivava os jovens. Todo mundo é material de pesquisa quando você é bandido, outra variável em uma configuração futura. Câmeras de circuito fechado, olhos eletrônicos, pessoas: a mesma merda. Avisos para os protestos e marchas necessários e vigílias à luz de velas decoravam quadros de avisos e portas de gabinetes. Cartazes de filmes de terror como *Plano 9 do Espaço Sideral* e *A parada de monstros*. Aquelas estranhas criaturas se esgueiravam pela TV de Malagueta em horários obscuros; fazer com que caipiras pagassem para vê-las era uma boa trapaça. Fichas de inscrição para sessões de rap, grupos para aumentar a consciência. Embora Carney tivesse explicado isso em um jantar de Páscoa, Malagueta achou difícil abalar sua interpretação muito literal de "aumentar a consciência". O que a gente faz com isso depois que chega lá em cima? Às vezes, esse era todo o problema da vida: abundavam os imbecis com uma mentalidade alta quando a sua era de outro nível.

O Assistente Pete e o restante do grupo se instalaram na sala de aula para o caso de Lucinda aparecer. Zippo havia negociado com a CCNY para usar um conjunto de gabinetes com janelas minúsculas do outro lado do corredor. A equipe de *Nefertiti* instalou-se como estudantes manifestantes que haviam tomado o local para protestar contra a bomba, contra a guerra ou contra a branquitude em geral. Obedecendo ao instinto de pertencimento, Malagueta se instalou à mesa mais bagunçada da sala e folheou um livro sobre o comportamento de primatas. Dentro dele, uma série de fotos brilhantes mostrava macacos usando capacetes de metal presos a eletrodos.

Pouco depois das seis da tarde, Lola ligou para ele. A assistente de produção tinha estado furiosa e agitada o dia todo, falando em seu walkie-talkie Windsor e suspirando de um jeito dramático. Nos últimos minutos, vinha sussurrando ao telefone, com os olhos arregalados, lembrando a Malagueta de um alcaguete que suspeita de que todo mundo sabe que ele os delatou. Ela entregou-lhe o receptor.

Era Zippo, ao mesmo tempo frenético e distraído — o homem era um multitalento. Ninguém sabia onde Lucinda Cole estava. Ela estava hospedada no Hotel McAlpin, onde a produção havia hospedado parte do elenco, cortesia de um dos patrocinadores do filme, que conseguira um desconto comercial por meio de seu negócio de revestimentos de alumínio. A filha estava interpretando a garçonete atrevida na cena da boate. O hotel ligou exigindo indenização pelos danos à suíte dela, que estava em pandarecos. Parecia que tinha dado uma festa que havia saído do controle. Nenhum sinal de Lucinda.

— Você pode vir até o centro da cidade? — perguntou Zippo.

Ele morava na Greene Street.

Vir até o centro da cidade. Como se ele fosse um *beatnik* ou um burro de carga.

— Nem ferrando que eu vou pro centro.

Zippo encontrou-o no Whistle Stop, na Quinta Avenida. Ficava a duas portas da rua 125, anunciada por um contorno de azul néon de um cavalheiro alto batendo o pé. O Whistle Stop atraía uma clientela mais velha, moradores alienados pelo temperamento atual dos bares e das discotecas da vizinhança. Ao virar a esquina, mais adiante, os novos locais eram barulhentos, raivosos e dominados por um público mais jovem que — com roupas ousadas, hinos militantes e destemor anárquico — repreendia as rebeliões educadas da geração anterior. Os homens e mulheres de meia-idade encolhiam-se ao passar, para que os jovens não derrubassem as bebidas enquanto invadiam as pistinhas de dança. Os veteranos balançavam a cabeça diante das letras vulgares do novo funk. Que tipo de mente distorcida tinha gravado tanta sujeira no vinil? Eles foram ao Whistle Stop para estar entre sua espécie. Nas noites de sexta e sábado no Whistle Stop, Robert McCoy Trio tocava dois sets de jazz sonolento e livre, um complemento musical aos drinques aguados que o barman Lonnie servia com amável dedicação.

Malagueta estivera lá algumas vezes com Hazel e, portanto, associava o bar aos tipos do mundo da retidão. Zippo estava vestido de luto, todo de preto. Ele cumprimentou dois clientes enquanto se dirigia ao lugar onde Malagueta estava no bar e descobriu que conhecia Lonnie. A personalidade do diretor tinha feito Malagueta esquecer que ele era da vizinhança.

— Eu jogava xadrez com o primo dele — comentou Zippo enquanto o barman preparava uma cuba libre para ele.

Seu estado emocional habitual era distraído e indiferente, mas não naquele dia. O desaparecimento da estrela o deixara em frangalhos.

— As pessoas voltam ou não — disse Malagueta. — Depende delas.

— Não posso me dar ao luxo de esperar.

— Ela é daqui — retrucou Malagueta.

Gesticulou de forma vaga para o bar, como se ela estivesse prestes a sair do banheiro feminino. E a família dela?

Zippo explicou que a mãe estava morta, o pai já havia vazado muito tempo antes, e parecia não haver mais alguém. O agente dela estava preocupado.

— Ele não quis entrar no assunto — continuou Zippo —, mas falou de um jeito que pareceu que ela havia passado por momentos difíceis no verão passado, que estava parando com alguma coisa. Droga, bebida, companhias erradas... sei lá. — O agente alegou estar embarcando em um avião. — Disse que estava tentando entrar em contato com o médico dela para ver o que ele dizia.

Médico-chefe, Malagueta percebeu. Ele disse a Zippo que não via o que aquilo tinha a ver com ele.

— Gostaria que você a encontrasse. Carney diz que você entende do riscado.

— Se acha que aconteceu alguma coisa com ela, deveria procurar a polícia.

Ir até a polícia como um cara quadrado, como uma pessoa normal, exatamente o que Zippo era. Ele ficou hesitante por algum motivo.

— Se eles se envolvem, vão levar a história para os jornais. Não preciso desse tipo de atenção agora. — Zippo olhou para trás. — A cada dia, estou perdendo dinheiro. Talvez ela apareça amanhã, talvez esteja em uma farra e volte depois do fim de semana. Talvez muita merda tenha acontecido, mas preciso rodar esse filme logo.

Malagueta estava sendo pago, quer eles desligassem as câmeras ou não; havia verificado com Lola naquela tarde. Zippo leu a mente dele.

— Vou pagar um extra além do que você está recebendo agora — disse ele. — Com um bônus se você a encontrar.

Uma drogada tendo uma recaída, havia algumas figuras do Harlem que talvez soubessem quem estava fornecendo para ela. Não era uma Diahann Carroll, mas ainda era uma espécie de estrela de cinema e provocava algumas fofocas. Imaginou o antro de drogas em que estivera no passado, o de Mam Lacey depois que ela morreu. Mal havia conversado com Lucinda Cole, mas não gostava de pensar nela em um lugar desses. Essas drogas tomam conta da pessoa, e aí ela pode acabar em qualquer buraco. No set, Malagueta achava os olhos dela frios quando vistos de um ângulo, mas de repente ficavam simpáticos e curiosos quando ela encontrava com o olhar dele. Não, ele não gostava de pensar nela sozinha em um daqueles lugares sombrios.

— Que tipo de bônus? — perguntou Malagueta.

Fizeram um acordo para o serviço de pessoa desaparecida, e ele disse a Lonnie que Zippo pagaria a conta toda.

— Mais despesas.

Não era assim que as coisas aconteciam?

Centro da cidade. Afinal, um burro de carga. Pegou a linha 1 para Christopher e rumou para o leste. Às dez e meia da noite de uma quarta-feira e com a onda de frio diminuindo, as ruas do Village estavam movimentadas. Malagueta estava acostumado com a versão dessas pessoas da rua 125, roupas desleixadas e postura insolente. Teve dificuldade para entender a versão branca do centro da cidade, principalmente no que diz respeito às barbas. Sem levar em conta os trajes hippies, os negros geralmente mantinham barbas e bigodes em dia e bem definidos, os cabelos afro imaculados. Essa molecada branca andava por aí com coisas na cabeça que... bem, gatos de rua mortos apodrecendo atrás de latas de lixo normalizavam a coisa toda. Essas novidades de merda estavam sempre em cima deles, e era necessário se ajustar, a vida era assim, mas as novidades de merda chegavam rápido demais ultimamente, e eram tão astutas e improváveis que ele tinha dificuldade de acompanhar.

Ele atravessou a Sexta Avenida. As Torres Gêmeas ainda o assustavam quando surgiam, a visão liberada por esta ou aquela curva na esquina de uma rua. Erguendo-se sobre a cidade como dois policiais tentando descobrir pelo que podem prender você.

O Sassy Crow ficava na MacDougal, na Minetta, em frente ao Café Wha?. Ele se lembrou de ter visto o mascote do clube na placa quando Hazel o levara até ali para ver o combo de jazz no verão anterior. O corvo era crioulo — os grandes olhos brancos e o charuto do pássaro preto tinham qualquer coisa de show de menestrel. Ele se identificou tanto quanto Hazel, e ela comentou algo como: "Você sabe que os brancos adoram essas coisas". O grupo liderado pelo cara do saxofone estava tocando na casa ao lado, um lugarzinho chamado Kaleidoscope Wheel. Quando Hazel sugeriu que ficassem para o segundo set, ele não hesitou. Nunca negava algo para ela, não é? Foi uma noite agradável. Ele não conseguia lembrar o nome da banda, mas "Um Monte De Esquilos Dentro De Um Saco De Estopa Sendo Espancados Por Martelos" não seria propaganda enganosa.

Ele desceu os degraus vertiginosos até o clube no subsolo, sentindo aquele fedor característico de cerveja velha. Malagueta não aprovava lugares com apenas uma entrada e saída. Cheiros aprisionados, pessoas aprisionadas. O segurança ao pé da escada era um sujeito branco e corpulento, de rosto vermelho, vestindo uma jaqueta de couro de motociclista e usando uma longa barba presa por elásticos multicoloridos. Com as roupas de trabalho (que eram as roupas de sempre), calça jeans e jaqueta de caminhoneiro de lona marrom, Malagueta não se parecia com a clientela habitual. Disse que se chamava Zippo Flood, e o cara acenou para que entrasse. O empresário de Roscoe Pope pôs o diretor na lista.

O comediante ainda não estava no set — só fariam as cenas dele na próxima segunda-feira —, mas Malagueta já tinha ouvido histórias sobre o comportamento errático do homem. Reclamações de barulho de outros hóspedes do Hotel McAlpin, uma insinuação de bongôs à meia-noite, uma prostituta travesti que havia espancado o gerente noturno com o sapato de salto alto quando pediram a ela para parar de fumar charutos no elevador. De acordo com Zippo, Pope e Lucinda Cole tiveram algum tipo de rolo em Hollywood, e o gerente do hotel disse que, na noite em que ela desapareceu, a equipe a viu com Roscoe. Quando Zippo ligou para o quarto dele, Roscoe mandou o diretor se foder. Por isso a missão de Malagueta no centro da cidade.

Ele se espremeu no meio da multidão e abriu lugar em uma parede com uma combinação familiar de fisicalidade e olhares feios. A sala continha nove pequenas mesas de bistrô redondas, todas ocupadas, e a multidão se acotovelava em cada espaço livre. Zippo informou que Pope tinha uma gravação de sucesso de *O memorando do dr. Goodpussy* e estava testando um novo material em uma série de espetáculos secretos. O segredo havia sido revelado.

A abertura estava no palco, o ventríloquo negro Leroi Banks e seu amiguinho, sr. Charles. Malagueta tinha assistido ao cara no *Red Skelton* algumas vezes. O cabelo afro do sr. Charles acompanhava a moda, e naquele momento tinha uma circunferência audaciosa. Banks vestiu-o com calça jeans e uma jaqueta jeans sobre uma camisa de cetim vermelha e um lenço amarelo de bolinhas. O ventríloquo vestia-se de maneira tradicional, como convém a um homem direito, com calça escura e um suéter amarelo. A fumaça do cigarro dançava devagar em forma de cone sob as luzes do palco.

Charles disse:

— No meio do caminho para Las Vegas, eu me levanto para me esticar, dou uma olhada e começo dar em cima da aeromoça. Ela me pergunta se já ouvi falar de "sexo nas alturas".

Ele tinha uma voz profunda, e a cabeça balançava para a frente e para trás, as pálpebras pintadas tremulando.

Leroi assobiou.

— Cara, espero que você tenha sido discreto.

— Achei que sim... mas quando voltei para o lugar, minha senhora já tinha me sacado.

— Ela gritou com você?

— Estava cheio de serragem nas calças.

Ninguém jamais via um ventríloquo gordo. Malagueta achava que isso refletia a natureza parasitária do relacionamento, em que o fantoche suga a essência da vida do artista. O que lhe deu a ideia de uma mania de dieta: a adoção em massa de companheiros fantoches. O que faria o preço da madeira subir às alturas. De tempos em tempos, a mente dele se via às voltas com empreendimentos comerciais.

Malagueta cruzou os braços durante a parte seguinte do espetáculo, em que o homem e o fantoche debateram os pontos mais delicados do romance, com o primeiro endossando a abordagem cavalheiresca, e o último, um sistema mais agressivo. Seguiram algumas vulgaridades.

— Você é um frouxo — concluiu o sr. Charles —, um frouxo de cabo a rabo.

Se Malagueta tivesse um boneco que falasse assim com ele, sufocaria o filho da puta. Sentado no colo de um homem.

Leroi Banks e seu amigo fizeram uma reverência — Malagueta teve a sensação de que os aplausos eram mais pela aproximação da atração principal. Havia um casal branco sentado a uma mesa a poucos metros de distância, com uma cadeira extra; a mulher usava um vestido com estampa floral brilhante, e o homem, um terno preto justo e óculos de aro de tartaruga. Ele estava anotando coisas em um bloco — um crítico de jornal ou agente federal investigando um caso de obscenidade. Malagueta sentou-se e afastou a cadeira da mesa. Acenou com a cabeça para o casal branco, que trocou olhares nervosos e puxou os coquetéis mais para perto. Olha só, a lombar dele estava dolorida por causa do serviço para o filme. Geralmente não trabalhava tantos dias seguidos.

Um tipo *yippie* brincalhão subiu no palco, o mestre de cerimônias. Fez algumas piadas anasaladas sobre o prefeito eleito Beame ("Temos que admirar um homem que concorre a capitão do *Titanic*") e apresentou Roscoe Pope. Pope deu dois passos no palco, arfou para a multidão fingindo horror e fingiu recuar com medo. Ele ajustou o suporte do microfone. Estava desgrenhado, com calça de veludo verde amassada e jaqueta de beisebol de cetim preto.

— É ótimo estar de volta a Nova York — começou ele. — A *Big Apple*. Botar a conversa em dia com alguns amigos. Ver meu camarada Christian. Ele é um gato manso, não tem tempo ruim com ele. Mas... por que os pais dão aos filhos nomes com base em coisas que dizem respeito a eles? É ótimo que você tenha Deus na vida, só não precisa envolver seu filho nela. Eu gosto de muitas coisas. Devo chamar meu filho de *Chupa-Xoxota*? Te apresento meu filho, Chupa-Xoxota. Não está certo. Dar um fardo para a criança carregar por conta de uma merda que você gosta.

O público riu, e o rosto de Pope mudou: eles haviam passado no teste. A partir daquele momento, poderia fazer o que quisesse. Como quando a pessoa impressiona transeuntes ou reféns com o fato de que ela vai machucá-los se ficarem no seu caminho, pensou Malagueta — eles autorizam. Pope continuou, provocando um casal que foi idiota a ponto de se sentar na primeira fila:

— Seu marido chupa sua xoxota? Não? — Deleitando-se na maldade. — Esses dois vão brigar daqui até chegarem em casa. *Por que você nunca chupa minha xoxota, amorzinho?*

Ele deixou os dois de lado e falou um pouco sobre um homem negro combatente do crime chamado Chapinha Vermelho, que ganha superpoderes após aplicar um alisador de cabelo radioativo. Ele passa por várias aventuras até ser massacrado pelo Super branquelo depois de usar sua visão de raio-X em uma moça branca.

— Enforcaram o mané. Por isso não mexo com mulheres brancas... quando tem alguém olhando.

Depois dessa anedota, uma autópsia de *E o Vento Levou*...

— Aquela branca safada está falando: *Ai, não, eles vão incendiar minha casa.* Eles tinham mesmo que incendiar sua casa, piranha, você é uma sinhazinha de escravos. Se eu tivesse um fósforo, eu mesmo tacaria fogo nela.

Ele estendeu a mão para pegar o copo de água no banquinho ao lado dele.

— Temos filmes assim porque não ensinam a história direito. Na escola? Todo tipo de merda que vocês nem sabem. "George Washington cruzando o Delaware." É um momento famoso na história dos Estados Unidos. Não contam que ele estava atravessando o rio porque ouviu dizer que havia escravos à venda. *Rema, vagabunda... consegui aquele desconto pra Pai Fundador!*

Uma senhora branca na frente gritou: "É isso aí!". Um homem corpulento e barrigudo, com óculos escuros estilo hepcat, encostado na parede dos fundos, gargalhava por já saber o fim de todas as piadas. Conhecia todas as histórias. Estava cheirado, provavelmente. Ele era fã, mas também fazia parte da gangue, uma geração que dava como certo que um negro podia falar assim sem tomar um tiro no meio do rabo. Em que tipo de salas Pope se apresentava no sul: lugares mistos como aquele, estabelecimentos só para negros ou lugar nenhum? Malagueta tinha ouvido falar que o comediante era bizarro, imaginando um daqueles tipos "Bill Cosby", mas um pouco mais grosseiro. Era um negro de um tipo novo diante dele, e uma sala cheia de pessoas sintonizadas com seu estilo maluco. A equipe de filmagem de *Nefertiti*, os universitários, aquele mix moderno do centro da cidade — ele estava até as tampas com essa nova geração e suas novidades de merda.

Como naquela mesa com o casal branco. O homem fez anotações, mas também riu com os outros no salão. Não era um agente federal; provavelmente trabalhava para o *Village Voice* ou para uma daquelas revistas *underground* nas quais se ensina como fazer uma bomba caseira. (A opinião de Malagueta sobre esse assunto obedecia ao Princípio do Frango Frito: por que fazer se podemos comprar?) Pope devia estar em uma ou duas listas de vigilância do governo. Quantas vezes tinham prendido Lenny Bruce? Por falar mais do que a boca. Se tratavam um homem branco desse jeito, o que fariam com um negro?

Pope riu de algo que disse, como se ele também não pudesse acreditar que ainda não havia sido enforcado.

— Muita gente do bairro não gosta dos brancos — comentou ele. — Por causa da história. Mas como não entender os caras? Eles estão por toda a parte. Tipo a lama. Não dá para odiar a lama. Talvez você não queira na sua casa, mas ela faz coisas boas. Plantas e árvores vivem nela. Por exemplo.

Pope tomou um gole de água.

— O cara branco lá atrás está pensando: *Eu gostava desse show de comédia até que ele começou a ficar racista.*

Ele deu uma risadinha sacana.

Uma garota pálida e magra, de macacão e cardigã verde brilhante, abriu caminho entre os corpos. Deu uma cotovelada na barriga de um homem ou pisou no pé dele, e ele gritou com ela. Não, aquilo estava apertado demais para o gosto de Malagueta. Se começasse um incêndio, um filho da puta maluco com uma pistola ou um canivete, policiais à caça... não haveria fuga fácil se alguma coisa estourasse ali. Hazel o tinha arrastado algumas vezes para esses lugares minúsculos para ouvir uma música ou tomar uma bebida, e fazia questão de zombar do nervosismo dele.

— O que você fez, roubou um banco?

Ele sorria. Era bom quando alguém sacava quem ele era. Não que ela soubesse com o que ele trabalhava, mas logo entendeu mais ou menos qual era a de Malagueta. Provavelmente por isso ela se separou dele.

O corpo de Roscoe Pope tornava-se elástico — robusto e militante, depois murcho de covardia, em seguida cambaleante como um saco murcho — e sua voz também se flexibilizava enquanto ele alternava entre disfarces e personagens. Pregador, cara branco, cara do gueto, irmã zangada, o bêbado da vizinhança, como se fosse um transmissor conectado aos pensamentos íntimos de um vagão apertado do metrô. Inclusive Richard Nixon: "Bate um fio pr'aquele negão do Khrushchov!". Apesar de Malagueta ter certeza de que o homem era um babaca, ele admirava sua coragem. Era como se sentia a respeito de Zippo: o garoto era entediante, mas era preciso bravura para lutar dentro do sistema do branco. Era preciso acreditar na própria invencibilidade. Ser um super-herói, como o Chapinha Vermelho, como Nefertiti. O Chapinha Vermelho foi enforcado. Malagueta não tinha lido o roteiro, então precisou esperar para descobrir o que acontecia com Nefertiti.

— Vi no jornal que o homem mais velho da África morreu — continuou Pope. — O homem mais velho da África... tinha cento e dez anos. Conseguem imaginar? Ele se matou. Não, se matou mesmo. Deixou um bilhete dizendo: *Deus se esqueceu de mim*. Deus se esqueceu de mim. Eu sei... é pesado. Eu nunca me mataria. Gosto demais de xoxota. Cocaína também não é ruim.

Ele fez o som de uma cheirada ávida.

— Se a Morte viesse bater à minha porta quando eu estivesse transando, eu diria: *Volta daqui a cinco minutos, estou a ponto de estufar a tanga da gata.* Tudo bem... um minuto. Tá bom... trinta segundos. Mas suicídio é sempre triste. A Bíblia diz que é pecado. A menos que você tenha cento e dez anos. Se você chega a cento e dez, pode fazer o que quiser. Se os brancos ainda não mataram você, ganha passe livre. *Olha só, vagabundo, já vi de tudo nessa vida. Tô caindo fora.*

Malagueta chegou o mais perto que conseguiu do palco antes que os aplausos de pé retardassem seu avanço. Então, foi até o corredor dos bastidores. Se ele percebeu a irritação e a raiva daqueles que ele empurrou e acotovelou, não houve indicação externa. No corredor, Pope estava flertando com duas mulheres que estavam sentadas na primeira fila, o dedo brincando com o dispensador de troco de um velho telefone público.

— Pope.

O comediante examinou Malagueta de cima a baixo — as roupas, as rugas no rosto — e se absteve de qualquer que fosse a piada que faria.

— Fala, irmão?

Ele piscou para alguém atrás de Malagueta e fez o sinal de arminhas com os dedos.

— Trabalho pra uma produtora de filmes — continuou Malagueta. — *Agente Secreta: Nefertiti...*

— Cara, eu disse praquele idiota que não sei onde está a vaca doidona.

Malagueta tocou o braço dele de leve.

As sobrancelhas de Pope se ergueram. Ele assumiu um tom conciliador.

— Só vou tirar água do joelho — avisou ele. — Saio em um minuto. Tudo bem pra você?

Malagueta assentiu e saiu do corredor em direção aos pequenos degraus que levavam ao palco. O salão estava se esvaziando, se enchendo de ruídos com o público que trocava impressões. *Se os brancos ainda não mataram você, pode fazer o que quiser.*

Não precisava chegar aos cem anos para alcançar essa realidade. Em um mundo tão baixo, burro e cruel, todos os dias em que os brancos ainda não mataram você é uma vitória. Já passava da meia-noite. Ele havia sobrevivido a mais uma provação.

Quanto a Lucinda Cole, ela havia conseguido sobreviver? Teve uma overdose em algum lugar. Estava escondida em um antro de drogas. Precisando de alguém para arrastá-la para fora antes que algo permanente acontecesse.

— Estou indo — disse Malagueta em voz alta, sem saber por quê.

Saiu irritado e exausto.

Depois de cinco minutos, percebeu que estava errado — afinal, havia uma entrada nos fundos. Percorreu o corredor. O ventríloquo enfiou a cabeça para fora do camarim, decepcionado ao ver Malagueta e não quem ele estava esperando.

— Ele estava aqui agora mesmo — disse Banks.

O camarim em frente estava vazio. O ventríloquo apontou para uma escada iluminada por uma lâmpada vermelha. Lá em cima ficava o beco que o Sassy Crow dividia com o clube pequenino ao lado.

Vou torcer o pescoço daquele desgraçado.

QUATRO

Malagueta morava em um apartamento de dois cômodos em cima da Casa Funerária Martinez, esquina da 143 com a Convent. O som do órgão flutuava entre as tábuas do piso como um fantasma. "O dia que Tu deste, Senhor, terminou", "Todas as pessoas que na Terra habitam" etc. Não era tão ruim viver em cima dos mortos. Era como morar em cima do metrô, o que ele também já havia feito um tempo antes: passageiros ou cadáveres, os que estavam lá embaixo eram apenas pessoas em trânsito, a caminho de onde deviam estar. Às vezes, ele se sentava perto da janela e comia sanduíches de ovo na poltrona reclinável Egon que Carney havia lhe dado uns anos antes e pensava em sua teoria sobre quais enlutados eram os últimos a deixar a cerimônia.

Na manhã seguinte, ele acordou cedo, energizado pelos cenários de vingança. Um homem mais jovem teria invadido o hotel de Roscoe Pope na noite anterior, enganado a segurança e arrombado o quarto do comediante. Com a idade, veio o pragmatismo. Uma boa noite de sono tinha se tornado mais importante do que apaziguar o gosto pela vingança. Quanto mais cedo caísse no colchão, mais descansado estaria para o espancamento do dia seguinte.

O Hotel McAlpin ficava na Herald Square, bem no meio dela, um gigante de tijolos vermelhos e vinte e cinco andares, posto em meio à Broadway. Pessoas decentes reclamavam da Times Square, com seus cafetões, prostitutas, batedores de carteira e o clima caído em geral. Malagueta considerava a Herald Square pior. Havia organizado sua vida para evitar zonas concentradas daquele jeito, lugares onde o mundo decente se reunia para conduzir a rotina. Ele programara essa visita para que pudesse fugir da hora do rush matinal e se antecipar à saída dos austeros arranha-céus na hora do almoço. Nove e meia da manhã — também antes de os peregrinos dos bairros, de Long Island e de Jersey chegarem às famosas lojas de departamentos, Macy's, Gimbels, Korvettes e outros santuários.

Ele tinha que admitir: na primeira vez que vira a Herald Square, havia anos, antes da guerra, ficou impressionado com os arranha-céus dos brancos, os imponentes prédios de apartamentos dos brancos, os restaurantes com paredes de vidro, aquelas grandes lojas, abarrotadas de todas as coisas que ele não podia sequer tocar. Poucos quilômetros ao norte, o Harlem começava sua decaída, em cortiços incendiados cheios de fantasmas e lojas que nunca reabriram, escolas sem livros escolares. A Herald Square havia se atualizado nos anos que vieram. Sempre se atualizava — as consequências de como se escolhia viver, e as pessoas em toda a cidade estavam escolhendo muito mal. A atitude indiferente em relação ao saneamento passara a incluir o centro da cidade, onde enormes pirâmides de lixo dominavam as esquinas. As prateleiras das bancas de jornal exaltavam-se com os detalhes dos terríveis crimes da noite anterior. As placas de QUEIMA DE ESTOQUE e ÚLTIMA CHANCE E 75% DE DESCONTO desfilavam pela Oitava e Nona Avenidas, avançando sobre a Herald Square em incursões dispersas. Malagueta nunca havia votado, mas a situação atual era quase suficiente para levá-lo a fazer algumas perguntas sobre o processo.

Ele lembrou que Jackie Robinson tinha um apartamento no McAlpin, então presumiu que não era tão racista quanto alguns dos outros hotéis de luxo. A fachada era luxuosa o bastante, mas a verdadeira beleza estava lá dentro. O saguão tinha três andares, o maior que ele já vira, feito de mármore e calcário creme, com colunas e arcos gigantescos. A escadaria lembrava a da Grand Central. Não faziam mais daquele jeito. Melhor assim. Não havia necessidade de fazer com que todos se sentissem mais insignificantes do que já eram. Àquela hora, a segurança do hotel lhe deu uma rápida olhada: ele não se enquadrava no perfil dos ladrões de bolsas, vigaristas e pervertidos que estampavam os jornais de todo o país, informando a todos que a *Big Apple* era zona proibida, perigosa e falida.

Antes de Malagueta chegar ao centro, consultou o "escritório de produção" — um quarto no apartamento de Zippo — para ver se Lucinda Cole havia aparecido. Não. Conseguiu os números dos quartos com o jovem que atendeu a ligação, que tinha um sotaque caipira e uma atitude cordial ao telefone que a cidade ainda não havia conseguido arrancar dele. Cole e Pope estavam no mesmo andar. Conveniente, se ela quisesse ver Pope, não tão conveniente se desse ruim na história deles.

— Sr. Pope?

Ele ouviu Pope ralhar com alguém atrás da porta do quarto 1412 e uma voz feminina retrucar. A mulher pediu a Malagueta que esperasse enquanto ela vestia alguma coisa. Pope retomou os insultos.

Malagueta reconheceu a mulher do Sassy Crow, era a garota branca com dentes salientes e cabelos ruivos longos e encaracolados que tinha gritado "é isso aí!" algumas vezes durante o show. Estava enrolada em um lençol com a bebida exalando de sua pele.

Malagueta passou por ela. Pope perguntou quem era e, quando viu Malagueta surgir no quarto, xingou a companheira por tê-lo deixado entrar. Estava meio debaixo das cobertas, os braços e peito magros sugerindo um regime de exercícios que consistia em levantar colheres de cocaína.

— Quem disse que você podia entrar aqui? — questionou Pope, erguendo os punhos.

O comediante não entendeu a situação, então Malagueta sentou a mão nele. A garota arfou, como uma matrona branca em uma comédia pastelão.

— Se veste — disse Malagueta para ela.

Pope ficou aparvalhado e não falou uma palavra.

A garota pegou as roupas do chão, como em uma caça ao tesouro, e correu para o banheiro, arrastando o lençol no carpete escuro.

Malagueta sentou-se na poltrona de couro cor de vinho perto da janela. Deu uma olhada para a Broadway. Lá na avenida, no meio da rua, um homem balançava um ancinho de metal e ameaçava o porta-malas de um sedã azul. As buzinas chegavam ao décimo quarto andar em uma explosão irritada.

— Lembra de mim? — perguntou Malagueta.

O comediante assentiu e apalpou a própria mandíbula.

— Estou com a produção do filme.

Ele não conseguia se obrigar a dizer que Zippo o havia enviado. O homem era um personagem tão ridículo que era degradante admitir que trabalhava para ele. Falar "a produção do filme" implicava que haveria consequências, com uma emanação de advogados, homens de grana e corretores de seguros.

— Qual é o seu nome mesmo?

— Malagueta.

— Por que te chamam de Malagueta?

— Ninguém me chama de nada — retrucou Malagueta.
— Você foi a última pessoa a ver Lucinda Cole. O que vocês aprontaram?

— Não foi nada... nós temos história. Ela foi minha namorada por um tempo, sabe? Estamos juntos nesse filme, é natural sairmos juntos.

— Perguntei o que vocês aprontaram.

Pope disse a ele que a encontrara no bar do saguão lá embaixo, e eles tomaram algumas bebidas. Era sua primeira noite na cidade, ele havia chegado cedo para testar um material novo e ver algumas pessoas.

— Eu só a vi de costas, mas pelo jeito que estava no bar, sabia que era ela. É a maneira como ela se comporta, como a realeza.

Malagueta tinha duas opções: entregar-se à nostalgia do homem e deixá-lo ficar confortável ou pressioná-lo e dominá-lo.

— Lá embaixo... e depois?

— Depois, nada. Aquela foi a última vez, e eu sabia que ela não cederia, não importava que tipo de papo eu jogasse nela. — Ele soltou uma risadinha triste. — Rapaz, eu estava tentando. Mas ela estava nervosa, e dava pra ver nos olhos dela... estava chapada.

Malagueta estava no filme *Agente Secreta: Nefertiti* havia uma semana e não notara algo de estranho.

— Usando? De novo?

— Mais como um estímulo, certo? Ajuda durante a noite. Ela disse que estava indo para a rua 107.

Lá era a área do traficante Quincy Black, explicou ele. Quando a pessoa estava no ramo do entretenimento, Quincy era uma conexão confiável e discreta.

— Eu teria ido com ela, mas tive um, hum, problema de saúde que me deu um susto no mês passado. Me fodeu. Quer dizer, estou dando um tempinho, e agora estou nessa merda macrobiótica. — Pope inclinou a cabeça. — Você tá de butuca aí? Vem já aqui pro quarto.

A tiete saiu do banheiro.

— Me liga, Roscoe — disse ela.

Para Malagueta, não parecia provável que ele fosse ligar para ela. Pope falou para ela dar o fora e praguejou. Ela escapuliu, mostrando o dedo do meio para Malagueta e mostrando a língua ao sair.

Lucinda Cole. O próximo passo estava claro. Malagueta falou:

— Se veste.

— Eu não vou a lugar algum.

— Vai me levar até o Quincy.

— Não é nem meio-dia. O crioulo não está nem acordado.

— Eu sei acordar as pessoas.

Malagueta se segurou e não agarrou o homem pela nuca para levá-lo até lá. Pope não via o mundo como as outras pessoas, mas Malagueta esperava que levar um tapa no meio da fuça o tivesse corrigido, como quando se chuta uma máquina de venda automática ou uma jukebox enguiçada. O comediante comportou-se bem quando as portas do elevador se abriram e havia um monte de turistas de aspecto jovial se preparando para o safári em Nova York. Também não tentou dar uma de engraçadinho quando chegaram ao saguão, cujos sofás de couro e poltronas haviam começado a ficar lotados. Hóspedes se reuniam antes de sair, executivos dos prédios comerciais próximos se reuniam com clientes visitantes.

A madeira escura do grande balcão de recepção lembrava o casco de um navio, com o pessoal uniformizado em seus postos olhando para o mar do saguão. O gerente saiu de um escritório atrás da recepção, e Pope ergueu o polegar para ele.

— A cara dele, certo? — disse ele.

— O quê?

— Ele tem cara de racista... dá pra ver.

Era verdade. O cabelo branco dele estava penteado para trás em uma onda elegante, como em um retrato de museu, a cor realçando o rosa do rosto largo, que era nodoso no lóbulo, no queixo e nas bochechas. Os olhos azuis sinalizavam uma raiva fria e mal reprimida. Não havia dúvida — era a cara de um racista, mais racista branquelo do sul do que um racista da Pedra de Plymouth da Nova Inglaterra. Malagueta não conseguiu reprimir o sorriso com a descrição.

Eles empurraram as portas giratórias. Os prédios da praça geravam redemoinhos de vento hostis, canalizados pelo concreto e pelo vidro. Pope comentou:

— Às vezes a gente vê alguém e a pessoa tem cara de racista, não é? Eles nem conseguem evitar. Meu gestor financeiro é um cara branco, Spencer Tomlinson. — Um amontoado de turistas vagarosos veio flutuando em direção a eles. Malagueta e Pope se separaram e se juntaram do outro lado. Pope continuou: — No final do nosso primeiro encontro, certo, eu digo como foi bom conhecê-lo e ele diz: "Por causa disso", e aponta para o próprio nariz. E eu pergunto: "O que você quer dizer?". Ele diz: "Tudo bem, eu sei que nasci com uma cara de racista".

Pope verificou se Malagueta estava rindo antes de acertá-lo em cheio, derrubando-o em cima de uma senhora branca carregando sacolas de compras da A&S. Malagueta e a senhora se esparramaram na calçada, e, em seguida, ele se levantou e começou a perseguição. Sempre há muitos espectadores para ajudar uma velha senhora branca a se levantar. Se fosse uma velha preta, ninguém estenderia a mão para ela. O comediante estava na metade da rua 34, indo em direção ao Harlem. Malagueta ziguezagueou ao redor de um táxi — turistas olhando boquiabertos dos assentos — e de uma perua da Exeter Moving. Não viu patrulheiros, mas era Herald Square, então eles estavam por perto. Alcançou Pope na esquina da rua 35 e, dessa vez, agarrou-o pelo pescoço com uma das mãos e dobrou o braço do homem até o meio das costas. Ele virou-o e desferiu uma cabeçada no nariz do comediante.

Pope praguejou com os olhos lacrimejando.

— Como é que vou fazer esse filme com a cara toda inchada, negão?

Pope tinha alguns dias ainda para botar gelo no nariz antes de se mostrar para as câmeras. Malagueta disse a ele que Angela, a maquiadora, era muito boa. Na segunda-feira anterior, ela havia rejuvenescido o cara que fazia o papel de chefe de polícia em uns dez anos, com uma mistura mágica marrom.

Malagueta teve dor de cabeça durante o resto do dia e, a partir de então, se lembrava daquela manhã como sua aposentadoria das cabeçadas. Era um negócio para os jovens.

A estação Times Square estava repleta de rotas de fuga; Malagueta manteve a mão no braço de seu refém. As pessoas na Times Square não olhavam para os lados — se não tivessem aprendido em primeira mão que o jogo havia mudado, certamente as reportagens diárias dos noticiários e jornais noturnos, e seu círculo acovardado, os mantinham informados. A qualquer momento, o dia pode se transformar em uma tragédia — estudante da Juilliard empurrado nos trilhos, mãe de quatro filhos esfaqueada por seis dólares e um sanduíche de pastrami. Ratos saltavam nos trilhos brigando por crostas de pizza e *knishes* de forno jogados ali. Os adolescentes jogavam comida lá para vê-los brigar, como imperadores romanos assistindo aos jogos.

Nos trilhos do centro da cidade, um trem da linha 2 parou, a pele de metal se contorcendo com símbolos brilhantes e multicoloridos. Alguns anos antes, os vagões ficavam cobertos de sujeira e fuligem, como se a escuridão dos túneis fosse polvilhada sobre eles. Nessa época, à noite, canalhas atacavam os vagões nos pátios ferroviários da IRT e da Flushing Line, nos terminais da rua 239 e Coney Island, saltando as cercas de alambrado para mandar ver em suas telas, carregados de latas de tinta aerossol roubadas em lojas. O trac-trac da bolinha de metal dentro delas agitava a tinta enquanto eles contemplavam a próxima via de ataque. Nomes, slogans desgastados, ostentações e injúrias explodiam nos vagões em letras-balão e glifos em ângulos agudos, mensagens em arco-íris para as pessoas nas plataformas e para os transeuntes na rua que os viam zunindo no ar pelos trilhos elevados.

As pessoas reclamavam, claro, mas Malagueta não ligava se algum garoto escrevesse seu nome na lateral de um vagão do metrô, ou na parede de um prédio residencial, ou em uma perua de lavagem a seco quando o motorista não estava olhando. A cidade estava coberta de nomes, em praças, parques e pontes, e a maioria pertencia a bandidos. Quem quer que fossem Remsen e Schermerhorn, seus nomes não apareciam nas placas das ruas por serem homens decentes, isso é certo. O mundo não funcionava desse jeito. As equipes de manutenção da Autoridade de Trânsito rechaçavam o grafite, limpando-o com mangueira para que houvesse espaço para as mensagens e os nomes do dia seguinte, mas os nomes dos chefes canalhas da cidade — os traficantes de escravos, os cafetões do dinheiro e os mandachuvas — nunca seriam tirados a jato de mangueira. Eles eram indeléveis.

Malagueta não tinha problemas com a garotada do grafite. Que fizessem o que quisessem.

O trem da linha 1 para o Harlem chegou antes do da linha 2. O condutor no vagão da frente disse: "Dê prioridade ao desembarque, dê prioridade ao desembarque". As hordas se embaralhavam. Faça um corte transversal da Times Square, como em um aquário de formigas, e verá uma constelação de multidões — aqueles amontoados nas plataformas abaixo, esperando que as portas do vagão do trem se abram, e aqueles nas calçadas acima, esperando o vermelho virar verde. Aos respectivos sinais, os dois grupos avançavam.

Não havia assentos vazios. Malagueta ficou entre Pope e a porta. O comediante assentiu com a cabeça, resignado após a tentativa de fuga. Malagueta já tinha visto isso em homens que havia espancado ao longo dos anos, a satisfação com uma simbólica tentativa de reverter a situação. Não importava se funcionava, desde que se pudesse dizer a colegas ou a si mesmo que tentara alguma coisa.

Pope falou:

— Conversei com Hal Ashby na semana passada em uma festa. Ele está fazendo um filme sobre o circo. Escrevendo um papel pra mim... o mestre de picadeiro. Mestre de picadeiro negro de um circo branco... não é bacana? E estou em Nova York fazendo esse filme besta.

Malagueta assentiu. Rua 50. Ele havia sido perseguido até essa estação uma vez e os despistou quando pulou para dentro do túnel. Ele aprendeu que, se você for rápido o suficiente para chegar aos trilhos, eles nem sempre continuam a perseguição.

— Esse cara, o Zippo? Não acho que ele esteja lá de corpo e alma. Acho que aquele crioulo tem um parafuso solto, sabe?

— Concordo.

A expressão de Pope ficou sombria.

— Essa história da Lucy. Acha que ela está bem?

— Como eu vou saber?

— Ela nunca perdeu um dia de trabalho, mesmo quando cheirava um dia após o outro. Eu pensei que eu fosse ruim, merda... eu a chamava de tamanduá, pelo jeito que ela cheirava aquela merda! Mas ela sempre aparecia no set. "Não temos segundas chances", sempre me dizia quando eu ficava de bobeira, dormindo até tarde. A gente precisa de pessoas assim na vida... que dizem pra gente tirar a bunda da cama, certo?

Claro que Malagueta pensou em Hazel, mas não falaria algo que sinalizasse uma inclusão na fraternidade de Pope. Mas sentia falta dela. Não se importava quando ela lhe dava bronca, não se importava com muitas coisas a respeito dela.

Pope suspirou.

— O Quincy é legal, mas tem aqueles caras que às vezes cuidam dos negócios dele, ouvi umas coisas ruins. Acha que um deles fez alguma coisa pra ela? Ela vai lá tarde da noite e...

— Sei lá.

— Se a produção estivesse pagando, poderíamos ter pegado um táxi. Caralho, eu sou famoso.

Ele pronunciou *famoso* com um tremor, como se a ficha não tivesse caído. Ele explicou que conhecera Lucinda Cole três anos antes, na casa de um bamba de Los Angeles. Malagueta nunca tinha ouvido falar do cara, mas Pope ficava repetindo o nome dele, da mesma forma que bandidos de baixo escalão invocam o nome de gângsteres e mandachuvas, como se todo mundo devesse saber quem são e considerá-los com o mesmo medo e reverência: Don Cornelius, Don Cornelius. Don... ele estava na máfia? Malagueta concluiu que o homem trabalhava na indústria musical. Ele perguntaria a John ou May quem era da próxima vez que os visse.

Don Cornelius montou um churrasco no Quatro de Julho, e Roscoe Pope viu Lucinda entrar no pátio pelo corredor ao lado da casa.

— Sabe quando você reconhece alguém do cinema, e aí vê pessoalmente, e isso te nocauteia? Foi assim, mas vezes dez.

Malagueta tinha visto Martin Balsam saindo do Trader Vic's uma vez, no antigo Savoy Hilton, por isso ele entendia.

— Todo mundo tinha uma quedinha por Lucy por conta de *A promessa da srta. Pretty*... ela estava bonita. Mais bonita pessoalmente... mas, você sabe bem, está trabalhando neste filme. Uma Atena negra.

— Nefertiti.

— Atena negra. Não sei como consegui reunir coragem e dar em cima dela. Eu estava todo... — Ele balbuciou algo sem sentido. — Mas esse foi o começo. Ela tinha ouvido falar de mim... não tinha visto a apresentação, mas ouviu histórias das minhas festas, daquelas coisas de Vegas. Ela me ouviu. Se a pessoa me deixar falar, eu conquisto na hora.

Malagueta o ignorou. A estação fantasma tinha chamado sua atenção, como sempre acontecia, aquela aparição fugaz além das janelas. Se olhar um mapa do metrô, vai perceber que, no centro da cidade, todas as estações estão próximas umas das outras: Rector, Wall, Cortlandt. Apenas alguns quarteirões de distância. Os brancos naquela época eram preguiçosos — mais preguiçosos — e não queriam caminhar muito. Então, ficaram espertos. Muitas paradas atrasam as coisas. Lá em 1959, fecharam a estação da rua 91, então a linha 1 passou da rua 86 para a 96. Fazia sentido. Malagueta não se lembrava dos ativistas marchando pela Broadway, SALVE NOSSA ESTAÇÃO DA RUA 91!, cartazes e distribuição de panfletos como fazem para cada ninharia.

Mas aquela tinha sido uma de suas estações. Dolly morava na rua 89 quando estavam juntos, então ele saía do apartamento dela, pegava um café no Metro Donut e tomava a linha 1 da rua 91. A 91 era uma porta para o mundo obediente às leis de Dolly — e o caminho para ele voltar para o próprio mundo bandido. Gostava de avançar pela rua 91 porque isso significava que estava voltando ao seu lugar. Às vezes, quando saía com Carney, Elizabeth e as crianças, Malagueta pensava em como havia escolhido viver e onde. Ele pensava em todas as estações preteridas.

Quando enterraram a estação da 91, foi como se tivessem enterrado aqueles dias também, as partes boas e as não tão boas. Sem retorno. A plataforma permaneceu, mesmo que a entrada da rua estivesse coberta de concreto. Caminhando pela calçada, lá em cima, ele esquecia que ela existia. No túnel, ele a atravessava a toda a velocidade e, em algumas viagens — nem sempre —, olhava para aquele porto escavado na rocha. O que está acontecendo ali, entre anúncios de produtos descontinuados e cartazes de filmes esquecidos e fracassos da Broadway? Os marginais entravam sorrateiramente para grafitar sobre o que outros caras haviam escrito na semana anterior, camada sobre camada, como os prédios acima — levante, derrube, outro toma o seu lugar. Mas o que estava acontecendo que não podia ser capturado nos cinco segundos em que o trem passava? Como um bandido, sabia que todo mundo faz alguma coisa quando ninguém está olhando.

A estação fantasma continuava ali. Eles passavam. Um dia, quando tivesse tempo, ele pegaria o túnel da rua 96 e faria uma visita. De perto, ver de verdade o que estava acontecendo nos últimos tempos.

— Eu disse a ela para demitir aquele empresário — falou Pope. — Ela estava fazendo aquelas merdas pra TV, *Dragnet* e *Adam-12*, glamourizando os porcos. Cara, ela era a irmã Josephine de *A promessa da srta. Pretty*... não precisava aceitar porcarias como aquelas! É como uma escravização moderna lá fora. Faço esses diretores brancos chuparem meu pau agora porque estou na crista da onda. Tenho que fazer barulho enquanto posso. Mas, quando param de me dar moral, ainda tenho minhas piadas. O que Lucy tem, tirando o que eles decidem dar pra ela? Depois de dez anos de srta. Pretty, eles colocam a moça pra fazer enfermeiras. — Ele parou para encarar um homem branco com um sobretudo bege que desaprovava sua linguagem exuberante. — Quando estávamos juntos, ela ainda acreditava que o grande papel estava chegando. Quando você vem do gueto, como ela, precisa acreditar nisso. Em uma saída. Por isso me senti mal quando a vi no hotel. Não tinha mais aquele fogo. Parecia derrotada.

O jovem branco com longos cabelos ondulados e barba hippie estava escutando tudo, o sorriso cada vez mais largo à medida que os ritmos da fala e as mudanças de linguagem provavam que, sim, o famoso comediante estava entre eles. Na verdade, estava em pé sobre ele.

— Roscoe?
— O quê?
— O que você está fazendo no metrô, Roscoe?
— Esse preto grandalhão me sequestrou, o que você acha que estou fazendo no metrô, filho da puta?

O cara branco olhou para Malagueta, que assentiu.
Pope deu um passo à frente, virou o corpo e disse:
— Eles compram seu disco e pensam que são seus donos.
E encarou o vazio indiferente do túnel.

CINCO

Havia centenas de maneiras de anunciar que você era um bandido e outras centenas de esconder esse fato. Podia se pavonear como um cafetão, pendurar a placa de anúncio com plumagem de poliéster. Mostrar toda a empáfia em uma esquina, sinalizando aos clientes com um ar furtivo, mas desafiador. Podia também esconder o fato como um banqueiro, enfiado em um terno transpassado, instalado atrás de uma mesa com seu nome em uma plaquinha. Estabeleça uma fachada: monte uma bodega ou uma papelaria para esconder o jogo de dados nos fundos. Ou uma loja de móveis. Esse era o método de Quincy Black, atendendo sua clientela por trás da fachada de um prédio de arenito reformado no Harlem.

Muitas das casas de arenito e sobrados no Harlem demonstravam o clima metropolitano em alpendres lascados, redes de manchas e fissuras, marcas de vandalismo canalha. Nomes de brutamontes gravados em portas de madeira desgastadas, fechaduras meio arrombadas com o tambor da chave meio torto. A casa de Quincy Black, na rua 107, entre a Broadway e a Riverside, se destacava na fileira de fachadas arruinadas. Com o exterior restaurado com precisão, novas portas de mogno de folha dupla e venezianas combinando, o número 316 aspirava a se desprender e avançar lentamente até um quarteirão mais agradável. Em um clima melhor, as floreiras das janelas provavelmente estariam explodindo com arranjos coloridos, em contraste com as garrafas do vinho barato Thunderbird e as bitucas de cigarro que decoravam as varandas ao lado. Os adornos de latão reluziam. Quando Malagueta apertou a campainha, ela cantou orgulhosa e profunda.

Eles esperaram. Malagueta ordenou que Pope ligasse para o traficante de um telefone público fora da estação da rua 110. Quincy Black estava em casa. Sem meios de escapar, o comediante ficou cada vez mais entusiasmado com aquela expedição inesperada.

— Eu sou do Kansas, Jim. Isso é uma viagem. Eu sabia que os grandes filmes de Hollywood tinham caras como você... gente de influência... mas um trabalho de baixo orçamento como esse? Caceta.

Malagueta observou o espanhol alto na esquina, de sobretudo preto. Protetores de ouvido, cigarro. Estava olhando para eles? O homem continuou subindo a Broadway, sumindo de vista.

— Já esteve na Califórnia? — perguntou Pope.

— Não.

— De onde você é? Da cidade?

— Newark.

— Então, você sabe como funciona. Quincy cresceu no Bronx, mas depois foi para Los Angeles morar com uma tia. O velhote dela era da banda do Nat King Cole, tocou no programa de TV. Lembra daquela merda? Primeiro negro com um programa próprio. Sabe que eles acabaram com ele rapidinho.

Quincy afirmava que Hollywood tinha sido sua escola de aperfeiçoamento, explicou Pope. Ensinara-o a administrar um jogo e não a ser passado para trás. De volta a Nova York, conhecera Notch Walker.

— Ele não vai, tipo, dar com a língua nos dentes, mas a merda que ele vende vem do Notch. As coisas boas também. — Pope fingiu girar uma taça de vinho embaixo do nariz. — O Rei do Mundo com um leve tom paranoico.

Rua 107. Pelo que Malagueta lembrava, nunca havia cometido um crime na rua 107. Não tinha pressa. Tentou se lembrar do nome daquele traficante que emboscara uma vez em 1961. A equipe dele estava traficando na esquina da rua 103, com o esconderijo na 105: Biz Dixon. Por que Malagueta estava perseguindo o cara? Claro, outro negócio excêntrico de Carney, como esse serviço no cinema. Caçando alguma sujeira daquele grande banqueiro do Harlem, do banco Carver Federal, com o traficante de drogas como um representante informal. Nunca entendera por que Carney estava atrás deles — depois que deu um tapa na cara de Carney por tê-lo envolvido nisso, Malagueta passou para a próxima operação. O vendedor de móveis vai causar problemas para você, igual ao pai. Pelo menos a esposa dele era bacana, e os dois filhos também.

Quincy Black abriu a porta, vestindo uma calça de veludo marrom e uma camisa de seda branca bordada com cabeças de tigre. Era mais jovem do que Malagueta imaginava, magro e de membros longos, com sobrancelhas depiladas e bigode fino. Ele falou com entusiasmo.

— Roscoe! Você está ótimo! Parabéns.

Pope sorriu.

— Por quê?

— Por tudo, irmão! Tudo mesmo!

Malagueta e Pope entraram no vestíbulo. Quincy deu uma olhada rápida em Malagueta.

— Sou Malagueta.

— Prazer em conhecê-lo, irmão. — Quincy apontou para a prateleira baixa de bambu ao pé da escada. — Eles ficam ali.

Pope conhecia as regras da casa e se abaixou para tirar o calçado. Ele sinalizou para Malagueta fazer o mesmo.

Ainda assim, Malagueta não tirou os sapatos.

Estava pensando nas manchas de luz dos corrimãos polidos, no corredor recém-aspirado — tinha uma equipe ali. Quantas pessoas Quincy empregava para manter o lugar, e onde elas estavam?

Quincy olhou para os sapatos pretos de Malagueta e disse:

— Valeu, irmão — como se Malagueta tivesse atendido a seu pedido. O que ele não tinha feito. Quincy acrescentou: — Nas culturas orientais, faz parte do acordo entre anfitrião e convidado.

Ainda assim, Malagueta não tirou os sapatos.

Um homem grande emergiu dos fundos da casa, com cabeça minúscula e barriga redonda como a cabeça de um alfinete, saindo da cozinha arrastando os pés. Limpou a mão esquerda no avental amarelo e olhou para eles no corredor, avaliando a situação. A outra mão segurava uma faca de açougueiro. Saleiros e pimenteiros desenhados saltitavam pelo corpo do avental.

Ainda assim, Malagueta não tirou os sapatos.

Não era intenção de Malagueta dificultar as coisas. Era uma questão de princípio pessoal: as meias eram sagradas. Para os corretos e quadrados, o mundo do crime era definido por forças caóticas: o violento e o indisciplinado, o repreensível e o proibido. Mas Malagueta reinava em seu cantinho com regras férreas e lógica, e se lhe pedissem para explicar seu sistema (não trabalhe com drogados, nunca assalte um banco em uma terça-feira), ele poderia fazê-lo (embora ninguém nunca tivesse pedido). No entanto, sua afeição desproporcional pelas meias era peculiar e pertencia ao reino do indizível, como as fórmulas do amor ou o nome final de Deus.

Sua apreciação remontava às manhãs geladas da infância em Newark. O algodão enrolado nos pés, por mais esfarrapado que fosse, lhe permitia enfrentar o frio melancólico. No teatro do Pacífico, durante a guerra, ele passara a respeitar e reverenciar pares limpos e secos como uma proteção contra pés de trincheira, parasitas e uma infinidade de infecções por fungos. A primeira coisa que fizera quando voltara ao Green Valley Motor Lodge depois da operação fracassada de McCarran foi tirar os calçados encharcados de sangue; não se sentiu feito gente de novo até calçar um novo par de meias de algodão e poliéster. As pessoas eram decepcionantes com frequência; um belo par de meias, raramente. Não deviam ser exibidas casualmente, a pedido de um estranho. Dormia com elas, só as tirava para tomar banho ou fazer amor, embora em duas ocasiões tivessem sido cortadas pelo pessoal do pronto-socorro enquanto ele estava inconsciente. Naquele momento, ele não estava fazendo amor, e o ponto alto de seu dia até aquele momento tinha sido um longo banho quente. Não, ele não podia se abaixar ou fazer concessão no corredor de entrada da casa de Quincy Black. Era impossível.

Quincy colocou as mãos na cintura.

— Ros, o que há com seu amigo?

Pope franziu a testa e se encolheu.

Quincy assobiou entre dentes.

— Meu tapete é branco. — Ele se dirigiu ao homem com a faca de açougueiro. — Picles... apresente a casa pra esse crioulo aqui.

Roscoe Pope, em seu tempo trabalhando em clubes e botecos sujos no grande Centro-Oeste, havia testemunhado todos os tipos de violência improvisada e confusa — brigas de faca incensadas por bebidas ruins, psicopatas cruéis aterrorizando presas, represálias sangrentas em becos sem saída. Era difícil impressioná-lo. Após a briga no salão do 316 Oeste da rua 107, ele decidira nunca mais ser atrevido com Malagueta. Deixando de lado as imagens agourentas, Picles provavelmente só queria fazer alguns barulhos intimidadores — assustar um pouco o homem — e voltar para o que quer que estivesse fazendo na cozinha. Pope sabia que ele gostava de cozinhar. Ele começou a alertar o guarda-costas para ficar de boa, mas o evento acabou rápido demais.

Picles arrancou o avental, jogou-o no piso de taco e avançou, segurando a faca de açougueiro diante de si como um cavaleiro empunha sua lança. Malagueta moveu-se com agilidade, como uma rajada violenta entre arranha-céus, agarrando o pulso do homem e prendendo-o na escada. Três fotos de família pularam dos pregos e rolaram pela escada com o impacto. Picles libertou-se e bateu com Malagueta na parede oposta do corredor. Malagueta segurou a faca com a mão esquerda e esmagou o pomo de adão do guarda-costas com a direita. Ele ergueu o pé — aqui o tempo desacelerou para que as testemunhas oculares soubessem o que estava prestes a acontecer — e esmigalhou o pé descalço e indefeso de Picles com seu imenso sapato preto. A faca caiu em silêncio sobre a trama fechada da passadeira.

Os gritos de Picles reduziram-se até virarem um coaxar. Despachado com a indiferença de um homem amassando papel de sanduíche e jogando-o no lixo. Malagueta chutou a faca de açougueiro pelo corredor e botou Picles em pé. Ele o levou até a sala ao lado e empurrou o homem manco até o sofá curvo de couro cor de café. O sofá gigantesco engolia o guarda-costas e lembrava a Malagueta do boneco do ventríloquo da noite anterior. Homem minúsculo, pernas pendentes. As duas poltronas eram imensas e suntuosas, e as pinturas nas paredes estavam cobertas de garatujas caras. Malagueta raramente ficava em cômodos como aquele quando os donos estavam em casa.

Um tapete branco perfeito cobria a maior parte do chão, e era de se esperar que manchasse facilmente.

Malagueta acenou com a cabeça para Quincy, indicando que seu anfitrião se juntasse ao funcionário no sofá. Sem ser avisado, Pope se recostou na lareira onde Malagueta podia ficar de olho nele. Na pintura acima da lareira, um negro velho com roupas de senhor de engenho fazia uma careta para o que estava acontecendo.

Malagueta agarrou as lapelas de Picles e o puxou para a frente. Perguntou a Quincy quantas pessoas havia na casa, estapeando Picles para dar ênfase, sem tirar os olhos do rosto de Quincy.

— Só nós — respondeu ele.

Picles resmungou de novo.

Malagueta ordenou que ele falasse logo.

— A operação do carro-forte do banco Armand.

Malagueta fez que não com a cabeça. Em ignorância. Em censura ao fato de um homem se referir a uma operação — qualquer operação — em meio a tanta gente.

— Cabeça raspada? Óculos de sol brancos? — comentou Picles. — Essa era a minha praia.

A Empresa de Carros-Fortes Armand, claro. Malagueta relembrou o encontro anterior que tiveram. Havia sido convidado para se juntar à gangue, mas recusara entrar na operação por vários motivos. Eles encontraram-se na casa de Put Put Lewis, em Corona, para discutir a configuração. Put Put convertera o porão em uma sala de recreação, com um bar espelhado, banquetas de pele de leopardo e duas pinturas em veludo preto de mulheres nuas no lombo de um cavalo. O tempo todo oferecia coquetéis para justificar convocá-los até lá, mas ninguém estava no clima para qualquer coisa mais complicada do que um uísque Canadian Club com gelo. Razões para não pegar a operação: o condutor falava devagar demais, como se fosse do sul ou tivesse alguns parafusos faltando. Malagueta curtia um motorista que falasse rápido, pela consistência, o pacote completo. Depois, tinha o Put Put. Era um tipo conhecido, um homem que aparecia ao lado e esperava para entrar na conversa com histórias de operações que deram errado, um sorriso de sabichão de merda, como se esse fosse o ponto alto de seu dia. Tão desprovido de respeito próprio a ponto de anunciar a má sorte e a incompetência alheia.

Por fim, Picles. Malagueta flagrou-o cutucando o nariz, embaixo da forte iluminação de sala de interrogatório daquela sala de recreação. É difícil botar fé na sutileza e na discrição de um homem quando ele não consegue disfarçar para cutucar o nariz. Em retrospecto, talvez fosse por isso que o chamavam de Picles.

— Lembra de mim? — perguntou Picles, os olhos marejados.

Malagueta disse que sim.

Quincy bufou de desgosto.

— Picles. Malagueta. Pope, que porra é essa, os temperos estão todos reunidos?

Pope disse:

— Cara, não mexe com esse daí.

— Você me traz um filho da puta aqui para me assaltar e me fala pra ter calma.

Malagueta suspirou alto.

— Estou aqui por causa de Lucinda Cole. Ela esteve aqui duas noites atrás.

— E daí? — questionou Quincy. — Ela esqueceu a bolsa?

Malagueta coçou o queixo. Perdoara o anfitrião por duas piadas, em troca de não ter tirado os sapatos, mas na próxima ele tomaria um tapa no meio da boca.

— Me fala mais disso — pediu Malagueta.

Ele não via a atriz fazia dois anos, Quincy lhe garantiu.

— Ela tentou ficar limpa, e nós sempre somos os primeiros a ficar de fora. Até terem uma recaída.

Ele era fã do seu trabalho e dela como pessoa. Ela sempre foi educada e se comportou bem, "não como muitos cracudos que passam por aqui". A atriz teve sorte de ele estar em casa quando ela ligou; Picles e ele iam ver aquele filme da cobra assassina, *O homem-cobra*, no Maharaja Theatre, na rua 145, mas os horários no jornal estavam errados "como sempre, caralho".

Sabendo que não estava sendo roubado e precisava apenas violar a privacidade do cliente, Quincy adotou um tom descontraído.

— Ela parecia bem, como sempre — comentou, de bandido para bandido. — Ela nunca demonstrou ser um hábito, sabe? Não queria pó, só alguma coisa para fazê-la dormir. Reclamou que o filme a estava enlouquecendo. As pessoas falam sobre como estão cansadas e enlouquecidas e, em seguida, pedem alguma coisa para diminuir ainda mais o volume.

Em resposta à pergunta de Malagueta, acrescentou que ela havia saído por volta da meia-noite.

— Consegui um pouco de Diazepam para ela. Entrava e saía, não quis ficar para bater papo.

— Diazepam.

— Agora todo mundo toma Valium como quem chupa drops. A estratégia corporativa de lucro farmacêutico é igual à estratégia do gueto: inunde as ruas, vicie os caras.

Quincy começou a explicar como os nazistas basicamente inventaram a indústria moderna de tranquilizantes, forçando a empresa farmacêutica Roche a transferir seus cientistas judeus para os Estados Unidos, mas Malagueta levantou a mão: *espere um momento*. Ele se virou para Picles.

— O que ele está escondendo?

— É isso — respondeu Picles, esfregando o pé dolorido em círculos suaves. — Sabe, às vezes as pessoas querem chegar às suas guloseimas vapt-vupt.

— É verdade — comentou Pope de um jeito saudoso.

— Se Chink Montague estivesse atrás de mim, eu também tomaria um chá de sumiço.

Quincy riu.

A dor de cabeça de Malagueta aumentou: ainda estava ali. Ele disse ao outro para desembuchar.

— Ela saiu correndo porta afora, e eu perguntei se era bom estar em casa — revelou Quincy. — Ela cresceu por aqui, no Harlem. Disse que era bom estar de volta, exceto por todos os rostos familiares.

— Tipo o Chink?

— Eu não falei dele, ela que falou. — Ele deu de ombros. — Ele a acompanhava bem no início. Comprava as roupas dela, ajudou a "revelar Lucinda". Ela falou que estava quase sempre escondida no centro da cidade, mas, naquela noite, estava filmando em alguma loja de sapatos no Harlem, o telefone tocou, e era ele quem estava falando.

Malagueta imaginou o set do filme na casa de Carney. Lola assumira o escritório de Marie.

— O que ele disse?

— Não sei, cara, pergunte ao Cristóvão Colombo. — Malagueta ficou tenso, e Quincy eliminou o sarcasmo da voz. — Não disse. Mas ela veio até aqui, ou seja, ele deve ter deixado ela nervosa.

Malagueta recuou quatro passos. Deu uma olhada para Picles, derrotado, cuja postura e bico sinalizavam que era improvável que ele o atacasse de surpresa na saída.

Pope disse:

— Terminamos?

Malagueta assentiu.

— Se importa se eu ficar e conversar com meu camarada Quincy?

Malagueta deu uma olhada para ele.

— Macrobiótico.

O comediante soltou uma risadinha e esfregou as palmas das mãos.

— Aqui na Big Apple é difícil... o homem precisa de todo o incentivo que puder obter.

Pope levara um homem violento para a casa do traficante de drogas e o fizera delatar um cliente, mas pela expressão de Quincy, não havia rancor. Outra razão por que Malagueta nunca trabalhara no varejo: exigia uma natureza complacente.

Picles sentou-se. Ele disse:

— Ei, cara.

Malagueta parou na porta.

— Por que você não tirou o sapato, caralho?

— Buraco — respondeu ele. — Na minha meia.

SEIS

Estavam arrebentando a rua em frente à Funerária Martinez de novo, expondo as camadas embaixo do asfalto preto. As britadeiras não paravam, o barulho se estendia por horas, e era como se o som que saía do buraco fosse o da máquina da cidade e fosse possível ouvir as verdadeiras operações da metrópole. O ruidoso setor de válvulas e pistões, as grandes engrenagens rangendo umas contra as outras, o estalo, a batida e o estrondo. Talvez, depois da meia-noite, nas horas de crime e insônia, também fosse possível escutá-lo, se ouvisse com atenção: um zumbido ou um ronco distante.

Quando ele acordou, estava escuro e silencioso. Após a visita à rua 107, Malagueta voltou ao McAlpin para conferir o quarto de Lucinda Cole. Estava de cabeça para baixo; ele quis ver o que poderia encontrar em meio à bagunça. O hotel não tinha providenciado a limpeza, provavelmente esperando a seguradora. Faça com que a produtora de filmes pague e, em seguida, a seguradora: é dinheiro dos dois lados. O que Malagueta encontrou não foi o resultado de uma festa, como havia sido descrito. Um vaso havia se chocado contra o espelho de corpo inteiro da porta, estilhaçando os dois. O fio da luminária de chão havia sido arrancado da parede, e a luminária, dobrada ao meio — a haste era grossa demais para se romper por completo. Aquilo era raiva.

Quando Malagueta voltou ao Harlem, a dor de cabeça havia evoluído para um latejar insistente e maligno. De forma ideal, uma cabeçada estourava os tecidos moles da vítima — o nariz era o alvo mais popular —, mas ele havia acertado a testa de Pope e acabara soltando alguma coisa dentro da própria cabeça dura. Engoliu um monte de aspirinas, cambaleou para a cama e, quando abriu os olhos, a operação na rua estava concluída, e era noite.

Atravessou a rua 143 e desceu a Amsterdam para encontrar Zippo. Seu tempo no *Agente Secreta: Nefertiti* fez com que ele achasse que as enormes luzes no lado sul da rua 140 eram parte de um filme. Um tipo diferente de produção estava em andamento. A faixa vermelha, branca e azul pendurada nos beirais dos prédios de cinco andares dizia RESIDENCIAL DO HARLEM. Cerimônia de inauguração de um novo conjunto habitacional da cidade que não devia parecer uma habitação pública, como se usar tijolo laranja em vez de vermelho confundisse as pessoas.

David Dinkins estava tagarelando no palanque. Era um dos comparsas de Charlie Rangel e Percy Sutton, provavelmente em busca de um cargo na Prefeitura, aproveitando que Beame estava no comando. A aversão de Malagueta a Dinkins era causada por opiniões ingênuas do homem sobre "o problema do crime". O crime não é um flagelo, as pessoas são. Às vezes, o crime é apenas como as pessoas falam umas com as outras.

Os civis nas ruas eram homens e mulheres de bem e cumpridores da lei, com aparência de frequentadores da igreja na casa dos cinquenta e sessenta anos. Algumas jovens mães participaram. Ele presumiu que eram mães. O que mais poderia motivá-las a ficar ali no frio, senão a possibilidade de que seus entes queridos pudessem ter uma vida melhor do que a delas?

Dinkins terminou o discurso e deu o microfone a um homem que apresentou como o ex-promotor público Alexander Oakes. Um rapaz bonito. Malagueta já o tinha visto no noticiário algumas vezes, aplaudindo o homem branco ao seu lado nos momentos adequados. Abandonou o terno listrado escuro e preferiu um terno risca de giz de "homem do povo" com o logotipo RDH costurado no peito.

— E eu gostaria de agradecer a Jake e ao Amsterdam Gardens por fornecerem o bufê desta noite — disse Oakes. — Perguntei ao grande sr. King se tinha feito torta suficiente para todo mundo que esperamos, e ele disse: "O senhor vai ver". Vão ter muitos rostos decepcionados, é tudo o que vou dizer, meu irmão. Você sabe que os negros comem muita torta.

Oakes sorriu, e a multidão deu uma risadinha.

A linha organizada de edifícios subiu em um piscar de olhos. Malagueta lembrou-se da fileira de cortiços abandonados, metade deles cobertos de fuligem e esvaziados por incêndios, os prédios queimados como vãos pretos em um sorriso banguela. Então, o terreno baldio, com seu vislumbre indecente das entranhas da cidade. Naquele momento, era um prédio de cinco andares, nada sofisticado, mas respeitável e — se não tivessem economizado e tivessem mantido o ritmo de construção dentro de limites razoáveis — um lugar decente para as pessoas viverem.

— Antes de entrarmos na sala comum pela primeira vez e vermos o trabalho maravilhoso que fizeram, quero falar sério por um momento. — Oakes aguardou a ambulância e a sirene passarem. — Algumas pessoas dizem que o Harlem está em vias de extinção. A cidade inteira está indo pelo ralo. Não temos um salário decente, os proprietários nos colocaram em uma situação difícil, e a Prefeitura é puro abandono. — A multidão murmurou, examinando suas reclamações particulares. — Drogas em cada esquina, crianças crescendo com maus exemplos. Não precisa ser assim — continuou Oakes —, a menos que a gente permita. Tudo começa aqui. Nestas ruas, em lugares como este. Vocês passavam por este quarteirão o tempo todo, pelos prédios que existiam aqui, e se lembravam de como eles deixaram que as coisas piorassem. Essas residências, e outras semelhantes, vão, enfim, proporcionar um lugar seguro para os trabalhadores nova-iorquinos criarem uma família.

Tão piegas que arrancou vários améns, mesmo que estivessem apenas interessados na torta.

Filho da puta esperto. Malagueta não confiava nele nem como funcionário da carrocinha. Se não estivesse concorrendo a algum cargo naquele momento, em breve estaria.

Malagueta chegou à lanchonete cinco minutos mais cedo. A New Country Kitchen estava lotada, mas Viola o viu passar pelas portas e enxotou um jovem casal que estava indo em direção à última mesa perto da janela. Ela garantiu que alguma coisa ficaria disponível em pouco tempo, mas eles não se convenceram.

Viola trouxe uma limonada para Malagueta.

— Você parece acabado — comentou ela.

O tique-taque do metrônomo da dor de cabeça parecia tão alto que outras pessoas talvez estivessem ouvindo.

— Paga o aluguel.

Viola encolheu os ombros e voltou para a cozinha, parando para pedir à garçonete que reabastecesse os porta-guardanapos nas mesas bambas. A garota nova era uma criaturinha mansa que se encolhia ao ouvir a voz de Viola. Ela não duraria muito ali. Raramente duravam na New Country Kitchen.

De seu lugar na janela, Malagueta não pôde deixar de verificar como Lady Betsy estava passando do outro lado da rua. O restaurante estava meio cheio, os clientes mais velhos do que os do New Country, frequentadores assíduos havia décadas, sem dúvida. Ele teve um vislumbre da própria Lady Betsy, com a mão na cintura, conversando com os clientes. Mais curvada do que antigamente, e havia parado de pintar o cabelo, que se enrolava como uma rosa branca, mas ainda estava em atividade.

Lady Betsy era proprietária daquela esquina desde antes da guerra, uma lenda do frango no Harlem desde a Grande Depressão. Chefiava a operação com uma mistura de humor franco e roceiro e uma praticidade urbana, pioneira naquela escola filosófica específica da cidade de Nova York. Os jogos americanos de papel tinham um esboço biográfico ao lado ao menu, cujas atualizações de itens e aumentos de preços Lady Betsy rabiscava à mão, em vez de desperdiçar dinheiro em uma nova tiragem. De acordo com a história, quando Lady Betsy deixara a terra natal no Alabama para se aventurar no Norte, tudo de que ela precisava era uma passagem de ônibus e uma caixa de chapéu cheia de receitas secretas. A caixa de chapéu listrada de vermelho e branco permanecia exposta em uma caixa de vidro acima da caixa registradora, como a mandíbula de um santo.

Em meio às atribulações e humilhações diárias de Jim Crow, a família de Lady Betsy reuniu as instruções para um banquete eterno. Um ferrão de escorpião se escondia em meio à salada de repolho, e o macarrão com queijo era uma sinfonia de texturas concorrentes, mas o frango era divino, frito na própria frigideira do céu. A cobertura caseira não era apenas uma camada picante de fubá, mas uma mistura crocante de leitelho, farinha e sonhos. Adentrar naquela parede de massa e conquistar a carne lá de dentro era invadir a fortaleza do prazer. Políticos locais e compositores famosos posavam com a proprietária em fotografias, em meio a citações emolduradas e placas do espectro de organizações do Harlem, as grandes, as pequenas e as espúrias. Um ônibus de turismo fazia um passeio especial para lá, e pessoas brancas de todo o país — talvez parentes dos mesmos brancos que perseguiram Lady Betsy no sul — saíam do veículo para participar, até que houve um incidente em que um babaca da vizinhança se expôs em uma amostra anatômica especialmente agressiva. Foi o que pôs fim à antropologia.

Era preciso chegar lá cedo. Antigamente, antes de o restaurante assumir o lugar da quiromante vizinha e expandir a cozinha, Lady Betsy ficava sem asinhas, coxas e tulipas por volta das nove da noite. Tinha tanta gente na fila que parecia até que o pianista Count Basie estava tocando lá dentro. Se Malagueta não estivesse enganado, o pai de Carney tinha sido a primeira pessoa a levá-lo até lá — Big Mike era defensor de uma refeição adequada antes de um assalto. Quebrar a perna de um cara ou invadir um armazém não exigia preparação nutricional, mas um assalto clamava por uma refeição caprichada, sem falta. Malagueta, relutante em elogiar qualquer coisa ou pessoa, avaliou, em particular, que era o melhor frango que ele já havia provado.

Então, Viola Lewis abriu um bar do outro lado da rua em 1965. Era uma senhora magra, de olhos escuros, idade indeterminada e mistério mais do que determinado. Tinha vindo de um remanso de bruxas na Louisiana, apareceu em Nova York com uma sacola de dinheiro — diziam que ela havia encantado o herdeiro de uma dinastia de produtos de beleza para pessoas de cor com um punhado de pó de bruxaria — e se instalou na esquina da rua 138 com a Amsterdam. A grande inauguração não teve qualquer coisa de espetacular. Como essa novata poderia competir com as deliciosas porções de Lady Betsy? Por fim, a curiosidade e o aroma estranhamente sedutor do exaustor da New Country Kitchen venceram. (Rumores diziam que um aditivo na fumaça encantava o nariz.) O veredito surpreendente: faziam um frango muito bom lá. Discussões existenciais sobre qual estabelecimento fritava o melhor frango se tornaram um papo corrente nas barbearias. Cada local convertia os próprios discípulos, mas o Harlem é um lugar sentimental e inflexível, e quando o mundo branco pode levar você e seus entes queridos embora em um instante, algumas pessoas se apegam às coisas de sempre. Lady Betsy mantinha a vantagem.

Abrir um restaurante de frango em frente a um famoso marco do Harlem era uma provocação.

— É um país livre — comentou Viola. — Não vejo qual é o grande problema — continuou ela, mentindo em tom de chacota. Sua voz era baixa e rouca, e ela picotava as sílabas com a precisão de um açougueiro. — Se o frango dela é tão bom, não deveria importar se uma dúzia de restaurantes de frango abrissem no quarteirão.

Aquela conversa aconteceu em uma noite de nevoeiro em Donegal, no verão de 1968. De alguma forma, Viola se materializou ao lado dele no bar sem que ele percebesse — uma bruxa. O cabelo preto estava preso em longas tranças indianas que cobriam a blusa de linho branco como duas serpentes. Ele a reconheceu. Ele havia jantado no New Country algumas vezes quando a fila estava muito longa do outro lado da rua, mas permanecera leal a Lady Betsy. Mais ou menos.

— Ouvi dizer que você faz servicinhos — comentou ela.

Ela reconheceu os fatos do caso: ela e sua concorrente estavam em um impasse na luta pelo controle do comércio de frango no meio do Harlem.

— Eu defendo meu produto e acredito que ele é superior ao da minha concorrente. Mas esta guerra precisa acabar... sem dúvida, de uma vez por todas, *kaput*.

Para tanto, ela queria contratar os serviços de Malagueta para um assalto. Havia um ingrediente perigoso no frango de Lady Betsy, entre páprica, pimenta-caiena e alho em pó, um Elemento X que Viola não conseguia identificar, por mais que tentasse.

— Ontem à noite, acordei tremendo, certa de que era suco de picles na salmoura do leitelho. Não era.

Enquanto essa variável lhe escapasse, a guerra continuaria.

Em suas décadas no Harlem, Malagueta ficou de fora das inúmeras batalhas territoriais e intrigas de gângsteres da vizinhança. Ele desdenhava da classe criminosa dominante por seus códigos insípidos, projetos sujos e pelo indivíduo de baixa qualidade que ela atraía: fodam-se eles. A disputa de Viola com Lady Betsy era tão urgente quanto qualquer guerra de máfias, na qual as baixas eram calculadas em clientes perdidos em vez de soldados abatidos. Ele ficou mexido com a proposta dela, no coração e com um puxão na virilha. Aqueles olhos... ele se perguntou mais tarde se os poderes sombrios dela eram mais do que um boato. Fecharam um acordo para a operação do frango, apertaram as mãos, e a dona do restaurante desapareceu na névoa da Broadway.

No que diz respeito às configurações, foi simples. O único problema era que sua empregadora não queria deixar qualquer vestígio da invasão. Malagueta contratou os serviços do melhor "chaveiro" disponível no Harlem, Enoch Parker. Ele devia a Malagueta por uma operação malfeita alguns anos antes, quando o carro da fuga se recusara a pegar, e eles tiveram que sair andando do armazém, arrastando casacos de chinchila pela Sexta Avenida, tal qual ursos fugitivos.

— Essa merda é fácil — declarou o arrombador assim que os parâmetros foram explicados: arrombar a fechadura da porta do porão de Lady Betsy e a do local que protege a receita sem danificá-las.

Os dois eram acordos baratos. Viola subornou ou enganou uma ex-garçonete de Lady Betsy, que relatou que as receitas sagradas eram guardadas em uma minúscula caixa de metal no escritório dos fundos.

Na noite da operação, Viola ficou sentada em seu restaurante obscuro do outro lado da rua, assistindo à rápida entrada de Malagueta e Enoch no porão pelas portas laterais do local.

O caminho dela até aquele momento tinha sido certamente complicado e estranho. Às vezes, ela se afastava de sua vida e a considerava uma pintura em um museu sombrio, povoada por figuras obscuras, com legendas sem sentido. Ela fumava cigarros franceses enquanto esperava e ruminava consigo mesma em uma língua esquecida. As ruas estavam vazias. Duas da manhã. Os ladrões entraram e saíram em dez minutos.

— Algum problema? — perguntou ela, trancando a porta depois que passaram.

A "pequena caixa de metal" descrita pela garçonete descontente revelou-se um cofre de parede Aitkens de último modelo por trás de uma pintura da Estátua da Liberdade, mas Enoch deu um jeito nele com tranquilidade.

— Não — disse Malagueta.

Malagueta e Enoch seguiram Viola até o escritório dos fundos, onde ela folheou o fichário preto de receitas de frango frito, balançando a cabeça aqui e ali para registrar uma visão aleatória. "Duas gotas de vinagre branco." "Cozinhe os feijões no vapor até ficarem macios."

Ela havia encontrado o que buscava. Sua boca movia-se enquanto ela se debruçava sobre a receita do frango frito. Ela parou. Olhou para Malagueta e Enoch, e sorriu. Os bandidos afastaram-se e devolveram o fichário ao cofre da parede.

Viola deu sua cartada duas semanas depois, por meio de uma grande promoção do Dia do Trabalho: dois baldes tamanho família pelo preço de um e acompanhamento de cortesia. Na sexta-feira seguinte, chegou a notícia: a New Country Kitchen estava no topo, e lá permaneceu. Quer o Elemento X fosse um tempero, uma temperatura de óleo ou um intervalo de salmoura, descanso ou persuasão, quando adicionado à sua receita formidável, fez Viola superar a inimiga. Além disso, Malagueta não pôde deixar de notar que ela trocava o óleo da fritura com mais frequência, dava para notar no sabor.

A recompensa de Malagueta acabou sendo frango grátis para o resto da vida, uma vez por semana. (Negociado até chegar a frango grátis para o resto da vida, ponto final.) Big Mike também teria atravessado a rua, considerando a simplicidade da pergunta: quem fazia o melhor frango? Ele tinha sido um homem prático.

Uma lembrança ocorreu a Malagueta enquanto ele estava sentado com os antebraços colados à mesa de fórmica um pouco pegajosa, de uma época, muitos anos antes, quando ele e Big Mike estavam tensos depois de uma operação. Fraude em folha de pagamento, Padaria Raio de Sol, em Secaucus. Os bares estavam fechados, mas Big Mike disse que tinha uma garrafa em casa. Foi quando ele e o filho, Ray, ainda moravam naquele lugar na rua 127. Big Mike foi buscar copos na cozinha e começou a gritar e xingar. Saiu pelo corredor e arrancou o filho do quarto pela orelha até pararem na porta.

— Olha essa merda toda na pia! Qual é a sua obrigação?

O jovem Carney era tão magro que parecia um graveto ambulante. O pai torcia, e ele se dobrava de tanta dor.

— Manter a casa limpa — respondeu Ray.

— Ela está parecendo limpa? Limpa agora!

Era o meio da semana, o garoto precisava acordar para ir à escola em duas horas. Malagueta tinha mais ou menos a mesma idade quando deu uma surra no velho dele e pôs fim a cenas como essa. Carney Jr. não era desse tipo, e Carney Sr. não era do tipo que tolerava esse tipo de coisa, mas é preciso colocar esse sentimento em algum lugar, e Malagueta percebeu que o tinha visto escoar de vez em quando durante as operações e esquemas de Ray Carney: o frio golpe da faca.

Big Mike deixou o uísque na mesinha de centro. Malagueta bebeu o mais rápido que conseguiu, sem deixar o anfitrião espumando, e deu o fora. Não conseguiu mais vê-lo, mas, na cozinha, o garoto ainda estava esfregando.

Zippo avistou-o do lado de fora. A cabeça de Malagueta baixou em saudação de um jeito quase imperceptível. O diretor estava novamente trajando preto, calça preta e uma blusa cintilante por baixo de um sobretudo preto.

— Tem o mesmo cheiro — disse ele, sentando-se em frente.

— Amo este lugar. As pessoas falam do frango, mas a salada de repolho é de comer rezando. Às vezes, pego um balde dela e como só isso durante dias.

Malagueta acenou para a jovem garçonete, que ficava olhando para trás como se os erros cometidos estivessem sendo computados o tempo todo. Provavelmente estavam. Malagueta pediu seis asinhas e salada de batata. Zippo optou por duas porções de salada de repolho.

Zippo perguntou se ele havia encontrado alguma coisa. Malagueta perguntou a ele quanto Chink Montague iria ganhar com o filme.

Foi uma falha de Malagueta não ter descoberto a parte de Chink Montague antes. Ele havia esquecido o relacionamento do gângster com a atriz. Já haviam se passado catorze anos desde a operação do Hotel Theresa, quando Miami Joe reunira uma equipe para atacar os cofres. O resultado não foi tão grandioso quanto o prometido, o que não era incomum. Mais rara foi a descoberta de que a namorada de Chink Montague havia sido uma das vítimas do roubo — uma jovem aspirante a atriz chamada Lucinda Cole. Garota local arrancada da sarjeta e transformada por um verniz poderoso, e que não gostou de ter seu presente afanado. Adicione a traição de Miami Joe, e foi muito melhor enterrar o episódio inteiro.

Exceto pela parte em que levou Ray Carney de volta ao caminho de Malagueta depois de tantos anos, o filho de seu amigo já crescido e em ação. Quando Carney o convidou para o cargo de segurança do filme, mencionou empresários do Harlem que disputavam pontos. Se tipos honestíssimos estavam entrando ali, por que não alguns dos operadores mais corruptos, lavando dinheiro sujo por meio da contabilidade bem-elaborada de um filme de baixo orçamento? Quando era mais jovem, Zippo preenchia seu tempo com pequenas fraudes, cheques sem fundo e venda de filmes pornô. Sabia como chegar aos mandachuvas locais, mas custou um bocado chegar a Chink Montague.

Zippo encolheu-se com a referência ao gângster, ombros se elevando até as orelhas, como se dissesse: "Não fale o nome dele aqui".

— Parceiro silencioso, a confiança é sagrada.

— Tanto assim?

— Você acha que *ele* a levou?

— Não é coisa de drogado. O traficante diz que ela pediu remédio pra dormir. Não combina com a zona do quarto de hotel dela.

Quando Malagueta visitou o quarto de hotel, esperava o resultado de uma festa: manchas de vinho no sofá, cigarros jogados nas plantas, alguns vidros quebrados. Mas o estrago não era de um momento gostoso. Era de um momento ruim.

— Ele não faria isso — afirmou Zippo. — Sequestrá-la.

— Por quê? Não é ZIPPO?

Malagueta não sabia se estava mais enojado com a estupidez de seu empregador ou com sua ingenuidade. Chink já havia mandado na maior parte do Harlem uma dia. Encomendava sequestros, fazia coisas piores e sabia que escaparia impune.

— O que você fez, cafetinou a mulher? Disse pra ele que, se embarcasse no seu filme, você a ofereceria?

A comida deles chegou. Malagueta não hesitou e começou a comer. Zippo cruzou os braços e franziu os lábios, como se tivesse visto um grande fio de cabelo encaracolado em sua salada.

— Não sou assim.

— Você não sabia?

— Sabia que tinham saído juntos, não sabia que ele faria algo assim.

Estavam fazendo um filme sobre o Harlem sujo e, então, a realidade apareceu para atormentá-los.

— Mais do que sair — comentou Malagueta. — Ele deu um banho de loja nela, comprou roupas elegantes.

Deu um colar de rubi para ela, pelo qual dois homens morreram, um deles pelas mãos de Malagueta. *Deu um presente para ela* fez com que ele se lembrasse do seguinte: era aniversário dele.

— Alguma coisa aconteceu naquele quarto de hotel — continuou. — Algumas horas depois das filmagens na Móveis Carney.

Zippo garantiu que ninguém estivesse escutando.

— Lola está no escritório e diz que tem alguém no telefone que quer falar comigo. Achei que fosse uma fatura vencida. É Chink. Ele quer falar com Lucinda. O que eu posso fazer? Eu não estava dando uma de cafetão... era um investidor ao telefone querendo dar uma olhada naquilo em que está investindo. Só uma olhada. — A conversa havia sido breve, Zippo lhe contou. — Cinco minutos depois já estávamos filmando. Se ela estivesse chateada, nunca daria para saber.

— Eu estava lá — afirmou Malagueta.

Nefertiti não demonstrava fraqueza, mas e a atriz, longe das câmeras?

— Lá atrás — comentou Zippo —, tive um cliente que me pediu para tirar algumas fotos de um empresário importante. — Sua voz perdeu aquela qualidade maníaca, efervescente. — Fotos perversas, sabe, para colocar o homem em apuros. E sou bom no que faço... eu enxergo coisas. A maioria dos caras, nessas fotos de chantagem, eles têm sorte de o polegar não ficar em cima da lente na metade do tempo. Mas eu vejo coisas, capturo elas, e, nesse trabalho, capturei quem era aquele homem, e isso acabou com ele. Não gostei da sensação. A gente vai para esse lado da vida, dá um passo, depois outro e, quando vê, nunca mais volta.

Ele fez uma pausa para ter certeza de que Malagueta tinha entendido seu argumento. O rosto do companheiro permaneceu inexpressivo. Ele continuou:

— Eu uso a câmera de um jeito diferente agora. Eu amo Lucinda... ela tem uma alma linda. Quando o filme for lançado, as pessoas vão descobrir uma parte dela que nunca viram. Eu nem sei se ela sabe que essa parte existe. Eu nunca a entregaria de bandeja desse jeito.

Ele mexeu a comida com o garfo e finalmente deu uma garfada.

A caixa gritou:

— Refeição tamanho família, quatro cocas!

Era burrice atacar um monstro como Chink Montague, ponto final, mas era uma burrice ainda maior quando havia mulher no meio. Mas as pessoas de forma geral eram bastante tontas, e, se começassem a pensar na idiotice dessa ou daquela pessoa, classificando-a e medindo o quanto este ou aquele filho da puta era tonto, antes que se percebesse, metade do dia já teria passado. Na experiência de Malagueta.

Eles comeram sem falar nada por alguns minutos. Ir até a rua 107 o lembrou de quando havia seguido aquele traficante de drogas, Biz Dixon, mas isso fazia parte de outra operação, a vigilância de Wilfred Duke, o grande banqueiro do Harlem. Ex--banqueiro — aquele crioulo estava fugindo com a grana de todo mundo. Nunca o encontrou, mas Malagueta ajudou a armar para ele. Ele não sabia de quem Zippo havia tirado fotos de chantagem, mas algumas pessoas faziam por merecer. A chantagem era uma atividade ingrata, com apostas idiotas. Melhor deixar de lado.

Zippo acenou para uma senhora que estava pegando o pedido de comida. Ela agarrou o saco de frango como se fosse uma bolsa e ela estivesse andando por um beco escuro.

— A gente morava no mesmo prédio — comentou Zippo. — Quando eu era pequeno. — Ele limpou a boca. — É estranho quando as pessoas conhecem você por uma razão, mas essa pessoa não está mais por perto, sabe?

Malagueta fez que não com a cabeça.

— Tipo, eu sou daqui, e eles ainda se lembram de mim por causa do negócio do incêndio, mas agora eu só gosto de cinema.

— A coisa do incêndio.

— É por isso que me chamam de Zippo. Eu causava incêndios.

— Pelo dinheiro do seguro.

— Não, para mim mesmo.

— Você incendeia as merdas sem motivo?

— Não, porque eu precisava.

— Precisava.

— Para me expressar. Para expor o que havia dentro de mim para todos os outros.

Malagueta concluiu que não entendia o temperamento artístico.

— Da próxima vez, pelo menos faça para conseguir o seguro e ganhe algum dinheiro ao mesmo tempo.

O que Malagueta tinha dentro dele? Anos antes, ele havia saído com uma mulher que lhe informara que, na verdade, ele era vazio. "É como se não tivesse alguém em casa." Janet, com o apartamento em Morningside e a porra do periquito. Outra excursão imprudente à terra do caminho do bem. Vazio: na época, ele havia interpretado como um insulto. Ele a interrompera. Aquele julgamento o acompanhou e, na época, sua retidão se assentou de um jeito mais confortável. De volta à guerra, trabalhando arduamente na estrada Ledo e evitando tufões e tifo, ele teve tempo de sobra para ouvir a exposição dos trabalhadores birmaneses sobre a vida. Como separar uma sanguessuga das bolas, como as esposas preparavam o frango, os resmungos sobre as merdas simples de Buda. Ele não tinha visto uma sanguessuga desde então, mas aquela merda simples de Buda continuava a aparecer, iluminada em néon vermelho como os fatos da vida. Pegue aquela garrafa de Coca que Zippo estava bebendo. Você paga uma quantia pela garrafa de vidro, como se ela valesse alguma coisa. Mas é o espaço vazio no interior, e não o vidro, que torna a garrafa útil. Pode chamá-lo de vazio: ele fez aquilo funcionar a seu favor.

Zippo franziu a testa.

— Mas Chink ficou estranho com o negócio do filme — disse ele. — Ficou perguntando quando e onde começaríamos a filmar. Achei que talvez ele quisesse uma participação especial. Você já trabalhou para ele? Como guarda-costas ou...

— Eu não aceito dinheiro de caras assim.

Soldado de infantaria para idiotas? Ele já tinha feito isso na Segunda Guerra Mundial. Não. O homem tem uma hierarquia de crimes, do que é moralmente aceitável e do que não é, as regras da trapaça, e aqueles que se rendem a leis inferiores são como baratas. São um nada. Na época em que Chink Montague manejava a faca, quando fazia a própria fiscalização, abria um caminho de sangue até os melhores esquemas do Harlem. Durante os últimos vinte anos, mais ou menos, ele havia preservado seu império de apostas clandestinas, narcóticos, esquemas de proteção e prostituição, perdurando como uma doença incurável, sobrevivendo aos novatos ambiciosos, fazendo acordo com italianos e mantendo os policiais, juízes e políticos certos bem-abastecidos com envelopes. Notch Walker invadira o antigo território de Chink, o Sugar Hill, com seus grandes desígnios, mas Chink mantivera as invasões do jovem gângster sob controle. A maioria delas. Havia perdido a operação na Avenida Lenox e alguns quarteirões de tráfico de drogas, mas aguentou firme.

Depois da operação no Theresa, Chink virou o Harlem de cabeça para baixo para descobrir quem havia roubado o colar da namorada. Não queria perder prestígio, mas talvez significasse mais para ele do que apenas um lindo presente para a garota do mês. Talvez ela significasse mais para ele.

Zippo perguntou o que ele faria.

Malagueta e Chink Montague já haviam estado no mesmo cômodo antes — no salão dos fundos do Pearly Gates, e quando o grandalhão aparecera para se gabar no jogo de pôquer de Corky Bell, na época em que Malagueta trabalhava na segurança, mas nunca teve a oportunidade de se apresentar. Uma noite, Malagueta desceu a rua 125 e encontrou o mafioso distribuindo presuntos de Páscoa de graça para quem aparecesse — dando um agrado às próprias vítimas. Era vergonhoso ver os companheiros bandidos de Chink falarem dele, com um ar de deferência a seu poder ou resignação diante da própria impotência. O homem era um verme. Por que envergonhar a si mesmo elogiando uma barata por ser boa em encontrar migalhas? Não, eles não se conheceram, mas aquela peculiaridade do destino estava prestes a acabar.

Foda-se. Era hora de conhecer o homem.

SETE

O repórter do *Daily News* que cobriu o incêndio na Lenox Avenue pincelou a reportagem com relatos da pitoresca história daquele endereço, pois o número 347 tinha sido palco de negócios escusos. Fora construído pelos French Bros. durante o *boom* de construções no Harlem na década de 1880. O mercado imobiliário é especulativo porque ninguém sabe se os clientes vão aparecer. O negócio dos vícios é o oposto; os viciados aparecem dia e noite. Por muitos anos, Lemuel Gold administrou o lugar como um bordel, com dias de desconto para policiais e dândis do Tammany Hall, até que o encontraram boiando no canal Gowanus com uma corda enrolada no pescoço. *O canal Gowanus* — tal era a enormidade do desprezo de seu assassino. Assim que foi dividido em apartamentos, o edifício tornou-se um escritório do crime, delitos em vários andares, com produção de bebidas ilícitas no porão, uma pequena banca de loteria clandestina no hall de entrada do primeiro andar, prostitutas no segundo, prostitutas no terceiro e uma boca de ópio ocasional no quarto andar com uma bela vista do Hotel Theresa. Em 1953, os novos proprietários fizeram uma limpa, e um desfile mais obediente às leis começou a passar pelo local: poetas e pedreiros, aleijados da poliomielite e futuros conselheiros municipais. Em 15 de novembro de 1973, a inquilina do apartamento do último andar era uma mulher que, para complementar o salário de garçonete, trabalhava com bordados, monogramas e alfaiataria básica. Os tecidos inflamaram-se rapidamente quando o cigarro caiu de sua mão sonolenta.

Quando Malagueta chegou, a estrutura inteira estava tomada. Chamas saíam das janelas — o inferno saltava por elas. Os policiais enxotaram os evacuados para longe, e os bombeiros ampliaram o perímetro. Quatro prédios foram abaixo; os clientes do Earl's Satin saíram de suas instalações para dar uma olhada. Os certinhos assistiam, boquiabertos, e os bandidos deram no pé diante da presença policial. O clube não havia fechado as portas. Ele esperava que Chink ainda estivesse lá dentro.

Malagueta ligou para o Donegal's, repassou o pedido e ligou de volta dez minutos depois, pedindo para chamar o magrelo: Chink Montague havia gostado da ação de quinta-feira no Earl's Satin, o clube que ele havia roubado do Rick Sorriso muitos anos antes, junto com as outras operações do sujeito. Poucas pessoas se lembravam de Rick Sorriso. Malagueta se lembrava, sem o mínimo de carinho. Duvidava que os clientes de Rick percebessem a mudança na administração, quer jogassem na loteria clandestina ou tivessem desejo por bebidas não licenciadas ou xoxotas. Pergunte aos apontadores, às garçonetes e às trabalhadoras da noite, e eles provavelmente reconhecerão que, dos dois malvados, era Chink quem mais se esforçava para ser uma desgraça.

A cidade especializou-se em sofrimentos acumulados e mulheres em apuros. Mulheres em apuros não eram o trabalho habitual de Malagueta, mas lá estava ele de novo, pela segunda vez em tantos anos. Pelo menos por essa rodada ele estava sendo pago.

O trabalho para Marie tinha sido uma amostra grátis. Ele sempre a respeitara, o modo como ela se comportava na Móveis Carney, a gentileza para com personagens do Harlem que passavam pela porta, algumas delas pessoas decentes, e outras que não prestavam. Ela não questionava quando Malagueta usava a loja como secretária eletrônica; as mensagens eram recebidas e os negócios prosseguiam sem impedimentos. Inteligente demais para não saber da ação paralela do chefe e fria o bastante para segurar a língua, mesmo que fosse muito certinha.

Por um breve período, seu marido, Rodney, fingiu ter decência. Carney havia contratado uma série de secretárias dóceis e incompetentes quando Marie saiu para ter sua filha, Bonnie, e todos os envolvidos ficaram aliviados quando Rodney permitiu que ela voltasse a trabalhar. Ela contara a Carney que o marido estava com dificuldade de encontrar um emprego, mas ninguém acreditava que ele estivesse fazendo muito esforço. Ela começou a usar manga comprida nos dias quentes e óculos escuros grandes — óculos cor Roxo Especial — para esconder os olhos roxos, mas não era da conta de Malagueta como ela vivia. Até que ela pediu que fosse.

Um dia, no outubro anterior, quando Malagueta saíra do escritório de Carney depois de alguns negócios, Marie tocara seu braço e pedira para trocar uma palavrinha com ele. Ela teve dificuldade para desabafar. Caminharam ao redor do quarteirão em um daqueles dias de outubro em que o frio chega de repente, como um batedor de carteiras. Ela parou-o na frente de um cortiço abandonado e fez seu pedido.

— Você quer que ele desapareça ou *desapareça*? — perguntou Malagueta.

Ela hesitou.

— Desapareça — respondeu Marie, preferindo a entonação menos sinistra.

Ele disse que seria como ela quisesse.

Malagueta interceptou o marido dela na sala de bilhar perto de Nostrand, onde ele passava os dias. Rodney era alto, com a boca perpetuamente à beira de uma expressão maliciosa e uma cabeça raspada e brilhante que lembrava uma maçaneta. Eles conversaram. Malagueta deixou claro que ele deveria se abster de contato com sua mulher e que havia sido banido em caráter permanente do estado de Nova York — melhor, da região metropolitana. Rodney ficou cético em relação à determinação de Malagueta e exigiu uma demonstração de sua profundidade de propósito, mas Rodney não estava acostumado com pessoas que revidavam, e nenhum dos homens do salão de bilhar interveio. Pelo que ele sabia, Rodney não havia reaparecido desse dia em diante.

Sem muito esforço, Malagueta fingiu ter ficado ofendido quando Marie se ofereceu para pagá-lo. Nenhum deles mencionou o assunto de novo, e ele presumiu que Carney continuava sem saber o que estava acontecendo. A questão era entre o bandido e a secretária.

Naquele trabalho, a atriz nem sequer sabia o nome dele. Ele estava fazendo aquilo por dinheiro. E o que mais? Para resgatar uma pessoa que havia entrado no mau caminho. Ele havia aprendido que era melhor se manter fiel às suas posições, ao lugar ao qual se pertence. Caso contrário, você se envolve com pessoas que não deveria. Era verdade para os certinhos e para os bandidos.

Algo desabou dentro do prédio em chamas de forma definitiva e crepitante. A multidão recuou, arfando. Parecia que os cortiços dos dois lados seriam os próximos. As luzes dos caminhões de bombeiros flutuavam pelas fachadas em vermelho e branco. Um bombeiro corpulento cuidava dos controles do painel de bombas do caminhão, direcionando a escada mecânica ao 347, enquanto os camaradas corriam para seus lugares, cuidando das mangueiras e avançando em direção ao prédio. Vamos em frente. Malagueta deu a volta na multidão e entrou no Earl's Satin.

O layout do lugar não havia mudado. O bar ficava em uma disposição padrão no salão de entrada, um lounge menor além dele, seguido pelo escritório dos fundos. Quanto mais fundo se fosse, mais bandido se era. O barman era um jogador das antigas — Malagueta reconhecia o olhar cansado e taciturno. Ser barman em um restaurante de Chink Montague preparava o sujeito, deixando-o esperto e malicioso, acelerando os processos naturais da cidade.

— Viu o que está rolando lá fora? — perguntou o barman. — Já fechamos.

Malagueta disse que estava ali para ver Chink.

— Não sei de quem está falando.

Malagueta estendeu a mão para puxar o homem por cima do bar, mas, antes que pudesse botar a mão nele, tirou uma soneca rápida.

Em retrospecto, Malagueta não conseguia identificar quando havia ficado inconsciente. Fosse no porta-malas de um Chevy sedã em alta velocidade pela rodovia New Jersey Turnpike ou embaixo de uma mesa de coquetel em um local aberto madrugada adentro, ou jogado em uma cadeira de madeira no escritório dos fundos do Earl's Satin, preferia descrever sua breve ausência do mundo como "uma piscada longa", como se fosse um velhote que tirara uma soneca durante o programa *All My Children* e não um bandido que tomara uma pancada na cabeça no serviço.

Uma coisa que Malagueta não podia negar ou ignorar era a dor de cabeça, que havia assumido uma nova magnitude terrível. Imaginou o próprio cérebro como uma roleta, a dor como uma bola de chumbo que saltitava pesadamente para dentro e para fora das ranhuras, girando sem parar.

Sabia que estava no Earl's porque mantiveram a velha placa em preto e branco quando mudaram para néon lá na entrada.

Estava pendurada em ganchos acima do aquário seco, a poucos metros da porta de metal vermelha que dava para os fundos. A maioria dos homens que colavam páginas centrais das revistas pornográficas nas paredes do escritório não se dava ao trabalho de emoldurá-las. Chink, ou qualquer que fosse o brutamontes que trabalhava lá a maior parte do tempo, homenageara as páginas duplas da *Playboy* de Jennifer Jackson e Jean Bell, a primeira e a segunda coelhinhas afro-americanas, com elegantes molduras de latão. Malagueta não reconheceu a terceira garota nua consagrada da mesma forma. Os Primeiros Negros — o Primeiro Cirurgião Cardíaco Negro ou o Primeiro Governador Negro ou a Primeira Coelhinha Negra — conseguiam a glória, os Segundos Negros viviam à luz de uma fama mais obscura, e era raro o Terceiro Negro receber algum tipo de respeito pela posição. Se Malagueta conseguisse sair de lá, talvez houvesse tempo para pesquisar o nome dela e suas outras virtudes.

Havia outros três homens na sala. O barman recostou-se nos arquivos, e seu comportamento tinha ficado mais rabugento no intervalo. O outro homem, presumivelmente, era quem havia induzido Malagueta a fechar os olhos. Chamavam-no de Delroy. Malagueta reconheceu-o da vida bandida. A cicatriz era marcante, uma meia-lua irregular na bochecha como uma segunda boca. Os dois homens apontavam pistolas para Malagueta, que moveu levemente a mão para ver se sentia o peso da própria arma no bolso da jaqueta. Não sentiu.

Chink Montague estava parado atrás da grande mesa de metal cinza, uma daquelas Panzer de duas toneladas dos anos 1940. Malagueta não via o homem fazia algum tempo. O império havia cobrado seu preço: o gângster parecia um leão dopado em um zoológico vagabundo.

Ele já tinha sido assustador. O pai de Chink Montague era um famoso afiador de facas em Lenox, empurrando um carrinho para cima e para baixo pela avenida e gritando as palavras escritas na placa: AFIO LÂMINAS, SERRAS, TESOURAS, PATINS. Ele havia ensinado ao filho a filosofia e o fio da lâmina. Grande parte da lenda de Chink dizia respeito à forma como manejava facas. Apara isso, fatia aquilo. Lóbulos das orelhas, narinas, o que fosse. Durante muitos anos, corria o boato de que ele havia esfolado Whitey Gibbs vivo na negociação das loterias da rua 125 e curtido a pele para fazer uma carteira, mas com o passar dos anos tornou-se mais provável que ele apenas tivesse guardado alguns pedaços do cara em potes. O fato de ele nunca ter sido detido no norte do estado, ou em Alcatraz, como Bumpy Johnson, atestava suas habilidades de sobrevivência. Ainda assim, a posição pagou um preço alto, inscrito na postura enquanto se curvava sobre a mesa de metal, na tez acinzentada e nos sulcos escuros sob os olhos avermelhados. Como o restaurante de Lady Betsy: uma instituição decadente que só ocupava espaço.

Os capangas estavam cegos diante de seu estado minguado, ou fingiam estar. Tinham sobressaltos com a voz dele.

— Qual é a situação, Delroy? — perguntou Chink.

— Incêndio grande.

— Devemos dar no pé?

— Estamos de boa. Por enquanto.

— Vou conseguir a grana do seguro. Talvez para fazer uma reforma e montar um salão de cabeleireiro aqui.

— Um salão dá um bom dinheiro — sugeriu o barman.

— Por isso que eu disse. Os brancos ainda não conseguiram me matar, um crioulo pode entrar no ramo da beleza se quiser.

Malagueta estreitou os olhos. Por acaso aquilo era um show de Roscoe Pope?

Chink se virou para ele.

— Quem é você, caralho?

— Trabalho pro Zippo. — Ele percebeu que não sabia o sobrenome do próprio contratante. — Estou procurando Lucinda Cole.

— E daí?

— Ela desapareceu. Você conversou com ela na noite em que ela desapareceu.

— Fizemos mais do que conversar — revelou Chink. Na rua, um policial gritou em um megafone. Chink franziu os lábios. — Estou aqui esperando um telefonema. Vendo se um homem fez o que deveria ter feito. — Ele fez que não com a cabeça. — É melhor não ter estragado tudo.

Malagueta imaginou como dava para conseguir acesso ao porão e se era viável manter alguém no gelo lá embaixo, considerando as atividades do bar ali em cima. *Será que ela estava lá embaixo?* Ele imaginou com que rapidez o fogo estava se espalhando e quanto tempo ele teria para agir.

Chink voltou a atenção para o barman.

— Quando acabarmos com ele, quero que você vá lá e garanta que todos aqueles filhos da puta paguem a conta. Nada de sair sem pagar por causa de um foguinho desses.

O barman riu. Delroy pareceu desconfortável. Ele trabalhava para o mafioso havia muitos anos e sabia que tinha uma boa chance de que ele estivesse falando sério.

— Bate na casa deles se for preciso — insistiu o bandido. — Acham que podem enganar Chink Montague.

Malagueta suspirou para chamar sua atenção.

— A atriz.

Chink retrucou:

— Não sei onde Lucy está. Eu tentei. Agora, já chega.

— Você liga para ela — insistiu Malagueta —, e ela desaparece.

— Vou fazer uma visita para esse tal Zippo — disse Chink —, perguntar por que está espalhando meus negócios pros crioulos. Como é mesmo teu nome?

— Malagueta.

— Malagueta? — repetiu Chink. — Não entendo isso. Os pais gostam de alguma merda aleatória e decidem que é um ótimo nome pra dar pros filhos.

Malagueta percebeu que essa piada estava no novo disco do comediante. Era difícil imaginar o mafioso descendo aqueles degraus estreitos até o porão do Sassy Crow.

Chink explicou as coisas em detalhes.

— Eu me lembro de você. Eles estavam fazendo o filme na loja de móveis, e você estava vigiando do lado de fora. Com o dinheiro que eu investi, eles podem pagar um segurança de verdade. Você trabalha com o quê? É frentista?

Delroy e o barman riram.

Malagueta piscou.

A expressão do anfitrião ficou turva quando notou que ele não estava intimidado. Malagueta já tinha percebido que personalidades fortes tendiam a ficar confusas — e depois enfurecidas — com sua indiferença aparente. Não havia o que pudesse fazer quanto a isso, mesmo que se importasse. A gente é o que é.

— Frentista — repetiu Chink, como se Malagueta não tivesse percebido o insulto.

O cativo permaneceu impassível. Era como olhar para um bueiro, para o escuro e desconhecido, e aquilo deu nos nervos de Chink. Quem era esse babaca? Antigamente, um homem na posição dele estaria gritando, chorando e pedindo pela mãe. Veem o brilho do aço de Chink e se mijam todos. Mas ele não puxava mais a lâmina tanto assim, pois enxergariam os tremores. Caceta, será que todo mundo sabia que ele estava nas últimas? Deviam sentir o cheiro, ele devia estar fedendo a fraqueza. Ele olhou para o telefone. Que não tocava. Os carcamanos fechando acordos com concorrentes, se intrometendo em novas ações, putinhas como Notch Walker mordiscando seu domínio, um quarteirão aqui, um quarteirão ali. Estava tudo de cabeça para baixo. Foi como quando Lucy falou dos mandachuvas de

Hollywood que controlavam sua vida — os italianos tinham o mesmo poder sobre ele depois de todos esses anos. Pule. Dance. Que nem uma marionete, porra. Que nem um boneco de madeira sentado no colo de algum carcamano desgraçado. Chink estava observando do telefone público do outro lado da rua 125 quando Zippo lhe entregou o telefone dela. O que esperava ver quando ela ouvisse sua voz? Ver o rosto dela se iluminar, caralho, era isso. Adorável Leanne. Com aquela fantasia idiota do filme, mas ainda era ela, de Maplewood, como na primeira noite em que se conheceram, quando ela saiu com o primo na cidade grande, na Black Rose, protegida demais para saber que a boate não era para garotas boas como ela e encantada quando ele mandou o champanhe. Leanne Wilkes? Isso é nome de professora ou de enfermeira. Ela comentou que queria fazer filmes. Vou falar umas coisas sobre esse negócio, ele lhe disse. Não importa em que ramo você esteja, cinema, pista — você precisa ter um bom nome. Deixa-me pensar aqui. *Lucinda.* Isso mesmo. *Lucinda Cole.* Chegue um pouco mais perto e olhe no espelho bem ali, você vai ver que é perfeito.

Antigamente, ele teria dito: acabe com todos eles, arranque todos do planeta. Lucy, Malagueta, os lacaios inúteis chupando seu saco o dia inteiro. Jogue os cadáveres no rio Hudson. O fogo e os policiais lá fora, a espera para que o homem ligasse para ele sobre aquela questão, e o idiota na cara dele fazendo perguntas... ele acabou estourando.

— Ela nem existe! — gritou ele. — Leanne Wilkes, esse é o nome verdadeiro dela! Você nem sabe quem está procurando, idiota do caralho. *Leanne Wilkes.* Que tipo de nome é esse para uma estrela de cinema, uma caipira fodida? Da roça, do interior... a mesma coisa. Ela é de Maplewood, Nova Jersey. Dá pra entender? Fizemos aquelas revistas publicarem que ela era do gueto, e todo mundo acreditou. A primeira coisa que eu disse pra ela foi que precisava saber como apresentar o corpinho.

Botei ela na estica. Levei pra conhecer umas pessoas. Do nada, viro notícia velha.

Houve silêncio, depois os sons da rua voltaram, e uma batida à porta da frente. Chink se recompôs, enxugou a testa com um lenço verde de bolinhas e acenou dando permissão para que seus homens verificassem o barulho. Delroy abriu a porta do lounge, tomando cuidado para não lançar um olhar para o cenário do escritório.

— É um policial — disse ele.

Outro policial, uma voz mais distante, dava ordens com o megafone, pedindo evacuação.

— Veja o que ele quer — ordenou Chink.

O barman e Delroy trocaram um olhar: era a vez de Delroy. A pistola do barman baixou e passou a apontar para o ombro de Malagueta, não mais para o rosto. O que melhorava a situação, na estimativa dele.

Delroy saiu. Chink perguntou ao barman:

— Sabe o nome de todos eles?

— Como é?

— Os nomes daqueles filhos da puta por aí que não pagam pelas bebidas?

Ocasionalmente, até mesmo um lacaio de longa data não sabe como lidar com um chefe caprichoso e sádico e vai se esforçar para conseguir a resposta certa que não o levará à morte. O quanto ele estava falando sério? A solicitação era ridícula, mas estava dentro dos limites do capricho de Chink. Malagueta aproveitou a repentina consciência que o homem tinha de sua mortalidade para dar um salto de sua cadeira. O barman abaixou a arma em quarenta e cinco graus, e Malagueta imaginou que teria ali uma oportunidade. E estava correto. Ele empurrou o barman contra os armários de arquivo, onde os dois homens lutaram até caírem no chão. O barman era magro, mas forte, e lutava como um daqueles filhos da puta do sul do Brooklyn, os polegares deslizando pela cara de Malagueta para tentar furar os olhos dele. Cuzão. Malagueta ouviu uma gaveta da mesa se abrir — só tinha um instante antes de Chink pegar o que quer que estivesse procurando. A arma do barman disparou, e a bala estourou dois dedos do pé do homem. Malagueta arrancou a arma dele e deu dois tiros em sua barriga.

Quando ergueu a pistola e apontou para Chink, as mãos do gângster estavam levantadas.

— Eu falei pra esse puto arrumar essa merda — disse o mafioso. — Não consigo encontrar nada aqui.

Malagueta sinalizou para Chink se afastar da mesa. De olho no mafioso e alerta para o retorno de Delroy, ele vasculhou para buscar a arma na gaveta de cima. Chink tinha razão, estava uma bagunça e não tinha como encontrar coisa alguma. Ele descobriu o .38 e o enfiou na jaqueta.

Chink olhou para a porta do lounge. Malagueta recuou para o centro do cômodo para se posicionar e dar fim àquela situação, fosse vindo de Chink ou do guarda-costas.

— Eu a criei — insistiu Chink. — A história dela toda.

Malagueta nunca entendeu de onde veio aquela faca. Um bolso secreto, padrão nos ternos do homem desde os primeiros dias como manejador de faca. Se Chink não tivesse ficado molenga pelo longo reinado — e pela melancolia palpável —, talvez a faca pudesse ter se cravado na garganta de Malagueta, pois foi para lá que ele a apontou. No momento em que o gângster retirou a lâmina da jaqueta, Malagueta já havia atirado. O gângster percebeu, os olhos injetados se arregalando. Era bom para avisar seus homens de que estava falando sério, mas um mau hábito em outros confrontos. A faca passou zunindo pela orelha de Malagueta como um mosquito, e Chink bateu contra a parede dos fundos. Acertou na barriga. Sirenes do lado de fora, muito barulho para encobrir o som — Malagueta decidiu dar mais dois tiros em Chink Montague.

A fumaça da pistola entrançou-se até alcançar o teto. A dor de cabeça de Malagueta aumentou de novo, aquela bola de chumbo pulando na roda do cassino. Tontura. Teve que se lembrar de quem era, onde estava e por que tinha ido até ali. Malagueta. Os pais não lhe deram esse nome porque gostavam de pimenta. As crianças do quarteirão o chamavam assim quando ele era pequeno, mas havia esquecido o porquê. Alguma coisa que ele tinha aprontado uma tarde qualquer e que pegara. Não importava. Provavelmente, todos estavam mortos.

A porta se abriu. Malagueta e Delroy apontaram as pistolas um para o outro. Delroy parecia mais hábil do que o barman. Malagueta não tinha informações suficientes para calcular como as coisas iriam se desenrolar.

— A mulher está aqui? — perguntou ele.

— Ninguém tá aqui — respondeu Delroy. Ele olhou para os dois corpos, se demorando no chefe. — Está morto?

— Está vendo os buracos?

— Estou.

Malagueta deu de ombros.

— Eu ia pedir um aumento.

— Devia ter pedido antes.

Os dois homens entenderam alguma coisa um do outro ali. Delroy deixou a mão com a arma cair. Malagueta, não. Ele perguntou:

— O que tem lá atrás? — Com isso se referia à porta de metal vermelha na parede dos fundos.

— Você consegue chegar na rua.

Malagueta estendeu a mão, e o guarda-costas deslizou a arma pelo tapete. Malagueta inclinou-se para pegá-la e bateu em retirada.

O vento arrastava o fogo quarteirão acima. Quando o telefone tocou, vinte minutos depois, Delroy havia desaparecido, assim como os inquilinos que moravam em cima do bar. Pela manhã, cinco edifícios tinham virado esqueletos. Houve três mortes: a costureira do quarto andar do 347 da Lenox e os dois criminosos no Earl's Satin. Ao contrário do relatório do corpo de bombeiros, a comunidade criminosa do Harlem sustentou que o incêndio havia sido iniciado por Notch Walker como cobertura para o assassinato de seu rival. Na verdade, no final da semana, o sr. Walker havia expandido o território para se tornar o rei dos esquemas do Harlem. Como era seu hábito, Malagueta manteve a boca fechada quando ouviu uma bobagem daquelas e tomou um gole de cerveja.

O repórter do *Daily News* não achou que valia a pena incluir o nome da mulher no artigo. Ela era alguém. Era Eunice Hooks, natural de Chestertown, Maryland, e viera para Nova York para melhorar de vida.

OITO

Era como se ela estivesse esperando quando ele apareceu no dia seguinte. Uma mochilinha e duas fotografias emolduradas estavam ao pé da escada.

— Mãe... minha carona chegou — avisou ela.

A sra. Wilkes gritou lá de cima e apareceu um minuto depois para se despedir. Era magra e ágil, não muito mais velha do que Malagueta. Notou as fotos e sorriu para a filha.

— Acha mesmo que vai levar essas daí? — perguntou ela.

— Minha casa precisa de alguma coisa nova — respondeu Lucinda.

— Seu pai vai ter um ataque — retrucou a sra. Wilkes. — Mas não é da minha conta.

Ela havia avaliado o visitante, e uma expressão duvidosa tomou conta de seu rosto. Havia alguma coisa de suspeito nele.

— Ele é da produtora de filmes — explicou Lucinda.

No set, a voz dela ficava mais grave; ali, parecia infantil. Usava calça jeans e um cardigã preto por baixo de um casaco com estampa *pied-de-poule* vermelho e branco. Malagueta não a tinha visto sem a prodigiosa peruca afro de Nefertiti. O cabelo cacheado chegava à altura do queixo; combinava. Disse à mãe que ligaria mais tarde naquela noite. Malagueta avançou para ajudá-la com as coisas, e ela o afastou, cobrindo as fotos para que ele não pudesse ver de quem eram. Ele abriu o porta-malas, e Lucinda deixou as fotos lá dentro, viradas para baixo. Ela deu uma corridinha para abraçar a mãe na porta, e a sra. Wilkes ficou lá, observando e acenando, até que foram embora.

Malagueta havia pegado o carro de Buford emprestado naquela manhã. O Dodge Charger era azul-escuro com a capota de vinil preto. A mãe de Buford morava em Hempstead, e o barman ia até lá algumas vezes por semana, fumando um cigarro atrás do outro com as janelas abertas. Pontas de cigarro esmagadas se projetavam dos cinzeiros como ervas daninhas. Malagueta fez uma careta quando entrou e respirou fundo. Buford disse:

— Ninguém está forçando você a pegar o carro emprestado.

Segundo a operadora telefônica, havia dois Wilkes listados em Maplewood. Malagueta foi primeiro até a casa do sr. Lamont Wilkes, pois ele nunca havia conhecido um Lamont que fosse branco. A casa era em um belo estilo Tudor, aninhada entre carvalhos, com cortinas aconchegantes nas janelas e um gramado endurecido, congelado. Ele tocou a campainha, e Lucinda abriu a porta como se estivesse esperando por ele.

Ele seguiu em direção à Walton Road.

— Você cresceu lá? — perguntou Malagueta.

— A vida toda — respondeu ela. — Ela mantém meu quarto do mesmo jeito.

Era uma área encantadora de Maplewood, o tipo de lugar onde brancos fazem bonecos de neve depois da primeira grande tempestade de inverno e os batizam com nomes ridículos. Malagueta já estivera em Hilton, próximo à Springfield Avenue, mas não naquele bairro. O quanto era misturado? Ele imaginou o que a família dela havia passado quando se mudaram. Não se falaram por um tempo.

— Bela casa — comentou ele.

— Belo bairro. Eles mantêm as ruas limpas. — Ela verificou o rosto no espelho atrás do quebra-sol. — Você ficou surpreso — disse ela. — Tive um namorado que disse que seria bom para minha carreira se eu dissesse que cresci no gueto. E sabe de uma coisa? Eles engoliram essa história. Falei que era do Harlem na minha primeira entrevista para *A promessa da srta. Pretty* e, desde então, vim de um lar desfeito... meu pai havia fugido, a coisa toda. — Ela sorriu. — Você fala *Harlem*, e os brancos ficam cheios de ideias. Não vi sentido em corrigir, vendo o quanto eles gostaram. Não apenas os brancos... pessoas negras vieram até mim, sabe, dizendo: "Eu via você dançar no Shiney's", me confundindo com outras pessoas. Os amigos com quem cresci me provocam e me parabenizam por ter superado a vida difícil.

A garota pobre chegou lá era uma história mais interessante do que *a garota classe média chegou lá*, ele supôs. Malagueta já tinha ouvido falar em se passar por branco antes, mas se passar por falido era uma novidade para ele. *Superação*. Ele sempre gostou dessa palavra. Os bandidos fazem uma bolada, tiram a sorte grande, e os negros cumpridores da lei *superam*, encontram uma maneira de burlar as regras dos brancos. Roubar um pouco de segurança ou sucesso de um mundo que lutava muito para mantê-los longe de você.

— Eu ia voltar hoje de qualquer jeito — disse ela. — Zippo está pirando?

— Ele ficou preocupado.

— Então mandaram você me resgatar? Eu não preciso ser salva.

— Alguém na sua vida já salvou você de alguma coisa? Ela olhou para ele.

— Não.

— Nunca?

— Não.

— Então, parece que você não precisa se preocupar com isso. — Ele grunhiu. — Mas eles têm muita gente parada que tava recebendo uma grana por nada. Me pediram pra vasculhar tudo. Roscoe Pope. Quincy Black.

Ele se absteve de se ligar ao gângster morto.

— Eles — repetiu ela. Ela se endireitou no assento. — Você sabe sobre Chink, então. Porque Quincy fofoca igual uma velhota.

Ele não respondeu, o que ela interpretou como um "sim".

— Eu era uma adolescente — continuou ela. — Não sabia quem ele era quando chamou a gente pra se sentar à mesa dele. Minha prima, Baby, sussurrou pra mim: "Ele é um homem mau". Ela andava com o povo da rua, indo para o Harlem para sair com os caras. Foi a primeira vez que me levou lá. Aí comecei a ir com Chink e não precisei mais de guia de turismo.

— A mina do gângster geralmente é mastigada e cuspida. Você parece bem.

— Mais do que bem. — Ela abriu a janela para cortar o cheiro de cigarro. — Meus pais tiveram um ataque quando Baby contou da gente — explicou Lucinda. — Falei pra eles que estava saindo com um garoto da CCNY... meu pai estudou lá. Mas não podiam fazer qualquer coisa a respeito. Tinham medo do que ele podia fazer mais do que o que os vizinhos talvez falassem. — Risadas. — Aí, piorou! Você devia ter visto quando falei que estava me mudando para a Califórnia... "Ninguém nunca volta da Califórnia." Teriam preferido que eu tivesse dez filhos com Chink a me mudar para lá.

Depois da Birmânia, ninguém tivera que convencer Malagueta a deixar Nova Jersey. Ele nunca tinha estado no oeste. Viu como isso poderia ampliar os horizontes de uma pessoa. Por outro lado, o próprio Malagueta visitou dez desses Estados Unidos — onze, se contar Connecticut — e não podia dizer que tivessem causado uma impressão tão grande assim. Uma xícara de café custa a mesma coisa em todo o canto, e a pessoa que a serve se sente infeliz do mesmo jeito, então, talvez, quando pensamos que estamos indo de um lado para o outro, na verdade estejamos marchando no mesmo lugar.

— Cresci em Newark — comentou ele.

— Ah, é?

Não tinha muito trânsito. As rodas caíram em um buraco. Parecia que tinham acabado de construir aquela estrada e ela já estava desmoronando. *Era na rua Sei-lá-o-que antes de abrirem a rodovia.* Ele conhecia alguns rapazes de Orange que tinham uma oficina mecânica em Essex. Um bom lugar para conseguir rodas, e um dos mecânicos conhecia um cara que mexia com moedas. Já tinha estado por ali, talvez naquele exato momento estivessem passando onde era a loja. A rodovia havia demolido tudo, partindo Orange ao meio, apagando a oficina da face da Terra, todas aquelas lindas casas vitorianas, as igrejas, um ou dois parquinhos, a coisa toda. Mas ficara mais rápido chegar ao centro da cidade, por isso, na opinião de Malagueta, tinha valido a pena. Economizar dez minutos, que com o tempo se acumulam.

— Vi você naquele filme — disse Malagueta. — Você tava bem.

— Ah, é?

— Você era aquela mãe solteira que repreendia os malandros.

— Já fiz muito papel de mãe solteira na TV, mas, se foi em um filme, era *O jeitinho da Birdie*.

— Estão tocando um rádio na varanda, e você sai e grita com eles.

— *O jeitinho da Birdie*. Me mudei por causa de srta. Pretty e pensei que tinha chegado lá. Também recebi uns elogios. Fiz muitas participações quando a música virou um sucesso. Depois, durante alguns anos, tudo o que me davam eram coisas como *O jeitinho da Birdie*.

— E tudo bem.

— Pagavam em dia.

Ele percebeu que tinha ficado irritado com ela. Ela estava sentada no sofá com a mãe, tomando chocolate quente, enquanto ele corria como um burro de carga, dando cabeçadas em idiotas insignificantes e ficando zonzo toda hora pelas porradas.

O horizonte de Manhattan emergiu por dois segundos, embaçado em meio à névoa fantasmagórica, e, na sequência, outra curva da rodovia o arrebatou de novo.

— De volta ao assunto — disse Lucinda.

— Da próxima vez, não aceite o trabalho.

— E fazer o quê?

— Você se escondeu em Nova Jersey por causa de Chink?

— Chink. — Ela bufou pelo nariz. — Quando saí da casa de Quincy, ele estava esperando lá fora. Tinha ligado mais cedo naquela noite, quando eu estava no set, e isso me deixou chateada. Precisava de alguma coisa para me acalmar. Estava limpa desde agosto. Foi um verão difícil. — Ela checou a reação dele. — Sentada naquele grande Cadillac. Pensei em sair correndo, mas eu já vi aquele cara fazer umas merdas com as pessoas. Merdas das grandes. Em geral, ele não fazia negócios quando eu estava por perto, mas se estávamos em uma das suas "lojas", e ele ficava bravo, dava para ver no rosto dele, sabia que ele tinha visto alguém. Ele mandaria trazer o homem para... — Ela procurou um eufemismo e desistiu. — Ele disse que se você dá uma lição em alguém na frente de todo mundo, todos aprendem essa lição. — Ela deu risada. — O que é uma coisa terrível de se dizer para uma atriz! Porque meus erros estão aí, para todo mundo ver, e ele está dizendo que ninguém esquece. Por isso, entrei no carro.

Lucinda contou que Chink queria parte dos ganhos dela por tê-la preparado quando estava começando. Ela lhe *devia*. Mas foi apenas um desabafo. Ele disse que ainda a amava e que estava deixando o Harlem para se aposentar em algum lugar agradável, uma ilha.

— Falei que ele já estava em uma ilha, e ele falou: "Em algum lugar ensolarado".

O Harlem não era mais o mesmo, comentou ele. Estava piorando. A cidade inteira estava, e aquilo o consumia. Quando o filme acabasse, eles poderiam ir morar em algum lugar legal, ele estava mexendo uns pauzinhos para colocar as coisas em ordem. Ela assobiou entre dentes, sem acreditar.

— Sabe por que terminei com ele?

— Como sua prima disse, ele é um homem ruim. — Verbo no tempo presente.

— Eu não ligava para isso. Naquela época. Naquela época, eu nem entendia. Tive que ir porque a única maneira de ser eu era deixar quem eu era para trás. Tudo... a Costa Leste, minha família. Meu homem. — Lucinda ligou o rádio e apertou os botões. Ela escolheu uma música *doo-wop* que oscilava em meio à estática. — Consegui o papel em *A promessa da srta. Pretty*, e eles me chamaram para ir à Califórnia, e Leanne Wilkes não embarcaria naquele avião. De certa forma, a culpa foi do Chink... foi ele quem me comprou roupas para os testes e pagou minhas aulas no Village. Ele conhecia gente... gente de Hollywood que gostava de sofrer morando no Harlem. O tempo todo ele estava me ensinando a dar no pé dali.

— Eu não conheço você — comentou Malagueta.

— E daí?

— Você está me contando tudo isso.

— Não acho que você tenha muita gente com quem fofocar sobre mim.

O que não deixava de ser verdade. Ele gostava de conversar com Carney no Donegal's, bebendo cerveja. Carney não era como aqueles outros molengas. Havia outras pessoas com quem não se importava de passar um tempo. Ela estava quase certa.

Chegaram a Weehawken e ao emaranhado de pistas antes do túnel. O atendente da cabine do pedágio pegou o dinheiro da mão dele sem olhá-lo. Tinha um rosto racista, como dissera

Roscoe Pope, mas não deu indicação de ter notado a cor da pele de Malagueta. Talvez empregos de merda fossem o verdadeiro caminho para a igualdade, tão entorpecentes e enfadonhos que não restava espaço no cérebro para a intolerância.

— Lembra quando pegaram aquela cobradora de pedágio? — perguntou ele. — As pessoas ficaram chateadas.

Lucinda assentiu, olhando para o túnel.

Uma vez, ele tinha passado de carro com Gus Hooks, aquele ladrão velho. Vinha do Alabama, então tinha merdas sulistas na cabeça o tempo todo. Gus entregara as moedas à coletora de pedágio e soltara um grito.

— Encostei na mão dela sem querer — comentou ele.

— Não vão linchar você — garantiu Malagueta, mas Gus não estava convencido.

— Você não sabe — disse ele.

Lucinda apertou os botões do rádio de novo. Sem sinal no túnel. Debaixo do rio, a meio caminho. Malagueta perguntou se ela queria ir ao McAlpin.

— Estão na locação hoje?

— Nos últimos dias, eles se prepararam, fizeram o que puderam e esperaram por você.

— Eu queria trabalhar — comentou ela.

Ele parou no primeiro telefone público do outro lado do túnel e ligou para a Gruta.

— Harlem — informou para ela quando voltou.

— Onde mais?

A West Side Highway era um pé no saco, trânsito dos dois lados. Ele presumiu que outro trecho havia desabado, o que acontecia o tempo todo, derrubando carros e caminhões pela estrada sobre pessoas inocentes lá embaixo. O jornal tinha dito que uma família estava processando a cidade.

— "Você seria minha princesa... como Jackie O." — disse Lucinda. — Foi isso que ele me disse no carro. Jackie O.? Então, ele era quem, JFK? JFK levou um tiro na cara.

Chink estava além das distrações mundanas, como o amor perdido. Não era possível voltar e fazer tudo de novo. Malagueta fazia aquilo para sobreviver. O alarme disparava, alguém denunciava para a polícia, um cabeça quente começava a atirar... era assim que tudo acontecia, e não dava para voltar atrás. Hazel. Mesmo para ela, mesmo a possibilidade de estar com Hazel de novo não era suficiente para fazê-lo acreditar no contrário. O máximo que dava para fazer era olhar de longe. Dar uma olhada de dentro do carro e observá-los sair por aquela porta e desaparecer na rua, mas não dava para convidá-los para entrar. O alarme disparava, emitia o relatório final em alto e bom som, e não havia como voltar a ser como era antes de tudo dar errado.

Embora tenha havido aquela vez em Edison quando a escuta dera a letra para a delegacia e eles ainda conseguiram dar o fora, mas tinha sido apenas aquela vez, e não se pode se deixar guiar por milagres. Certo?

Lucinda falou:

— O motorista estava na frente, eu e Chink, atrás. Conversando. Chegamos ao hotel, e eu disse: "Vejo você por aí". O que ele queria? O que ia fazer comigo? Então, receber apenas um "eu preciso de você, querida" foi quase engraçado. Ele me deixou ir embora. Entrei contando cada passo, mas ele não me impediu.

Perguntou por que ela havia destruído o quarto de hotel. O lugar não estava bagunçado porque havia dado uma festa com um bando de drogados, e o ex-namorado dela não tinha invadido o lugar cheio de raiva. Por que alguém quebrava um espelho? Porque não gostava do que estava vendo.

— Pensaram que tinha sido o Chink? Não. Foi por colocar aquela peruca ridícula todo dia. É disso que eu estou dependendo? Para dar a volta por cima? Aquela peruca de merda? Depois, ver Chink e Ros... ver como eu vivi a minha vida. Tipo... idiota. Eu não tinha pensado em como seria ver Roscoe. Ele se enchia de coca, até as tampas... depois ficava malvado.

Um semirreboque buzinou, assustando-a. Malagueta ergueu uma sobrancelha — era melhor que aquele cara não estivesse buzinando para ele.

— Não consegui bater neles, então acabei com o quarto — confessou Lucinda. — Você já fez isso?

— Claro. Mas eu também bati neles mais tarde.

— Nunca faço essas coisas — revelou ela. — Daí, olhei para a bagunça que tinha feito e fiz o que qualquer mulher sensata faria: tomei um Diazepam e peguei um táxi. Dei uma grana a mais para o motorista me levar até em casa no meio da noite.

Pegar um táxi era a cura para a maioria dos problemas da vida, disse ela. E uma coisinha para ajudar você a passar a noite vinha em segundo lugar.

Ela estava elegante naquele dia. Confortável e nada parecida com Nefertiti. Ele pensou em Zippo reclamando sobre a velha turma dele que o mantinha preso no lugar, como a pessoa que ele era antes. Lucinda ou Leanne tinha conseguido deixar o velho mundo para trás. Mas ela o queria de volta. Por um tempo.

— Sabe de uma coisa? — disse ela. — Às vezes, a gente só quer ir para casa e ver a família.

Tal como acontece com os poderes rejuvenescedores da Califórnia, ele não entendia o sentimento, mas se permitiu pensar na possibilidade.

Conseguiu uma vaga para estacionar do outro lado da rua da igreja. Estavam filmando dentro da igreja Batista Canaã, na rua 116, um prédio baixo de tijolos perto de Lenox. Nefertiti estava buscando orientação com o velho reverendo antes do *grand finale*. A igreja era a antiga sede da Loja de Doces e Cigarros do Diego, se Malagueta não estava enganado, já que o restaurante de peixe frito ficava a duas portas de distância. Diego tinha sido intermediário de um falsificador ucraniano em Coney Island. Malagueta nunca havia precisado dos serviços dele, mas todo mundo recomendava. Sim, não havia em seu futuro a necessidade de um passaporte falso, pois ele não iria a lugar algum.

— Falei pra eles que você queria trabalhar — disse Malagueta.

— Vim até aqui pra isso — confirmou ela.

O Assistente Pete os avistou e balançou os braços para cima e para baixo como um idiota. Lola esperou a perua do encanador passar e atravessou a rua correndo. Dois vikings pegaram as coisas de Lucinda do porta-malas, e a atriz abraçou os porta-retratos contra o peito para que ninguém pudesse vê-los.

Uma adolescente gordinha, com o cabelo afro enfiado embaixo de uma boina vermelha brilhante, saltou sobre os cabos elétricos e interceptou Lucinda diante das portas de vidro da igreja. Lucinda abaixou-se para ouvi-la melhor. Ela sorriu e deu o autógrafo.

Malagueta trancou o carro e entrou no set. O servicinho havia acabado, era hora de voltar ao trabalho de verdade. Vão colocá-la em seu traje de Nefertiti, peruca e grandes botas brancas, e a garota da continuidade vai garantir que tudo corresponda ao que estava acontecendo no dia em que ela desapareceu. E quanto à continuidade dele? Ele checou: suas cicatrizes ainda estavam onde deviam estar. Era o mesmo. O Harlem era o mesmo. Chink havia se equivocado nesse sentido — o Harlem era o mesmo lugar de sempre. São as pessoas que vão e vêm, e os edifícios, mas o Harlem nunca muda.

O cara do som se encostou na parede da igreja para fumar um cigarro. Troy, o diretor de fotografia, gritou com ele. Era melhor que tivessem armado o banquinho dele em algum lugar, pensou Malagueta, ou esses hippies teriam um problema dos infernos. Toda aquela correria para ter um emprego onde se pudesse ficar sentado.

NOVE

Agente Secreta: Nerfertiti terminou sua temporada nos Estados Unidos na Times Square em uma exibição dupla com *Invasão das mulheres abelhas*. Atravessou o país em várias praças desde janeiro e acabou no Royalton Playhouse. Zippo estava sentado na oitava fila para a exibição das três e quarenta e cinco, quinto assento da esquerda. Questionou a dupla de filmes no início, mas depois de ver um atrás do outro, compreendeu: o Feminino Insurgente. As pessoas faziam fila para ver *Tubarão* bem ali na esquina, mas as casas pornôs dominavam o trecho da 42, e depois ele soube que aquele também era o último dia do Playhouse como um local (mais ou menos) tradicional. O dia seguinte marcaria a estreia nos Estados Unidos de *Café da manhã suíço*, uma temporada de duas semanas.

A pipoca estava velha; o refrigerante, sem graça; o atendimento, ruim, e Zippo vibrava de alegria. Flutuava cada vez que via seu filhote na telona. Mesmo o cara branco se masturbando e dando uns berros na terceira fila e o bêbado roncando nos fundos não conseguiram acabar com seu deleite. Quando considerava a própria jornada excêntrica como artista — como ser humano —, a existência de *Nefertiti* oferecia a prova de uma inteligência invisível e benevolente em algum lugar. Seu amigo Freddie o chamava de Grande Sei-Lá--O-Quê. Um nome tão bom quanto qualquer outro.

As críticas — as poucas que foram publicadas — tinham sido mistas. "Certamente, Zippo Flood está fora de sintonia quando até *Claudine* oferece uma representação mais complexa da vida no centro da cidade, e até mesmo a televisão está se intensificando com joias como a atuação magistral de Cicely Tyson em *A autobiografia de Miss Jane Pittman*." Dave Kehr, do *Chicago Reader*, reclamou que a luta climática na fábrica de manequins tinha sido "uma bagunça onde não se conseguia ver o que estava acontecendo, e o pouco que se consegue entender não tem vida". Mais de um crítico ficou intrigado com os repetidos closes e as prolongadas tomadas com fogo.

Os resenhistas gostam de o emboscar na ideia que têm de quem você é, pensou Zippo, como amigos e familiares que só conseguem ver quem você era. É por isso que fazem referência a outros artistas e filmes para descrevê-lo — não conseguem escapar do próprio contexto. Ninguém criticou Lucinda Cole, que "transcende o gênero com sua graça intencional". Também: "Como uma verdadeira profissional, [ela] nunca deixa transparecer que está em uma produção fracassada". E: "Lembra ao espectador de sua atuação de estreia em *A promessa da srta. Pretty* e faz com que ele se pergunte por que Hollywood não consegue decidir o que fazer com ela". Zippo não falava com Lucinda desde a estreia. Na semana anterior, Doris dissera que a vira na TV como professora ou assistente social ou algo assim naquele programa *Good Times*. Ele lhe devia uma ligação.

Zippo perdoou Lucinda assim que ela voltou ao set. Para ser franco, ele a respeitava por ter desistido — ele próprio havia desaparecido mais do que algumas vezes, mas ninguém havia notado. As filmagens terminaram uma semana depois, sem incidentes. Depois, o filme ficou nas mãos de Zippo.

Na tela, Nefertiti dizia: "Então, depende de mim", e alguma coisa passou sobre os pés de Zippo. Considerando o carpete cheio de jujubas, palitinhos de alcaçuz e cachorros-quentes ruins, não era uma questão de saber se o Playhouse tinha ou não um problema de infestação de pragas, mas apenas a extensão e a magnitude desse problema. Ele encaixou os joelhos no assento à frente e levantou os pés. Era melhor não pensar naquilo.

Então, depende de mim. Zippo lembrou-se de ter escolhido aquela tomada em meados do semestre anterior. Havia instalado uma ilha de edição na sala sem janelas da Gruta, onde guardava sua coleção de mariposas, e interrompera o contato com qualquer ser humano para "buscar refúgio". Ele não era um editor rápido. O ZIPPO não podia ser apressado nem persuadido; chegava na hora que tinha que chegar. Quando terminou os cortes e configurações malucas, oito meses haviam se passado. Não conseguia explicar o tempo de que precisou, apenas o resultado. A American International Pictures adquiriu *Nefertiti* logo depois de encerrar o filme e ficou ansiosa — e depois ameaçadora e litigiosa — para botar as garras no negócio. Assim, Zippo aprendeu uma lição sobre contratar advogados para revisar contratos, respeitar prazos e a santidade da aprovação do corte final.

Enquanto ele "convalescia" em Bimini, a AIP cortou vinte minutos, incluindo a "sequência da crise nº 1", uma sequência de três minutos de trânsito engarrafado — o argumento de Zippo de que os veículos parados "transmitiam a alma vazia da vida moderna" convenceu poucos. Adicionaram três minutos às duas perseguições de carro, inseriram uma breve cena de amor (uma dublê de Lucinda) e filmaram um novo final no qual Nefertiti sobrevive em vez de se sacrificar pelas pessoas do vale no raio da explosão. O filme passara a terminar com Nefertiti aceitando a missão seguinte da organização de espionagem supersecreta, embora tivesse que esperar até que ela fosse juíza no jogo beneficente de basquete no centro comunitário. "O dever chama... mas a vizinhança também!"

O glorioso sacrifício de Nefertiti na explosão era o objetivo único do filme: encontrar o sentido da vida no fogo e na aniquilação. Zippo nunca o encontrou em outro lugar. Um artista diferente poderia ter se desesperado com essa desfiguração, mas ele não se importou. Sua versão ainda existia, mesmo que o público nunca a visse. Como um pensamento proibido, era o suficiente guardá-lo na cabeça. Com os atores e a equipe para acompanhá-lo no sonho, seu passatempo não era mais solitário.

Quando saiu da ilha de edição, o mundo havia mudado. O *blaxploitation* estava morto. O público queria sucessos de bilheteria bem calibrados, como *O exorcista* e *Tubarão*, e não entretenimento de má qualidade. Dramas sóbrios sobre a vida negra, não safadezas do gueto. No entanto, quando terminou a passagem pelo Sul, *Agente Secreta: Nefertiti* havia recuperado o dinheiro e ninguém previra a entusiástica recepção no exterior. Os franceses, em especial, adoraram o filme e aclamaram Zippo como um "verdadeiro *auteur*, uma espécie de Otto Preminger Preto". Zippo não entendeu a comparação, mas gostou do entusiasmo. Era para lá que ele ia no dia seguinte: a Paris dar palestras e entrevistas e participar de uma conferência sobre "O Futuro do Cinema Novo". Ou "O Novo Futuro do Cinema", ele não conseguia lembrar. Robert Aldrich devia aparecer para uma premiação e talvez eles conversassem sobre *A morte num beijo*, nunca se sabe.

Uma gangue de adolescentes entrou aos tropeços pelas portas do cinema, eles tomaram parte do lugar e acenderam cigarros de maconha. Eram rudes e barulhentos, regozijando-se com alguma travessura anterior. Mesmo essa interrupção não conseguiu abalar o humor de Zippo — de qualquer forma, os créditos estavam rolando. Que turma era aquela que ele havia reunido! Malagueta — sem sobrenome. Zippo ficou se perguntando se ele tinha visto o filme. Lola tentou localizá-lo para a estreia, sem sucesso. A última vez que Zippo encontrou o homem foi quando encerraram as filmagens e pediu para tirar uma foto dele para o portfólio da equipe.

— Pra que eu preciso de uma foto minha? — perguntou Malagueta. — Eu sei como sou.

Zippo colocou-o nos Agradecimentos Especiais dos créditos, embaixo dos investidores legítimos. Os parceiros silenciosos permaneceram anônimos. Ninguém da organização de Chink Montague, de empresas de fachada, nem do espólio jamais veio à porta para falar sobre os lucros do gângster. Assim como o dinheiro dos potes de escova de dente, Zippo encontrou uma utilidade para eles.

FILMADO INTEIRAMENTE EM LOCAÇÕES NO HARLEM, EUA

Zippo saiu do Royalton e piscou frente à claridade do fim da tarde. Era difícil de acreditar que ainda estava claro. A velha na bilheteria estava dormindo. Do outro lado da rua, havia um grande outdoor exibindo o novo filme de Roscoe Pope, *O macaco policial*. Um policial com um chimpanzé como parceiro. Pope já estava mergulhado na porcaria do *mainstream* quando *Nefertiti* estreou. Era o que pagava, supôs Zippo.

Ele virou em direção ao Harlem e cantarolou "Nefertiti chegou (Sua hora vai chegar)", a canção de encerramento. Não havia como convencer Page a mudar o título, embora significasse "a bela mulher chegou, chegou". Zippo sorriu — a única coisa em que a AIP não ousou mexer foi a magnífica trilha de Gene Page. Zippo precisava de um eco da melancolia da moda de *Blácula*, então ele mesmo abordou o homem. Page foi receptivo. Vinha fazendo arranjos para Barry White, que conhecera quando trabalharam no clássico single de Bob & Earl de 1963, "Harlem Shuffle". Fazendo cada vez mais trabalhos solo em filmes. Zippo mostrou a ele um corte bruto na Gruta quando Page veio à cidade para o lançamento de *Não me canso*. Page começou a fazer anotações durante a primeira cena e não parou até a explosão final.

— Pode deixar, querido — disse ele.

Entregou tudo três semanas depois. Os instrumentos de corda eram uma loucura da porra.

Page não apareceu na estreia, mas a maior parte da equipe e os investidores honestos compareceram ao New Yorker Theatre. Na verdade, Zippo não gostava de festas. Ele abriu uma exceção. Convidou pessoas dos velhos tempos — pessoas como sua babá, Pru, e a srta. Naughton, a assistente social que o ajudara quando sua vida ficara bagunçada —, e elas comemoraram e aplaudiram nos momentos certos. Pareciam gostar daquilo, do filme, daquela fração de Zippo em exibição. E se gostaram daquela parte, talvez tenham gostado dele também. Todo mundo ficou bem louco na festa depois da exibição. Até Carney apareceu com a patroa. Disse que fizeram um bom trabalho ao deixar seu escritório parecendo um verdadeiro esconderijo de criminosos. Zippo estava prestes a salientar que não haviam mudado, quando Carney acrescentou:

— Estou orgulhoso de você, Zippo. Você se saiu bem.

Como um pai. A esposa disse que já havia passado da hora de dormir e levou o vendedor de móveis até a porta. Sim, foi uma boa noite.

Houve algum tipo de protesto mais adiante na Broadway — Salvem a Bomba, Digam não à Terra, sei lá —, então, Zippo se voltou para o lado oeste, na 46. Uma última tarefa antes de sua fuga. Se ele estivesse lembrando corretamente, a Nona Avenida, na década de 1950, tinha um monte de lojas de ferragens das antigas e talvez uma delas estocasse aguarrás White Fox. A Costello Tinta e Construção vendia quando ele morava na rua 132, no Harlem. As latas eram difíceis de encontrar, mas valia a pena procurar. O calor do fogo da aguarrás White Fox no rosto nunca deixava de trazê-lo de volta ao passado, e era como se ele fosse uma criança de novo, começando a entender o formato que tinha sua tristeza. Fora de compasso mesmo naquela época, perdido entre os altos edifícios.

OS FINALIZADORES
1976

"Quando ele andava pelas ruas, sobrepunha a própria cidade perfeita à cidade ilegítima diante dele, era uma cidade de cinzas e borralho amontoados a centenas de metros de altura, vazia de pessoas, maravilhosamente morta e imóvel."

UM

Era uma gloriosa manhã de junho. O sol brilhava, os pássaros cantavam, as ambulâncias alardeavam e a luz do dia que incidia sobre as cenas dos crimes da noite anterior fazia o sangue brilhar como orvalho em uma imensidão verde. O verão em Nova York naquele ano do bicentenário estava cheio de promessas e ameaças em todos os sinais e maravilhas, não importava o quão fracos ou pequenos fossem. Ray Carney não fazia a menor ideia de como o dia acabara tomando aquele rumo. Rodeado de gente que comia costela de porco com garfo e faca.

Isso mesmo, no Clube Dumas, em um evento para angariar fundos para Alexander Oakes, candidato recém-anunciado para concorrer ao cargo de subprefeito do distrito de Manhattan no ano seguinte. Nunca é cedo demais para abrir aquela torneira de grana.

Carney enfiou um ovo recheado na boca. Ele puxou a camisa para se refrescar — estava esquentando lá dentro, com as janelas fechadas por conta do barulho da rua. Do outro lado da 120, um rapaz gordinho com uma regata de malha branca lavava seu Cadillac e tocava salsa a um volume impertinente. Tão emocionado que cantava junto, ensaboando. O amigo estava curvado em uma cadeira de praia de alumínio na calçada, batendo nas coxas e fumando um *cigarrillo*.

Vinte anos antes, o quarteirão se comportava de outra forma. Naquele momento, a madeira compensada cobria as janelas de dois prédios no estilo *brownstone* queimados em frente, e uma trupe de homens maltrapilhos circulava pelas varandas para bebericar vinho barato Ripple em sacos de papel pardo. *Qual é a palavra? Thunderbird!* Ambrose Clarke, o atual secretário do Clube Dumas, ligava regularmente para a polícia sobre a galeria de tiro no quarteirão, sem sucesso. Ser ignorado pela polícia como se fosse um *preto comum* — a humilhação. Elizabeth havia contratado um grupo de jazz chamado Robert McCoy Trio para o evento daquele dia, e a música deles abafava a maior parte da parada de sucessos do lavador de carros. Oakes franziu a testa quando o rádio do carro os perturbou entre as notas do jazz.

Jimmy, Carl, Hink: os velhos garçons e barmen circulavam, imortais em suas costeletas, murmurando "claro, senhor" e dando um aceno conspiratório quando se pedia o de sempre. Algumas das plantas haviam morrido e sido substituídas, e eles tiveram que jogar fora o carpete quando Clemson Montgomery teve um derrame no meio do recital da Noite dos Fundadores e espirrou vinho tinto para todo lado, mas, fora isso, o salão continuava inalterado. As poltronas de couro, onde uma geração de dignitários do Harlem havia aperfeiçoado uma centena de esquemas sujos, estavam bem polidas. Os mesmos retratos a óleo de membros falecidos estavam pendurados nas paredes; nenhum membro importante havia morrido nos últimos tempos, ou pelo menos ninguém grande o suficiente para desalojar o panteão.

Carney girou o anel do Clube Dumas no dedo. Ele era uma presença rara nos últimos anos. Comparecia às reuniões de possíveis membros para impulsionar aqueles sem o habitual *pedigree* burguês — universitários de primeira geração como ele, os autossuficientes e homens que subiram na vida sozinhos.

Às vezes, ele e Calvin Pierce tomavam uma bebida juntos. Pierce recusava-se a se encontrar em qualquer outro lugar; assim que Carney voltava para casa, o advogado rondava as instalações nas missões de coleta de informações que eram a base de seu trabalho. Carney estava estável e seguro em todos os aspectos dos negócios e tinha menos necessidade dos contatos do Dumas. Nunca teve estômago para todo aquele teatro alegre e narcisista, e estava velho demais para fingimentos. Às vezes, ele tinha dificuldade em se lembrar de toda a agitação daquelas reuniões, pois eram uma recordação tão distante.

Dez minutos depois, o lugar estava lotado. Uma linha de visão se abriu. Elizabeth estava do outro lado da sala, conversando com Pat Miller, que se apresentou a todos como a "prima favorita" de Adam Clayton Powell Jr.. A esposa de Carney ergueu as sobrancelhas, só para verificar como ele estava. Ela o conhecia bem demais para ser enganada por um de seus sorrisos de vendedor experiente — *é o destaque perfeito* ou *Pense nisso como um investimento na sua alegria* —, então, ele deu uma simples piscadela que respondia *está tudo bem*. Aliviada, Elizabeth voltou sua atenção para Pat Miller e concordou com a cabeça diante de todas as bobagens da mulher.

Ela vinha se preocupando com os preparativos havia semanas, encarregada de encurralar as mulheres engajadas de seu círculo, as que frequentavam comitês consultivos e *habitués* de conselhos, enquanto o pai, Leland, garantia que os pilares do Dumas aparecessem, com talões de cheques ou notas promissórias em mãos. Elizabeth e seu pai arrecadaram fundos para o garoto dos Oakes — uma família de Strivers' Row saudando a outra. Leland estivera doente no inverno anterior com uma pneumonia que se complicou, mas naquela noite ele parecia melhor do que em muito tempo. A oportunidade de erguer um brinde a Oakes — que teria sido seu genro se o mundo fizesse algum sentido, se Elizabeth tivesse algum bom senso — o rejuvenesceu. Foi isso ou o Geritol. Carney ouviu uma gargalhada e se virou para ver Leland com Abraham Lanford, filho de Clement Lanford, antigo estadista e figura influente do Harlem. Relembrando um golpe cheio de graça ou um desfalque comemorado em tempos passados.

A arrecadação de fundos era uma das poucas ocasiões em que as mulheres eram autorizadas a entrar no clube (tirando as namoradas e amantes contrabandeadas depois do expediente pelos poucos potentados com as chaves do lugar). Carney ficou feliz porque as amigas de Elizabeth apareceram — Candy Gates, em público pela primeira vez desde que aquele "vigarista Casanova" fugira com as economias de uma vida toda, e Elena Jackson, também em público pela primeira vez desde que Bernard havia ido embora com aquela dançarina exótica do Baby's Best. Algumas das moças da agência de viagens estavam presentes, identificáveis pela perplexidade com a excentricidade de algum membro de Dumas.

Calvin Pierce cutucou Carney com o cotovelo.

— E lá se foi a ideia de testar os eleitores.

Carney encolheu os ombros. Alexander Oakes não teria anunciado tão cedo se seus coordenadores de campanha não tivessem feito os cálculos. O olhar de Carney pousou na banda de jazz perto da lareira do salão. O baterista acenou para ele. Carney não conseguia identificá-lo.

Pierce estava tonto; as bochechas, coradas. Carney imaginou o dia agitado do advogado: almoço com três martinis, seguido de uma soneca tranquila no sofá DeMarco do escritório (dez por cento de desconto na Móveis Carney), depois uma viagem de metrô até o Clube Dumas para começar a próxima rodada. O advogado havia deixado a empresa Willis, Duncan & Evans no ano anterior para seguir carreira solo. Assinara o contrato de locação de um belo escritório voltado para o sul no Edifício Pan Am, uma mudança de paisagem para marcar a mudança de visão, já que representava as empresas que antes havia trabalhado para destruir. Ainda as sacudia de cabeça para baixo para ver que troco caía de seus bolsos, mas não dividia mais com as vítimas, os sobreviventes do desabamento do andaime, a viúva cujo marido falecera depois que o cirurgião esqueceu uma pinça ao lado do baço. O dinheiro era melhor. Em geral, era o que acontecia quando se atravessava a rua, mas a série de novas demandas o deixava exausto, aquelas que Pierce admitia e as outras. Pierce parou de se gabar das tentações sexuais às quais resistira, que Carney interpretava como tentações às quais cedera. Estava ficando acabado com todas aquelas responsabilidades.

— Você vai dar uma grana pra esse cara? — quis saber Carney.

— Tem que pagar para jogar. Apenas para o conselho municipal. — Todos os candidatos democratas nas eleições do ano seguinte exigiriam tributos da grandiosa comunidade do Dumas. E conseguiriam. — E você?

— Ele já está no comando.

Carney acenou com a cabeça em direção à esposa e à filha, que estavam acolhendo um membro da velha guarda — Gideon Banks, com o característico pescoço encurvado — em sua conversa. No mês anterior, elas o informaram que ele vivia com as fundadoras do grupo Mulheres com Oakes. May desenhara o logotipo. O Harlem precisa disso, o Harlem precisa daquilo. "Não é hora, sabe, de termos alguém um pouco mais jovem no comando?", perguntara ela. Elizabeth planejara um reagendamento desse encontro para que May já estivesse de volta da faculdade. Tinha sido voluntária no escritório de campanha de Oakes naquele verão, além de seu trabalho de arquivista na Sêneca Viagem e Turismo. Carney lhe oferceu um emprego na loja de móveis, com um salário maior do que aquele que a mãe estava oferecendo — aprender o básico, sentir como é —, mas ela não quis.

— Oakes botou você numa sinuca de bico. — Pierce riu. — Viu que Ray Jones apareceu?

— É um recado — respondeu Carney.

Jones estava conversando com alguns jovens assessores de campanha perto da janela, agitando um charuto apagado como a batuta de um maestro. Houve um tempo em que a aprovação de J. Raymond Jones era necessária se alguém quisesse ser juiz, subprefeito ou ir para Albany. Então, Bobby Kennedy o passou para trás em 1967 e fez com que Jones fosse expulso de seu trono no topo do Tammany Hall. No entanto, o antigo fazedor de reis ainda tinha cacife. David Dinkins, Charlie Rangel e Percy Sutton — os herdeiros do Clube Democrático Carver de Jones — não puderam aparecer no evento por razões óbvias, mas a presença de Jones informou às pessoas que Alexander Oakes tinha a aprovação tácita do clube do Harlem. Ou não merecia a desaprovação deles. Assim que Sutton anunciou oficialmente que estava renunciando a outro mandato como subprefeito para ir atrás do posto de prefeito de Abe Beame, qualquer endosso a Oakes podia ser divulgado abertamente.

Naquela primavera, Carney mudou do *Eyewitness News* para o *NewsCenter 4*. Havia uma pequena Panasonic em preto e branco em seu escritório que ele ligava às cinco da tarde. O tema do *Eyewitness News* era um clássico, sem dúvida, mas a mistura de empatia e seriedade de Chuck Scarborough comprovou ser uma ótima companhia à medida que o dia de trabalho terminava. O que significava que Carney tinha visto Sutton fazer seu teatrinho sobre uma candidatura para a Mansão Gracie algumas vezes.

— Agora não sou candidato a prefeito — disse ele às câmeras ao sair do Harlem State Office Building —, mas sem dúvida estou *capacitado* para ser prefeito. Se Abe Beame não concorrer e as pesquisas continuarem a mostrar que estou tão bem quanto estou, acho que vou concorrer à prefeitura. Na verdade, tenho quase certeza de que sim, e com um apoio de larga escala.

Então: Sutton entraria na corrida à prefeitura e esperaria o momento mais providencial para anunciá-lo. Ao anunciar cedo, Oakes ficava bem posicionado. E se Sutton por fim decidisse não se candidatar a prefeito, Oakes poderia renunciar e apoiar a reeleição do homem, acumulando exposição e dinheiro para sua próxima campanha. As coletivas de imprensa quando estava no gabinete do promotor público, a promoção no Residencial do Harlem, a campanha eleitoral — o Garoto de Strivers' Row tinha dado um golpe de mestre ao divulgar seu nome.

O trio estava tocando o hino nacional? Aquele caralho de bicentenário estava deixando Carney maluco. Era inevitável, como a cúpula de um fumacê vermelho, branco e azul. Precisava inventar um anúncio de vendas para o Quatro de Julho até a sexta-feira e estava empacado. Temia que qualquer besteira patriótica de bandeiras balançando que incluísse em sua promoção soasse exatamente desse jeito.

— Olha só quem vem lá... é o Cara — disse Pierce.

John se esgueirou para passar e apertou a mão de Pierce. Ele deu um soquinho no braço de Carney e falou:

— E aí, papai?

Eles tinham quase a mesma altura. Os punhos da camisa de John estavam saindo das mangas do casaco. Carney havia comprado aquela jaqueta para ele no início do ano.

Ele havia dito a John que era uma gentileza da parte dele vir apoiar a mãe. John assentiu com a cabeça e disse:

— Você também.

Seu desprezo havia escapado. Em geral, Carney tentava não expor os filhos à própria coleção de animosidades e desdém, a menos que o alvo estivesse distante ("Esse Joe Namath é puro papo furado") ou fosse educativo, proporcionando uma lição sobre os tipos de má reputação que encontramos na jornada da vida ("Aquele velho na loja da esquina tentou me passar a perna de novo, mas vocês sabem que estou de olho"). Talvez Alexander Oakes fosse um garoto bonito aproveitando os ganhos ilícitos da família, o mais vazio dos ternos vazios da cidade, uma mediocridade alimentada por um charme traiçoeiro... ele podia continuar... Mas o homem era um velho amigo da mãe deles, e, se Carney estivesse fazendo seu trabalho como pai, May e John chegariam a uma avaliação própria no tempo certo.

Talvez John estivesse ouvindo na quinta-feira anterior quando Elizabeth discutia os aperitivos, e Carney perguntou:

— Que tal um enroladinho de porco?

Era inteiramente possível que John estivesse por perto e tivesse ouvido. Ou talvez, na noite anterior, quando Carney perguntara à esposa quando deveria aparecer para "o evento", como se um ditador do terceiro mundo estivesse organizando um desfile, e todos os cidadãos tivessem de comparecer ou enfrentar o pelotão de fuzilamento. Talvez John estivesse por perto quando Elizabeth respondeu:

— Você sempre ficou bravo com pessoas que chegaram lá com mais facilidade do que você. Não é culpa dele.

Carney soltou um: *Huum*.

— Eu sei que você acha que ele recebeu tudo de mão beijada — continuou ela —, mas a questão é que Alex é um trabalhador esforçado.

— Claro.

— Você quer que eu cancele?

— Eu nunca lhe diria o que fazer.

— Sim, Ray, mas você faria questão de que eu soubesse. Não diria, mas faria questão de que eu soubesse.

Não, John não poderia ter ouvido porque eles estavam na cama com a porta fechada. Carney virou-se e disse que estava ansioso pelo dia seguinte, talvez até passasse uma camisa.

Sim, sua animosidade escapava em algum momento. Carney virou a bebida até acabar o gelo. Para se acalmar, ele bateu no bolso da jaqueta, onde guardava o envelope contendo cinco paus para Andy Engine.

Desde que a Escola New Lincoln havia liberado as crianças para as férias no verão, John trabalhava na Baskin-Robbins, em uma travessa da Madison Avenue, na área da rua 80. Carney ofereceu a John seu antigo emprego de verão na loja e foi informado de que a sorveteria tinha "mais garotas". Quando Carney tinha a idade dele, se considerava sortudo por conseguir qualquer emprego, quanto mais dois. A sorte significava que, quando Big Mike saía por semanas, ou meses, atrás de uma armação ou de uma mulher, Carney conseguia pagar pelas compras de mercado. E pagar as contas, mantendo as luzes acesas. Ele não queria esse fardo para os filhos. Pode servir sorvete à vontade, mas — ver o filho de blazer evocou a imagem de John fumando cachimbo e estalando os dedos para pedir uísque — fique longe de lugares como esse quando crescer.

Carney estendeu a mão para apertar o braço do filho, como fazia quando o menino era pequeno. *Esses ossos crescendo aqui dentro.* John perguntou se podia ver *A batalha de Midway* com o J.J. no Loews, na rua 86. Era a voz que ele usava para pedir adiantamento da mesada.

— Com o Charlton Heston?
— Está em Sensurround.
Carney assentiu.
— Nada de ficar fora a noite toda.
O menino prometeu não fazer isso. Então, sorriu.

Leland bateu com uma colher em um copo alto e fino. A banda interrompeu a música. Era o instinto natural de Carney, se aproximar sorrateiramente da porta quando as pessoas começavam a falar nos eventos, para facilitar uma fuga rápida caso fosse necessário. Ele obedeceu a esse instinto.

Elizabeth usava uma blusa branca nova e transparente com finas listras azuis que Carney nunca tinha visto antes. Ela começou agradecendo porque muitas pessoas haviam aparecido — "velhos amigos, rostos novos". Os politicamente engajados e aqueles que estavam dando a primeira contribuição a um candidato. May distribuiu broches do Mulheres com Oakes para os que estavam na frente, enquanto Elizabeth explicava por que haviam começado aquele grupo.

— Todo mundo está sentindo... temos que assumir as rédeas! A cidade está desmoronando. Temos gente suficiente por aí *nos cantos*, precisamos de alguém como Alex do nosso lado, *no nosso canto.*

Carney tinha ouvido a esposa praticar o discurso naquela manhã. Ele havia dito muitas vezes que ela teria sido uma boa vendedora de móveis se quisesse, mas nunca houve muito entusiasmo por um negócio familiar.

Leland assumiu o comando do evento e comentou sobre o grande legado do Clube Dumas, suas célebres contribuições para a vida política do Harlem. Ergueu a taça para o Oakes mais velho, que tinha partido cedo demais.

— Muitas vezes, eu via a luz acesa em seu escritório... vocês se lembram de como ele era uma coruja... e pedia um pouco de sua sabedoria enquanto tomava uma taça de vinho do Porto. Ele nunca deixou de botar o navio no prumo. — Comentou sobre a natureza do tempo: — Parece que foi ontem que desci as escadas... eles deviam estar no jardim de infância... e encontrei Alex e Lizzy brincando de médico.

Várias pessoas na sala riram, Elizabeth fez que não com a cabeça, cheia de desdém. John franziu a testa e deu uma olhada para a reação do pai.

— Agora, ele está crescido —, continuou Leland —, um homem adulto com uma lista impressionante de conquistas e ansioso para aumentá-la... lutando por todos nós. Não apenas pelo Harlem, não apenas pela região norte da cidade, mas por todos, de Wall Street a Washington Heights. — Ele ficou emocionado. — Desde que o pai dele faleceu, espero ter estado ao lado dele, e agora ele quer estar ao nosso lado, na prefeitura.

Era o momento de Oakes. Ele foi até o microfone e agitou os braços para abafar os aplausos. Mantinha a compleição de jogador de futebol quando os de sua faixa etária haviam adquirido um corpo de meia-idade desajeitado. Grisalho nas têmporas, dignificando-o sem enfraquecer seu rosto ainda jovem. Nos últimos anos, Oakes exibia um elegante cabelo natural, um afro com cinco centímetros de altura. Havia retornado aos cachos crespos e ondulados que remontavam a uma idade mais antiga e que, é preciso dizer, as garotas e as mulheres adoravam. Oakes estava aprimorando sua imagem de playboy recentemente, informando ao *Daily News* que "ainda não tinha conhecido aquela pessoa especial" e "de qualquer forma, nos últimos tempos, a cidade de Nova York vinha em primeiro lugar".

Oakes sorriu para alguém do outro lado da sala — boca larga, os caninos brancos e mortais de fora —, e Carney pensou: "Olha só, ele vai vencer".

A sala ficou em silêncio. O rádio do carro lançou um *"toro mata rumbambero y toro mata"*.

O candidato pigarreou. Abriu o discurso com uma lista de agradecimentos, e Carney começou a repassar a remessa da semana seguinte vinda de Sterling, reorganizando o showroom na cabeça. Leve o Egon até as luminárias de chão, desista dos DeMarcos desta temporada, eles não estavam fazendo negócio algum. Voltou à arrecadação de fundos quando o tom de Oakes mudou para sinalizar a conclusão.

— O sr. Sutton não anunciou que está concorrendo à reeleição. Quem sabe... talvez ele tenha outras ambições. Estou preocupado hoje em compartilhar as minhas intenções... e as de mais ninguém. Se o sr. Sutton decidir concorrer novamente... bem, Manhattan será um lugar melhor para nossas conversas sobre o que vem a seguir.

Oakes havia dado um tom de pregação à fala. Carney imaginou Leland ou um dos poderosos do Harlem com Oakes sentado em uma carteira de escola, forçando-o a estudar os sermões sagrados de Powell.

Oakes fez o encerramento. O Robert McCoy Trio começou uma versão desacelerada de "Pegue a linha A" que era mais como "Pegue a linha A quando o incêndio em uma lata de lixo interromper o serviço do metrô em todas as linhas", e a conversa recomeçou: avaliações do desempenho do candidato, as chances dele, será que tinha mais comida saindo. Carney deu cinco dólares a John para o cinema e, quando olhou para cima, Alexander Oakes estava bem diante dele.

— Ray!

Ele executou uma manobra de machão para cumprimentá-lo, mas a mão de Carney tinha sido esmagada por todos os melhores brutamontes do Harlem ao longo dos anos: foi um empate.

— Que bom que você conseguiu sair um pouco da loja — comentou Oakes.

— Eu sou o chefe.

O que ele achava, que Carney passava a noite toda suando em cima dos livros contábeis, bebendo antiácido de regata?

Ele assentiu com a cabeça.

— Que trajetória longa você percorreu.

Os cantos de sua boca se curvaram.

— Como é que é?

Um membro da equipe de campanha puxou Oakes e apontou para ele Lyle Morrison, vice-presidente executivo do banco Freedom National Savings. A bebida de Carney havia acabado, o copo estava quente por estar envolto por seus dedos. A *trajetória longa* era essa?

Ele já havia ficado mais tempo do que o necessário. Sua família estava do outro lado da sala, separada por várias pessoas. Carney tentou chamar a atenção de Elizabeth. Mais uma vez, o baterista piscou para ele. Certo: Stan Hayes, carteador do jogo dos três montes e ocasional arrombador de janelas altas. Jogo dos três montes, bateria, furto com arrombamento — mãos rápidas eram uma vantagem. Eles sorriram um para o outro, e Carney o cumprimentou. Dois caras usando disfarces diurnos. Bem, não eram os únicos. A questão de saber se Stan era um ladrão que trabalhava como jazzista ou um jazzista que fazia um bico como ladrão era irrelevante, já que ele era medíocre nas duas ocupações, e Carney tinha a própria empresa obscura para cuidar. Ele deu o fora.

* * *

A cidade estava sendo testada. Estava sempre sendo testada e emergia do outro lado em uma versão mais nova e mais forte por ter sido reprimida, mas todos se esqueciam disso de vez em quando e por isso ficavam bastante angustiados com a manifestação mais recente. Angustiados com a onda de crimes, que era muito alarmante, com os cofres vazios da cidade, que causavam tanta miséria, e com o estado geral de injustiça, que deixava poucos ilesos e a maioria perambulando em labirintos pessoais de desespero. Haviam sido preparados para a última calamidade por meio de um ensaio com grandes e pequenos desastres, mas era difícil lembrar disso em meio a toda a agitação e à correria sem fôlego para lá e para cá.

Carney, por sua vez, estava atento a uma melhoria no sentimento do consumidor. Um brilho básico. As vendas de móveis — principalmente os modulares — aumentaram em relação ao mesmo período do ano anterior, e o showroom não ficava tão sombrio à tarde. Houve um crescimento sólido nos produtos ilícitos e nas fraudes nos últimos três trimestres, com muita atividade no setor de joias raras, um indicador importante do otimismo do mercado. Veja o Andy Engine. Ele não visitava Carney fazia dois anos e, então, apareceu no dia anterior com uma caixa de amostras cheia de lápis-lazúlis afegãos dispostos naquele estojo de veludo preto como buracos irrompendo em um universo azul perfeito. "Caíram no meu colo." Martin Green tirou-os das mãos de Carney e, assim que Carney pagou ao bandido, houve tempo de pegar o metrô e voltar para casa para assistir ao programa da *Rhoda*.

A caminho do encontro com Andy Engine, Carney voltou ao local do crime. Ele havia feito um desvio para ver o prédio antes do evento para arrecadar fundos. Aquilo ainda o atraía, e ele tinha tempo.

A cidade continuava a arder, noite após noite. Não a Quinta Avenida, mas o Harlem, o Brooklyn, o Sul do Bronx. O número

371 Oeste da rua 118 era um cortiço de quatro andares situado na esquina nordeste da Morningside Avenue. Por trás do exterior escurecido, o fogo havia consumido as entranhas. Às nove e meia da noite da quinta-feira anterior, um temporizador havia ativado um dispositivo incendiário. A bomba havia sido colocada no apartamento dos fundos, no último andar, para permitir que o fogo se espalhasse antes que pudesse ser detectado da rua, próxima a um duto de ar, para que fosse bem alimentado. A sala estava encharcada de gasolina. Ninguém morava no número 371. A proprietária, a Excelsior Metro Properties, interrompera o aquecimento e a energia elétrica durante o inverno anterior para afugentar os ocupantes, depois desmontara o encanamento e o sistema de eletricidade, tudo o que pudesse ser vendido.

No momento do incêndio, o prédio estava vazio, exceto por Albert Ruiz, de onze anos, que dormia no apartamento 2A. Ele e os amigos haviam reivindicado o apartamento como seu "clubinho". Como em *Os Batutinhas*, mas infestado de baratas. Os meninos estavam se reunindo lá desde que o clima havia esquentado. Os drogados não tinham conseguido se firmar, nem os vagabundos — não faltavam prédios abandonados, e o parque do outro lado da rua era convidativo, a julgar pelos galpões e telheiros. Albert e os amigos arrastaram cadeiras dobráveis surradas para lá e montaram uma mesa de jogo com um engradado de leite. Um garoto tinha atacado o esconderijo de *Penthouses* do irmão e começado uma biblioteca para empréstimos. Na quinta-feira, Albert havia combinado de encontrar o amigo Pete na sede do clube antes de irem ao cinema para assistir a *A batalha de Midway*. Pete havia ficado preso, se escondendo do pai, que havia sido demitido dois dias antes e encontrado seu bode expiatório. Albert adormecera no pufe enquanto esperava.

Os bombeiros disseram que parecia que estava tentando abrir a porta do apartamento quando o encontraram. Ela estava emperrada. A fumaça o pegou. Cinco dias depois, ele saiu do coma, preso a uma máquina que inflava os pulmões feridos. Sua mãe, a sra. Ruiz, estava olhando para o chão quando contou a Carney o que havia acontecido.

A sra. Ruiz e seus três filhos (Albert tinha duas irmãs mais novas) haviam se mudado para o terceiro andar acima da loja dois anos antes. Era baixinha e atarracada, atormentada, mas determinada, com o corpo inclinado para a frente como se estivesse se esforçando para vencer um vento contrário. Carney dera-lhe uma olhada quando ela foi ver o lugar pela primeira vez, mas raramente interagiram desde então; era Marie quem passara a cuidar dessa parte dos negócios. Um dia, Marie informara a Carney que estava "entediada" e "insatisfeita" com suas tarefas na loja, o que era conveniente, porque administrar os dois prédios o deixava entediado e insatisfeito. Ele começou a pagá-la para administrar as propriedades. Quando se tem dor de cabeça, a gente compra aspirina, e inquilinos são a mãe de todas as dores de cabeça.

No primeiro dia do mês, a sra. Ruiz atravessava o showroom para deixar o cheque do aluguel na mesa de Marie. Às vezes, ela parava diante de uma espreguiçadeira DeMarco ou de um aparador Egon, com uma expressão sonhadora que tomava conta de seu rosto enquanto, em pensamento, ela arrumava a peça na sala de estar no andar de cima.

No dia seguinte ao incêndio, Carney estava indo para o Freedom National para fazer um depósito quando encontrou a sra. Ruiz se esforçando para abrir a porta do residencial. Ele disse:

— Deve estar emperrada.

Ela entregou a chave para ele. A porta se abriu com facilidade. Ele se ofereceu para ajudar com as compras, embora ela fosse do tipo que recusava ajuda. Ela o surpreendeu e, quando chegaram ao patamar, disse:

— Eu falei pra ele que estava fazendo espaguete com almôndegas hoje à noite, mas, se ele quisesse, teria que acordar.

Carney descobriu a história no *Post* daquela noite. Pouco tempo antes, o edifício havia mudado de mãos. O novo proprietário, a Excelsior, tinha regimentos de propriedades no Harlem e no Sul do Bronx, e um número alarmante de seus edifícios havia sido vítima de incêndios suspeitos. A empresa administradora não foi encontrada para comentar. A notícia do jornal terminava com: "No ano passado, houve um recorde de doze mil incêndios estruturais no Bronx. Um oficial do corpo de bombeiros estimou que um terço deles foi ateado deliberadamente".

No dia seguinte, Carney disse a Marie para ficar de olho na sra. Ruiz e em seu filho.

— A loja gostaria de ajudar se fosse possível.

Sua ideia de Albert não estava bem formada; era perfeitamente possível que o corte de cabelo tigelinha e as bochechas rechonchudas tivessem sido produzidos pela imaginação de Carney para preencher a cena do hospital.

Um avião arrastava letras pretas pelo ar: FELIZ ANIVERSÁRIO, EUA — 200 ANOS DE LIBERDADE E INDEPENDÊNCIA. Quem havia pagado por aquilo? Ele não sabia dizer, então acrescentou: COM AMOR, BUCKWHEAT. As palavras ultrapassaram a linha de cortiços e desapareceram nos beirais do número 371 Oeste da rua 118. Blocos de concreto lacravam a porta de entrada e as janelas do primeiro andar. Chega de intrusos até que a bola de demolição passasse. Caso encerrado — com certeza, a polícia nunca investigaria quem colocara o menino no hospital. Se Oakes estivesse falando sério sobre ajudar a cidade, teria desmontado o esquema de incêndio criminoso quando trabalhava no escritório da promotoria, em vez de deixá-lo sair do controle. Munson tinha uma porção de histórias de gente embolsando alguns envelopes grossos trabalhando lá.

Carney atravessou a Morningside Avenue, entrou no parque e seguiu em direção às escadas que levavam até o alto dos domínios de Columbia. As árvores e os arbustos irregulares haviam reunido alguns negócios verdes, as ervas daninhas caíam entre as pedras hexagonais do pavimento, e a rocha antiga dominava tudo com sua arrogância escarpada. Quando criança, ele e o primo Freddie haviam escalado e saltado dali com uma exuberância selvagem, estourado bombinhas e arranhado os joelhos na superfície implacável, mas ele nunca soube seu nome: xisto de Manhattan. Não existia em qualquer outro lugar do mundo, como John lhe explicara na primavera anterior. O Morningside Park, um dos lugares onde a fundação rochosa se projetava, tinha sido o dever de casa de John para uma aula sobre marcos históricos da cidade.

— Tem quatrocentos milhões de anos! — exclamou John para ele, cutucando a ilustração no livro da biblioteca.

O resultado de duas placas na terra colidindo sob uma pressão terrível e elementar para elevar cadeias montanhosas. As montanhas já haviam desaparecido muito tempo antes, mas a rocha única permanecia, brilhando à luz do sol devido à mica incrustada, sustentando a cidade no alto. Os arranha-céus — com espantosas toneladas de aço, concreto e vidro — só conseguiam se manter onde o xisto estava suficientemente próximo da superfície para aguentar o peso.

— Olha o horizonte, pai, tem arranha-céus em Wall Street e no centro da cidade, mas não em Greenwich Village... a fundação rochosa é muito profunda.

É a espinha dorsal da cidade, mantendo tudo reunido. Não dava para vê-la, exceto em locais mágicos onde ela não é contida. Carney admirava aquele esforço.

Como aquele trecho de xisto na parte norte da cidade era muito caro e complicado de escavar, o bairro ganhou um parque, e a Universidade de Columbia reivindicou sua posição régia sobre o Harlem, a leste, olhando para a plebe lá embaixo. Carney investigou quando chegou ao topo da escada, como um daqueles planejadores urbanos falecidos muito tempo antes, tentando descobrir onde colocar a grade.

Naqueles dias, o Morningside Park era uma terra de ninguém que separava o reino da faculdade da Ivy League e os residentes do outro lado. O parque sempre tinha sido perigoso, mas nos últimos dez anos os assaltos e agressões haviam criado a lenda: *Bem-vindos à Cidade do Medo*. No ano anterior, o prefeito Beame, diante da iminente falência da cidade, ameaçara demitir os policiais e os agentes penitenciários, e os policiais retaliaram, distribuindo panfletos da *Cidade do Medo* a turistas horrorizados. Quando alertaram os visitantes para "restringirem seus passeios ao horário diurno" e "permanecerem nas áreas centrais", foi de lugares como o Morningside Park que extraíram seus monstruosos exageros. A universidade alertou os alunos para darem a volta no parque em vez de subirem as escadas até a colina, e, naquele dia, Carney agradeceu o conselho. Um monte de dinheiro no bolso, além de falta de ar, porque estava fora de forma. Por que tinha ido até ali? Nunca seguia por essas paragens. No muro de contenção de pedra, ele voltou a atenção para a casa lá embaixo e teve um estalo: ele e o cruzamento tinham uma história.

Em frente ao número 371 ficava o número 370 Oeste da rua 118, um prédio de tijolos amarelos de cinco andares que havia sido construído alguns anos antes para servir de moradia popular. Ele e Ferrugem discutiram sobre isso depois que Carney questionou o endereço de entrega de um conjunto de jantar Sterling.

— Não tem 3C no número 370, eu conheço o prédio. É Frente ou Trás. Tem que ser 3F ou 3T.

Os motoristas da Sterling — esses caipiras brancos de Massapequa — sempre enchiam o saco quando as entregas eram no Harlem, e Carney queria evitar qualquer reclamação.

Ferrugem fez a cara triste de quando Carney duvidava dele.

— Ray, eu chequei de novo: é 3C.

— Estou falando pra você.

Ferrugem cruzou os braços.

— Pode olhar.

Ele e a esposa, Beatrice, vinham discutindo nos últimos tempos, segundo Marie. Carney havia percebido que aquele desaforo ecoava novas posturas dentro de casa.

Na época em que Carney dirigia a caminhonete do pai, ele fazia entregas ocasionais de um sofá ou uma cômoda usados. Ele lembrou-se dos degraus de mármore sujos do número 370, dos ladrilhos em preto e branco lascados no chão e das luminárias que não combinavam. Ele havia pagado cinco dólares a um dos caras da vizinhança para ajudar a carregar um sofá Collins-Hathaway imaculado até o segundo andar. Havia esquecido o nome do cliente, mas se lembrava da luz do sol pulsando pelas janelas da sala e da vista do parque. Um ou dois anos depois, teve que correr atrás do inquilino do primeiro andar quando o cara atrasou o pagamento do parcelamento da espreguiçadeira Argent. Ele conhecia bem o 370. No caminho, praticou a bronca: "Se me fizer levantar da minha cadeira e ir até lá à toa...".

Mas o velho cortiço com a escada apertada e torturante havia desaparecido. Oito sobrados haviam substituído aquele prédio de tijolos amarelos, certamente grandes o bastante para receber um 3c, até mesmo um 3m ou n. Ferrugem abriu um sorriso satisfeito quando Carney voltou. A nova postura irritadiça era lamentável. Beatrice sempre fora uma criaturinha tão quieta, um docinho de coco. Aquele lugar pode ajudar você a encontrar a própria voz, se não o destruir primeiro.

371, 370. A velha cidade ficava em uma esquina, diante da cidade nova. Como Carney dizia: *O mundo gira, bebê, o mundo gira.* No topo do imutável xisto, os povos substituíam uns aos outros, as tribos étnicas de todo o lado trocavam de lugar nos cortiços e nos sobrados, que por sua vez tombavam e eram substituídos pelos próximos edifícios. A cidade condenaria o 371 e as outras três propriedades em dificuldades mais adiante, demoliria tudo e construiria novas moradias, como estava fazendo.

"Renovação urbana": era necessário limpar as coisas mortas antes que o crescimento fresquinho pudesse prosperar. Claro, proprietários duvidosos recebiam boladas dos reguladores de sinistros desonestos enquanto a lei fazia vista grossa, e então as construtoras molhavam a mão das autoridades municipais para conseguir contratos, bons contracheques para todo mundo sair da miséria, mas as pessoas precisavam de lugares para morar. Certo? O filho da sra. Ruiz estava no hospital, quem sabia se ele sairia de lá, mas os espertalhões haviam recebido o deles. Qual era a grossura dos envelopes quando Oakes trabalhava no escritório do promotor?

Que *trajetória longa* o quê, filho da puta?

Não havia um selo grande e brilhante do Residencial do Harlem na porta da frente do 371, então ele pertencia a um programa diferente de melhoria da comunidade. Ao partir os blocos dilapidados, todo mundo recebia seu pedaço. Quem ficava com os envelopes maiores, os promotores ou os traficantes? Na próxima arrecadação de fundos, ele faria exatamente essa pergunta a Oakes. *É claro que a candidatura é sua, por um pouco de consideração.* Carney estava começando a parecer o pai, transformando todo mundo em bandido. Imaginou o filho da sra. Ruiz acordando sozinho no apartamento escuro — Carney já estivera lá, arrancado do sono por uma sirene, ou pela violência do beco, ou por um rato correndo por baixo das pernas, tomado pela consciência doentia de que ninguém estava indo ajudá-lo.

Se o apartamento da rua 127 continuava tão próximo, a trajetória não havia sido tão longa; em vez de ele viver dentro do apartamento, o apartamento vivia dentro dele. Que tipo de homem incendeia um prédio com gente dentro? Big Mike voltando para casa naquelas noites, fedendo a querosene e birita ruim. Quantas mães e crianças ele havia incendiado, evacuado na base do fogo? Carney conhecia o tipo de homem que fazia essas coisas. Nunca eram convocados a prestar contas.

Talvez fosse a hora.

DOIS

No dia seguinte, ele levou seu sobrinho, Robert, à Gimbels para comprar algumas camisas. Ellen, a mãe do menino, sempre rejeitava as ajudas que Carney tentava dar, então ele dizia a ela que as camisas polo faziam parte do uniforme da Móveis Carney e que, por isso, Carney era responsável por elas. Ele fez uma manobra para colocar duas lindas calças Levi's enquanto eles estavam no departamento masculino jovem, e tudo terminou sem problemas. O menino era um varapau, como o pai naquela idade, o que fez Carney sorrir. Pegaram a linha 5 na rua 86, e Robert enfiava a mão na sacola da Gimbels o tempo todo para tocar o algodão macio das camisas.

Robert não era de falar muito, havia herdado a reserva da mãe. Em geral, Carney preferia um companheiro silencioso, mas nunca havia conseguido baixar a guarda do garoto e, em sua ânsia de conexão, iniciava conversas sem sentido. Como um arrombador de cadeados tentando acionar uma combinação girando números aleatórios, ou seja, um arrombador de cadeados bem incompetente.

— Viu o Mets ontem à noite?

— Mets? Não.

O movimento do vagão sacudiu os passageiros.

— Vai praquele programa de basquete de novo neste verão?

— Não.

Um pôster de *A batalha de Midway* tremeluzia entre as vigas da estação da rua 103.

— Já viu algum filme com esse tal de Sensurround? — quis saber Carney. — As poltronas que balançam?

— Eu vi *Terremoto* — respondeu Robert.

— Essa foi boa.

Robert assentiu com a cabeça. Carney deixou o garoto em paz. Big Mike criticava Carney por ser "muito quieto", quando estava apenas pensando, então deixou o garoto tranquilo.

A primeira vez que Carney viu Robert foi no funeral do pai dele. Freddie tinha muitos amigos que Carney nunca havia conhecido — canalhas falantes e saxofonistas falidos, golpistas *beatniks* caucasianos e garotas socialistas de Garden City —, então, a mulher magra e de aparência nervosa com o menino não se destacava de forma especial. Ellen era o tipo de Freddie: lábios carnudos, longos cabelos pretos e olheiras escuras. Assim como Janet Brown, que Freddie havia perseguido durante todo o primário, e a maluca Penny Lewis, que tolerara as travessuras do primo por um bom tempo durante alguns meses de 1952. O garoto estava com dois anos. Não falava nem se mexia, segurava a mão da mãe e balançava a cabeça, como uma galinha, absorvendo tudo. Já naquela época tinha os olhos do pai, e Carney se repreendeu mais tarde por não ter conseguido ligar os pontos. Não estava sendo ele mesmo naqueles dias após a morte de Freddie. Foram embora cedo.

Quando o menino completou seis anos, Ellen convidou a tia Millie para a festa, e ela levou Carney consigo. Ellen tinha escrito para ela no inverno anterior e explicado tudo, sem pedir nada, apenas achou que ela gostaria de saber que era avó. De acordo com Ellen, ela e Freddie estiveram juntos por um breve período em 1961. Ela nunca contou para ele sobre o filho que tiveram.

— É um garoto legal, e ela está se esforçando — comentou a tia Millie. Carney perguntou sobre um teste de paternidade. Ela disse: — Pelo amor de Deus, olhe para ele.

Elizabeth repreendeu-o quando descobriu que ele não havia levado presente, e esse foi o início dos brinquedos de aniversário e dos suéteres de Natal.

Ellen casou-se com um motorista de ônibus chamado Booker, um homem mais velho, viúvo e com dois filhos; os cinco moravam em Edgecombe, próximo ao parque. Booker tratava Robert bem em todos os aspectos, não se ressentia em nada dele. Até ganhava bem, mas não havia algo de errado em ganhar uma ou duas camisas novas de um parente próximo.

Tia Millie vinha tentando aumentar seus deveres de avó havia anos, mas Ellen recusava qualquer tentativa que ultrapassasse a linha invisível. Recentemente, Carney havia descoberto o mesmo desejo de estender a mão em auxílio. À medida que Robert ficava cada vez mais parecido com o pai, com os mesmos gestos nervosos e risadas — embora nunca tivessem se conhecido! —, Carney se flagrou contando histórias de Freddie. Compartilhando os filmes favoritos do primo, os sanduíches que sempre pedia, a variedade de encrencas nas quais havia enfiado Carney. Robert fingia estar interessado, mostrando aquela expressão familiar de um cliente falido que avançava até um canto mais caro da loja e precisava fingir interesse nas peças até que pudesse sair correndo.

Ocorrera a Carney, algumas semanas antes, que Robert talvez precisasse de um emprego de verão. Algumas horas por semana, algumas tarefas nas proximidades, buscar sanduíches e organizar os arquivos no porão. Ele estaria procurando trabalho para o verão seguinte ou para depois da escola; dessa forma, o menino poderia dizer que tinha alguma experiência em varejo. Foi assim que tudo começou, vendo seu sobrinho sem a tia Millie por perto e sem um aniversário como desculpa. Descobertas, como a risada estridente que o menino soltava quando uma das piadas de Larry fazia a cabeça dele. Quem sabe? Talvez ele começasse a chamá-lo de tio Ray, em vez de apenas Ray.

Até aquele momento, nada.

Eles se separaram na saída do metrô. Robert subiu a Lexington, virou-se e ergueu a sacola de compras em agradecimento. Carney ergueu o polegar em um sinal positivo. Ligou para a loja e disse a Ferrugem para trancá-la naquela noite. Havia tempo de sobra para checar a nova loja de móveis na rua 135 e ver o que estava acontecendo antes de se encontrar com Malagueta.

Um ônibus M100 estava passando para leste pela rua 125. O anúncio do Anchor Bank na lateral do ônibus mostrava a Estátua da Liberdade, e o movimento do ônibus circular fazia com que ela parecesse correr pela rua, como se estivesse atrás de um drogado que tivesse roubado sua bolsa. A velhota era mais rápida do que parecia.

Comemorando 200 anos de liberdade!
Do seu banco pelos próximos 200
Anchor Bank de Nova York

A cidade havia escapado da falência e da ruína certa, pensou Carney, mas eles não confiavam nela e, em vez disso, celebraram as velhas boas novas. Como se fosse por procuração. Um pouco exagerado para o gosto dele. Quando o gerente de publicidade do *Amsterdam News* passou pela loja de móveis para ajudar nas compras de julho, ele expôs uma série de imagens do bicentenário: a Dona Liberdade em várias posturas, a bandeira de Betsy Ross com suas treze estrelas, fogos de artifício sobre o Capitólio, fogos de artifício sobre o horizonte de Nova York.

Frases sobre Washington cruzando o Delaware e assinando a Declaração. Essas ideias seguiam Carney por toda parte. Fosse vendendo galochas, fundos de aposentadoria ou xampu para cães de um jeito agressivo, as mesmas imagens cheias de "hip-hip, urra!" já vinham à tona. Em outdoors por toda a cidade, a Dona Liberdade exibia um cachorro-quente do Nathan's salpicado de mostarda em vez de sua tabuleta, e o Crazy Eddie's organizou os Pais Fundadores ao redor de um documento que anunciava: "Descontos Insanos!".

Houve o caso *O espírito de 1776*, a pintura dos dois bateristas — um jovem demais para se alistar, o outro velho demais — e o tocador de pífaro conduzindo os soldados rebeldes pelo campo de batalha. Carney pensou que o homem estivesse tocando flauta, até que John o corrigiu:

— Aprendi na aula de História.

Pintura clássica, um instantâneo do nascimento do país etc. Naquela primavera, Carney encontrou nada menos que três variações: uma com o tocador de pífaro bebericando uma lata de Dr. Pepper; outra na qual o Cinema Loew substituiu os tambores por grandes baldes de pipoca e fez os bateristas enfiarem as mãos neles; e uma em que os três músicos marchavam pelo meio da Quinta Avenida moderna, alheios ao trânsito, como parte da campanha de segurança para pedestres "olhe para os dois lados" da cidade de Nova York.

A coisa toda era um grande impulsionamento de marketing. Dia sim, dia não, havia uma coluna de jornal bufando de raiva sobre "o Experimento Americano". Como se o experimento não tivesse terminado e não soubéssemos os resultados. *Quem é você, Carney, algum tipo de comunista?* Ele tinha alguns dias para pensar em algo para o *News*. Porta-copos gratuitos para clientes que conseguissem recitar a Declaração de Independência em um pé só e com os olhos fechados.

200 ANOS, MAS PARECE MAIS...
PERGUNTE AOS ÍNDIOS
NESTE QUATRO DE JULHO, SAÚDE A VERDADE,
A JUSTIÇA E AS POLTRONAS
RECLINÁVEIS AJUSTÁVEIS EM TRÊS POSIÇÕES
NA MÓVEIS CARNEY

Espere aí... "Verdade, Justiça e o Estilo Americano" era o slogan do programa de rádio do Superman, não alguma coisa da história dos Estados Unidos. Branquelo Poderoso ao resgate. Que tal:

200 ANOS ESCAPANDO IMPUNEMENTE

Ele gostou dessa última frase e logo a adotou como refrão.

Eles conversavam sobre incêndios.

— Seu velho trabalhava para um finalizador chamado Wilbur Martin — comentou Malagueta.

Um finalizador era alguém que acabava com o sofrimento de um edifício, disse ele. O proprietário está no fim da linha — impostos até as tampas, drogados assumindo o controle —, então, ele vende o prédio para o finalizador, que arranca a fiação, o encanamento, qualquer coisa que valha um dólar, e depois incendeia o lugar para a apólice de seguro.

— Se você encontrar Wilbur andando pelo corredor, avaliando o lugar, é melhor procurar outro poste para amarrar seu burro. Big Mike incendiava esses cantos quando chegava a hora de lucrar.

— Dava para sentir o cheiro nele.

Big Mike fazia piadas sombrias sobre dar no pé "como um Papa-Léguas" assim que acendia o fósforo... sem temporizadores, sem despertadores para ele. Carney sabia que o incêndio criminoso contratado era uma das atividades secundárias do pai, mas nunca imaginara como isso acontecia. As pessoas dos apartamentos ao lado, as crianças dormindo, o velho acamado que não conseguia se levantar. Ficou com raiva por um momento porque Malagueta havia confirmado a verdade que ele havia evitado.

Estavam no Donegal's, o véu do crepúsculo caindo, e a Broadway decidindo de quem seria a vez naquela noite. Malagueta e Carney estavam sentados no balcão do bar, com uns gatos pingados vindos do *happy hour* passando atrás deles. Tal como no Clube Dumas, a decoração não havia mudado muito nos últimos quinze anos. O néon quebrado continuava quebrado, as mesas bambas tinham ficado ainda mais bambas. Os homens do Dumas continuaram a prosperar; as conquistas ali eram medidas de um jeito diferente, como a morte da única pessoa que sabia o que o outro tinha feito naquela noite, ou quando seu filho não desligou na sua cara depois de você ter telefonado para ele depois de todos esses anos.

O bar estava sonolento. Antigamente, a TV trovejava quando a *Lucha Libre* estava passando, com a concordância fanática dos clientes. A luta livre daquela noite era um programa novo, apresentando uma liga da qual Carney nunca ouvira falar. Com o som desligado, a partida é uma pantomima. A população do Donegal's havia minguado. Menos ostentação sobre serviços que haviam dado certo e lamentações sobre serviços que tinham dado errado. Eles estavam morrendo, os velhos vigaristas, traficantes e trambiqueiros, ou escondidos no norte do estado, depois de um esquema imprudente para cobrir despesas médicas, aluguel atrasado de seis meses ou dentes novos. Tinha que haver outra versão cinco quarteirões acima do Donegal's, ou abaixo, que servisse bebidas meio borbulhantes para uma geração mais jovem de ladrões e bandidos.

Seu barman regular, Buford, só trabalhava às segundas e terças-feiras, deixando qualquer um que usasse o bar para receber mensagens à mercê das atenções inconstantes de Toomey. O pai de Toomey era italiano e usava a herança siciliana como desculpa quando alguém ligava pra foder com os recados que recebia em nome de todo mundo. "Eu estou pensando em outras coisas, sabe?" Ou seja, mulheres. Ou seja, estamos em 1976, por que não compra uma secretária eletrônica de verdade, caralho, seu vagabundo ordinário?

Na TV, os lutadores migraram para fora do ringue para brigar com cadeiras dobráveis.

— Faz um tempo que não vejo o sr. Fuji — disse Toomey.

— Ele ainda luta — comentou Malagueta.

Malagueta parecia estar bem. Estava em pé novamente, depois de ficar com as costas travadas por "carregar um corpo inconsciente". Se fosse qualquer outra pessoa, Carney teria pedido uma explicação mais detalhada, mas ele sabia que ela não viria e, para ser sincero, parecia algo normal. O velho bandido tinha ficado acamado por seis semanas. Carney fazia John levar frango e revistas de palavras-cruzadas, missões das quais seu filho voltava perplexo. Tio Malagueta era professor de disciplinas esotéricas.

E ele estava de volta. Na verdade, Malagueta parecia ainda mais formidável após sua recuperação. Sempre uma criatura ponderada, passara a se mover e falar um pouco mais devagar, e isso o deixava mais perigoso, como um leão apreciando um bando de gazelas em um laguinho e refletindo a respeito do cardápio. Todo o tempo do mundo.

Carney perguntou se ele já havia se juntado ao pai em um servicinho de incêndios.

Malagueta nunca criticara o pai de Carney na frente dele, mas não conteve um piscar de olhos desgostoso.

— Se você faz uma coisa, talvez não faça outras coisas.

Big Mike Carney ocasionalmente lançava um fósforo na casa de um filho da puta, mas era pessoal, não profissional. Ele olhou para Toomey. Era firme, não abriria a boca, mas era menos hábil que Buford em fingir que não estava de butuca.

— Mas não era como é agora — resumiu Malagueta. — No Bronx, você precisa dormir com um olho aberto. O povo está tacando fogo todas as noites, e não apenas caras envolvidos no negócio dos seguros.

Carney tinha ouvido falar disso — uma reação negativa de outra política municipal idiota. Se a pessoa estivesse na assistência social e quisesse mudar do apartamento de propriedade da cidade, infestado de bichos e em ruínas, para outro, ela poderia se qualificar por alguns mil dólares a receber as despesas de mudança e móveis — caso a casa pegasse fogo. Estava escrito ali mesmo, em grandes cartazes no departamento de assistência social, como instruções. O que uma alma esforçada devia fazer? Como acontece com tudo na cidade, havia pequenos esquemas e fraudes em grande escala, e o jogador experiente sabia quais deles mereciam atenção.

Uma morsa ruiva saltitava pelo ringue com pés surpreendentemente velozes, sinos pendurados no grande chapéu de bobo da corte.

— Quem é aquele? — perguntou Malagueta.

O lutador lançou o chapéu para a multidão e bateu no peito no estilo King Kong.

— O Big Fink — respondeu Toomey. — Um cara novo vindo de sei lá onde.

Malagueta manteve os olhos na luta.

— Não faço ideia do que você está me perguntando, Carney — disse ele.

Carney explicou de novo sobre o filho da sra. Ruiz, o hospital e sua raiva porque quem havia incendiado o lugar estava fugindo impune.

— Quero que você descubra quem fez isso.

— Por quê?

— Por causa do menino.

Toomey sentiu o olhar de Malagueta sobre ele e voltou a empilhar os porta-copos.

— Só por curiosidade — insistiu Carney.

— Ninguém faz algo só por curiosidade. As pessoas só dizem "só curiosidade" quando é o oposto disso. Tá fazendo trabalho de campo para a polícia de novo?

Era uma referência à primeira vez que Carney contratara os serviços de Malagueta, que envolviam acompanhar um traficante de drogas chamado Biz Dixon. Tinha terminado com Malagueta deixando Carney com um olho roxo.

— Não vou à polícia — garantiu Carney. — É pelo menino. Ele mora no andar de cima da loja. Merece coisa melhor.

— Todo mundo merece coisa melhor. Esse cara que você mencionou... Oakes? Você pretende expor o cara por isso?

— Não, ele trabalhava no centro da cidade e provavelmente estava olhando para o outro lado quando alguém perguntou para ele, mas eu mencionei o cara porque é o tipo de pessoa que faria uma coisa dessas. Veja só... Elizabeth e May estão fazendo campanha para ele.

Malagueta suspirou.

— E quando eu descobrir o cara que fez isso?

— Eu assumo.

— Assume o quê?

— Vamos começar por aí.

Malagueta terminou a cerveja, e Toomey lhe serviu outra.

— Quanto deu? — perguntou Malagueta.

Fecharam um acordo para o servicinho do incêndio criminoso e assistiram à partida seguinte, uma dupla de Terry Sanchez e Huck Jablonsky contra dois caras irritantes com roupas douradas de elastano. Carney tentou descobrir o que diferenciava uma roupa de luta livre de uma de bailarina. Atarantado.

John havia chamado Carney até a sala de estar duas semanas antes, quando Muhammad Ali fizera uma aparição surpresa no *Campeonato de luta livre*. A partida era Gorilla Monsoon lutando com o Barão Mikel Scicluna enquanto Ali assistia da primeira fila. Supostamente, Monsoon pesava duzentos quilos, mas só podia ser invenção do relações-públicas, pois não havia como aquela malha preta conter tamanha majestade. O Barão caiu, e Ali, indignado com as mutretas, arrancou a gravata e a camisa e subiu no círculo quadrado para insultar Monsoon. Dançaram um ao redor do outro como ursos sonolentos, Ali dando alguns golpes, até que Monsoon apareceu, agarrou o peso pesado e o levantou sobre os ombros para dar algumas voltas de avião, girando e girando... Era tudo promoção para o próximo *The War of the Worlds*, uma luta entre o boxeador e o lutador japonês Antonio Inoki para ganhar dinheiro.

A questão estava lá: como é que um grande babaca como Monsoon elimina o Maior?

— Então, ele está tirando vantagem — respondeu John. — É tudo manipulado?

O menino estava entendendo tudo.

— É um show. Todos estão ganhando alguma coisa. Os lutadores, os promotores, o público, também. Se o público estiver envolvido, será que é manipulado ou apenas o mundo como ele é?

Carney terminou a Budweiser. No programa de luta livre, parecia que os bandidos haviam substituído o árbitro por uma versão malvada dele enquanto os mocinhos estavam distraídos.

Era costume, quando ele e Malagueta faziam um acordo, passar para outros assuntos importantes, como a dissecação das frustrações comuns da vida na cidade. Experiências decepcionantes no transporte de massa, aumentos de preços em produtos básicos do dia a dia, novos vermes. Carney deu as costas para o programa de luta livre e disse:

— "Se você faz uma coisa, talvez não faça outras coisas." Mas por que fazer *isso*?

Malagueta encolheu os ombros.

— Às vezes, é assim que acontece.

— Não está certo.

— Não. Mas, às vezes, é assim que acontece.

Na tarde seguinte, estavam almoçando no escritório de Marie. Eram Carney, Larry, Marie e Robert, que tinha ido buscar sanduíches no Ricci's. Larry estava contando ao sobrinho uma história absurda que estava prestes a descambar, e Carney percebeu que não tinha pensado no menino no hospital, nem no incêndio, nem na ofensa do evento de arrecadação de fundos o dia todo. Tirar isso do peito tinha sido útil. Distraído pelas imagens do menino acordando sozinho no apartamento escuro, ele foi tomado por um terror semelhante, mas a sensação havia diminuído. Percebeu que, às vezes, se ele compartilhasse um medo ou arrependimento ou algo que o atormentasse — contando a Freddie, Elizabeth e, por fim, a Malagueta —, ele abria mão de um pouco de sua força, voltando para o lugar de onde viera. Tirava o fardo das costas. Na verdade, ele poderia ter esquecido o serviço até que Malagueta pedisse para receber, se aquela reunião no Donegal's não tivesse iniciado uma série de eventos que nenhum dos dois conseguiu conter, com resultados letais.

TRÊS

O incendiário mais famoso da história de Nova York foi Isidore Steinareutzer, também conhecido como Izzy Stein, também conhecido como Isaac Chernick, também conhecido como Itchia der Warcher, também conhecido como Izzy, o Pintor, por conta do seu hábito de se passar por pintor de paredes ao comprar querosene, um de seus catalisadores preferidos. Izzy era o chefe do que a polícia chamava de Consórcio do Incêndio, uma rede de fraudadores responsável por centenas de incêndios na cidade inteira. Bombeiros disfarçados seguiram Izzy, o Pintor, por sete meses, se passando por mascates, encanadores, gasistas e vendedores ambulantes iídiches, antes de prendê-lo em meados de 1912.

Quando ele saiu de Sing Sing para testemunhar no tribunal de Manhattan, os jornais ficaram horrorizados com suas "revelações surpreendentes dos incêndios criminosos". O Consórcio, disse Izzy, consistia nos "mecânicos", que acendiam as chamas; agentes de seguros, que redigiam as apólices inflacionadas; reguladores públicos, que consideravam os pequenos danos causados pelo incêndio como perda total; vigias da polícia; bombeiros informados que chegavam rapidamente à cena; e os zés-ninguéns que forneciam álibis por um preço — "as engrenagens na roda da grande conspiração". O próprio Izzy tinha se especializado no Harlem judeu, mas comandava gangues de bombeiros em Manhattan, no Brooklyn e no Queens. Denunciou todos eles e ainda pegou vinte e quatro anos de cana. Os proprietários procuravam Izzy por seus serviços, mas os inquilinos também — alugavam um quarto, jogavam alguns móveis acabados e depois embolsavam o sinistro inflacionado. Ele carregava benzina em um cantil de uísque, borrifava-a na roupa de cama e nas vestimentas e depois saía correndo porta afora para assistir ao show da rua. Izzy gostava do dinheiro, confessou no depoimento, mas também "gostava de observar os caminhões de bombeiros".

Mas já era 1976, e a cidade havia reduzido o pessoal da maioria das operações, incluindo os bandidos gigantescos, sem falar dos lendários incendiários. Era difícil generalizar quando se falava de criminosos, assim aprendera Malagueta. Ele tinha trabalhado com caras trêmulos e medrosos que ficavam frios como uma pedra quando se ajoelhavam diante de um cofre, e assassinos sanguinários que eram completamente dominados pelas esposas. Mas todos os incendiários que conheceu — exceto Big Mike, que era um generalista — eram furtivos e esquisitos, estando ou não em serviço. A profissão atraía os tantãs. O tipo de cara que Malagueta procurava eram homens que moravam em quartos individuais, chapeiros, pães-duros que davam gorjetas de merda, que nunca passavam por um telefone público sem verificar se havia moedas perdidas e que sonhavam com fogo.

Primeiro, Malagueta foi fazer uma visita ao finalizador. O artigo do *New York Post* identificava os proprietários duvidosos: Excelsior Metro. Lá, na lista telefônica. Alugaram um escritório em cima de uma assistência técnica de TV na Broadway com a 135, o mesmo espaço onde Sammy Johnson trabalhava antes de o advogado ser preso por extorsão. Sammy havia financiado alguns serviços nos quais Malagueta estivera envolvido, antecipando o dinheiro da preparação por parte do lucro do serviço. A pintura fantasmagórica preta e dourada estampava VEJO VOCÊS NO TRIBUNAL na janela em formato de meia-lua.

Malagueta ficou de vigia por algumas horas — o banco no canteiro central da Broadway ficava embaixo de um olmo triste — antes de subir e arrombar a fechadura para dar uma olhada. Os dois cômodos eram de fachada. Paredes nuas, carpete enrolado, gavetas da mesa e arquivos enferrujados vazios, exceto por excrementos de rato e folhetos de viagem com erros ortográficos, provavelmente do inquilino entre Sammy e Excelsior Metro. Alguns endereços foram feitos para o crime. Advogado corrupto, agência de viagens clandestina, quartel-general de um senhorio de gueto — era como quando determinado solo era bom para a produção de vinho por causa dos minerais, ou pelo menos era o que ele havia lido. A suíte 2 do número 3341 da Broadway produzia uma rica safra de cambalachos.

O dono da assistência balançou as contas na cara de Malagueta quando ele perguntou sobre os vizinhos do andar de cima:

— Diga a eles que estou com a correspondência!

Malagueta passou para os homens com as caixas de fósforo. Não que todos os piromaníacos estivessem em algum clube de incendiários, conversando sobre taxas de combustão e fluxo de ar. Começou com um velho conhecido, Mose Hamilton, que incendiou uma boa parte do Harlem em seu auge. O último incêndio dele havia sido em 1959, quando botou fogo em um edifício na rua 167 e matou quatro pessoas. Duas crianças. Era Natal, um dia tranquilo para o noticiário, então os jornais exploraram o assunto até as últimas, e o chefe de polícia ficou interessado. Depois de uma estadia de dezesseis anos no norte do estado, ele encontrou um emprego em um salão de sinuca na Sétima Avenida, no Manny's.

O Manny's ficava a dois quilômetros e meio da Funerária Martinez. Depois de ficar de cama por seis semanas, Malagueta se deliciou com uma boa caminhada. Fazia dias que não tomava analgésicos e, depois de uma vida inteira usando o mesmo estilo de sapatos pretos de couro Keats, por fim comprou um par de tênis de lona. Durante anos, seus vários parceiros sugeriram calçados mais leves por uma questão prática. Eram milagrosamente confortáveis. Malagueta tinha chegado a uma idade em que um "eu avisei" era recebido com um agradecimento, em vez de um soco no nariz, a resposta preferida dele desde a juventude.

Em sua convalescença, ele se sentou perto da janela enquanto os enlutados se reuniam e se dispersavam lá embaixo, e assistiu aos sinais da agitação da primavera: prostitutas aparecendo com roupas de tecido mais leve e respirável; arrombadores de janelas altas perambulando diante de escadas de incêndio, considerando as oportunidades; a última e pior geração de pombos. Espalhavam essas merdas do bicentenário por todo canto, como se todos os dias no Harlem começassem com o Juramento de Fidelidade e uma saudação a Plymouth Rock. O jornal dizia que no Quatro de Julho uma centena de navios antigos desfilaria pelo porto de Nova York — quem se importava com alguns navios cheios de fru-frus? Depois do Memorial Day começaria a esquentar, como se alguém tivesse apertado um interruptor: verão em Nova York, e lá vamos nós de novo, porra.

Ele havia perdido duas operações enquanto estivera de cama, o que acabou sendo um golpe de sorte. O assalto à joalheria em Brooklyn Heights foi um banho de sangue, e os meganhas pegaram a gangue toda no roubo do armazém de Astoria — alarme silencioso. A lesão foi o anjo da guarda cuidando dele. Church Wiley entrou em contato sobre uma operação; eles se encontrariam na segunda-feira seguinte. Esse serviço maluco de incêndio criminoso para Carney era um jeito de voltar à forma. O homem branco ainda não matou você, não seria um pouco de exercício que mataria.

Quando Malagueta encontrou Mose, ele estava nos fundos do Manny's, encostado no piano elétrico Wurlitzer bebendo um achocolatado Yoo-Hoo. A jukebox estava quebrada — um drogado havia roubado a placa giratória — e as lâmpadas fluorescentes no teto piscavam QUE LIXO em código Morse. Eram onze da manhã no Manny's. O turno da meia-noite de traficantes e preguiçosos obstinados estava apagado, e a galera diurna ainda não havia batido o ponto. Mose acenou com a cabeça para o barman, que avaliou Malagueta e decidiu que não teria problema se o maluco fizesse uma pausa de cinco minutos. Mose passou um pano fedorento na mesinha ao lado do banheiro, e eles se sentaram.

A prisão havia feito Mose murchar, o pescoço e os pulsos sacolejando na gola e nos punhos da camisa, mas ele ainda cultivava um dos maiores cavanhaques da cidade, algo que se podia encontrar adornando o queixo de um velho serralheiro do centro. Malagueta perguntou sobre o cavanhaque. Alguns caras contrabandeavam heroína ou haxixe no local; a conexão de Mose o abastecia com Óleo para Barba e Bigode do Dick Hyde.

Ele não queria relembrar a coisa toda dos incêndios.

— Estou fora, Mala — disse Mose. — Olhe pra mim.

Ele tocou um ponto chamuscado atrás da orelha, onde o cabelo não crescia, para se lembrar.

— Tem incendiário que faz isso por diversão porque é dodói da cabeça, um piromaníaco dos mais básicos. Um padre cheio de toques fodeu com a vida deles, a mamãe sentava a mão neles quando eram pequenos, tanto faz... ficaram com um parafuso solto.

Ele deu o exemplo de Pete Peludo, que morava em um albergue na mesma rua de Mose quando era criança. Sua contribuição para o gênero? A "Bomba Peluda": um cigarro e uma caixa de fósforos, embrulhados em pedaços de colchão de algodão, todos presos com um elástico. O cigarro queima, acende os fósforos — pronto. Não se tratava de fraude de seguro — Peludo tinha como alvo seus antigos professores e assistentes sociais. Como muitos incendiários, gostava de assistir ao espetáculo.

— Foi assim que finalmente pegaram ele — explicou Mose. — Fumando um cigarro do outro lado da rua enquanto o apartamento do antigo diretor dele explodia. Ele apagou o homem e o deixou no chão da cozinha antes de jogar gasolina e acender o pavio.

Mas Malagueta não estava procurando um maluco. Mose disse:

— Depois dos psicopatas, você tem o que pode ser chamado de autônomos. Um camarada precisa de um incêndio para algo específico, ele se oferece para o serviço. Era o que eu fazia: trabalhos de autônomo. Se você perguntasse por aí, meu nome aparecia. Você me conhece, Malagueta... eu sou confiável.

O homem grunhiu. Eles trabalharam juntos algumas vezes, nada que valesse a pena mencionar.

— Eu gostava do planejamento — comentou Mose. — A preparação... não era tão diferente assim de executar uma grande operação de roubo, fazendo malabarismos com aquela merda toda. Não me olhe assim. Quantas vezes você já foi para um assalto e tudo foi por água abaixo por causa dos outros caras? No serviço de incendiário, não preciso depender de alguém além de mim.

Malagueta não botava muita fé naquela comparação e expressou isso usando uma linguagem mal-humorada.

— Não estou caçando um operador solo. Esse cara tem uma equipe.

— Tem mesmo. Pode ser qualquer número de pessoas.

Um homem grande com camisa havaiana entrou na sala de bilhar, e Mose parou de falar. O cliente foi até o bar e pediu rum com Coca-Cola: inofensivo.

— Essas gangues incendiárias de hoje — continuou Mose —, no Brooklyn, no Bronx, em todo o Harlem, eles controlaram o esquema, melhor do que como fazíamos antigamente. Eles chamam caras normais. Jovenzinhos. Todo mundo que eu conhecia está em cana ou morto. — Ele disse que perguntaria por aí. Um ou dois nomes lhe vieram à cabeça, dando-lhe tempo para especificar os detalhes. — O que você quer com isso?

— Um garoto se machucou no incêndio. Eu conheço o pai dele. — A mentira surgiu na cabeça de Malagueta, ele não sabia por quê. Carney nunca lhe dissera o nome do menino.

— Remmyzinho.

— Remmyzinho?

Malagueta assentiu.

Mose suspirou.

— A gente nunca quer machucar alguém.

Uma das vítimas de Mose naquele incêndio de Natal era um recém-nascido, recordou Malagueta. O homem comentou que, antigamente, muitos incêndios eram provocados por inquilinos. Eles marcavam para o período da tarde, quando o cara — ou a garota, porque as mulheres também participavam da ação — estava no trabalho e tinha um álibi.

— Agora é um trabalho noturno, e a gente nunca sabe quem...

— E você, Mose? Parou com os incêndios?

Mose apontou para o salão de bilhar. As luzes piscaram lá no alto.

— Se eu for para a cadeia, quem vai limpar o vômito?

Malagueta perguntou o que ele estava bebendo. Mose olhou para seu Yoo-Hoo vazio e pediu uma mistura de uísque Seagram's Seven Crown com 7UP, o 7&7.

A bebida chegou. Mose parou Malagueta quando ele seguiu para a porta.

— O que aconteceu com aquela garota com quem você saía? Professora?

Merda, aquilo fazia muito tempo. Não havia necessidade de pensar nisso. Malagueta respondeu que Mose o confundira com outra pessoa.

* * *

Depois de Mose, o censo de desajustados começou para valer. Ele conseguiu os nomes dos incendiários que estavam na prisão, dos que haviam partido para o Oeste, dos enterrados, dos aposentados. As pessoas mandavam-no encontrar jovens de olhos arregalados da escola de pirotecnia e velhos de fala arrastada que fantasiavam com ele coberto de gasolina. Alguns homens foram vítimas dos próprios incêndios, e a pele era um inventário de trabalhos malignos. Ele os pressionava ou empregava a "educada persuasão". Não chegou a lugar algum.

Wilmer Byrd, por exemplo. Mose o havia mencionado no Donegal's. Byrd trabalhara para dois finalizadores — um ucraniano que tinha uma frota de limusines e gostava de casas em ruínas no Harlem, e um italiano, cujas propriedades destruídas no Bronx, quando impressas em um mapa, pareciam o caminho de uma minhoca por dentro de uma maçã. Byrd usava o mesmo tipo de bomba incendiária que o da rua 118 e a mesma localização do apartamento dos fundos no último andar. O incendiário deixou claro que estava procurando trabalho.

Byrd morava em um albergue na rua 93, perto da Amsterdam, e à tarde frequentava o Salão de Apostas Off Track, a alguns quarteirões de distância, na Broadway. Malagueta chegou lá às onze, antes da primeira corrida no Aqueduct. Ele ligou para uma porção de apartamentos e murmurava no interfone quando alguém atendia. Deixaram-no entrar em algum momento. A maioria das luzes do corredor estava quebrada, com filamentos de arame fino saindo dos vidros quebrados. Em geral, um rádio ou uma TV berravam dos apartamentos quando se passava por um lugar acabado como aquele, mas o prédio de Byrd estava assustadoramente silencioso. *Última parada, todo mundo tem que descer*.

O piromaníaco morava no terceiro andar.

— Exterminador — disse Malagueta.

— Exterminador — repetiu Byrd.

Que ideia fantasiosa. A porta se abriu um centímetro, e Malagueta pulou para dentro.

As paredes do apartamento de Byrd eram sujas, adornadas com papel de parede descascado que caía como buquês murchos, mas o lugar era mobiliado com classe, desde o tapete oriental verde-escuro até os abajures com borlas e a madeira escura polida das mesas de canto. Os malditos descansos de mesa abundavam. Era o quarto de albergue mais arrumado que Malagueta já tinha visto.

— Hum — disse ele, impressionado.

Byrd encolheu-se em antecipação à violência iminente. Tinha a fisicalidade de um pombo, uma vulnerabilidade delicada.

— Eu tenho o dinheiro — informou ele.

Malagueta franziu a testa. Apostadores. Ele explicou que queria saber quem havia provocado o incêndio da semana anterior na rua 118.

— Eu não mexo com incêndios — mentiu Byrd.

O cara sabia tomar uma pancada. *Pancada*, no singular. Logo ficou mais receptivo.

Claro, ele causava incêndios para as pessoas, admitiu Byrd. Para clientes diferentes. Mas ele não estava no Harlem naquele dia. Era o dia do funeral de Victor Wilson, lá em Jersey. O velório passou da meia-noite. O irmão de Victor trabalhava em uma das cervejarias de Newark. Ele o conhecia?

Malagueta conhecia. Em vida, o homem havia sido um inútil, mas encontrara uma pequena utilidade na morte, fornecendo um álibi a Byrd. Ele checaria. Malagueta perguntou o que ele sabia sobre o incêndio, quem estava na ativa.

— Quem é você?

Malagueta falou que trabalhava para a seguradora.

— Detesto fraudes de seguro — declarou ele. — Tudo que tenha a ver com elas.

Byrd lhe deu pistas que se revelaram inúteis. Malagueta correu pelo Harlem à toa. Muitos desses caras tinham empregos regulares, alguma coisa por escrito para o oficial de liberdade condicional, e ele precisava interromper o trabalho deles. Empregos decentes em todos os tipos de lugares. Ele nunca havia entrado em uma loja de vestidos de noiva antes — o maluco em questão conhecia bombas incendiárias e máquinas de costura, versátil, ele — e não conseguia se lembrar da última vez em que estivera em uma pista de boliche. Malagueta perseguiu o cara pela Lane Seven, o filho da puta soluçando e mancando o tempo todo. Ninguém se deu bem naquela tarde.

Na sexta-feira, Malagueta decidiu que abandonaria o serviço assim que se encontrasse com Church Wiley, independentemente de ter capturado o cara ou não. Ele acharia o piromaníaco — e depois? A próxima etapa do que quer que Carney tivesse planejado, como naquela vez em que Malagueta seguira o banqueiro e o traficante de drogas. No Donegal's, Carney sempre mencionava esse tal de Oakes de quem ele não gostava. Qual era a treta entre eles? Uma ideia ocorreu a Malagueta, e o deixou envergonhado: Elizabeth tinha sido decente com ele todos esses anos, sem dúvida. Por um lado, Carney achava que Oakes era bastante suspeito e, por outro, covarde demais para sujar as mãos. Como se parte do trabalho de Malagueta fosse provar que Oakes não havia feito aquilo, demonstrar que o cara era estúpido ou covarde demais. Como um detetive ao contrário.

Talvez o temperamento dele não fosse adequado para esse tipo de tarefa, para a fineza, a flexibilidade gentil e coisas assim. O encontro com Leon Drake, por exemplo. Um companheiro de corrida da Nathaniel Barber informou a Malagueta o nome de um cara que, por sua vez, o levou até o homem.

— Esse crioulo é inflamável.

Embora Malagueta não soubesse disso, Leon Drake compartilhava uma característica com Izzy, o Pintor, em seus campos de caça bem definidos. Izzy havia trabalhado entre a 96 e a 106, no East Side, um posto avançado de imigrantes com língua e Deus próprios. No momento da prisão, o incendiário já estava nessas paragens havia dez anos, tempo suficiente para estudar o mundo hostil além das ruas. Os Estados Unidos os atraíam para o outro lado das águas e depois os mastigavam. Sobreviver significava manipular falhas e ludibriar o sistema. Vai permitir que eu contrate um seguro de quatro dólares para uma mobília que cobre três mil, sem vistoria? *Feito.* Quer os recém-chegados fossem canalhas ou certinhos, quer a ideia fosse uma racionalização ou uma esperança, eles acreditavam que, se conseguissem sobreviver, os filhos enfrentariam cálculos menos terríveis.

Leon Drake também crescera sob uma ordem antagônica, mas nunca tivera muito interesse na luta para ascender nos próprios termos. Suas aspirações jaziam em cinzas. Havia gente batalhando na porta ao lado, do outro lado da rua, o Harlem estava cheio de batalhadores, mas Leon não era um deles. O incendiário tinha um conhecimento sobrenatural do território natal, sabia de tudo, era sua sina — cada vitrine, quais grades das calçadas ressoavam embaixo dos pés, os becos, as escadas de incêndio, as saídas de fuga pelas portas do porão e a distância da rua, quais cortiços atingiam a ocupação máxima e quais moradias tinham apodrecido, a proximidade dos hidrantes e fornalhas. Conhecia cada detalhe e, quanto mais entendia, mais odiava. Da rua 116 à 125, entre a Morningside Avenue e o parque! Leon desprezava cada centímetro, desde o mais sombrio dos subsolos até as pontas das antenas de televisão tortas que perfuravam o céu. Quando andava pelas ruas, sobrepunha a própria cidade perfeita à versão ilegítima diante dele, era uma cidade de cinzas e borralho amontoados, com centenas de metros de altura, vazia, maravilhosamente morta e imóvel. A antipatia era tamanha que, se seus empregadores parassem de pagá-lo amanhã, ele incendiaria de graça — um prédio aqui, um prédio acolá, uma tortura lenta.

Em outras palavras, o homem não concorreria à presidência da associação do bairro.

Diziam as más línguas que Leon havia queimado dois prédios no lado sul da rua 118, na diagonal do número 371, onde o inquilino de Carney havia ficado ferido. Ele trabalhava no restaurante Peixe do Cooper da rua 125. No almoço e no jantar, a fila deles subia o quarteirão. A cada cinco anos, Malagueta dava outra chance aos sanduíches de peixe, e todas as vezes ficava enjoado. Ninguém mais reclamava. O Cooper também era uma peixaria, com fileiras de pargos, lucianos e linguados no gelo, que derretia lentamente e pingava água rosada em baldes brancos. Nos dias de inverno, o fedor beirava o profano, e no verão se transformava em uma blasfêmia total, apesar dos esforços de três gigantescos ventiladores de chão.

Leon trabalhava na fritadeira. Suado, nervoso e com olhos injetados, ele pouco fazia para refutar um estereótipo negativo de incendiário. Malagueta foi informado das pausas frequentes do homem para fumar, quando Leon caminhava duas portas abaixo para acender um cigarro e feder a óleo de fritura. O alvo logo saiu.

Eram duas da tarde de uma sexta-feira, logo depois do horário de pico do almoço, e as calçadas da rua 125 eram uma corrente furiosa. Às vezes, era prudente imobilizar um cara quando não havia alguém por perto, e outras vezes era bom lhe dar um soco na frente de testemunhas para enfatizar o desespero da posição do homem — uma quantidade de pessoas que encheria uma espaçonave Apollo poderia estar observando e ninguém ajudaria. Malagueta e Leon nem tinham chegado a esse ponto e homens e mulheres já estavam abrindo espaço, apenas captando as vibrações, alertados para o caos improvisado pelos sistemas de sobrevivência da cidade.

— Leon!

O cozinheiro tentou reconhecê-lo. Imediatamente compreendeu a natureza do encontro. Não havia como esconder a personalidade de Malagueta, que era como dezembro quando os dias ficavam cada vez mais curtos: frio e implacável. Inevitável. Ele não gostava de árvores de Natal, nem de bebês, nem de dever algo a alguém. Qualquer sorriso que surgisse em seu rosto era uma rebeldia rapidamente reprimida. Ele não estava lá para presentear você com um cheque enorme da empresa de loterias ou com um convite para jantar de Raquel Welch. Malagueta era um emissário do lado feio das coisas, para lembrar o quanto esse lado estava próximo.

Leon não esperou Malagueta falar, arrancou a rede do cabelo e rosnou.

Malagueta piscou. Cara a cara com um cozinheiro da rua 125. Obrigado, Carney. O incendiário exalava um fedor de óleo quente e suor, e Malagueta voltou a Newark, por um momento, um garotinho observando o pai fedorento voltar de um turno na cozinha do hotel. Com o cheiro do lado de Leon, eram dois contra um. O homem atacou. Malagueta entregou-se ao destino e levou uma no queixo. Os incendiários que havia conhecido naquela semana não eram brigões. Chegar com uma insinuação de violência preparava o terreno para uma confissão rápida. Ali, não. Leon sabia como lutar. Eles dançaram um ao redor do outro. Os transeuntes formaram um círculo. Quantas brigas a rua 125 presenciava todos os dias, quanto sangue? Ele levou algumas lambadas. Leon mergulhou na sarjeta para pegar uma garrafa de Coca-Cola. Malagueta não permitiu e bateu com o tênis na cabeça do incendiário. Ele percebeu que os velhos sapatos pretos teriam sido mais úteis.

A multidão urrou. Um velho jogou uma cenoura no ringue. Migalhas de muffin voaram dos gritos de uma senhora da igreja:

— Dá uma lição nele! Dá uma lição nele!

Estava torcendo por ele ou por Leon? As costas de Malagueta estavam aguentando firme, era o importante. Nem uma pontada.

— Então, que porra você quer? — perguntou Leon.

Malagueta encarou a multidão. Eles entenderam o recado. Ele ajudou Leon a se levantar, e eles se retiraram para baixo da cobertura verde da Triple-A Travel. Malagueta contou a ele o que queria.

Leon passou a língua nos dentes manchados de sangue, cuspiu uma bola de gosma vermelha na calçada e estreitou os olhos.

— Você veio no meu local de trabalho pra perguntar de um incêndio que alguém causou?

— Ninguém falou pra você partir pra cima.

— Se eu perder meu emprego, vou fazer da sua vida um inferno, eu juro — ameaçou Leon.

Ele pediu a Malagueta para repetir os detalhes. Leon comentou que tinha estado no Tombs, o complexo penitenciário de Manhattan, na noite de quinta-feira. Recrutado para uma briga no Happy's.

— Não que seja da sua conta.

Malagueta acreditou nele — uma ligação para o Happy's mais tarde naquele dia confirmou a situação — e mais uma vez duvidou de sua aptidão para a tarefa. Às vezes, Malagueta batia no homem errado, e por acaso o homem estava usando uma peruca. Se esse homem fosse negro, ele pegava a peruca derrubada e a devolvia na forma de um relutante pedido de desculpas. Ele era frio, mas não insensível. Havia desenvolvido um pequeno ritual àquela altura, como quando os militares entregam a bandeira norte-americana à família de um soldado morto: daquele jeito. Malagueta sentiu um tremor nas costas quando se abaixou para pegar a rede de cabelo da calçada e colocá-la nas mãos engorduradas de Leon.

Alguém chamado Joe havia deixado uma mensagem no bar. Deram um horário e um endereço. Buford teria exigido mais informações, mas Toomey estava de substituto, e naquela época, quando se tratava dos serviços de recado, a pessoa recebia pelo que pagava. Malagueta aproximou-se tranquilo.

Ele estava errado sobre Mose, nunca haviam feito algo grande juntos. A caminho do encontro com ele, se lembrou do acordo com a empresa de alarmes em 1952. As pessoas ainda falavam disso, como do jogo perfeito de Don Larsen ou de como era ver Jackie Robinson na TV pela primeira vez. Quer dizer, os velhos tempos.

O cérebro por trás do trabalho da Bulldog Security Co. era um jovem chamado tio Rich. A breve carreira de tio Rich nos crimes do Harlem havia sido estranha, exuberante e memorável. Se o Donegal's tivesse um Hall da Fama que consistisse em mais do que iniciais riscadas na parede acima do mictório, com certeza o retrato do tio Rich estaria ali, ao lado de grandes nomes como Grady Cooper, Vic Thurman e o Conde. Na juventude, ele foi em cana por roubar um pacote de jornais do *New York Times* em uma banca do centro da cidade. Condenado a dez anos. Lá dentro, ele começou a estudar — analisando grandes golpes e arrombamentos malfeitos, assaltos espetaculares e desastres que arruinaram vidas, entrevistando homens enlouquecidos e gênios falidos — e emergiu no mundo livre como o arquiteto de fraudes visionárias.

Não poderia durar e não durou, mas, antes de ser tirado de circulação, tio Rich envolveu Big Mike e Malagueta em esquemas. Esse primeiro serviço teve origem na explosão das empresas de alarmes do pós-guerra. Todo mundo estava fazendo instalações em seus estabelecimentos — portas, janelas, cofres. Qualquer empresa séria tinha um ramal dedicado a uma das grandes empresas de segurança.

— Estamos em uma corrida armamentista — comentou tio Rich a Malagueta e Big Mike.

Encontravam-se no porão da Igreja Episcopal Afro-Americana de Santo André, na rua 147. A igreja alugava espaços, e o bandido estava entrevistando possíveis membros da gangue em intervalos de quinze minutos.

— Os meganhas vêm com um avanço — comentou tio Rich —, nós descobrimos a contramedida, e o jogo continua.

Ele tirou os óculos e os limpou com um lenço. Tudo nele era calculado: os movimentos, a dicção, por quanto tempo mantinha contato visual. Como se tivesse cronometrado e ensaiado tudo antes de o outro saber que se encontrariam.

— Comecei a pensar — continuou o tio Rich —, e se, em vez de desativar o sistema de alarme, a gente desativasse a empresa de alarme?

Os representantes da Bulldog gastaram sola de sapato atraindo clientes das Três Maiores: a Argo, a Top Lad e a Valiant. A Bulldog ficava fora de Chicago, onde fecharam um contrato de exclusividade com a empresa de energia; como mafiosos expandindo seu território, atacavam os participantes já estabelecidos. As ofertas de assinatura para troca eram muito generosas, e eles davam à pessoa um belo adesivo para colar na janela e identificá-la como cliente. E como alvo.

— Foi assim que tive a ideia, que é: todos usam a mesma chave para a porta da frente.

A Gideon Pedras Preciosas e Diamantes, na Broadway, desertou, assim como a Fabrizio e algumas outras joalherias do Harlem que mantinham um estoque substancial durante a noite.

A sede da Bulldog em Nova York ficava na rua 95 com a Primeira Avenida. Tio Rich tinha uma conexão, um eletricista da companhia telefônica que tinha ajudado a configurar a central telefônica principal. A rede da empresa estendia-se para todo lado através dos cabos telefônicos. Se um desses fios fosse desarmado, a Bulldog despachava uma equipe e ligava para a pessoa. A próxima ligação depois disso era para a polícia, se a pessoa não informasse o código da conta. Se a própria central telefônica — e os homens que a operavam — fosse retirada do jogo, que tesouro aguardava um arrombador empreendedor antes que o calor arrefecesse?

Tio Rich sabia e não sentia necessidade de entrar em detalhes a respeito disso ou de como realizaria tal façanha. O QG da Bulldog era seu objetivo. A preocupação de Malagueta e Big Mike era o alvo escolhido para eles: a Fabrizio da rua 125. Assim que tio Rich neutralizasse a caixa mágica da empresa de segurança, eles receberiam o sinal e atacariam. Era entrar e sair.

— Conseguem dar conta disso?

Big Mike disse:

— Merda.

Malagueta deu de ombros.

Às nove da noite da primeira segunda-feira de agosto, Malagueta e Big Mike entraram no número 24 Oeste da rua 125 e subiram até o segundo andar, a sede da Seguros Liberia. De longe, os desgastados uniformes cinza e maletas pretas os identificavam como operários; de perto, dava para distinguir os remendos da Rogers Bombeiros Hidráulicos nas costas. Contornaram a seguradora e acessaram o telhado no topo da escada. Atravessaram três telhados e se estabeleceram na praia de alcatrão preto no número 18 Oeste da 125. A maçaneta da escada do número 18 havia sido quebrada dois dias antes. Eles esperaram pelo sinal.

Três meses depois, a Seguros Liberia desapareceu, juntamente com dezenas de milhares de dólares em prêmios. Não tinha qualquer relação com o trabalho da Bulldog, mas era um indicador da natureza fugidia do Harlem naquela época: um dia, está aqui; no dia seguinte, foi embora com seu dinheiro.

Lá fora, no alcatrão, e olhando para a rua 125. Malagueta pensou no calor e em como levava as pessoas a um comportamento estranho. Reprimidas o dia todo, suando, e, do nada, um gatilho as faz disparar. Os tumultos de 1943 foram eventos de agosto, e os telhados estavam cheios de homens e meninos atirando garrafas, tijolos e pedaços de argamassa nos policiais. Um ataque-relâmpago.

Mas Malagueta estava no telhado por negócios, não por prazer. Ele disse:

— Se tiver essa preparação no centro, dá pra fazer uma bolada.

— É mesmo — concordou Big Mike.

Ou seja, era um desperdício de um bom esquema, já que os joalheiros do Harlem não vendiam o mesmo volume de pedras de alta qualidade que uma casa da Madison ou da Lexington, como a Spears Winthrop ou a Edgeworth Jewels.

— Mas — acrescentou Malagueta, que foi tudo o que ele teve a dizer para comunicar que trabalhar no centro da cidade tinha suas complicações.

Despachando três, quatro... eles não sabiam quantos lugares tio Rich estava atacando naquela noite; equipes negras abaixo da linha Mason-Dixon da rua 96 aumentavam a possibilidade de interferência policial.

— Porém — disse Big Mike, para indicar que a resposta da Bulldog a um cliente do Harlem não era a mesma que daria a um cliente do centro da cidade.

Sempre que o racismo ajudava na logística da bandidagem, era como se Deus estivesse dando Sua bênção.

— Claro — concordou Malagueta.

Como se dissesse que a preparação daquela noite era a daquela noite, e eles pegariam o que pudessem.

Na rua abaixo, alguém desceu a Lenox cantarolando junto com um rádio.

Malagueta perguntou a Big Mike como estava seu filho.

Ele respondeu:

— Ele se vira sozinho.

Às onze e meia, Malagueta e Mike voltaram a atenção para o outro lado da rua, para a esquina noroeste da Madison. O tráfego humano havia se acalmado quando a loja de bebidas apagou as luzes e abaixou o portão de segurança. Então, onze e quarenta e cinco — era a hora. Um minuto se passou. Malagueta imaginou o coro de xingamentos acontecendo na cabeça do parceiro. Um homem magro de camiseta branca dobrou a esquina — não era ele. Dois minutos de atraso. Malagueta suspirou. Então, ele apareceu: Mose. Na esquina, acendeu um cigarro, jogou o fósforo na sarjeta e continuou andando. Malagueta e Mike desceram as escadas.

O terceiro andar era a sede da Gráfica Jackpot, que produzia folhas de numerologia rosa para a Loteria Big Top duas vezes por semana. PEIXES! JOGUE 280 PARA GANHOS BONS!! RECOMENDA-SE QUE ANIVERSARIANTES JOGUEM NO NÚMERO 478. Fechada às segundas-feiras. Abaixo da Jackpot ficavam o showroom e o escritório da Fabrizio, um reduto italiano. Vendiam alianças de casamento e anéis de noivado a preços exorbitantes para uma geração de crioulos do Harlem, para alguns, a primeira compra de muitas que viriam a ser feitas em futuras ocasiões especiais. Os joalheiros italianos ficaram onde estavam quando muitos de seus concorrentes se mudaram para o centro da cidade depois que o bairro "ficou diferente". Durante muitos anos, a Fabrizio pagou proteção aos irmãos Lombardi, mas a deterioração da fortuna daquela família criminosa havia tornado a situação incerta. Contratar proteção eletrônica foi um investimento inteligente.

Era um alarme silencioso. Malagueta e Big Mike tinham que confiar que tio Rich e a equipe no centro da cidade haviam feito a parte deles. Saberiam muito bem se as coisas tivessem ido para as cucuias.

Big Mike tirou as três fechaduras da porta da frente — fazendo mais barulho do que Malagueta gostaria —, e eles entraram. Entreolharam-se. Nada havia acontecido e nada deveria acontecer. Durante o dia, a joalheria ficava esplendidamente iluminada, portando as pedras preciosas e joias nas caixas de exposição. Quantos jovens Romeus falidos foram apanhados por aquele conjunto brilhante e impelidos a planos de parcelamento? No final do dia, os vendedores da Fabrizio transferiam as prateleiras de veludo para os amplos cofres Aitkens abaixo. Malagueta e Big Mike conheciam bem esse modelo, que fora projetado para atrasar o acesso até que a segurança ou os homens da lei chegassem. Naquela noite, isso não aconteceria.

Onze minutos depois, haviam recolhido todas as mercadorias da sala da frente. No escritório, havia um grande cofre com coisas realmente legais, mas tio Rich moderou suas ambições. Restava saber se as outras equipes haviam seguido o plano quando estivessem dentro dos alvos. Malagueta e Big Mike acenaram um para o outro, testaram o peso das valises pretas e subiram a escada, quase colidindo com o homem que descia da gráfica.

De acordo com seus protocolos, Malagueta tinha vigiado o prédio pessoalmente nas duas últimas noites de segunda-feira. Não havia qualquer atividade acima do primeiro andar. Aquele homem não deveria estar lá. Era um cara corpulento, de quase trinta anos, com um belo terno preto e uma gravata vermelha brilhante. Esquecera alguma coisa no escritório e voltou depois de uma noitada. Ele percebeu com o que havia se deparado. Big Mike começou a atingir seu rosto com a ponta do cabo da lanterna. O terceiro golpe arremessou o homem para o patamar, o quarto espalhou um rastro de sangue na parede e o quinto fez com que seus movimentos parassem.

Big Mike não precisava fazer aquilo. Eles já teriam escapado antes que o homem chegasse a um telefone. Mas Mike Carney era daquele jeito. Cinco minutos aqui, cinco minutos ali, e o encontro não chega a acontecer. Não tinha sido culpa de Mike. Não tinha sido culpa da gráfica. Foi só o que aconteceu naquela noite. Em inúmeras outras, o resultado seria diferente. Como no caso do garoto do prédio que foi incendiado. Em inúmeras outras vezes, ele não estaria lá, mas naquele dia ele estivera.

Depois daquela noite, a lanterna amassada de Big Mike às vezes piscava, e ele olhava para Malagueta e encolhia os ombros.

Os dois ladrões se encontraram com o tio Rich às sete da manhã em um apartamento no andar térreo da rua 139, na saída da Broadway. Tio Rich recusou-se a se gabar de como tudo havia acontecido, o que é uma modéstia rara em sua profissão.

— São os fios — comentou ele. — Se você controla os fios, controla o jogo.

Big Mike contou a ele sobre a testemunha. Tio Rich assentiu e voltou para o espólio da Fabrizio, segurando um broche de diamantes sob a luz do abajur. Assim que o receptador passasse, ele os pagaria.

Trabalhariam juntos mais uma vez. Seis meses depois, tio Rich contratou rapazes do Brooklyn como seguranças para uma operação. No dia, os homens apagaram todo mundo que apareceu e fugiram com o dinheiro e as mercadorias, mas o Brooklyn era assim. Estouraram o rosto do tio Rich. Parte da turma do Donegal's afirmava que ele havia forjado a própria morte — "Como você sabe que era ele?" — e ido embora para o México, mas Malagueta tinha pouco tempo para fofocas sobre bandidos.

A Bulldog tinha sido um trabalho de verdade, não como perseguir algum maldito incendiário. Malagueta verificou o endereço que Toomey lhe dera. A rua 104, naquele ponto a leste, era uma toca de cortiços sombrios em plena decadência e áreas ocupadas por drogados. Ele tinha esperado bastante — ainda não estava escuro. O número 159 ficava no meio do quarteirão.

Não, não agiam mais como na operação da Bulldog. Naqueles dias, o esquema era completamente diferente, ele estava pensando, quando o taco de beisebol o acertou na base do crânio. Bateram nele mais duas vezes antes de ele cair, e depois mais uma.

QUATRO

Eram seis e vinte sete da tarde quando Toomey entregou a mensagem da emboscada para Malagueta. Naquele momento, Carney e Martin Green estavam no Subway Inn, no centro da cidade, bebendo cerveja. Martin comentou sobre a estreiteza das calçadas da Lexington Avenue, e Carney concordou:

— É verdade.

— Hora do rush, todos aqueles caminhões de entrega, a gente precisa pegar senha pra ter prioridade.

— Se for uma avenida, tem que agir como uma. Não como ruela.

— Porra, é isso!

Depois de dois drinques, o sotaque do Brooklyn de Green veio à tona. Ele havia mencionado Sheepshead Bay ao longo dos anos. Carney não conhecia muito do bairro, exceto que ficava no final da linha do metrô, onde a cidade acabava. Cada bairro tinha aqueles pontos onde os trilhos terminavam e a pessoa ficava presa. Não em Staten Island, corrigiu ele. Staten Island tinha se mudado para a casa vizinha certo dia e ficado por lá. Não combinava muito bem com o restante do quarteirão, ninguém sabia o que fazer com ela, mas lá estava: debruçada sobre a cerca de alambrado durante o churrasco, dando conselhos não solicitados sobre herbicida e filando outra cerveja.

Aquela era a primeira visita de Carney ao Subway Inn. De acordo com a matéria emoldurada ao lado do caixa, Marilyn Monroe e Joe DiMaggio tinham uma mesa preferida na época deles, mas era difícil imaginar famosos que ainda frequentassem o local. O néon vermelho brilhava nas molduras de alumínio das cadeiras, nas prateleiras das garrafas às costas do barman e no vidro curvado sobre as entranhas da jukebox. Algumas mulheres com blusas leves de verão e saias lápis bebiam gim e vodca em copos grossos, sem paletó por causa do calor, mas o happy hour daquele dia havia atraído uma clientela majoritariamente masculina. Carney conhecia um vigarista só de ver, e o balcão estava cheio de vigaristas de colarinho branco, de rosto rosado e gritando por cima da música negra que saía do Wurlitzer — a boa e velha Motown, não "aquela coisa de discoteca" —, bolando esquemas depois da grande cartada que os levaria à gerência intermediária. Criados em colmeias segregadas na Ilha e em Jersey — e, sim, em Staten Island —, eles se reuniam ali e desatavam as gravatas, arregaçavam a manga da camisa, o pavor diário recaindo sobre eles, sem as tarefas de escritório para distraí-los. Depois de alguns drinques e confissões, eles desapareciam para casa por um bolsão lateral ou de canto, mas naquele momento ricocheteavam nas paredes, no bar e uns nos outros, estalando, estalando.

Carney e Green se encontravam no apartamento do corretor de pedras preciosas nos arredores da rua 80 para fazer negócios, mas uma vez por ano o homem convidava Carney para um drinque. Era uma companhia agradável. Nos últimos anos, havia ficado cada vez mais convencional, abandonando os amuletos astecas e os óculos de sol com lentes vermelhas e dando preferência aos blazers sob medida e calças cáqui. Martin até havia começado a comentar de uma namorada, Ally, que vendia papéis chiques em uma papelaria cheia de frescura na Madison.

— Ela me mantém com os pés no chão — comentou ele.
— Como está sua Elizabeth?
— Ocupada.

A Sêneca ainda estava reservando muitas viagens de verão, e a campanha ocupava muito do tempo dela. Aquela semana havia sido uma exceção para Carney; as noites em que ele saía para beber ou para encontrar um bandido com o pretexto de sair para beber eram mais raras. Quem saía mais à noite era Elizabeth, encontrando amigos ou trabalhando para Oakes. Na noite anterior, ela e May haviam distribuído broches e bonés do lado de fora da estação da rua 135 e coletado assinaturas. As canetas substitutas chegariam na semana seguinte, já que a primeira leva tinha o nome do candidato grafado como "Oates".

— Não sei quem é Oakes, mas não pode ser pior do que esses palhaços que temos agora — disse Green.

Ele olhou para trás. A jukebox estava tocando "Jailhouse Rock", e um bando de bêbados cantava junto, acabando com os movimentos de Elvis. Ninguém ouviu Green quando ele se inclinou e disse:

— Tenho uma ideia que gostaria de compartilhar.

Ele comentou que tinha um colega sueco que estava interessado em uma pedra preciosa muito específica. Grande quantidade delas. A pedra em questão ainda era desconhecida na maioria dos mercados, mas o sueco havia identificado três fontes nos Estados Unidos. Os norte-americanos não estavam dispostos a vender. E o sueco estava elaborando planos para interceptação...

— Interceptação? — perguntou Carney.

— Palavra dele. Ele quer executar um plano para interceptar as pedras e me pediu para ajudar a facilitar isso. Pensei em você.

— Não é isso que eu faço. — Ele terminou a cerveja.

— Claro que não! Também é novidade para mim. Você conhece pessoas que ninguém mais conhece. Elas podem ser as certas.

— Não é a minha praia.

Green sorriu.

— Eu precisava perguntar. Algumas pessoas têm vontade de diversificar.

Carney disse que havia gostado de receber o convite e se levantou para pegar um copo de club soda. Ficaram no Subway Inn por mais dez minutos. Green estava indo para o Maxwell's Plum para se encontrar com um contato alemão que havia lido sobre o lugar em uma revista.

— Ele acha que vai usar cocaína no banheiro com Bianca Jagger.

Carney saiu para conversar com Pierce no clube. O advogado queria alguns conselhos.

Eles se cumprimentaram com um aperto de mãos do lado de fora. O expresso estava lá, mas, antes de descer para a plataforma, Carney não pôde deixar de notar as luzes apagadas acima do cais de carga da Bloomingdale's, do outro lado da rua. Ele se perguntou se alguém voltava de madrugada para fazer compras não autorizadas. O tráfego de pedestres era insignificante depois da meia-noite. Talvez as luzes tivessem apenas chegado ao fim da vida. Não era crime reconhecer oportunidades.

Essas estações do East Side — até aquele momento subterrâneas em alguns pontos. Tinha alguma coisa a ver com o xisto, talvez, a rocha que determinava por onde podiam passar as linhas do metrô. Todas aquelas coisas que não se consegue ver e que moldam a forma como as pessoas vivem todos os dias, e que ninguém nem imagina. Ele aguardou na plataforma ao lado de um anúncio de revolucionários lançando caixotes de chá no porto de Boston: FIQUE COM O LIPTON, JOGUE FORA O RESTO.

Uma pedra muito preciosa. Carney repassou o encontro com Green no trem para o Harlem. Green recusara-se a especificar o que o colega buscava. Esmeraldas, uma família específica de diamantes? Tinha saído alguma coisa nos jornais sobre um grande roubo na França na semana anterior, algumas esmeraldas famosas no carregamento.

Não importava. Carney não tinha interesse nesse primeiro estágio do esquema. Os ladrões removiam um item do mundo correto e o convertiam em mercadoria roubada. Depois disso, o receptador ajudava a transformar as pedras, as moedas de ouro e os colares em bens legítimos de novo. Receptadores *versus* finalizadores. O que um finalizador fazia? Pegava uma coisa do mundo normal — um cortiço de quatro andares, uma casa geminada de três andares — e a entregava ao lado clandestino por meio de fraude, incêndio criminoso, ferimentos, morte. A bola de demolição vinha, derrubava a estrutura até a cratera, e a incorporadora devolvia o lugar ao mundo correto. No trajeto entre o legítimo e o não legítimo, havia muitas oportunidades para indivíduos empreendedores pegarem sua parte. Assim como o metrô, a viagem dependia de onde você embarcasse.

Carney ficaria com o que já conhecia. Seguro e confiável. Como a pedra. Green sempre havia sido cuidadoso em seu trabalho com Carney. Se estava mudando de ramo, expondo-se a novos perigos, talvez fosse a hora de Carney encontrar um novo contato.

Enquanto os homens atacavam Malagueta com tacos de beisebol, Carney cantarolava "Afternoon Delight" e subia as escadas em direção ao Clube Dumas. Eram cinco para as oito. A multidão que se reunia na sala depois do trabalho estava se preparando para os compromissos de sexta-feira à noite com esposas ou amantes. Os homens mais velhos, os Monty e Rutherford desgarrados, aninhavam-se em suas poltronas e sofás favoritos, esvaziando pequenos pratos de nozes e copos de uísque turfado. Carney descobriu Pierce em sua poltrona favorita perto da janela, lendo a seção de imóveis do *Times*. Pierce acenou para o garçom.

Ele precisava resolver um problema.

— Lembra aquela senhora de quem eu estava falando... que trabalha no meu escritório?

Carney lembrou-se de alguma coisa sobre a secretária: estavam tendo um casinho, ela tinha um noivo em Boise, e se o sócio dele descobrisse? Nesse meio-tempo, aquele contador havia se mudado para o conjunto do outro lado do corredor, e havia uma jovem na recepção com quem ele estava batendo papo.

— Estou ficando doido?

— Cara, eu sei lá? — disse Carney.

O homem não queria conselhos, queria reclamar.

Pierce abriu a boca, mas a barulheira do carro de bombeiros abafou suas frases. Sirenes de ambulâncias e de caminhões de bombeiros soavam o dia todo, mas, desde o incêndio do 371, Carney imaginava para onde eles estavam rumando, que infortúnio iminente os aguardava.

— Onde será que pegou fogo? — falou Pierce, rindo.

— Já ouviu falar dos finalizadores? — perguntou Carney.

O advogado fez um aceno com a mão.

— Não acredite em tudo que lê nos jornais — disse ele.

Incêndios provocados de forma deliberada representavam apenas uma pequena fração do problema, disse a Carney, menos de dez por cento. O verdadeiro motivo era a própria deterioração da cidade.

Antes da crise fiscal e de todos os cortes, continuou Pierce, houve décadas de projetos de renovação urbana que destruíram comunidades e zonas industriais em nome do progresso.

— Rasgando rodovias por aí, destruindo os supostos guetos, mas eram lugares onde as pessoas viviam... negros, brancos, porto-riquenhos. Derrubam fábricas e armazéns e com isso acabam também com os meios de subsistência das pessoas. Os brancos aproveitam essas novas rodovias para as áreas residenciais mais distantes e fogem da cidade para casas subsidiadas por programas hipotecários federais. Hipotecas que os negros não conseguem pagar. E os negros e os porto-riquenhos ficam espremidos em guetos cada vez menores que já foram bairros prósperos. Mas agora esses bons empregos para operários desapareceram. Não é possível comprar uma casa, porque os credores apontavam o bairro como de alto risco... uma marcação que na verdade cria as condições contra as quais eles alertam. Desemprego, cortiços superlotados e serviços sociais sobrecarregados. É assim que começa... o colapso.

— O que isso tem a ver com os incêndios?

Carney gostava da ideia de homens maus rondando com suas latas de gasolina; a sociologia, ou o que quer que fosse, parecia uma desculpa.

— Não é incêndio criminoso... são anos de planejamento urbano de merda tendo que pagar o preço. Você vê isso no Harlem — disse Pierce —, a menos de dois quarteirões de onde estamos sentados. Um sistema falha, depois o próximo. O dono do gueto assume um prédio, não dá continuidade com ele. Caldeira quebrada, sem aquecimento. Aquecedor barato sobrecarrega a fiação antiga... e aí vem um incêndio. Viciados e bêbados se mudam para um apartamento vazio, se embebedam e deixam um fósforo cair... aí vem um incêndio. Adolescentes brincando em um prédio abandonado. O prédio ao lado também pega fogo, e agora o quarteirão inteiro vai adoecendo. Um depois do outro. A RAND olhou os números.

Descobriram que um aumento nos incêndios havia sido precedido por um aumento nas matrículas nas escolas públicas. Expulsos de um bairro pela destruição dos guetos e pelos incêndios, a próxima parada vira a nova zona de crise superlotada. Contagem regressiva para o próximo colapso.

— É uma reação em cadeia. Houve incêndios criminosos, sim, mas é apenas uma pequena parte.

Carney tinha ouvido falar da Corporação RAND. No *60 Minutes*, alguma coisa sobre a União Soviética. Guerra nuclear? Pierce explicou que havia surgido na Segunda Guerra Mundial

— engenheiros, físicos e planejadores militares que iniciaram um *think tank* após a rendição do Eixo.

— Tiveram que encontrar alguma coisa para se ocupar, certo? Eles se autodenominam "analistas de sistemas", mas são só a gangue de sempre de caras brancos que querem mandar na porra toda. O governo dos Estados Unidos é o principal cliente, e eles têm conexões em todos os lugares. Cenários nucleares contra os russos, como foder com Castro. No Vietnã, analisaram os ataques vietcongues e os padrões das tropas e disseram ao Exército onde lançar as bombas e enviar soldados. Tudo feito por computador. O prefeito Lindsay, você lembra, estava andando pelo Harlem em 1968 durante os tumultos, se lembrando de Detroit e Watts e ficando arrepiado, aí pensou, e se pegássemos toda essa inteligência norte-americana que consegue enviar um foguete para a Lua e a usássemos para resolver os problemas da cidade? Ele faz algumas ligações, e é assim que chegamos ao Instituto RAND da Cidade de Nova York, estudando o departamento de polícia, o corpo de bombeiros, a saúde, a habitação. Tudo pago com o dinheiro dos impostos.

— Como você soube de tudo isso?

— Como você acha? Sentei-lhes um processo. — Ele ergueu um brinde: às horas faturáveis. — Sou especialista nessa merda agora. A RAND chega, a cidade dá carta branca para eles, eles entregam gráficos e grandes computadores e começam a olhar para a cidade da mesma forma que olhavam para os padrões de precipitação radioativa e o NVA, o Exército Popular Nacional alemão. Estão se perguntando o que fazer com os incêndios.

— Não fecharam os quartéis de bombeiros? — perguntou Carney.

Ele viu os protestos no *Eyewitness News*. Em parte cortes, em parte "eficiência". Fizeram todos aqueles estudos sobre como arrumar o corpo de bombeiros e acabaram fechando quartéis nos bairros mais atingidos pelos incêndios descontrolados. O que levou a mais incêndios e mais quarteirões destruídos.

— Os bairros ricos — respondeu Pierce —, eles ouvem dizer que a cidade quer fechar o quartel de bombeiros no quarteirão e, no dia seguinte, estão ao telefone, cortando essa ideia pela raiz. O Sul do Bronx não tem esse tipo de força. Fomos contratados por organizações comunitárias para impedir os fechamentos.

"Eu processei os caras três vezes. Nas duas primeiras, o juiz rejeitou os casos assim que a cidade apresentou esses estudos da RAND. Números não podem ser racistas, certo? Mas os dados podem ser idiotas ou estar errados, e se você coloca merda no computador, ele a devolve. Os garotos prodígios deixam a cabeça lá em cima nas nuvens para não ver a merda das ruas, como o trânsito. E se o motivo por que dois quartéis de bombeiros têm tempos de resposta diferentes não for o mau desempenho, mas o trânsito? Alguns bairros conseguiram; outros, não. Na Park Avenue, os hidrantes funcionam. A uns dois quilômetros na parte leste do Harlem, as tubulações ainda estão desconectadas por conta das obras rodoviárias inacabadas de dez anos atrás. Não dá para ver isso se estiver com a cabeça nas nuvens. Suposições erradas, elas se somam, e tudo fica pior."

Ele tomou um gole do uísque. Sentado diante de Carney estava o Pierce que ele não via fazia anos, o defensor dos direitos civis, o Davi negro enfrentando os Golias brancos. Pierce compartilhou os argumentos finais que havia ensaiado, mas que nunca tivera oportunidade de apresentar.

— Na terceira vez que processei — continuou Pierce —, eu estava trabalhando para o Uptown Gardens. Dirigido por Kwame Miller, o Pantera Negra que continuou com os fundamentos depois da grande divisão do partido alguns anos atrás. — Pierce citou alguns bons trabalhos: uma iniciativa de merenda escolar, um programa de esportes. — Uma coisa firme.

Um dia, a Uptown Gardens encontra um envelope na porta de casa — um denunciante de dentro do instituto.

— Lembra Daniel Ellsberg? O cara da RAND que entregou os documentos do Pentágono ao *New York Times*. Foi desse jeito.

Estava tudo lá: o próprio estudo interno deles sobre política urbana nos últimos trinta anos, todas as merdas que acabei de falar. O sistema está quebrado. O fechamento dos quartéis pioraria a situação. Eles esconderam o relatório e seguiram em frente.

Pelo tom de Pierce, a história não terminaria com a justiça sendo feita.

— Chegam até Miller — comentou Carney. — Algum suborno?

Pierce acendeu outro cigarro. O cinzeiro era um enorme botão de cristal em cima de um pedestal, uma peça sólida para descarte de cinzas.

— Tínhamos tudo preto no branco. A "negligência benigna" de Moynihan. Em 1968, a comissão de planejamento de Lindsay diz abertamente: se o leste do Harlem e Brownsville pegarem fogo, pense em quanto dinheiro podemos economizar na remoção dos guetos antes de reconstruí-los. Mais barato deixar queimar, aí eles podem reconstruir. Na perspectiva racial, a gente pegou os caras de calças curtas. — Ele olhou ao redor para ver se as pessoas implicadas estavam desfrutando de uma bebida na sexta-feira à noite. — Mas daí recebemos uma ligação. A Uptown Gardens desistiu do processo. Kwame Miller se muda para a porra do Bimini e, algumas semanas depois, a cidade rescinde o contrato com a RAND. Não estou dizendo que está tudo conectado, mas... sim, essa porra toda sem dúvida está conectada.

Carney cerrou os punhos enquanto Pierce falava. Ele estava ficando com raiva, mas não sabia o que o irritava. O que Pierce estava descrevendo não era uma novidade. Era o garoto? A gente vê as coisas lá de cima das nuvens e ignora o que está rolando na rua. O que havia levado o garoto dos Ruiz ao hospital: o incêndio ou tudo que esvaziara o prédio, em primeiro lugar?

— É assim que a cidade funciona — comentou Pierce. — Olhe para Oakes: da última vez que estivemos aqui, estávamos abrindo nossos talões de cheques para ele. Mas quando ele era promotor, não o vi derrubando esses donos dos guetos e corretores de seguros corruptos. Se o caso de incêndio criminoso bater lá no gabinete do promotor, será a última vez que vai ouvir falar dele. A cidade compra essa propriedade abandonada, ou a confisca imediatamente por meio de confisco eminente, e vende barato para uma incorporadora, ou uma organização como a Residencial do Harlem assume o controle... tem muito dinheiro na "gentrificação".

— O subprefeito tem alguma coisa a dizer sobre quem recebe esses contratos de restauração?

— Oficialmente, não. O subprefeito é a sua voz na prefeitura, rá. Na prática, ele é membro do conselho municipal, junto com os outros subprefeitos, o prefeito e o administrador, e é a verdadeira sala cheia de fumaça com os caras que retalham a cidade, como nos velhos tempos. Aquele merda do William M. Tweed. Às vezes, a gente ouve rumores dos federais sobre um processo para desmembrar o conselho municipal por motivos constitucionais, mas até aí o que rola é um faroeste.

Carl, o garçom, pigarreou e perguntou se queriam outra rodada. Pierce pediu outro uísque; e Carney, um club soda.

— Digamos apenas que o subprefeito tem um grande balde e uma grande concha e está distribuindo o que quer que seja para quem ele quiser. Por uma contraprestação... Muitos de nossos colegas estão apostando que Oakes vai entrar lá. Provavelmente já lhe devem por ele ter ignorado quando era promotor, e ele é o tipo de homem que controla tudo. Você viu Ellis Grey no evento de arrecadação de fundos, lambendo os beiços. Não acha que a Construtora Sable quer participar desses contratos habitacionais de baixa renda? Dave Parques? Newsome? Tem um monte de caras esperando o regime de Oakes. Essa segunda geração de cavalheiros do Dumas. — Ele ergueu um copo para os retratos na parede. — Os pais deles fizeram isso, agora é a vez deles.

— Envelopes indo de uma mão para outra — disse Carney. Subornos que se autoperpetuam, como os incêndios que se autoperpetuam. Depois que começa, não para. — E você? Agora que é dono do próprio nariz?

— Eu trabalho para a cidade. Fico feliz em representar todos os diferentes tipos de clientes. — Ele sorriu. — Quando se trata de política, assino cheques como todo mundo. Como você.

Carney encolheu os ombros.

— Não tive muita escolha.

Pierce apagou o cigarro.

— Quem tem?

Carney chegou em casa às dez e dez. O problema era chegar a tempo até os degraus de entrada. Ele chegou vinte minutos antes.

Janelas escuras. Ainda disse "olá?" quando entrou no corredor. Os ecos deixaram-no tristonho. Estava acostumado a não ter May em casa mais, e John passara a sair com mais frequência, para trabalhar na Baskin-Robbins ou passear com os amigos. Elizabeth ficava ausente com mais frequência. Tinha dito que se atrasaria naquela noite também, mas os detalhes lhe escaparam. Naqueles dias, apenas ele ficava em casa, cada vez mais era assim, como nos dias da rua 127, depois que a mãe faleceu e o pai se entregou às ruas. Ele não conseguia mais encontrá-la no apartamento, o rosto dela era um borrão escuro. Carney acendeu as luzes enquanto andava pelos cômodos, como se fosse descobrir a família no sofá ou nas poltronas, esperando por ele.

As crianças deixaram um bilhete na mesa da cozinha: Daryl Clarke estava dando uma festa na rua. Ao lado, havia uma mensagem telefônica que John havia anotado: "Marie ligou. Ela diz que 'Albert saiu do respirador'".

Notícias maravilhosas. Ele devia mandar um cartão? Flores? Ele perguntaria a Marie na segunda-feira, talvez até mesmo fosse ao apartamento para ver se havia algo que pudesse fazer.

Elizabeth chegou em casa. Ela fechou a porta da frente com o estilo característico, firme e definitivo, para afastar qualquer coisa que se aproximasse dela. Ele gritou da cozinha.

— Como foi seu dia? — Ela viu o bilhete de John. — Na casa de Daryl Clarke?

— Eles não estão viajando? — perguntou Carney.

James e Baby Clarke haviam falado de um jeito agressivo sobre as férias na África Ocidental durante meses. Haviam reservado em uma rival da Sêneca, a Motherland Turismo. Era de se pensar que Baby estivesse dando o troco em Elizabeth.

Elizabeth não estava preocupada com o que as crianças poderiam estar fazendo.

— Às vezes, a gente precisa deixar que pensem que estão fugindo de alguma coisa.

Ela perguntou por Pierce, e ele disse que o advogado havia tagarelado sobre as responsabilidades de administrar o próprio escritório. Carney não mencionou as omissões no projeto de governo do candidato dela em relação a corrupção e extorsão.

Os olhos de Elizabeth cintilavam: estava altinha. Ela usava um vestido de verão azul e verde que havia guardado no fundo do armário porque tinha ficado apertado. Voltara a servir. Ela estava deixando o cabelo crescer de novo? Era o mais longo desde que a mãe dela falecera.

— Janet e eu fomos tomar uma bebida no Whistle Stop depois da reunião — comentou Elizabeth.

Certo. Janet era a outra integrante do Mulheres com Oakes. Havia se mudado recentemente do Texas após um divórcio e tinha uma vida social ativa, era o que Carney estava começando a entender.

— É um lugar agradável. Não tocam música alta.

A última parte saiu como uma espécie de lamento. Ele percebeu nesse momento que a campanha ia além da ajuda a um amigo de infância. Ela lhe dava um propósito enquanto a Sêneca se afastava de sua vida. Ela havia ido trabalhar para Dale na Black Star logo após a faculdade e transformara a agência de viagens na próspera operação que havia se tornado. Dale não teve pressa em se aposentar e, quando o fez, nunca colocou uma mulher na posição de chefia. Mesmo que Elizabeth basicamente administrasse a firma. Ela, enfim, havia percebido esse fato no ano anterior: a empresa não era dela, e nunca seria. Era de Dale Baker, e depois seria de qualquer um dos filhos idiotas da irmã dele, lá do escritório de Miami, para quem entregou as chaves.

Quando Carney acabasse com Oakes e a campanha dele, estaria destruindo as esperanças dela. Ele era corrupto, mas Elizabeth não sabia disso. Ela acreditava no que havia posto nos panfletos da Mulheres com Oakes: que a mudança estava por vir.

Elizabeth leu a mensagem de Marie.

— Respirador?

— Não é ótimo? O menino está bem.

— Quem?

— O garoto que mora em cima da loja. — Ele descreveu o caso, mas o rosto dela permaneceu impassível. Será que ele não havia mencionado? — O principal é que ele está melhorando.

— Não sabia que você o conhecia.

— É claro que eu o conheço. Arnold é meu inquilino.

— Albert.

— Albert, Arnold... não é disso que se trata.

A porta da frente chacoalhou no batente. A campainha tocou por um piscar de olhos, como se tivesse entrado em curto.

Alguns arrombamentos tinham acontecido na rua deles, aproveitavam o beco dos fundos. Elizabeth olhou para a frigideira no suporte ao lado do fogão. Uma vez, pensaram ter ouvido um intruso, e Elizabeth se armou com a frigideira de ferro fundido enquanto vagavam pela casa em busca da origem do barulho. Nunca descobriram o que era.

— Eles estão com as chaves — comentou Carney. As crianças não esqueceriam as chaves ao mesmo tempo. — Eu vou ver.

Não era um drogado ou um bêbado. Ele reconheceu o corta-vento pela janelinha da porta. A porta se abriu com tudo para dentro com o peso de Malagueta. Seu rosto estava inchado, melado de suor e sangue, e ele despencou no chão do vestíbulo antes que Carney pudesse segurá-lo.

CINCO

Os brutamontes profissionais reconhecem o baque surdo característico gerado por um taco de beisebol atingindo músculo ou gordura humana. Não é um som esponjoso do tecido mole, ou um barulho de dedos estraçalhados. É substancial, carnoso e dominante. Naquela noite de sexta-feira, na rua 104, Malagueta considerou melhor produzir aquele som como o rebatedor e não como o rebatido, que oferecia as coxas, a lombar ou o crânio como um tambor. Ele estava distraído com a irritação gerada pela tarefa de Carney e a nostalgia por trabalhos mais ousados, e aí o pegaram. Tudo bem: voltemos ao fato.

Eram três homens, um para vigiar e dois para espancar. Malagueta arrastou-se até se erguer do concreto. O próximo golpe atingiu a lombar, e seus joelhos cederam. Como se tivesse sido atingido por um raio, mas o raio o atingisse sem parar. Ele se contorcia na calçada. O responsável berrou instruções. Carregaram Malagueta para o banco traseiro de um Cadillac DeVille vermelho. O carro arrancou.

O chefe gritava do banco do passageiro, um encapuzado dirigia, e o outro recitava suas ameaças favoritas e apertava o cano de um revólver na bochecha de Malagueta. Ele relaxou o corpo e se acomodou no assento de vinil, olhando para o assoalho do carro. Aquilo aliviou a dor. O homem com a arma cheirava a colônia ruim que evaporou e virou uma ainda pior. Malagueta ofegava enquanto tentava recuperar o domínio sobre o próprio corpo.

— ...no Harlem.

Malagueta reconheceu a voz. Maldoso, estrondoso. De onde? Ele estava em uma operação. Não com esse homem; tinha sido avisado para ficar de olho nele. Segurança. Segurança de um dos jogos de pôquer de Corky Bell. Não nos últimos tempos, mas antes de Corky bater as botas. Vagabundo tagarela, provocando jogadores melhores: Reece alguma coisa. Executor e principal tenente de Notch Walker. Qual era o problema dele, caramba? Saia do carro e descubra mais tarde.

O motorista praguejou e buzinou três vezes. Era o trânsito. Sexta-feira à noite — pessoas bem-vestidas e andando devagar para exibir roupas elegantes, táxis para jantar e ir ao cinema, caipiras dirigindo até a cidade para sair à noite. Não enfiaram uma bala na nuca de Malagueta, então queriam informações ou um local diferente para torturá-lo ou matá-lo por algum motivo a ser determinado mais tarde. O carro freou bruscamente. Reece disse:

— Cuidado, caralho!

Malagueta estava curvado atrás do motorista. A arma saiu de sua bochecha. Ele mudou o peso em direção à porta, e o Colônia Ruim disse:

— Não se mexe, porra! — E deu uma coronhada na cabeça dele.

O semáforo mudou. O Cadillac deu um solavanco para a frente.

— Uns policiais desgraçados — reclamou o motorista.

— Se acalma — disse Reece.

O Colônia Ruim tirou a arma do rosto de Malagueta e corrigiu a postura para parecer menos nervoso.

— Acelere um pouco — pediu Reece.

Os três olhando ao redor, tentando parecer calmos, Malagueta imaginou. Arma, capuz, porta.

Ele recuou e bateu com o ombro no Colônia Ruim, imobilizando-o. Malagueta segurou a mão armada dele. Lutaram no banco de trás enquanto Reece falava:

— Calma, calma!

A arma disparou... no assoalho. Fez um barulho alto. O motorista pisou no acelerador. O movimento lançou Malagueta e Colônia Ruim para trás. Reece xingou. Os dedos do Colônia Ruim se afrouxaram. Malagueta ganhou o controle da arma, se atrapalhou até abrir a trava e rolou pela calçada. A perua verde que estava colada no sedã quase o esmagou. Os motoristas começaram a buzinar, tentando abafar o barulho dos outros. Malagueta saiu mancando para o lado sul pela Terceira Avenida, esquivando-se. O Cadillac ainda estava indo em direção ao Harlem ou havia parado? Uma garotinha tomando sorvete olhou para ele, a boca manchada de baunilha, boquiaberta, enquanto a mãe recuava, horrorizada. Era sangue escorrendo pelo rosto dele? Era sangue escorrendo pelo rosto dele. Não viu o carro da polícia. Cruzou a rua 119, cambaleando e mancando. Teriam que segui-lo a pé, não havia como dar ré naquele congestionamento. Eles: engarrafados. Ele: tonto e ofegante. Na rua 118, virou para oeste, na direção oposta ao fluxo do trânsito, e viu, ao dobrar a esquina, que ninguém o estava perseguindo. Oito portas adiante, ele se enfiou no cubículo de sombra embaixo do alpendre de um prédio no estilo *brownstone* coberto com tábuas e fechou os olhos.

Quando os abriu, estava na sala de Carney. Não... ele havia chegado lá por conta própria, de alguma forma, o que implicava que tinha aberto os olhos antes disso. No caminho, será que havia sido atropelado por uma frota de veículos no sinal verde? Ele levantou a cabeça... e a deixou cair novamente.

Carney e Elizabeth discutiam no corredor, aos sussurros.

— Não sei se ele quer ir para um hospital.

— O quê? Olhe para ele... precisa de um hospital.

— Ele não gosta de médicos. Sabe que ele é um bebezão por dentro.

— Eu sei que tipo de homem ele é, Ray. Não invente moda.

— Ele chegou até aqui... é onde ele quer estar.

Malagueta fechou os olhos de novo. Ainda estava escuro quando voltou a acordar. Enrodilhado e de lado. Uma toalha de banho embaixo da cabeça. Um saco de borracha com gelo derretido escorregou de seu rosto. Ele tentou se mover e sentiu como se o sangue tivesse se transformado em vidro quebrado e estivesse circulando a toda velocidade dentro dele. Contou até dez e foi à cozinha, onde o rádio estava em volume baixo. Estação de notícias. Preços da gasolina fora de controle.

Elizabeth estava lendo um grande livro de capa dura: *Centennial*. Ela observou o lento avanço dele até a cozinha com os lábios franzidos. A pintura amarela era nova, pensou ele. Ela estendeu a mão, indicando o assento à sua frente na mesa do café da manhã. Ela se levantou para ajudá-lo quando cambaleou, mas ele conseguiu se sentar na cadeira. O relógio do Gato Félix em cima da pia informava que já passava das três.

Por mais escuro que estivesse, Malagueta não teve dificuldade em discernir o humor amargo da anfitriã.

— Fui atacado — explicou ele.

— Atacado! Pelo quê, um caminhão? — Ela murmurou alguma coisa.

— O quê?

— Eu disse que era melhor você não sujar o meu sofá de sangue, porra. — Ela se levantou. — Vou pegar mais gelo.

Ela girou a bandeja de gelo. Diziam que essas novas de plástico eram melhores do que as de metal com alavanca, mas ele não acreditava. Elizabeth encheu de novo a bolsa de gelo e disse que ia para a cama. O quarto dele estava arrumado no andar de cima, se quisesse dormir até mais tarde.

— Do contrário, as crianças vão acordar você. E vão fazer perguntas sobre os caminhões.

Quarto dele. Só tinha pernoitado uma vez ali, no aniversário de Carney. Tinha sido uma ótima noite. Ele havia sido levado a fazer um esforço maior para entender as outras pessoas, o que o fizera se divertir. Em diferentes momentos do jantar, ele observou os rostos da família e ficou intrigado com o motivo pelo qual se sentia tão confortável.

— Que bolo é esse?

— Betty Crocker.

A chuva começou a cair de verdade, ele estava cansado, e quando Elizabeth lhe disse que tinha mandado as crianças arrumarem a cama no andar de cima, ele não resistiu, como sempre. Imaginou como seria acordar em uma casa como aquela e ver a luz entrando. Tio Malagueta. Não o chame assim, mas ele tem um quarto no andar de cima com um grosso tapete oval vermelho, uma estante de pinho cheia de livros de Administração de Carney, uma cadeira de balanço e uma cama onde só ele dorme, pelo menos até onde ele sabia.

Malagueta estava muito dolorido quando Carney entrou na manhã seguinte. Ele havia acordado várias vezes, esperando a luz do sol. Significava que o homem branco ainda não o tinha matado.

Carney ergueu a pistola do Colônia Ruim.

— Consegui pegar antes que Elizabeth visse — disse ele.

Malagueta estendeu a mão e enfiou a arma debaixo do travesseiro.

— Eu conto mais tarde. — Foi tudo o que teve vontade de dizer quando Carney perguntou o que havia acontecido.

Recitou um número de telefone e pediu a ele que ligasse para o médico.

Elizabeth foi ver como ele estava. Parecia menos irritada do que na noite anterior.

— Tem certeza de que está bem?

Ela deixou ovos, bacon e um copo de suco de laranja. John e May passaram no quarto para dizer oi, nervosos e preocupados. Como se fossem crianças de novo. Carney ou Elizabeth lhes disse para não bisbilhotarem, então agiram como se fosse uma visita normal. Malagueta disse a eles que ficaria melhor logo, logo. Com suavidade, fecharam a porta. Ele se virou para a parede e pensou: *Reece Brown, Reece Brown.*

O dr. Rostropovich bateu à porta do quarto duas horas depois. Não era um médico fracote, parecia ter frequentado a faculdade de Medicina entre montanheses e desordeiros; o pescoço era um tronco de árvore, e as mãos, feitas para mutilar, não para curar. O médico não era muito falastrão. O comportamento habitual dele à beira do leito era fingir que nunca tinha visto a pessoa antes. Pelo que Malagueta sabia, a prática dele consistia inteiramente em gente bêbada, tiros na barriga e fodidos de todas as espécies. Se você estivesse rastejando para longe de uma cena de assalto, sangrando pela rua, era só chamar o dr. Rostropovich. Ele apalpou os lugares onde o taco o havia atingido. Auscultou as entranhas de Malagueta com um estetoscópio com fita adesiva. Adivinhou onde as costas estavam machucadas sem ser avisado e o cutucou com um instrumento de metal frio. Observou que o corte acima dos olhos de Malagueta estava fechado. Deixou comprimidos.

Carney chegou logo depois com canja de galinha. Fechou a porta e se sentou à mesa.

— Falei pra ela que você discutiu em um bar, e os amigos do cara se meteram.

— Que ridículo, alguns idiotas me derrubando em uma briga de bar. Um vendedor que nem consegue mentir direito.

— De onde é aquele médico?
— Você liga pra ele, ele aparece.
— O que ele disse... teve uma concussão? Precisa radiografar?
— Tenho que pegar leve.
— Esse é o diagnóstico dele?
— Ele não é esse tipo de médico.
— Não é que tipo de médico?
— Não é do tipo que acredita nessas coisas todas. Você liga pra ele, ele vem. — Malagueta apontou para o frasco de vidro com comprimidos do dr. Rostropovich. — Tem um copo d'água?

Três dias depois, Malagueta e Carney estavam estacionados a quatro portas do Optimo, na rua 107, esperando que Dan Hickey saísse. O vento da noite havia varrido a umidade, e as nuvens faziam a cidade parecer envolta no sobretudo encardido de um vagabundo. Carney estava lendo o *New York Times* que estava pendurado no volante enquanto Malagueta batucava na parte externa da porta do passageiro, a testa franzida, considerando diferentes combinações de violência.

Malagueta e Carney não tiveram muito o que conversar até o carro alegórico subir a avenida. Ouviram a música primeiro, uma confusão de cornetas e tambores. Relutantes, olharam para trás para ver. Um pequeno reboque verde puxava o carro alegórico do desfile, que estava enfeitado em vermelho, branco e azul — as cores da bandeira norte-americana e também da empresa petrolífera Exxon, patrocinadora daquela exibição itinerante. O tigre mascote da Exxon girava e dedilhava o ar em uma guitarra imaginária enquanto duas mulheres de shortinho e tops de strass saltitavam e acenavam para os transeuntes. Um conjunto de amplificadores estava empoleirado na traseira do carro, infligindo uma versão funk do hino nacional dos Estados Unidos.

Ninguém estava prestando muita atenção nele naquelas ruas do Harlem. Havia muito o que fazer.

— Que porra de musiquinha — disse Malagueta.

— O que vão fazer quando chegar o Quatro de Julho? — perguntou Carney. — Vão ter que parar em algum momento.

— Na guerra...

— Você esteve em uma guerra? Quem ganhou?

Malagueta olhou para ele.

— Malagueta está se sentindo melhor — brincou Carney. Ele dobrou o jornal e apontou para a charutaria. — Você vai reconhecer o cara?

Não, Malagueta não se lembrava do rosto de todos que havia espancado e que o haviam espancado — tinha dificuldade em reter o rosto dos mortos —, mas o encontro na rua 104 era recente, e não tinham bagunçado tanto seu cérebro. Ele estava tenso, mas mais do que disposto a uma retaliação.

A recuperação foi uma questão de vontade e da assistência moderna, os fármacos. Os comprimidos do dr. Rostropovich fizeram efeito na tarde de sábado e suavizaram dores e espasmos de Malagueta, como uma camisa passada com ferro quente. Malagueta arrastou-se até a cadeira de balanço e ficou ali, para a frente e para trás, ouvindo o rádio. Soldados iraquianos na fronteira com a Síria, Jimmy Carter conseguindo apoios. Ele "fechou os olhos" algumas vezes. Uma manta de crochê materializou-se em seu colo. Era macia. Quando Carney apareceu para saber como Malagueta havia chegado até a soleira de sua porta, Malagueta respondeu:

— Culpa sua.

Malagueta tinha inimigos, mas nenhum tão engenhoso ou em posição de agir de acordo com o ódio, fosse por causa de limitações físicas (mutilado) ou de fraqueza mental (medroso). Estivera fora do circuito, com problemas nas costas, então não era uma ponta solta de uma operação recente. No entanto, vinha fazendo um auê no Harlem todo, batendo em cabeças, na cabeça de funcionários, o que significava empregadores, e alguns deles talvez tivessem uma força de trabalho.

Demorou um minuto para Carney aceitar que a emboscada havia sido culpa dele.

— Contei pra Elizabeth o que presumi que tinha acontecido: você estava sentando a mão em alguém que olhou pra você de um jeito estranho, e dez amigos do cara apareceram.

Ele pediu desculpas.

— Você acha que é o Super-Homem, Carney — disse Malagueta. — O Chapinha Vermelho. Você cria um esquema, e ele tem que funcionar, porque é seu. — O pai dele era assim, Malagueta comentou. A gaveta de dinheiro do banco se abre como mágica, o vigia cumpre o cronograma, porque você precisa que ele faça isso. — Você se livra de várias merdas e começa a acreditar que é à prova de balas. Mas não é. As coisas vêm atrás. E um dia elas pegam você.

Malagueta havia levado algumas lambadas por ele. Logo ficaria de pé. E, quando isso acontecesse, o mínimo que Carney podia fazer era dirigir.

No quarto do andar de cima, Malagueta reuniu o que sabia sobre Reece Brown. Trabalhara bastante como segurança nos jogos de pôquer de Corky Bell em outros tempos. Pouco incômodo, dinheiro bom. Escroques e bandidos apareciam para arrumar confusão com os moradores locais e os brancos ferrados, mas respeitavam o jogo. Quando Malagueta precisava dar um jeito em alguém, era um jogador irritado dando chilique depois de um monte de mãos ruins, não um assaltante. O trabalho de "segurança" para Corky minguou. Então, um de seus jogos foi roubado — por ninguém menos que um policial branco. Ele renovou seu interesse pela segurança adequada e reinstituiu os jogos de Ano-Novo para mostrar a todos que não estava assustado. Malagueta estava lá, comendo sanduíches de língua carrancudo, naqueles jogos finais de 1973 e 1974.

Reece participou dos dois. O nariz, o queixo e as orelhas dele eram como os de um rato, com uma malevolência faminta cintilando nos olhos. Ele roubou o estilo dos Panteras Negras — casaco de couro preto, gola alta e, às vezes, uma boina —, mas o sorriso sarcástico, com a boca cheia de ouro, deixava claro que não dedicava a maior parte de suas energias ao ativismo social. Na opinião de Malagueta, Reece não era um mau jogador de pôquer. Era um mau vencedor. Intimidante ao mostrar as cartas, pela expressão dos outros jogadores quando entravam no tudo ou nada. Corky dera uma dica a Malagueta sobre quem ele era: o braço direito de Notch Walker. De plantão para lembrar aos invasores como o poder se preserva: de forma rápida, sangrenta.

— Se ele agir de um jeito estranho, leve a questão para fora rápido, é tudo o que eu peço.

Reece não causou problema, e eles não interagiram.

Enquanto descansava na cadeira de balanço, no quarto abafado de Strivers' Row, Malagueta se lembrou do lacaio que Reece trouxera consigo. Confrontado com uma grande aposta, Reece se recostou na cadeira e fofocou com seu lacaio, os dois sorrindo, para bagunçar a cabeça do oponente. Era um cara de estatura mediana, de constituição compacta, com grandes cachos castanho-avermelhados na cabeça e orelhas grandes. Tanto a profissão quanto a colônia eram criminosas. Dan Hickey era seu nome; Malagueta perguntou quando a dupla voltou para o jogo de 1974. Na vez seguinte que viu Hickey, ele o estava acertando com um taco de beisebol, o menos poderoso dos dois batedores em uma avaliação pós-espancamento. Um fato que sugeria que Hickey era quem eles deviam pegar primeiro. Church Wiley e seu serviço teriam que esperar.

Nessa era do império de Notch Walker, a estrutura e as rotinas estavam bem documentadas. Após a morte de Chink Montague, Notch tomou o território do inimigo, consolidando as tramoias do sul do Harlem com a operação no Sugar Hill. Um realinhamento desse tamanho causa repercussões: aquele local noturno é tomado, aquele bar muda de um ponto de encontro dos Montague para um controlado por capangas de Walker, negócios nos bastidores mudam de endereço. Aqueles cujos meios de subsistência e sobrevivência eram determinados pela nova geografia do poder — os criminosos — mantinham mapas dos lugares aonde era seguro ir e aonde não era, onde este agente de Walker passava as noites e onde outro tinha adquirido uma participação controladora. Era melhor se manter informado.

Os civis registravam essas transições como fenômenos rotineiros; eram, na verdade, expressões locais de forças de nível superior. *O bar em frente ao Eddie's está fechado.* Era uma fachada de Montague que havia ficado redundante na nova ordem. *Aquele restaurante italiano a que fomos no seu aniversário está bem caído.* O plano é desmontá-lo e incendiá-lo para pegar o seguro daqui a três meses.

Malagueta não ignorava que Notch Walker virara o rei do submundo do Harlem porque ele mesmo havia matado Chink Montague alguns anos antes.

Dan Hickey passava a maior parte dos dias no Optimo, na rua 107 com a Madison. Como agente de nível médio na operação de Notch Walker, seus hábitos não eram segredo para ninguém. Carney aventurou-se lá dentro para fazer reconhecimento e ficou surpreso ao descobrir uma tabacaria e uma papelaria abastecidas e funcionais, e não uma fachada idiota e meia-boca. Hickey tinha um caixa de verdade na frente e parecia manter os negócios ilícitos confinados à sala dos fundos.

Ele era o mensageiro de Reece, arrecadando dinheiro de arrego nas tardes de segunda-feira. Malagueta o pegaria de surpresa quando saísse para a ronda. Até lá, ele e Carney ficariam sentados, vigiando no novo Buick LeSabre de Buford. Malagueta fez que não com a cabeça quando Carney lhe contou que May havia pegado emprestado o carro da família para ir ao Great Adventure, em Nova Jersey. Elizabeth havia prometido que ela e as amigas poderiam ir de carro ao parque de diversões semanas antes.

O Buick era um bom carro. Chocolate com capota rígida bege e uma série de botões estranhos no painel de instrumentos que faziam Deus sabe o quê. Medir a temperatura, ler a palma da mão.

— Elizabeth ainda está chateada? — perguntou Malagueta.

— Eu diria que ela está feliz por você estar melhor. Isso é o que importa. — Carney tamborilou no volante. — Ela sabe tudo sobre meu pai, inclusive que você trabalhou com ele. Nunca entrei em detalhes, e ela nunca fez muito estardalhaço. O importante é que ela considera você da família. Não quer que algo de ruim aconteça com você.

Malagueta apontou. Hickey saiu para a rua, desfilando com short vermelho, branco e azul e uma camisa *guayabera* verde-limão. O cabelo ruivo — e as orelhas grandes — sobressaíam por baixo do chapéu de palha. Ele comia uma pera, saboreando a fruta devagar, despreocupado.

Nem viu Malagueta chegando. Raramente viam. Malagueta passou o braço em volta do pescoço de Hickey de uma forma que pareceu amigável aos espectadores, antes que o rosto do cara se contorcesse ao registrar quem o estava segurando e o .38 que o cutucava na costela. Malagueta levou-o até o carro de Buford, arrulhando ameaças nos ouvidos dele o tempo todo. Hickey deixou a pera cair.

Carney levou-os até a rua 132 com a Décima Segunda Avenida. O destino deles era um prédio de três andares situado na miséria entre as seções elevadas da Riverside Drive e da Henry

Hudson Parkway. Os dois viadutos amaldiçoavam aquela área, que se escondia à sombra de um durante parte do dia e, em seguida, à do outro, enquanto o sol cruzava o céu. Alguns armazéns resistiam aos trancos e barrancos, abrindo e fechando os cais de carga no comércio que dava os últimos suspiros; a maioria fora abandonada. À noite, o trecho desolado à beira do rio era cedido a elementos sombrios e negócios terríveis.

Se pudesse escolher, Malagueta só ia ali durante o dia. Carney disse que só havia passado lá em cima e de carro. Até aquele dia.

Malagueta distinguiu as letras desbotadas no tijolo: Biscoitos Liberty e Companhia. Já fazia muito tempo que o local não era associado a algo doce. Uma fechadura de combinação de última geração da Spartan Inc. — estranha naquelas paragens degradadas — protegia o portão de metal cobrindo a porta que dava para os escritórios da fábrica, e, uma vez destrancado, o portão precisava ser batido em dois lugares antes de desemperrar e permitir acesso. O falecido Paul Miggs mostrou o truque a Malagueta quando dividiram o espólio de Castle Island.

Os habituais catadores urbanos assumiram o controle e deixaram o chão da fábrica imundo. Um emaranhado montanhoso de máquinas havia sido jogado contra uma parede, impedindo o acesso aos domínios dos administradores. O que significava que os escritórios estavam mofados, mas não tinham sido violados por drogados e vagabundos. Era um bom esconderijo. Dava para dividir um espólio ali se você fosse do tipo paranoico ou estivesse fugindo, também servia como um lugar tranquilo para arrancar informações de um indivíduo.

A Biscoitos Liberty e Companhia acumulava o calor de dias e pisar ali dentro era como entrar em um tênis gigante e fedorento. Malagueta reprimiu o sorriso com a reação de Carney. Ele explicou que o lugar não era dele, era um empréstimo.

— Mas você pode pegar emprestado de um defunto?

Hickey arrastava os pés, e Malagueta deu uma pancada na cabeça dele.

Eles se instalaram na antiga área de recepção. A mesa de centro exibia um extravagante ensaio fotográfico da Lua na revista *Time*, e Sidney Poitier sorria na capa da *Ebony* — já fazia muito tempo que o sofá de couro laranja não recebia alguém envolvido em negócios relacionados a biscoitos. Um pedaço de estopa encardida jazia sobre a mesa da recepcionista, coberto com ferramentas manchadas de ferrugem — pinças, uma variedade de martelos, coisas serrilhadas com cabos. Um torno estava preso em um canto da mesa onde deveria haver um Rolodex, e um santuário de sacolas amassadas do Burger King se erguia entre duas plantas mortas. Antigas campanhas publicitárias apresentando o Bebê Biscoitos Liberty cobriam os painéis de madeira, apresentando a grande e monstruosa criança de olhos azuis como testemunha do que acontecia na sala, e se espalhavam no tapete bege sujo.

Na placa de identificação de madeira em um canto estava escrito Srta. Loon.

Malagueta examinou a mesa da srta. Loon e escolheu um humilde pé de cabra.

Hickey não tinha falado desde que fora capturado.

— Quem é ele? — perguntou.

Naquele momento, Carney estava limpando as mãos sujas de poeira na calça.

Malagueta respondeu:

— Meu advogado. — Ele tirou o corta-vento, dobrou-o ao meio e o deixou sobre a mesinha de centro. — Você gosta de taco. Eu gosto de pé de cabra. Cada um com o seu.

E começou.

Carney recuou até a porta e cruzou os braços. Encolheu-se. Estremeceu. Virou-se de costas.

Dan Hickey abriu o bico.

Leon Drake tinha ligado para eles na quinta-feira à noite, revelou. Hickey limpou o nariz ensanguentado com a mão e se recostou no sofá de couro. Eles se conheceram no Optimo. Quando ouviu o que Leon tinha a dizer, havia ligado para Reece e pedido a ele que viesse.

— Leon, ele está chateado — continuou Hickey. — "Eu faço um bom trabalho pra você, não quero ser incomodado por causa de um incêndio de anos atrás." Reece falou para ele pegar leve. Leon disse que um cara foi até a peixaria, tentando jogar um incêndio na conta dele. Por que esse cara está perguntando sobre o 118, faz anos que não fazemos merda por lá. Leon não sabe. Nenhum de nós sabe. No dia seguinte, Reece falou: "Traz esse cara aqui, vamos perguntar pra ele".

Carney se interessou.

— Leon causou uns incêndios pra você, mas não na semana passada.

— Ele é maluco, um desses incendiários fanáticos. Dei uma boa olhada na cara dele na primeira vez que precisei pagar o cara e falei: "Esse homem ama tacar fogo". Se você irritar o cara, pode acordar em uma cama cheia de gasolina, sabe?

Malagueta coçou o queixo.

— Você faz o trabalho de campo... encontra os piromaníacos, arruma tudo.

— É um bico que eu faço. Se você trabalha pro Notch Walker, ele mantém você ocupado. Mas, às vezes, a gente precisa de um extra.

— Claro — concordou Malagueta.

Ele olhou para Carney. Conhecia os bastidores.

— Como na rua 118. Cuidamos de alguns cortiços lá alguns anos atrás. Proprietário ausente, a cidade não consegue localizar o cara. O inspetor de obras entra pra verificar e despenca pelo assoalho, o lugar está fodido nesse tanto. Alguém quis queimá-lo. Nós cuidamos disso. A cidade de Nova York confiscou o terreno, entregou praquele grupo comunitário que lucra com todo esse dinheiro de renovação urbana... sabe, ajude a gente a limpar o gueto e nós damos um cheque pra você. Se olhar o lugar agora, nem dá pra saber o quanto estava fodido. Parece muito bom.

— E na semana passada? — perguntou Carney.

— Não fomos nós.

— "Nós". Pelo que entendo, você está no ramo dos arranjos, mas pra quem você está fazendo arranjos?

— Ah — disse Hickey. — Sei lá.

— Sei lá? — perguntou Malagueta.

Hickey fez que não com a cabeça.

Malagueta bateu com o pé de cabra em sua coxa.

Hickey deu com a língua nos dentes:

— Um homem chamado Alexander Oakes. Ele tem contatos. Dinheiro de incorporação de Albany, centro da cidade. Ele fala onde a gente tem que atacar, sabe, e depois as coisas acontecem.

Carney superou sua timidez e entrou na sala.

— Espere aí!

Uma coisa que Malagueta aprendeu trabalhando com a família ao longo dos anos: seria mais fácil arrancar um osso de um cachorro de ferro-velho do que fazer com que um Carney abandonasse um ressentimento.

SEIS

Carney acordou naquela manhã com o plano de ir para o escritório, terminar a redação do anúncio de verão, levar Robert para almoçar no McDonald's e passar o restante da tarde revisando a contabilidade. Dar uma passada na sra. Ruiz, não podia se esquecer disso. Não sabia que sairia com Malagueta. A vingança havia curado o velho bandido — planejamento, antecipação, execução e depois o deleite com sua engenhosidade sangrenta. Quando a mãe dela faleceu, Elizabeth ganhou um exemplar do livro *Sobre a morte e o morrer*, que identificava os Cinco Estágios do Luto. Quando Malagueta foi tirado de campo, os Quatro Estágios de Sentar o Pé na Bunda de Alguém proporcionaram um conforto semelhante.

O velho bandido recuperou-se da noite para o dia. Malagueta ficou de cama o fim de semana todo, dormindo a maior parte do tempo. As crianças levaram sopa e sanduíches para o andar de cima e jogaram damas. Tentaram ensinar para ele aquele jogo de tabuleiro, *War*, mas não deu certo.

— Nunca nem ouvi falar da metade desses países malditos.

Na segunda-feira de manhã, Malagueta desceu as escadas, enferrujado, mas decidido. Se Elizabeth não tivesse saído para trabalhar, ela o teria levado de volta ao quarto. Carney deu uma avaliada nele. Malagueta devolveu uma olhada feia.

Horas depois, estavam em uma fábrica de biscoitos abandonada, em uma daquelas partes da ilha que parecem estar prestes a desabar no mar. Havia trechos inteiros da cidade onde ela fingia ser sensata e civilizada, pensou Carney, e lugares onde esse fingimento fracassava, e a fábrica de biscoitos ficava em um desses lugares. Em uma zona de forte estática entre estações de rádio tocando músicas animadas. Ele nunca tivera o prazer de passear por lá antes, mas aquele foi um dia de novas experiências. Malagueta havia apresentado a Carney meio alfabeto de crimes ao longo dos anos, crimes de Classe A, Classe B, F. *Sequestro* era uma novidade.

Dentro da fábrica, a menção a Oakes tirou Carney de seu estado de desconforto mortificado. Ele perguntou a Hickey como havia se envolvido com ele.

O homem contou que Reece fora acusado de extorsão em 1972. Pegou uma pena longa. Seu advogado chega uma tarde para uma reunião e diz que uma pequena taxa pode fazer as acusações sumirem. Reece só soube o nome de seu anjo da guarda meses depois. Oakes entrou no Ted's 127 Bar, um ponto de encontro de Walker na Oitava Avenida, e se apresentou. Havia um cortiço na Convent que ele queria remover. Esse foi o começo.

— Às vezes, era uma jogada de seguro, e Reece recebia parte. Às vezes, tinha dinheiro de Albany que aparecia anos depois, quando a construção começava. Depois de um tempo, Reece passou a pedir uma porcentagem no final, em vez de um adiantamento.

Como promotor, Oakes recebia dinheiro de proprietários e corretores de seguro duvidosos para fazer vista grossa para os incêndios criminosos, mas quando saiu da prefeitura, pegou o trem da alegria da revitalização, e foi aí que tirou a sorte grande.

— "Fundos de combate à pobreza." Com certeza estavam combatendo a *nossa* pobreza!

— E o que mais? — perguntou Carney.

Hickey interpretou o interesse dele como um sinal de que poderia evitar punições e virou um contador de histórias ávido.

— Ele sempre se gabava — respondeu Hickey. — Por isso tivemos que conversar com ele algumas vezes, é um linguarudo do caralho. — Uma noite, estavam no escritório dele na rua 135, esperando Reece aparecer. — Ele estava ao telefone, falando de forma séria. Saiu e começou a comentar sobre como aquele cara pensava que tinha algo contra ele, um regulador de sinistros tentando tirar o que podia. Oakes meio que diz: "Você é quem precisa tomar cuidado". — Ele conta a Hickey como foi até o cofre, pegou o livro-razão e começou a ler as datas. — Dia 2 de abril de 1973. Lembra alguma coisa? Dia 15 de maio. Lembra alguma coisa, porra? Você faz seguros... eu também sei de seguros. Ele fala que isso calou o cara.

Hickey não sabia se a atuação de Oakes era só para se exibir ou uma mensagem para não tentar foder com ele.

— Eu ia avisar para ele não irritar Reece com essa merda, mas não é meu trabalho. — Ele fez uma pausa. Olhou para Malagueta. — Foi Oakes quem disse... *recomendou*... que Reece pegasse você. Ver que apito você tocava.

Carney bufou. Pierce dissera: "Ele é o tipo de homem que controla tudo".

Malagueta disse:

— O que o chefe do seu chefe pensa disso tudo?

Hickey ficou hesitante.

— Notch não se importa com a maioria das coisas, desde que você dê um gostinho pra ele.

— Ele vai sentir um gostinho dessa ação?

— Não.

Carney flagrou Malagueta examinando a sala, como se quisesse confirmar que era uma sala sem janelas e que ninguém estava ouvindo.

— Não faça isso — pediu Carney.

— O quê?

Então, Malagueta entendeu; Carney já conhecia as reações dele.

Não queria que Malagueta desse fim no cara por bater nele com um taco de beisebol. O sangue derramado aqui, o sangue que estava por vir, era culpa dele. Reece e Hickey não tiveram qualquer coisa a ver com a internação do garoto, emboscaram Malagueta porque pensaram que ele estava bisbilhotando negócios antigos do outro lado da rua. Carney acionou um interruptor, e uma máquina ligou e fez muito barulho, mas ele não sabia o que ela fazia nem quando terminaria o que estava fazendo.

— Se você fizer isso, talvez não faça outras coisas — disse Carney.

Malagueta estalou o próprio pescoço. Disse a Hickey que o tirariam de circulação por alguns dias. Para o próprio bem dele.

— Quando pegarmos Reece, ele vai saber que foi você quem delatou. Não queremos que você avise o cara, e ele vai ficar puto com você.

O bandido considerou o que estava ao redor, as manchas e os resquícios de brutalidade, e pareceu desesperado.

— Foi você que me bateu aqui? — perguntou Malagueta, indicando o inchaço em seu olho.

O rosto de Hickey deixou a verdade óbvia.

Malagueta retribuiu a gentileza.

Enoch Parker estava esperando por eles na esquina da Broadway com a rua 118. Ele entrou no banco de trás do Buick.

— Tive que falar pra minha esposa que consegui ingressos para o Mets. Se ela soubesse o que eu ia fazer...

Isso explicava a camisa do Tom Seaver. O arrombador de cofres era alto, com rosto comprido e olhos grandes e alertas por trás dos óculos pretos de armação grossa. Os dedos eram finos e delicados, uma vantagem evolutiva para um arrombador de cofres. A bolsa de lona da Ringling Bros. de Enoch estava meio murcha entre as alças — ou seja, tinha equipamento pesado ali dentro.

Malagueta apresentou Carney.

— Ele é o motorista.

— Entendi — disse Enoch.

Seguiram para o norte.

De acordo com Malagueta, Enoch havia se aposentado do arrombamento de cofres e lecionava Química no Colégio Carver.

— Algumas dessas crianças realmente têm talento pra ciências.

Eles já haviam trabalhado juntos no passado. Na primavera de 1970, Enoch escapara por um triz depois de passar doze rodadas com um cofre de uma fábrica de colchões e prometera abandonar aquela vida. Quando Malagueta permitisse.

— Sempre que você precisa de alguma coisa, você diz que eu estou devendo.

— Você está — insistiu Malagueta.

— Não significa que seja justo jogar isso na cara das pessoas.

Era encenação. O tremor na voz indicava que ele estava animado para participar do passeio. Carney imaginou que ajudava o fato de o arrombador não saber o que tinham feito naquela tarde.

— Isso é seu, Malagueta? — perguntou Enoch.

O chapéu *porkpie* de Hickey havia caído no chão, no banco de trás.

— Não.

— Não tinha sua cara mesmo.

Assim que algemaram Hickey ao radiador, Malagueta informou a Carney que queria ir atrás dos registros de Oakes.

— Ver o que esse espertalhão filho da puta tem feito por aí.

Estavam no Buick, saindo do domínio das rodovias elevadas e de seus planos mutáveis de escuridão. Carney estava ocupado, relegando o episódio da fábrica de biscoitos à categoria de conto fantástico ou sonho. Será que Malagueta teria matado Hickey? Será que Carney realmente havia entrado no escritório ao lado da recepção e tirado as algemas da caixa de papelão marcada com VELAS — e o que havia naquelas outras caixas? Quando os planejadores do esconderijo compraram o balde na loja de ferragens, disseram: "Com licença, estou procurando toalete para reféns, mais ou menos desse tamanho"?

Carney perguntara a ele:

— Você vai pegar os registros, e depois? Vai levar pros federais?

Era a vez de Malagueta esconder o plano maior. Se é que havia um.

— Chantagem? — sugerira Carney.

Malagueta assumira uma expressão pensativa, pedira para Carney parar em um telefone público e ligara para Enoch.

Enoch inclinou-se no banco da frente e colocou na rádio 1010 WINS.

— Quero saber como está o tempo — informou ele. — Ei, Malagueta, quando foi a última vez que nós...

— Aquele negócio do frango frito — disse Malagueta.

— Foi um bom negócio.

O escritório da campanha de Oakes para subprefeito ficava na Sétima Avenida, a duas portas da rua 135. No andar inferior de uma casa de quatro andares, entre a Lavanderia Brights e a Hotline Discos e Fitas. Bandeirolas vermelhas, brancas e azuis estavam penduradas sobre a vitrine da frente.

A lavanderia ainda estava aberta, mas sem clientes, exceto por uma velha senhora fazendo palavras cruzadas no banco perto das secadoras.

Carney estacionou do outro lado da rua. Havia mais movimento do que ele gostaria, uma bodega ali, luzes vermelhas e amarelas piscando, e uma lanchonete chinesa de comida para viagem com uma placa suja de GRANDE INAUGURAÇÃO. Não era perto demais da sede da campanha, mas eram locais que atraíam tráfego de pedestres.

Enoch interveio quando viu o grande pôster do rosto sorridente de Oakes na vitrine.

— Espere aí, esse é aquele cara da TV? — perguntou ele.
— Ele está concorrendo a prefeito.
— Subprefeito.
— É a mesma merda — retrucou Enoch. — Achei que teria um escritório maior.

Uma viatura de polícia passou devagar pelo cruzamento à frente. Malagueta saiu e olhou para os policiais enquanto desciam a rua 135, o que Carney percebeu ser a atitude certa se quisesse "agir naturalmente".

Enoch pegou sua bolsa.
— Ele não vai voltar?

Carney fez que não com a cabeça. Elizabeth lhe contara que a turma do Mulheres com Oakes se encontraria com o candidato no centro da cidade em um evento de arrecadação de fundos de um grupo liberal de mulheres brancas. Eram dez horas, e o evento provavelmente estava terminando, mas ele não contava com o retorno de Oakes naquela noite.

Enoch abriu a fechadura da porta da frente tão rapidamente que era de se pensar que tinha usado uma chave. Ele e Malagueta deslizaram para dentro. Carney perdeu a visão dos homens na escuridão. A luz da rua os guiava. Ele tinha certeza de que já estavam no escritório dos fundos.

Oakes não voltaria — havia muito trabalho sujo a fazer. Pelas histórias de Hickey, ele estava transformando a corrupção rotineira da cidade em um esquema gordo e lendário. Uma dinheirama de verdade. Não achava que o rapaz fosse capaz disso.

As informações privilegiadas de Pierce a respeito da epidemia de incêndios eram novidade para Carney, mas a explicação sobre os poderes do subprefeito não era surpresa: claro que funciona desse jeito. Sempre existem esquemas secretos dos quais nada se sabe, mesmo quando eles determinam a vida das pessoas. Um deles trazia o caos, como as tramoias e as fraudes que levaram a cidade ao declínio; e o outro, invisível, mantinha tudo funcionando para que as coisas não fossem por água abaixo, como o xisto. Eles combatiam entre si, se revezavam no controle — no final das contas, o mundo estava uma bagunça.

O que Carney diria a Elizabeth sobre o dia com Malagueta? Havia tirado um momento mais cedo para ligar para casa e dizer a John que ficaria fora, mas o comportamento do convidado de fim de semana exigia mais explicações. Ele toma uma surra, fica de cama, depois sai da cama e fica fora o dia todo com o marido dela. Ela sabia que Malagueta era suspeito; era o companheiro de corre de Big Mike. Ela nunca comentou. Era mais difícil manter a língua dentro da boca quando "o que quer que ele estivesse fazendo" era largado em sua porta. Com certeza, Elizabeth lançaria uma indireta para Carney. Como a joia de sábado à noite:

— O que vocês *fazem* naquele bar aonde vocês vão?

— A gente bebe cerveja.

— É mesmo?

— Assiste a um jogo.

— Hum... — Sugestivo, ou talvez não.

Um trio de jovens subiu a Sétima a caminho de uma casa noturna. Pararam diante do escritório de campanha, rindo de uma piada, agarrando-se uns aos outros em busca de apoio. Carney encolheu-se no banco da frente até que retomassem a caminhada e dobrassem a esquina.

Se Oakes sofresse uma fatalidade e o nome de Malagueta surgisse, seria mais difícil de administrar. Apesar de todos os ressentimentos de Carney, a campanha era importante para Elizabeth, e Oakes, também. Ele fez uma boa encenação; ela acreditava no amigo e na cidade melhor que ele prometia. Oakes não tivera envolvimento no incêndio que feriu Albert, mas planejara muitos outros e uma série de outras coisas desonestas. Foi assim que ele aprendeu. Carney pensou nos retratos nas paredes do clube, aquele velho bando corrupto dos Pais Fundadores do Dumas, que agarrava tudo o que podia e depois ensinava os filhos a fazer o mesmo. Os filhos colocavam o rosto dos pais em telas emolduradas e as penduravam no clube para se lembrarem, da mesma forma que homens brancos colocavam o nome dos próprios mestres canalhas nas placas das ruas. Claro que Dale entregaria a Sêneca aos sobrinhos depois do trabalho árduo de Elizabeth — há um código de como continuar administrando as coisas, e eles o levam à risca.

Como ela reagiria se descobrisse que Malagueta estava envolvido? Ela ligaria para ele, desmascararia Carney. Nenhuma explicação seria suficiente.

Era tarde demais. Ele estava envolvido demais.

Estava ali naquela noite porque um garoto que ele não conhecia havia ficado preso em um incêndio e uma faísca atingira a manga de Carney. Para vingar... quem? O garoto? Para punir homens ruins? Quais deles? Eram demais para contar. A cidade estava em chamas. Estava queimando não por causa de homens malucos com fósforos e galões de gasolina, mas porque a própria cidade estava doente, esperando pelo fogo, implorando por ele. Todas as noites se ouviam sirenes. Pierce culpava anos de políticas equivocadas, mas Carney rejeitou esse diagnóstico restrito. Pelo que entendia dos seres humanos, as sujeiras e crueldades do momento eram a versão mais recente das antigas. Mesmos problemas, rosto diferente. Tudo isso era transmitido.

Estava em Carney, também. Em suas palavras e ações, em milhares de momentozinhos, o pai lhe ensinara como se portar no mundo, e Carney tomara notas sem nem mesmo saber. Ou sabia, mas não aceitava. O pai era um bandido, e ele era um bandido. Quando Mike Carney faleceu, Ray Carney herdou sua velha caminhonete Ford. Ela funcionava decentemente e ajudou nas entregas e retiradas nos primeiros anos da loja. Mais importante — o pai havia escondido trinta mil dólares no estepe. Seu banco, contendo uma boa grana ou o que ele havia separado ao longo do tempo dos sequestros, roubos, trabalhos "braçais", assaltos a mão armada e trabalhos ocasionais de incêndios criminosos. Carney usou o dinheiro para abrir a loja.

Dinheiro dos incêndios. Carney construiu seu negócio com base na experiência, no esforço e na recusa em fracassar. O dinheiro dos incêndios também estava lá.

Malagueta abriu a porta do passageiro, fazendo-o se sobressaltar. Carregava um grande saco de lixo preto.

Enoch entrou no banco de trás.

— O motorista deveria manter o carro ligado.

— Que rápidos — observou Carney.

— Enoch faz o serviço — disse Malagueta.

Carney e Enoch consideravam isso o maior elogio de Malagueta.

Estavam na Broadway indo para o centro da cidade quando Carney perguntou sobre a sacola. Malagueta havia roubado uns trocos ao sair? Havia mais do que um registro contábil ali.

— Quando descobrir, eu aviso você — respondeu Malagueta. Enoch deu uma risadinha.

O que ele estava fazendo? Carney estacionou na rua 122 ao lado de um hidrante e desceu. Deixou as chaves na ignição.

Ele morava na outra direção.

* * *

O dia seguinte era uma terça-feira, mas Carney fingiria que era uma segunda-feira normal e que a última excursão de Malagueta ao mundo sombrio não havia acontecido. Adormeceu enumerando as coisas que faria no escritório e acordou ansioso e determinado. Carney iniciou uma série de eventos, mas o velho bandido havia assumido a responsabilidade, na sua opinião. O impulso — de responsabilizar alguém nessa cidade miserável, para variar — era louvável. Hora de se afastar. O menino estava se recuperando. No dia anterior, Carney havia sido cúmplice. Naquele dia, ele era vendedor de móveis finos e decorações para casa, membro de carteirinha da Associação de Empresas da rua 125 e, naquele ano, patrocinador do *Convent All-Stars*, uma equipe da liga infantil de beisebol, de habilidades insignificantes e pouca distinção. Ele agiria de acordo.

Um belo céu azul apareceu depois que as nuvens foram expulsas. Ferrugem já havia aberto a loja quando Carney chegou. Ele ouviu Carney entrar, acenou e enfiou a camisa para dentro da calça. Nos últimos tempos, Ferrugem estava se oferecendo para fechar com mais frequência e, em geral, era o primeiro a chegar. Carney assumiu que ele estava tentando evitar a família. Beatrice não visitava a loja fazia muito tempo, as crianças também não. Ele leu um artigo sobre igrejas de brancos que organizavam viagens de fim de semana, nas quais casais em conflito resolviam coisas com um padre, desabafavam sobre as merdas que guardavam no peito e tudo o mais. Era uma coisa só da igreja de brancos, não da de negros? De qualquer forma, tinha tempo que ele e Ferrugem não saíam para comer alguma coisa. Talvez aquele novo restaurante de frutos do mar na Broadway.

Marie enfiou a cabeça no escritório quando ele se sentou para revisar o material publicitário do *Amsterdam News*.

— Você conseguiu terminar o que tinha pra fazer? — perguntou ela.

Ele assentiu. Carney não explicou a ausência do dia anterior, exceto por um enigmático "tenho uns negócios para resolver".

Antigamente, Marie não teria mencionado uma irregularidade dessas. Ela nunca comentava as coisas estranhas com que se deparava em um dia típico na Móveis Carney, fosse uma mensagem enigmática de Malagueta sobre um sequestro ou um visitante de olhos arregalados segurando uma bolsa de couro e declarando:

— Preciso falar com o Chefão sobre um negócio aí.

Ou a coleta semanal de envelopes pelo detetive Munson.

Marie havia florescido desde que Rodney a deixara. "Algumas mulheres, quando os maridos as abandonam, desistem", como Larry infelizmente disse um dia. A atitude vivaz fez Carney perceber o quanto de sua boa disposição durante todos aqueles anos tinha sido encenação; a realidade, a Marie de verdade, era duas vezes mais convincente. Ele adorava erguer os olhos de alguma coisa horrível em sua mesa para ver a cara de um cliente depois que ela o tranquilizava ("Sem problemas, às vezes o banco comete um erro, aconteceu comigo na semana passada") e ver a gratidão dele por alguém ter tirado um tempo para ser gentil em meio a um dia desgraçado. Marie administrava o dia a dia da loja e cuidava dos aluguéis com dedicação, mas às seis em ponto ela saía para voltar para casa, para Bonnie. Estava namorando um encanador industrial chamado Dennis, que conheceu durante a campanha de doação de brinquedos em sua igreja. Aparentemente, eles jogavam em uma liga de boliche; Carney se distraía quando ela falava disso.

Carney respondeu:

— Tudo resolvido.

Marie comentou:

— Bom.

As manhãs dos dias úteis eram lentas. Uma orquestra se afinando, acertando notas perdidas, levando um pouco de sangue às articulações. Ferrugem estava atendendo a uns poucos clientes. Carney organizou os modelos de anúncios em sua mesa de modo que parecessem painéis, cenas de um vitral. A Dona Liberdade convocando imigrantes. Os Pais Fundadores reunidos em torno da Declaração como se ela fosse uma revista em quadrinhos erótica. O trio de músicos da pintura *O espírito de 1776* tocando em meio a balas e sangue. Não deveria ser tão difícil — ele tinha vinte anos de slogans e incentivos de vendas para reaproveitar —, mas achava impossível acompanhar todos os outros. Fingir que o que queriam dizer com liberdade era a mesma coisa que ele queria dizer. Como sempre, não se encaixava nos modelos.

Duzentos anos. Um pedaço de rocha tinha mais história.

Robert apareceu cinco minutos mais cedo. O menino sempre chegava alguns minutos adiantado, o que Carney considerava um sinal de bom caráter. Isso, e seu interesse em vendas. Em um dia ruinzinho da semana anterior, Larry estava reclamando das "comissões dos dias chuvosos", e Robert perguntou como funcionavam as comissões. Carney lançou-se na filosofia da partilha de receitas, dos acordos de compensação de comissões salariais e das ramificações do processo judicial *Calçados Martini vs. Carson*. O menino bocejou apenas uma vez.

Com a nova camisa polo vermelha enfiada na calça Levi's, Robert parecia um vendedor júnior. Ele havia contado para o tio que, no dia anterior, Marie lhe dera instruções sobre os arquivos do andar de baixo. Ele devia continuar? Carney respondeu:

— Claro. — E abriu o alçapão que dava para o porão.

— Gosto porque lá é fresco — explicou o menino.

Ele desceu os degraus de madeira.

Marie bateu à porta aberta de Carney. Perguntou se ele havia recebido a mensagem dela sobre o garoto do andar de cima.

— Quer enviar aquele cartão que você comentou antes?

Ele estava prestes a dizer "quero" quando a primeira bomba incendiária explodiu.

SETE

O vidro estilhaçou-se sobre a mesa de centro de bétula Egon, e o pavio acendeu a explosão de gasolina. Na semana anterior, Carney havia reorganizado o showroom, trocando o sofá de couro DeMarco — menos convidativo nos meses de verão — para que o novo Egon modular, estofado em um tecido misto de algodão e acrílico na cor mostarda escura, complementasse a mesa de centro baixa e atarracada. Era uma disposição elegante. A mescla de algodão consumiu-se em um estalo, assim como o tapete Modern Arabia embaixo dele e as grossas cortinas True America na parede, que Ferrugem forçara Carney a instalar "para criar uma verdadeira cena de sala de estar". As chamas subiram pelas cortinas e pela parede e se espalharam pelo teto como uma cachoeira invertida.

O segundo coquetel molotov aterrissou no lado oposto da área de vendas Sala de Jantar, explodindo no centro da mesa expansível de jantar Sterling, a peça âncora de sua linha Glamorous Living de 1976, espalhando chamas por toda a seção e pelas poltronas reclináveis. As quatro poltronas reclináveis — verdadeiras belezuras, uma representação sólida do tipo de opções disponíveis, quer a pessoa fosse nova no mercado ou estivesse procurando uma atualização — incendiaram-se rapidamente.

O homem que lançou as bombas incendiárias acompanhou o progresso do incêndio com o corpo tenso. Usava luvas finas de couro e uma máscara de esqui branca que mostrava a boca rosada e úmida. O motorista do Cadillac vermelho estava mascarado da mesma forma, mas não era um fanático: ele buzinou. O incendiário estremeceu, saiu de seu sonho acordado e voltou para o carro. O Cadillac vermelho saiu em disparada.

Uma gota de líquido flamejante caiu sobre a calça jeans do único cliente da loja, um reparador de eletrodomésticos da General Electric chamado Bill Worth. Ele não entrou em pânico, pegou uma almofada rosa e apagou as chamas.

Ferrugem agarrou o extintor de incêndio perto da área Sala de Jantar, onde era espanado, mas, tirando isso, permanecera intocado havia quinze anos, e atacou o segundo foco de incêndio. O fogo já havia saído demais do controle para civis conseguirem extingui-lo. Ferrugem foi para a frente da loja, do outro lado das chamas. O núcleo de poliuretano patenteado da Sterling, embora proporcionasse um modelo de conforto da era espacial, também produzia nuvens de fumaça acre quando se incendiava. A fumaça subiu até o teto, se acumulou e se espalhou em ondas pretas. Logo o caminho entre os dois focos de incêndio ficaria intransitável.

Não, não. A cena ficou congelada na visão de Carney — então, ele teve um estalo. Robert estava lá embaixo. Gritou para o sobrinho e destrancou a porta da Morningside Avenue. Será que Marie havia saído para fazer alguma coisa mais cedo? Ele gritou para saber dela — estava na porta do escritório dele. Já havia ligado para o corpo de bombeiros. Robert já saíra do porão. Carney pediu a Marie que avisasse Walt, o dono do bar ao lado — às vezes ele chegava cedo, para abrir —, e levasse Robert com ela. Ele disse que tiraria todo mundo lá do andar de cima.

Pegou as chaves dos apartamentos, correu para a Morningside e deu a volta até a porta de entrada. Ferrugem gritou:

— Ai, meu Deus! Ai, meu Deus! — Enquanto apontava o extintor para a nova poltrona Sterling.

A lacuna entre os dois focos de incêndio não existia mais; o showroom havia sido dividido pela metade. Ferrugem viu Carney e gritou algo ininteligível relacionado ao pufe.

Carney agarrou o braço de Ferrugem.

— Eles estão vindo — disse Carney —, Marie ligou.

O vendedor recuou das chamas. Uma rajada de calor os envolveu. Ele botou as chaves do número 381 nas mãos de Ferrugem.

— Eu estou com a outra.

Eles se separaram.

A entrada para os apartamentos do número 383 ficava na Morningside. Ele não usava aquele chaveiro fazia muito tempo. Xingou. Àquela altura, os transeuntes estavam começando a se perguntar: o que estava acontecendo, o que estava acontecendo. Ele berrou para chamarem o corpo de bombeiros. Abriu a porta. Lembrou-se do 2T e do 2F antes de os inquilinos se mudarem e ficou chocado — pensamento maluco — com a quantidade de coisas que estavam acontecendo sobre sua cabeça e das quais ele nada sabia. Harold tinha um aquário. Carney ficava debruçado sobre a mesa o dia todo, traçando na cabeça as entradas do fluxo de caixa, e havia peixes em um aquário acima dele, nadando, peixes pretos com longas nadadeiras pontiagudas, peixes laranja e brancos com grandes olhos redondos. Ninguém estava em casa. Nem no terceiro andar. Ele batia às portas, conseguia acesso, vasculhava os quartos. A sra. Ruiz mantinha a casa arrumada. A mobília era modesta, uma miscelânea de estilos. Ele lhe daria um desconto em uma Sterling, mas como poderia mostrá-la quando estava pegando fogo, todo o showroom e as coleções, a loja inteira? Albert dividia um quarto com as duas irmãs mais novas. As meninas dormiam em um beliche, e Albert tinha uma cama de solteiro coberta com lençóis de *Star Trek*. As camas das meninas estavam desarrumadas. Ninguém havia dormido na de Albert.

Phil do 3F não respondeu. As chaves não funcionaram. Ele bateu à porta e saiu correndo.

Ferrugem informou que havia tirado todo mundo do 381. O sr. Stevens estava desmaiado, ele comentou com Carney mais tarde, mas o barulho e a comoção o fizeram achar que estava em Pearl Harbor de novo e, em alguns segundos, já estava na calçada, de cueca.

Carney entrou correndo pela porta da Morningside, esquivando-se da fumaça preta. Havia aberto a parede anos antes para fazer uma porta lateral para o negócio de recepção; era a única maneira de chegar ao escritório. O incêndio atingiu o showroom e avançou até a soleira do escritório com um estalo e um silvo alto. Ele abriu o cofre, jogou alguns documentos importantes na cesta de lixo, e o dinheiro, e como seu armário era pesado demais para ser arrastado, ele se contentou com a gaveta de cima, que continha os registros de 1974 e 1975. Quando emergiu com a cesta equilibrada na gaveta do armário, um bombeiro o empurrou e proibiu outra viagem para dentro.

A primeira escada a chegar estava estacionada na Morningside, em frente à igreja. Outro caminhão estacionou no cruzamento da rua 125. Os bombeiros foram rapidamente até a calçada, limpando o local e avançando para dentro da loja, avaliando o incêndio. Carney apontou para o terceiro andar — ele não havia conseguido entrar no apartamento do terceiro andar, talvez houvesse alguém lá dentro. As sirenes já estavam ligadas havia alguns minutos, mas ele não as ouviu até ver a fumaça preta subindo pelo céu e as janelas da frente se estilhaçando. Então, as sirenes preencheram seu crânio.

* * *

O corpo de bombeiros falou com ele primeiro. Um bombeiro branco o conduziu até a esquina, onde Carney não se distrairia ao ver seu sustento sendo consumido pelo fogo.

— O senhor viu o homem jogar as bombas dentro da loja?
— Ele tinha um daqueles sotaques arrastados de Long Island.
— Não. Talvez Ferrugem tenha visto.
— O senhor pode deixar isso no chão?

Carney estava abraçando a gaveta do armário contra o peito, o queixo prendendo a cesta de papéis. Ele as deixou na calçada.

— E quem é Ferrugem? — perguntou o bombeiro.

Assim que o fogo foi debelado, os policiais esperavam sua vez de agir. Historicamente, Carney evitava passar pelo 28º Distrito, como o pai lhe havia ensinado. "Os policiais pegam você por qualquer merda que você não fez, porque é o primeiro preto que eles veem." Era o antigo distrito de Munson. Talvez o policial que fez as perguntas tivesse ocupado a mesa dele. O policial tinha cabelos brancos, aparência de alcoólatra e a imaginação atrofiada de um racista. Ele ficou surpreso por Carney ser o proprietário e quis saber quanto tempo fazia que ele era dono dos prédios. E a apólice de seguro — ela era nova?

— Como estavam os negócios? Com a economia como está... difícil... vemos muitas pessoas ficando desesperadas.

— Por que não me pergunta se eu sei quem fez isso?
— O senhor sabe?
— Não.

O policial olhou para a gaveta e para a cesta de lixo empoleirada em cima dela. Carney estava sentado com ela entre as pernas, os joelhos presos ao redor da gaveta.

Estava atordoado. O porão. Ele não havia pensado no estado do porão. Toda aquela água das mangueiras, se o fogo não o destruísse primeiro. Modelos de piso em bom estado que pretendia colocar à venda no final do verão. Registros comerciais que datavam de quando ele abrira a loja. Os consoles de rádio no canto mofado, serviços da RCA que ele nunca tivera tempo de descartar ou passar para a frente em uma feira do rolo. A loja dele.

O policial continuou:

— O senhor disse que viu um homem jogar duas bombas incendiárias em sua loja?

— Eu vi quando arremessou a segunda.

— Como ele era?

— Sei lá.

Ele voltou para a loja. Acima da vitrine quebrada, acima do buraco escuro onde antes ficava o showroom, a fumaça havia manchado de preto a placa MÓVEIS CARNEY. Listras de fuligem cobriam as fachadas de tijolos vermelhos dos números 383 e 381. Os bombeiros quebraram as janelas do apartamento para resgatar pessoas que talvez estivessem lá dentro, ou para jogar água, ele não sabia. Um caminhão-tanque continuava lá. O corpo de bombeiros havia bloqueado a esquina.

Ferrugem deu um abraço desesperado em Carney, tomando cuidado para não derrubar a gaveta e a cesta.

— É, chefe — disse Ferrugem.

Ele assumiu as coisas na ausência de Carney. Marie foi para casa para ficar com Bonnie; ela ficou abalada e, quando caiu a ficha, começou a chorar. Robert ligou para a mãe, e ela o levou para casa. Levaria alguns dias até que o corpo de bombeiros deixasse alguém entrar no prédio. Os inspetores tiveram que bisbilhotar tudo, garantir que os edifícios estivessem em boas condições.

Todo mundo estava seguro. O tempo desacelerou. A sra. Garcia, da padaria da rua, abraçou-o. Ele mal a conhecia.

— Sinto muito — disse ela com os olhos vermelhos.

Sim, um lojista entende a perda de um jeito que as outras pessoas não conseguem. Ele conduz o próprio negócio, entende o que é construí-lo e perdê-lo. Ela tentou colocar um saco de bolinhos nas mãos dele, mas elas estavam ocupadas.

Ferrugem pegou os bolinhos e apontou para a Morningside.

Elizabeth estava esperando na avenida, sentada nos degraus dos fundos da Igreja de São José. Ironicamente, a igreja tinha a porta da frente na rua 125 e uma entrada para a Morningside, assim como a loja. A segunda entrada havia sido fechada com tijolos — talvez os pregadores tivessem exercido uma atividade noturna secundária própria em algum momento —, mas restavam três degraus. Elizabeth o viu, enxugou os olhos com o lenço e esperou que ele se aproximasse.

A ficha dele não caiu até ter se sentado nos degraus também. Ele largou seu resgate. No final da rua, viu a loja daquele novo ângulo e era como se o prédio pertencesse a outra pessoa. O incêndio, a tragédia de outra pessoa, o infortúnio de um estranho com quem não tinha tido uma ligação. No instante em que a loja existiu fora dele, um objeto estranho, ele se sentiu atropelado por uma expressão de dor, que o deixou mutilado no escuro. Ele havia trabalhado tanto — ninguém sabia o quanto havia sido difícil. Não houvera pessoa alguma, nem testemunhas, até que a parte mais difícil estivesse concluída. *Que trajetória longa você percorreu.* Trabalhando hora após hora, suportando aquelas ondas de contratempos e reveses, suando e sofrendo sob o olhar daquela chefe cruel e impassível: a Cidade. Foi ele contra a Cidade por tanto tempo, brigando, até que ele finalmente chegou a um acordo: você não fode comigo, e eu não fodo com você. Sua Declaração de Independência. Ou assim ele achou que fosse. A Cidade havia voltado atrás. Ela havia levado a loja dele para aumentar a pilha de cortiços acabados, casas incendiadas, crateras e terrenos cobertos de escombros. Outro endereço arrasado em uma ilha cheia deles.

Eles choraram juntos, Carney e Elizabeth, enquanto a rua permitia que escapassem impunes, abraçados.

— Ferrugem disse que todos estavam bem — comentou ela.

— É — disse Carney.

May e John chegaram quando ele estava na delegacia. Ela disse a eles que o veriam em casa. Ele agradeceu.

— Ele jogou coquetéis molotov?

— Jogou.

— Por causa do seu outro negócio.

— Sim.

Nunca havia ocorrido a ele admitir tudo. Foi ela quem disse, perguntou sem rodeios, e lá estava ele dizendo: "Sim".

— Às vezes você vende coisas que caem de um caminhão — comentou ela. — Os tapetes. Eu sei disso. É assim que as pessoas fazem. Meu pai sempre se gabava de conseguir uma barganha por coisas que caíam do caminhão. Mas não é isso, é?

Carney perguntou como ela sabia dos tapetes, e ela disse que já sabia havia anos. Lá, no primeiro apartamento, ele estava ao telefone conversando com alguém sobre "tapetes quentes", e ela estava no sofá. Ele pensou que ela estivesse dormindo, mas não estava.

Tapetes. Ele não se lembrava da conversa, mas não importava. Elizabeth achou que os tapetes dele eram quentes: ótimo. Alguns tinham sido, nos velhos tempos, antes de ele intensificar a carreira na receptação. Vendia eletrodomésticos que Freddie havia roubado — ela sabia que eram quentes, pois Freddie era Freddie. Regras do Harlem: as regras são distorcidas em nome da sobrevivência. Ela não era contra. Quando ele precisou sair de repente às nove da noite para lidar com um personagem suspeito, ela deixou passar. Não era uma mulher, porque ele sabia que ela o castraria durante o sono se fizesse alguma besteira por aí. Ela achava que a mercadoria quente dele era inofensiva e de pouca importância, porque o marido não era talhado para nada pesado. Apesar de tudo o que entendia a respeito ele — o que ele apreciava e pelo que era grato —, a natureza e o âmbito da operação criminosa não eram do conhecimento dela. A parte do caráter dele que tornava aquilo possível era estranha demais.

Tapetes, então.

— Talvez sejam os tapetes — continuou Carney. — Não sei o que aconteceu. O Harlem hoje...

— As pessoas não fazem isso. Simplesmente entrar em um lugar e fazer isso. — Ela tomou as mãos dele. — Você está seguro? Está nos mantendo em segurança?

Não. Se sabiam onde ele trabalhava, sabiam onde morava. Já fazia muito tempo que homens ruins ameaçavam roubar sua vida, tirar Elizabeth e as crianças dele. Haviam tomado a loja naquele dia. Se quisessem ir atrás dele por outro caminho, teriam ido. A família estava segura naquela noite. Mas e amanhã? Carney respondeu:

— Está tudo bem. Sim, algumas coisas da loja caíram de um caminhão. Você tem razão, é assim mesmo que funciona aqui. Às vezes, os caras que pegam o tapete quando ele cai de um caminhão não são as pessoas mais íntegras, mas isso... não sei o que é.

— Vocês todos podiam ter sido mortos — disse ela. — Robert.

As crianças. May e John não estavam trabalhando lá naquele verão, mas poderiam estar.

— Existem maneiras mais rápidas se quisessem... — Ele apertou a mão dela. — Eles não estavam tentando me machucar.

— Eles? Então, são pessoas que você conhece.

Ele fez que não com a cabeça.

— Alguém que conhece Malagueta?

— Não sei. Mas estamos em segurança, agora.

A pedido dele, Elizabeth tomou um táxi de volta para Strivers' Row com as coisas que ele resgatara do incêndio. Carney falou para Ferrugem que teria que ir até o centro da cidade para lidar com a seguradora — será que ele poderia ficar ali caso acontecesse alguma coisa?

Ele transformou o telefone público da rua 125 com a Broadway em seu escritório temporário. Será que tinham pegado Malagueta também? Ele morava em cima daquela funerária. Ninguém atendeu na casa de Malagueta, mas a funerária atendeu depois que a operadora conectou a ligação, o que significava que não se resumia a um monte de cinzas. Carney tentou o Donegal's. Buford estava lá naquela noite, graças a Deus. Malagueta tinha acabado de sair, comentou Buford, mas se Carney perguntasse, deveria ir encontrá-lo no Harlem.

— Não sei... parece pesado — disse ele.

Era preocupante que o barman tivesse se apartado da indiferença padrão.

A caminhada pelo Harlem foi uma marcha entorpecida. A cada poucos quarteirões, ele se deixava cair nos bancos do canteiro central da Broadway, exausto. Queria correr de volta para a loja, passar pela barricada e entrar no showroom, no escritório. E se os edifícios não pudessem ser salvos? O inspetor de incêndio entregaria o relatório. Malagueta tinha razão. Ele havia passado a se considerar intocável. O apartamento na rua 127, a loucura do Harlem, o mundo branco e suas mãos rápidas e cruéis — ele teve que criar uma casca de concreto para uma cidade de concreto. Não concreto, algo mais duro, como xisto. Mas os incêndios estavam se aproximando. Cada sirene desde que a cidade começara a desmoronar era uma contagem regressiva para a sirene que vinha atrás dele. Talvez os incêndios estivessem se aproximando desde que o pai riscara um fósforo pela primeira vez e o lançara em uma poça de querosene no chão de algum cortiço azarado. E um dia eles pegam você.

Em vez de entrar quando chegou ao Donegal's, ele foi até um banco para se recompor. O incêndio na loja havia sugado toda a sua energia. Algum idiota não parava de buzinar. Carney virou-se para xingar o cara e viu Malagueta no Buick.

— Que porrada — falou Malagueta quando Carney deslizou para o banco do passageiro. Estava comprando palmilhas para tênis, e os balconistas da farmácia comentaram de um incêndio na rua. — Tive um pressentimento.

Carney ficou em silêncio.

— Que porrada — repetiu Malagueta, pigarreando em uma empatia grosseira.

A mente de Carney viajou para outro lugar.

Malagueta comentou:

— Você está em choque.

— Estou.

Ele explicou que Reece havia ligado para o bar, querendo encontrar os dois.

— Comentou que da próxima vez não será sua loja.

Carney cerrou os punhos sobre o colo.

— Como fizeram a ligação entre você e eu?

— Todos os tipos de malandros e perdedores estão lá dentro — disse Malagueta, se referindo ao Donegal's. — Reece pergunta por mim, eu venho recebendo mensagens no bar. Qualquer pessoa que frequenta lá sabe que trabalhamos juntos.

E quando Oakes ouviu o nome de Carney, soube que não era coincidência.

— Ele quer o que eu tirei do cofre e quer que levemos até aquele clube de vocês.

— O quê?

Malagueta deu de ombros.

— Hoje à noite, depois do expediente. — O velho bandido ligou o Buick. Tinha a intenção de verificar como estava o convidado na fábrica de biscoitos, ver se ele fazia alguma ideia de em que eles estavam se metendo. — Você levou comida pra ele?

— Pra quem?

— Pro cara.

— Antes ou depois da minha loja pegar fogo?

— Eu também esqueci. Achei que talvez você tivesse conseguido ir lá.

— Eu, não.

Malagueta esfregou o queixo, exausto. Parou e entrou em uma bodega. Voltou com um saco de papel cheio de barras de chocolate e torresmos.

Carney sentiu-se mal por nem ele nem Malagueta terem se lembrado de deixar as luzes acesas na fábrica de biscoitos. Ao ouvir o portão de segurança, Hickey gritou, pedindo ajuda. O bandido estava chorando quando entraram na sala de recepção.

— Ouvi coisas se mexendo — explicou ele.

O ranho escorria sobre os lábios. Se o canalha tinha alguma reclamação sobre o cardápio, não compartilhou.

Malagueta disse a Hickey que, se ele ajudasse, sairia dali no dia seguinte, o que lhe pareceu uma proposta razoável.

— Foi Leon — disse ele, a respeito do ataque com bomba incendiária. Reece o usara para uma jogada semelhante no inverno anterior contra uma das gangues porto-riquenhas, pega de surpresa no salão de sinuca. — Como eu disse, Leon gosta do trabalho. Em plena luz do dia, no meio da rua 125, é como um Natal pirotécnico para o psicopata.

Carney perguntou:

— Quem vai estar no clube?

Malagueta respondeu para ele:

— Você está acordando.

— Reece gosta daquele lugar, age como se fosse um crioulo de classe alta. Por isso que Oakes leva ele lá.

Reece havia crescido no Residencial Frederick Douglass na Amsterdam, comentou Hickey. Sua posição na organização de Notch Walker o elevara a mauricinho do bairro: "Sou o maior sucesso que já saiu daquele lugar". Até que um cara com quem ele cresceu, Lawrence Hilton-Jacobs, foi escalado para o filme *Cooley High* e a série de comédia *Welcome Back, Kotter*, tendo o rosto estampado em revistas e lancheiras. Fez com que ele descesse um nível. "Eu odeio aquele desgraçado do Kotter. Pra onde quer que eu olhe, eu vejo o cara."

O Clube Dumas tinha assinaturas da *BusinessWeek* e da *Black Enterprise*, pensou Carney. Não era provável que Reece se lembrasse do sucesso do amigo dentro de suas paredes.

— Tarde da noite, quando o lugar está fechado, eles conversam sobre negócios — continuou Hickey. — Fumam aqueles charutos cubanos. — Eles levaram Hickey uma vez com eles para se exibir. — Lugar bacana.

— Sim, é mesmo — concordou Carney. — Eu perguntei quem vai estar lá.

Seriam Reece, Oakes e um dos rapazes de Reece. Clarence ou Bollinger, seus guarda-costas. Não têm a cabeça muito boa, mas são leais e sádicos, qualidades que não devem ser subestimadas. Hickey comentou:

— Notch não sabe desse negócio paralelo com Oakes, por isso Reece precisa mantê-lo em segredo.

— O que Notch faria se soubesse?

— Não ficaria contente — afirmou Hickey. — Tudo acima da rua 110 é dele, ao menos ele vê desse jeito. Iria querer a parte dele. E ele não está recebendo por esse negócio dos incêndios.

Carney concluiu que iniciativa e independência não eram qualidades de gestão que Notch Walker valorizava. Ele conhecia Notch. O gângster mandava um lacaio até a loja duas ou três vezes por ano com pedras, e Carney as liquidava, geralmente por meio de Green. Coisas de alta qualidade. Será que Notch interpretaria alguém se metendo com um tenente, como Reece, como uma ameaça direta? Punir todos por desafiarem sua autoridade, incluindo aqueles que a expuseram — claro. O acordo de Carney com Notch não o salvaria. Sempre haveria outro receptador.

Notch — e o general do Exército da Libertação Negra, Malik Jamal — cuidaram de Munson. Carney armou para o detetive.

Haveria uma maneira de colocar o mafioso em ação de novo? Ele nunca havia contado a Malagueta sobre aquela noite — tinha sido um pesadelo grande demais para ficar rememorando. Ele teve sorte. A julgar por aquele dia, sua sorte havia terminado.

Malagueta mencionou a Hickey que haviam arrombado o cofre de Oakes na noite anterior, e por isso Reece queria o encontro.

— Vocês, crioulos, são todos loucos.

Malagueta ficou tenso, ofendido.

— O que deu na sua cabeça?

— Vocês não entendem — respondeu Hickey. — Esses são caras pesados... prefeitura, grana alta.

— Eu entendo, sim — disse Carney.

Quanto mais ele aceitava a situação, mais as oportunidades de Oakes se multiplicavam. Era como se Oakes tivesse aberto uma loja de calçados que crescera, se ramificara e se expandira até virar uma loja de departamentos. Era a Gimbels da Propina naquele momento. Primeiro andar, RECOMPENSAS POR INCÊNDIO CRIMINOSO, desça no terceiro para RECURSOS DE DESENVOLVIMENTO REDIRECIONADOS. No escritório do promotor, ele recebia envelopes de proprietários e incendiários, além de parte do polpudo pagamento do seguro, que ele negociava para intermediar incêndios, já que conhecia todos os envolvidos. No Residencial do Harlem, ele enchia os bolsos com dinheiro para revitalização urbana, distribuindo contratos de construção e gestão, ao mesmo tempo que continuava o trabalho de intermediação de incêndios criminosos de seus tempos de promotor. Como subprefeito, ele poderia direcionar o dinheiro do corpo de bombeiros de Albany para onde quisesse, mas também teria estofo para planejar onde seriam as novas moradias do futuro, quais lotes e áreas degradadas seriam os novos empreendimentos sofisticados daqui a alguns anos, fossem eles devastados por incêndios criminosos, incêndios acidentais ou má sorte. Uma empresa de fachada pegaria a propriedade fodida, faria um seguro e, depois do incêndio, a cidade compraria o terreno para reconstruir. São muitos envelopes se a pessoa passar o chapéu a cada passo.

Se você sabe o que o futuro reserva, como será, é possível comprá-lo barato no momento. Qual era o lema da Imóveis Van Wyck? *Construindo o futuro.* Van Wyck comprava propriedades próximas a futuros pontos de acesso, como o Lincoln Center e o World Trade. Homens da prefeitura determinaram onde esses projetos aconteceriam antes mesmo de os Van Wyck tomarem conhecimento. Se Oakes estava fazendo metade dessa merda, estava levando uma bolada. Último andar, desça aqui para Esquemas de corretagem poderosos e Eletrodomésticos, cuidado ao sair.

Hickey quis saber:

— Você não vai contar a Reece que eu disse essas coisas, né?

Carney olhou para Malagueta: era hora de ir. Malagueta assentiu com a cabeça. Quando chegaram à porta da frente, Carney disse:

— Até amanhã.

E apagou a luz. Hickey gritou na escuridão.

Ocorreu a Carney que, se as coisas dessem errado e eles não voltassem, Hickey enfrentaria momentos difíceis. Se as coisas dessem errado, todos enfrentariam.

OITO

O número 320 Oeste da rua 120, sede do Clube Dumas, havia sido construído em 1898 por Mortimer Bacall, um imigrante alemão que fez fortuna com medicamentos patenteados. Seu tônico mais popular era anunciado com diversos nomes, o mais conhecido eram as pílulas do dr. Abraham, que pretendiam curar "doenças da cidade" causadas pela vida urbana, o "ar nocivo", o "encanamento insalubre" e a "proximidade excessiva dos vizinhos". A cidade moderna era um animal novo que exigia remédios novos. O alemão tinha destreza para inventar tanto a enfermidade quanto a cura.

Bacall foi atropelado por um bonde na Lexington Avenue em 1911. A casa permaneceu vazia até ser comprada catorze anos depois por um trio de ilustres moradores do Harlem: dr. William T. Frye, médico; Clement Lanford, o famoso advogado e chefão político do norte da cidade; e Al Gibson, da Funerária Gibson. Trilharam caminhos separados até um lugar de proeminência, distinção e influência — era hora de fundar um clube para marcar quem estava à sua altura e quem não estava. Compraram a propriedade em conjunto e a venderam para a Dumas Corporation alguns anos depois.

A enorme casa estilo Rainha Ana tinha doze metros de largura e um andar a mais do que as casas vizinhas. Contra aquelas construções mais modestas no estilo *brownstone*, ela virou um marco do bairro. Já não se construíam mais como essas, com empenas e relvados — torres articuladas, janelas curvas e alpendres largos. Os dias de um projeto tão extravagante já haviam passado. Os dias de códigos de segurança contra incêndios mais tranquilos também. As minúsculas janelas do porão seriam um pesadelo se os bombeiros precisassem ventilar as chamas, e os elevadores de comida, os vãos das janelas e as escadas dos fundos para os empregados forneciam uma via muito conveniente para o fogo. Um incêndio intenso no sótão talvez destruísse os suportes do telhado e causasse o desabamento dos andares superiores. Não, nunca atenderia ao código daqueles dias.

Mesmo assim, era um edifício impressionante visto de fora e um local de fascínio da região. As crianças o chamavam de "Mansão", por causa do seu tamanho e do desfile de cavalheiros negros elegantemente vestidos entrando e saindo por suas grandes portas. Ray Carney era uma das crianças da vizinhança que admirava o lugar. Quem eram esses homens? Os ternos eram incríveis, primorosamente cortados, sóbrios, mas não desprovidos de elegância, ao contrário dos trajes baratos do pai e de seu círculo desviado, berrantes, cheirando a uísque e às brigas da semana anterior. Ele precisava saber que tipo de homens eram e o que acontecia lá dentro. Todos esses anos mais tarde, depois que Carney descobrira quem eram, a textura e a natureza de seu caráter, e se juntara a eles, às vezes dava um passo para trás, quando as névoas da animosidade se dissipavam temporariamente, e apreciava o que aquela geração havia realizado e o que significava conquistar um espaço para si nos Estados Unidos. Não, não faziam mais homens como eles.

Malagueta estacionou o Buick na rua 121, perto da Manhattan Avenue. Meia-noite e quinze. A última rodada no clube nas noites de terça-feira era às dez, os garçons começavam a se agitar e a se arrumar em torno dos convidados preguiçosos às dez e quarenta e cinco e, às onze e meia, as luzes estavam apagadas, e as portas da frente, trancadas. Carney ouviu a Lenda das Chaves logo depois de ingressar, as chaves sagradas do Clube Dumas, que ficavam em posse do círculo interno. Era possível levar uma mulher para lá depois do expediente ou finalizar um esquema para enriquecer as contas bancárias de algum membro ou de clientes potenciais. O pai de Oakes provavelmente havia sido muito abençoado, e as chaves foram colocadas no testamento do homem como herança. Se a velha guarda soubesse das confusões noturnas entre o candidato democrata Alexander Oakes e o assassino Reece Brown, eles as teriam condenado como uma perversão da constituição do clube, mas Carney as via como eram: os negócios de sempre.

Ele perguntou a Malagueta onde havia guardado os arquivos de Oakes.

— Essa merda ainda está no porta-malas.

— Você nem deu uma olhada neles?

— Pra quê? Eu sei o que tem lá. Coisas com que ele se importa e que fica puto de não estarem com ele. Não tive nem tempo de descobrir como usá-las.

— Você não olhou mesmo?

— Esses caras, é tudo a mesma merda.

Merda: os nomes de advogados proeminentes, juízes, promotores, chefes de seguradoras, vários criminosos, piromaníacos, políticos corruptos, grandes incorporadoras distribuindo pilhas de dinheiro, organizadores comunitários embolsando fundos de Albany e qualquer outra pessoa com quem Oakes estivesse envolvido.

Ele tinha razão. *Merda* era um bom nome.

Mesmo assim, eram homens poderosos. A loja de Carney estava nas páginas amarelas; sua casa, nas brancas: ele era um cara fácil de encontrar.

— Eu vou aceitar — disse ele. — É sobre mim que eles têm influência.

Malagueta não tinha esposa nem filhos para ameaçar, e Carney o envolvera na confusão. O incêndio daquela tarde, o que quer que o esperasse no Dumas — era um castigo para Carney. Malagueta podia entrar em um ônibus interestadual e se estabelecer em Maryland — ou seria Delaware? —, onde conhecia algumas pessoas. Ele não precisava entrar lá.

— Não, eles têm influência sobre mim — garantiu Malagueta. — Disseram que da próxima vez vai ser na sua casa. Sua casa? Eles vão foder com a sua casa? Eu tenho um quarto lá.

— Tudo bem, Malagueta.

Na rua, Malagueta pegou o saco de lixo preto do porta-malas e o jogou sobre o ombro como um Papai Noel bandido. Carney soltou uma risadinha, e Malagueta lançou um olhar irritado para ele.

— Você tem uma arma? — perguntou Carney.

Em outras palavras: "Qual é o plano?".

— Tenho um .38 que vão pegar quando a gente entrar — respondeu Malagueta. — Peguei do Hickey, então é deles, de qualquer jeito. — Reece e Oakes precisavam descobrir o que eles sabiam dos negócios. Quem mais sabia. Se devolveram tudo o que roubaram. — Fazer o quê? Precisamos entrar lá e dar uma olhada.

Não era um relato inspirador. Antes daquele dia, Carney teria dificuldade em ver Oakes sujando as mãos delicadas e bem hidratadas — era o Clube Dumas, pelo amor de Deus —, mas eles incendiaram sua loja naquela manhã, e a profissão do gângster era, na verdade, matar e mutilar. O dinheiro envolvido distorcia todas as previsões.

— Quem é o Chapinha Vermelho? — perguntou ele. — Ontem você me chamou assim.

— Aquele comediante, Roscoe Pope, quando eu estava trabalhando naquele filme. Era uma das partes da rotina do show. Um crioulo com superpoderes.

Carney parou.

— O que acontece com ele?

— O que você acha que acontece? É um crioulo com superpoderes... eles matam o cara. Ele acha que não podem fazer algo com ele, até que fazem. Achei que Pope estivesse falando dele mesmo. Sendo famoso, os jornais vão atrás dele, ou a polícia, mas ninguém está querendo derrubar o cara. Quando Pope cair, vai ser por ele mesmo. Ele se derruba.

Dois prédios no estilo *brownstone* adiante, um homem no segundo andar botou a cabeça para fora da janela:

— Dá pra calar a boca aí?

Carney inclinou a cabeça na direção da esquina, onde as luzes da rua destacavam a majestosa silhueta do Clube Dumas.

Dadas as circunstâncias, era tolice Carney esperar que Carl lhe abrisse a porta como faria em qualquer outro dia, mas ele o fez.

— Entre — disse Reece Brown.

Ele rapidamente fechou a porta atrás de si. As cortinas em todas as janelas não permitiam que a luz escapasse. Da rua, o clube parecia fechado naquela noite.

Malagueta disse a Carney que Reece preferia uma roupa de Pantera Negra, mas, no calor de junho, havia abandonado o casaco de couro preto e parou diante deles no hall de entrada com calça preta e gola alta branca de manga curta. Usava óculos escuros, tão incongruentes na atmosfera do Dumas que por um momento Carney se esqueceu da arma que Reece estava apontando para ele.

O gângster fez sinal para que levantassem as mãos. O saco de lixo preto balançou para lá e para cá na mão direita de Malagueta. Reece fez uma cara de desaprovação pela escolha do recipiente de transporte. Ele tomou o saco de lixo preto e os revistou, tirando o .38 do bolso do corta-vento de Malagueta.

— Oakes!

Ele acenou para que entrassem no salão.

Alexander Oakes estava preparando um coquetel de gim, as mangas da camisa Oxford branca estavam arregaçadas, e a gravata listrada de vermelho e azul-marinho estava enfiada entre os botões. Carney nunca havia pisado atrás do balcão de mogno; os garçons ralhavam com os membros que se aproximavam demais, em uma espécie de teatrinho ensaiado. Era uma exibição digna, como se, apesar das armas, Oakes fosse um rapazinho envolvido em travessuras bobas. Travessuras bobas e perigosas que haviam incendiado sua loja.

— Carney! Esta é a melhor parte do turno da noite, cara — cumprimentou Oakes. — A gente pode fazer o que quiser.

Reece os orientou a ficarem perto do grande sofá de couro vinho. O Burlington era um navio de guerra; Carney havia passado muitas noites no convés, ouvindo Pierce enquanto o advogado opinava e batia o cigarro no cinzeiro de pedestal. Ao lado de Carney, Malagueta examinou o local, observando a mobília como se tivesse caído de paraquedas na galeria de um museu. Seus lábios crisparam-se como se sentisse o cheiro de um rato morto apodrecendo dentro das paredes. Os rostos dos membros fundadores encaravam o intruso lá embaixo. Malagueta encarava de volta.

— Onde está Leon? — perguntou Oakes.

— Foi mijar — respondeu Reece.

— Que demora.

Leon Drake entrou na sala e fechou as portas francesas atrás de si. Carney imaginou que Reece havia escolhido o incendiário em vez de outro membro da gangue de Notch Walker para conter a questão naquele círculo. O Criador não havia equipado Leon com o físico de um brigão, mas lhe concedera olhos inquietantes e malucos, uma arma poderosa por si só.

— Então, é assim que é aqui dentro — disse Leon. — Eu cresci nessa mesma rua.

Ele carregava uma mochila nas costas e puxava as alças como um molequinho.

Reece ficou de olho em Carney e Malagueta enquanto deixava o saco de lixo no balcão.

— Verifique se está tudo aí.

Oakes deu um tapinha no saco de lixo com uma expressão de exasperação diante da cautela excessiva do homem. Ele não havia sentido algo suspeito.

— Reece pensou que você estaria a centenas de quilômetros de distância agora, Carney, mas eu falei pra ele que você apareceria. Território neutro. Seguro. — Ele tomou um gole da bebida. — Como vocês se conhecem?

Casual, como se tivessem se encontrado em um churrasco no beco atrás de suas casas, e Carney tivesse sido lento demais para conseguir fugir.

— Amigo da família — respondeu Carney. Ele apontou para os retratos, a Galeria das Costeletas. — Você conhece esses caras, eu conheço ele.

— O que você ia fazer com isso aqui? — inquiriu Oakes. — Ir aos jornais? Procurar o FBI? Os promotores… até mesmo os ex-promotores… nós não vamos para a cadeia, saímos ilesos. Essa é a questão.

— Também não são eleitos — comentou Carney.

Malagueta coçou o queixo. Parecia cansado.

— Onde está meu chapa, Hickey? — perguntou Reece. — Vocês foderam com ele?

— Ele contou onde encontrar o que queríamos — disse Malagueta.

— Foi como eu falei — disse Leon. — Alcaguete.

— Hickey — disse Oakes. — Fiquei bastante surpreso quando voltei ao meu escritório ontem à noite e vi que alguém havia me passado a perna. Hickey desapareceu depois que foi atrás desse tal Malagueta com um taco de beisebol. — Ele olhou para Carney. — Reece soube que você e esse cara, o Malagueta, eram camaradas, fazendo um monte de merda ao longo dos anos. Não poderia ser outra pessoa. Mas por quê?

— Chega pra trás aí, caralho — resmungou Reece.

Malagueta havia dado dois passos e se aproximado dele. Carney não tinha visto acontecer. Ele voltou para perto.

— Pedi pro Malagueta investigar um incêndio na rua 118 por motivos pessoais — começou Carney. — Isso o levou até Leon, que pensou que ele estivesse sondando por conta de alguma merda que vocês tinham feito do outro lado da rua anos atrás.

— Que merda — disse Reece.

— Eu perdi o emprego — revelou Leon. — Adorava aquele lugar. Meu chefe soube que eu estava brigando lá fora e disse para eu dar o fora. A porra do meu emprego.

Oakes fez "xiu" para ele, e os olhos do incendiário se estreitaram.

— Quais motivos pessoais?

— Tinha uma criança no prédio quando ele foi incendiado.

— Por que você se importa com uma criança? — perguntou Reece.

— Eu não me importo — respondeu Carney. — Aí é que está.

Oakes deu uma risadinha.

— Falei que ele era doido — disse, e se virou para Carney. — Foi uma noite agradável na semana passada. Elizabeth realmente se esforçou. — Ele tomou um gole. Carney achou que Oakes estava prestes a fazer um comentário espertinho, mas se conteve. — O clube apareceu... foi bom. Era de se pensar que teriam colocado mais de nós em cargos mais elevados. Juízes, temos juízes para um caralho, temos gente que atua nos bastidores. Mas prefeitura? Centro da cidade? Não chegamos lá ainda.

Ele serviu um uísque e o estendeu para Reece. As feições do gângster azedaram — ele estava ocupado reprimindo os convidados. Reece Brown nunca tinha ouvido falar do Dumas antes de Oakes convidá-lo. Quando Oakes abriu a porta, e o bandido viu como era chique, pensou que fosse algum tipo de clube de pervertidos. Notch achava que tinha estilo, arrumando o escritório em cima do Right Note com aquela merda de pele de leopardo, mármore e veludo — não era elegante, era cafona. Esse lugar, sim, era elegante, e cada vez que Oakes o levava ali por conta dos negócios, Reece era acometido de um reconhecimento violento: um dia, ele teria um lugar como esse. Digno, de bom gosto e caro, como convém ao maior e mais malvado sujeito que já lutou para sair do Residencial Frederick Douglass. Foda-se Lawrence Hilton-Jacobs, ele estava em Hollywood naquele momento, então não contava. Reece era o artigo genuíno.

Oakes deixou a bebida de Reece no balcão e ergueu o copo para o retrato do pai.

— Gosto de pensar que ele está se revirando no túmulo, vendo tudo isso. Sempre estava se gabando das merdas que fazia, fazendo com que esse ou aquele cara lhe desse dinheiro. O Bandido Cavalheiro. Jogadores cuidadosos. Toda aquela geração. O que eu aprontei? O que vou fazer? Ele não fazia a mínima ideia de como a porra do jogo ia virar.

Carney brincou com o anel do Clube Dumas, girando-o com nervosismo. Ele disse:

— Essa é a nova mensagem da sua campanha?

Oakes abriu um sorrisinho.

— Sei que ele está se revirando no túmulo porque deixamos crioulos como você entrarem aqui. Eu estava falando sério quando disse que você percorreu uma longa trajetória ... você fez uma careta, mas eu estava falando sério. Você se lembra da primeira vez que Elizabeth levou você a uma festa... a festa de aniversário de Stacey Miller. Com os braços saindo das mangas do casaco e as meias à mostra. Nós morremos de rir. Mas ela gostava de você, todos nós vimos isso. Você abriu aquela loja.

Não pensei que duraria, mas você fez a coisa funcionar. — Ele ergueu um brinde a Carney. — Mas não me pareceu muito bem hoje. Aquela fumaça e as chamas saindo de lá? Não pareceu nada bom, cara.

Leon falou:

— Eu não erro. — E sorriu.

— Quando velhos como Leland bloquearam sua associação, eu me senti mal — continuou Oakes. — Votei contra você, como todo mundo, mas me senti mal. O tempo todo você era um bandido do caralho! — Ele apontou para Reece. — Trabalhando com o chefe dele! Que divertido. No fim das contas, os velhos sabiam quem você realmente era o tempo todo.

Carney imaginou o banqueiro Duke, vivendo em uma ilha com todo o dinheiro que desviara dos colegas.

— Todo mundo sabia um do outro — disse ele.

Malagueta mantinha a cara de nojo, o olhar semicerrado de raiva. Carney achou aquilo reconfortante. Malagueta perguntou:

— Você contou a Notch sobre a festinha de hoje à noite?

— Cuida da sua vida — retrucou Reece.

Carney examinou a sala, como sabia que Malagueta estava fazendo, avaliando as possibilidades. Oakes atrás do balcão, Reece com uma arma, Leon inquieto. O cheiro era de uma vela que havia queimado. Não estava vendo vela alguma. Encontrou o olhar de Malagueta em busca de uma pista sobre o que o velho bandido tinha em mente. Ele não revelou coisa alguma. O que significava que alguma merda estava prestes a acontecer ou ele não tinha ideias.

Reece tossiu e falou:

— Dá uma olhada nesse saco.

Oakes abriu o saco de lixo preto e examinou o conteúdo, deixando-o repousar sobre o balcão de mogno. Ele assentiu enquanto examinava, verificando o inventário. Sem remover nada, mas examinando-o embaixo do plástico, como se fosse murchar e derreter embaixo da luz, feito um vampiro. Oakes pareceu surpreso e pegou um cartãozinho. Colocou-o na carteira e continuou a revirar. Ele disse:

— Elizabeth sabe que você é um bandido?

Carney retrucou:

— Ela sabe que você é um bandido?

— Está tudo aí? — questionou Reece.

— Até agora, sim — respondeu Oakes.

— Se tiver qualquer coisa com meu nome, quero na minha mão.

— Não precisa se preocupar com isso, sr. Brown.

— Tudo bem — disse Reece. — Vamos logo com isso.

Ele mirou na cabeça de Malagueta.

Carney disse:

— Ei.

— Concordamos que não seria aqui — disse Oakes.

Reece deu um tiro no olho de Oakes. O candidato tombou de costas contra as garrafas de bebida e levou consigo uma cascata de uísque e gim quando despencou no chão.

O executor recuou, observando Malagueta e Carney. Ele foi para trás do balcão, empurrando o corpo de Oakes com os pés. Ele juntou a boca do saco de lixo preto com a mão e apertou.

— Muita falação pro meu gosto. Ou era agora ou mais tarde. Notch vai cair em cima de mim, ou a polícia. — Ele fungou. — Quem precisa dele? Eu cuido dessa parte. — Ele parou. — Tem alguma coisa queimando?

Todos sentiram o cheiro, a fumaça do fogo que Leon havia acendido no andar de cima. Havia perambulado pelos cômodos luxuosos do terceiro e do quarto andares, pela sala de estar com as cabeças empalhadas dos animais que Ambrose Hemmings havia matado em um safári africano, pela biblioteca e pelos vitrais do Harlem da época das fazendas. Era diferente do que ele imaginara quando pequeno, observando os homens elegantemente vestidos desaparecerem lá dentro, olhando para as janelas curvadas. Era tão chique, observou ele, com amargura, tão além da imaginação que provava a pequenez de sua experiência, sua pobreza em todas as esferas. Não importava. Ele tinha a gasolina. O Clube Dumas, embora sofisticado e refinado, não era tão especial quando ele parava para pensar, nem mais nem menos repugnante do que qualquer outro edifício na vizinhança, um mero recipiente do seu ódio. Leon escreveu o próprio nome com gasolina e, quando sentiu aquele clique no fundo da mente, a pequena trava se fechando, acendeu um fósforo e se juntou aos homens na sala.

Reece xingou.

Leon falou:

— Eu disse que faria um inferno na sua vida se você fodesse com meu emprego. Que se fodam todos vocês. — Ele pareceu estalar os dedos, e o pavio da bombinha se acendeu. Ele a jogou em Reece, que disparou em Leon, acertando a poltrona atrás dele. A bomba incendiária, uma bola de vidro do tamanho de um enfeite de Natal, explodiu contra o balcão, espalhando o fogo.

Malagueta saltou sobre o sofá de couro, agachando-se entre ele e a lareira, e Carney seguiu o exemplo. Fazia muito tempo que admirava o padrão geométrico do piso de taco da sala de estar — aludia aos mouros, ou árabes, proporcionando um vislumbre de outra cultura. Naquele momento, Carney conseguia examinar o chão de perto, bem de perto. Era ridículo morrer ali. Tinham que chegar à porta.

Reece berrou com Leon, e atirou. Uma bala atravessou zunindo o sofá entre Carney e Malagueta, que acenou com a cabeça em direção à grande janela da rua 120. Grossas cortinas cobriam-na, mas a queda não era muito grande. Eles rastejaram em direção a ela. Uma das bombas incendiárias de Leon havia explodido sobre as cortinas. O calor cobriu o rosto de Malagueta.

Ele espiou por cima do sofá. Reece atirou em Leon mais duas vezes, mas o incendiário estava escondido atrás das poltronas e do piano de cauda no fundo da sala. Reece avistou Carney e atirou nele, errando. Notou que o saco de lixo preto havia pegado fogo e bateu freneticamente nas chamas.

    Malagueta levantou-se, emergindo do esconderijo como um urso pardo erguendo-se sobre as patas traseiras. Ele avançou e golpeou. O cinzeiro de pedestal acertou Reece bem embaixo do queixo. Se fosse um jogo de beisebol — aquela foi a primeira associação de Carney, um rebatedor poderoso —, a cabeça de Reece estaria no estacionamento. Do jeito que ficou, ela (a cabeça de Reece) sofreu danos espetaculares. O executor caiu.

    Leon abriu a porta da sala de estar. A fumaça preta avançou pela sala, rodopiando. O incendiário parou na soleira e gargalhou.

    — Eu falei pra você não mexer com meu trabalho!

    Ele lançou a próxima bomba na pintura de Clement Lanford, membro-fundador. Explodiu contra o rosto sóbrio de Lanford e lançou tentáculos de fogo líquido.

    Leon saiu correndo, gargalhando.

    Carney agarrou Malagueta pelo braço. O velho bandido estava olhando para Reece. O tenente de Notch não se levantaria. Carney acenou com a cabeça para o saco de lixo preto. Talvez houvesse algo para salvar.

    — Que se foda este lugar — disse Malagueta.

    Eles deixaram o saco em chamas e foram para a porta.

    A grande escadaria estava pegando fogo — os andares acima já eram um inferno. O lado direito do corredor, repleto de chamas. Carney e Malagueta correram para a porta da frente, curvados por causa da densa fumaça preta.

    Na esquina, Carney falou:

    — Preciso ligar para o corpo de bombeiros.

    As cortinas escuras retorceram-se atrás do vidro nos andares superiores, queimando, desaparecendo de vista para expor a conflagração lá dentro. As janelas salientes explodiram. Cacos caíram e saltaram sobre o concreto.

— Por quê? — Malagueta começou a subir a rua.
— Porque está pegando fogo.
— E daí?
Carney a alcançou, e eles trotaram até o Buick.
— Eles devem chegar logo — falou Malagueta. — De qualquer jeito, temos que ir ao Donegal's. Ver qual desses filhos da puta nos dedurou.
Carney estava morto de cansaço.
— Certo.
— Eles vão chegar logo.
Antigamente, um vizinho teria avistado o incêndio antes que saísse do controle. O sr. Edwin Powell, do outro lado da rua, por exemplo, era uma verdadeira coruja e um conhecido fofoqueiro. Crescera no Alabama, fugira para o norte na traseira de uma caminhonete, viajando com cinco primos. Na cidade de Nova York, um homem racializado podia ser um homem, um ser humano. Por fim, encontrou um emprego como faxineiro no Departamento de Veículos Motorizados e um quarto com vista para o imponente prédio no estilo Rainha Ana, do outro lado da rua. Edwin admirava o Clube Dumas e a conquista preta que ele representava. Teria notado um incêndio imediatamente, mas falecera dez anos antes, o último primo, e os outros apartamentos foram esvaziados um por um até que os vagabundos entraram. Tantas casas naquele quarteirão tiveram o mesmo destino. A cidade estava indo pelo ralo. Antigamente, alguém teria comunicado o incêndio aos bombeiros antes que ficasse intenso demais. Antigamente, as pessoas cuidavam umas das outras no Harlem.

NOVE

Jimmy Gray, da Construtora Sable, deveria comparecer naquela tarde para inspecionar os prédios e fazer uma estimativa preliminar de quanto arrancaria dele. Carney estava evitando o local, então mandou Robert com as chaves para deixar Jimmy entrar. Ele ainda estava pagando ao menino, embora a loja tivesse sido destruída, para lhe ensinar uma lição sobre comprometimento e cumprimento, manter a palavra... ele não tinha certeza de qual era a lição, mas gostava de dar dinheiro ao menino e esperava que ele gastasse em algo idiota, como Freddie teria feito.

Carney estava a alguns quarteirões de distância no momento do compromisso, pegando o novo remédio para úlcera. Ele decidiu dar uma olhada no rapaz. Robert estava do lado de fora da loja, vestindo camisa polo e calça Levi's, brincando com a pulseira flexível do relógio. Madeira compensada cobria o local onde antes ficavam a vitrine e as portas da frente. Quando as tábuas presenciaram o primeiro nascer do sol, já estavam completamente cobertas de pichações. Nenhum palavrão, pinto ou peito, então Carney não ligou.

— Ei, tio Ray.

— Robert? Ele está lá dentro?

Ainda não. Ellis Gray, fundador da Sable, manipulava a pessoa a respeito de quanto tempo e quanto dinheiro seriam necessários, mas aparecia na hora certa. Essa era a primeira vez que Carney negociava com o filho desde que Ellis passara o bastão da empresa. Carney deu um desconto. Jimmy avisou-o de que seria um mês agitado, pois a cidade estava daquele jeito nos últimos tempos.

— Eu fico com as chaves — disse Carney. — Quando o sr. Grey chegar, diga a ele que estou lá dentro.

— Você vai entrar? — Todo mundo sabia que ele estava tentando ficar longe dali.

— Vou estar lá dentro.

Ele deu uma volta. Havia tempo para colocar o mural na parede da Morningside antes do Quatro de Julho. Um dos amigos da faculdade de May era "um artista realmente talentoso" e adoraria a oportunidade de divulgar seu trabalho, disse ela, mas Carney não topou. Ocorrera a Carney uma noite depois do incêndio: sua versão d'*O espírito de 1776*. Eles queriam um sabor do bicentenário, então, aí vai. Tambores, pífaro, a mesma obstinação traumatizada, mas os músicos são negros. Abatidos, cabeça cheia de pensamentos decadentes, eles continuam tocando. Preservando a paleta de cores do original, cinza urbano e marrom esfumaçado, com um cenário de cortiços de três andares, sombrios e com janelas empretecidas, e "os pombos circulando por cima deles como abutres". Essa é a marcha deles: loucura, bravura e aquele tipo de determinação que vem da ignorância de uma realidade. Na parede para todo o Harlem ver: é o que vendemos aqui.

O espírito de 1776, de Carney. Quando ele contava às pessoas sobre aquilo, elas olhavam para ele como se fosse maluco. A coisa do pombo, por exemplo. Se fizer um mural, aqueles garotos vão cobri-lo de pichação. Carney percebeu que gastaria muito tempo explicando suas intenções, por isso, desistiu. Em vez disso, havia duas lixeiras da Bellucci Sanitation recostadas à parede, meio cheias de detritos do incêndio e de tudo o que o Harlem decidira contribuir durante o dia: luminárias de chão entortadas, torradeiras quebradas, chinelos cor-de-rosa. Considerando o estado das coisas, ainda faltava tempo para que alguém jogasse um cadáver ali, mas até aquele momento ele tinha sido "abençoado", como brincou Elizabeth.

Encostou a testa na porta da Morningside. Manteve-a ali. O metal estava quente. Ele não se importava em parecer um maluco. Era a porta dele. Olhou para a avenida onde ele e Elizabeth ficaram sentados. Chorando em público — o pai teria sentado um tapa nele. Sim, ele chorou em público, e sequestrou um homem e viu outros dois serem mortos naquele dia, então, talvez isso "compensasse", equilibrasse a balança da masculinidade e tudo o mais. Ele destrancou a porta.

Carney havia ficado longe dali. A inspeção da American Eagle pusera fim às excursões à loja arruinada. O corretor de seguros branco mostrou-se tão calmo ao fazer sua avaliação, tão frio em sua autópsia, que Carney ficou derrotado. Os edifícios talvez fossem salvos, "o senhor tem sorte de terem boa fundação", mas seria um empreendimento gigantesco. *Está vendo ali, onde o teto parece estar se deformando? Um engenheiro vai ter perguntas quanto a isso.*

Quando o corretor de seguros partiu naquela tarde, Larry estava lá fora. Rapidamente encontrara outro emprego, um estúdio de música no centro da cidade, a Gravadora A&R.

— Experiência? Toda a minha vida é experiência — disse ele a Carney.

Ele tinha ido entregar a Carney um tesouro resgatado dos destroços: o diploma do Queens College e a foto de Lena Horne. Larry encontrara-os no chão do escritório, chamuscados pelo fogo e deformados pela água. Carney agradeceu e os jogou no lixo no caminho para casa. Escreveria para a faculdade pedindo uma segunda via do diploma e procuraria uma nova foto de Lena. Uma mais recente. Ela estava mais velha. Ele também.

Tudo aquilo havia acontecido uma semana e meia antes. Bellucci retirou as poltronas reclináveis queimadas, os resíduos carbonizados dos tapetes, as peças fumegantes da sala de jantar, as estruturas incineradas dos sofás com as molas saltando para fora. A mesa de metal chamuscada de Carney e os artefatos encharcados no porão. Ele estava passando a maior parte dos dias desmaiado em casa, em seu confiável sofá Argent, aquele pequeno bote modernista que o carregava acima das ondas. Entre os turnos no Argent, ele lidava com os reguladores da American Eagle ("O senhor diz que ele jogou coquetéis molotov em sua loja?"), policiais ("Tem certeza de que não sabe quem jogou coquetéis molotov em sua loja?"), o esquadrão anti-incêndio ("Esse tipo de padrão se encaixa com coquetéis molotov") e outras entidades que aparecem quando alguém joga coquetéis molotov em seu local de trabalho. São os procedimentos.

Em meio às investigações, ele encontrou tempo para acertar com Malagueta os dois dias da caça ao incendiário e a conta do dr. Rostropovich.

— Despesas. — Carney lembrou-o de libertar Dan Hickey.
— Certo.

Supôs que Malagueta tivesse feito isso. Ele não tocou no assunto na vez seguinte em que conversaram — ninguém gosta de aborrecimento. Àquela altura, o interesse da polícia havia diminuído. Em uma longa temporada de incêndios, o incêndio da Móveis Carney tinha sido um dos mais estranhos, mas não o mais atípico, nem o maior ou o mais fatal. Foi eclipsado naquela noite pelo incêndio do Clube Dumas e pela descoberta de que um candidato democrata a subprefeito havia sido uma das vítimas.

Reconhecendo os esforços, a polícia acabou prendendo os proprietários do Excelsior Metro pelo incêndio do número 317 Oeste da rua 118. Os jornais identificaram o bandido como "o conhecido incendiário Gordon Bellmann, de Bensonhurst". Carney tentou imaginar a aparência do homem, sem sucesso.

Eles saíram ilesos.

Carney compareceu ao funeral de Alexander Oakes, embora Elizabeth tivesse dito que não precisava. Era o mínimo que podia fazer, como alguém que estivera com ele até o final. Gostava de ir a funerais maiores do que aquele que teria um dia. Reafirmavam seu estilo de vida modesto.

Elizabeth ficou arrasada com o assassinato do amigo. Uma cidade que era palco de crimes tão deturpados e inexplicáveis precisava de homens como Oakes, homens de coragem e comprometimento.

— Nunca vão pegar o assassino — comentou ela. — De quem era aquele outro corpo que encontraram? Sua loja. As pessoas escapam impunes dessas coisas, e nós devemos simplesmente aceitar isso e seguir com nossa vida.

— É uma situação terrível — comentou Carney.

Eles estavam voltando do Cemitério Evergreens para casa. As caixas de canetas da campanha para substituir o primeiro lote que havia sido impresso errado chegaram a Strivers' Row naquela manhã. O que ela deveria fazer com elas? O que ela deveria fazer, ir trabalhar no dia seguinte e sorrir para Dale Baker como uma boa menina, fingindo que tudo estava normal? Desabafar depois do funeral.

— Sabe quantas mulheres dirigem agências de viagens desse tamanho? — perguntou ela. — Mulheres negras? Nenhuma... a menos que elas tenham fundado uma elas mesmas.

— Talvez você devesse fazer isso.

— O quê?
— Fundar uma empresa.
— Minha empresa.
— Eu tenho um dinheiro guardado. Pense nisso.

Ela ficou em silêncio enquanto a Riverside Drive passava. Eles voltariam a esse tópico em breve. Ele não tinha tanto dinheiro guardado assim, mas sabia onde conseguir. Para que mais servia um empreendimento criminoso em andamento, complicado pela violência periódica, senão para fazer sua esposa feliz?

Sobre esse assunto, Carney prometeu a Elizabeth que estava fora do negócio de tapetes de segunda mão. Ela estava certa, era perigoso. Ele precisava tomar cuidado no futuro para que ela não se preocupasse.

— Provavelmente nunca vamos saber por que aquele psicopata incendiou a loja — falou ele.
— Hum.

Carney entrou no escritório destruído. As paredes estavam carbonizadas e marcadas, as vigas expostas como ossos. A fumaça e a água fuliginosa geravam uma atmosfera fétida. A única coisa que havia restado no cômodo era o cofre. O cofre Hermann Bros. parecia incólume, mas o calor havia entortado a porta até impossibilitar sua abertura. Hora de conseguir um novo. Como Moskowitz tinha falado mesmo? *Um homem deve ter um cofre grande o suficiente para conter seus segredos. Maior, até, para que você tenha espaço para crescer.* A tecnologia já havia percorrido uma longa trajetória desde que ele entrara no mercado. Ele ansiava pela caçada.

O interruptor de luz do showroom não estava funcionando. Não havia lâmpadas. A luz do sol se infiltrava pelas fendas do compensado. De qualquer forma, ele não queria dar uma boa olhada. Era terrível. Minha nossa, para quê? Ele reconstrói.

Eles derrubam de novo. Da última vez que estivera ali, faixas pendiam do teto, o isolamento queimado havia sido arrancado das paredes. A equipe de saneamento havia arrancado tudo, expondo o *drywall*, as vigas e as traves chamuscadas. Parecia que o prédio havia sido abandonado às intempéries por décadas.

Enquanto ele estava no showroom destruído, as calamidades diárias da rua 125, as buzinas, os palavrões e os gritos desapareciam aos poucos. O dia estava quente, mas ele sentiu calafrios. Certo: a última vez que aquele espaço estivera tão vazio assim tinha sido no dia em que ele assinara o contrato de aluguel, e metade dele era da padaria ao lado. Ele ainda não havia derrubado a parede. Como conseguira sobreviver com tão pouco espaço! Ele havia prosperado, e o showroom também. Se tivesse que fazer tudo de novo, colocaria escadas até o porão e o transformaria em um segundo showroom. Para iluminação e tapetes. Manteria os móveis no andar de cima, mas trocaria de lugar a área Sala de Jantar e as poltronas reclináveis. Aquilo o incomodava: fazer com que o cliente fosse primeiro à Sala de Estar, com algumas Sterlings elegantes dispostas lá na frente, depois as poltronas reclináveis antes de chegarem às outras coleções.

Foi bacana o dia em que ele assinou o contrato e pegou as chaves, e o lugar passou a ser dele.

Uma boa fundação. Uma boa fundação sustentando tudo, como a rocha antiga abaixo de Manhattan. Por que ele havia ficado afastado? Aquele era seu reino. A solução seria ocupar o segundo andar e expandir o de cima. Assim, poderia ampliar o escritório dele, o de Marie. Ficaram grandes demais para esses espaços, sem dúvida. Estava insuportável lá em cima. Ele precisou ligar para Marie para saber as intenções dos inquilinos — quem ficaria, quem já havia partido. Os do terceiro andar queriam ficar por ali, ele sabia, exceto a sra. Ruiz. Ela e os filhos tinham ido morar com a família em Washington Heights e não voltariam. Marie tinha comentado se Albert havia saído do hospital? Talvez. Ele deveria enviar um cartão.

Não, não faria mal perguntar a Jimmy Gray sobre a expansão da loja no andar de cima. A logística. O custo. O seguro não cobriria. Sairia caro. Ele precisava de dinheiro. Tinha um pouco. Precisaria de mais. Tinha algumas ideias. Martin Green, outras coisas. Com a loja fechada, ele precisava arranjar um jeito de fazer dinheiro. Manter a mente ocupada. Tinha algumas ideias. A cidade tentara derrubá-lo, mas não tinha funcionado. Ele era um xisto genuíno de Manhattan e não se quebrava com facilidade.

O Clube Dumas não teve tanta sorte quanto a loja de móveis na esquina da rua 125 com a Morningside. O incêndio de junho o reduziu a uma concha solitária e consumiu os dois edifícios vizinhos. Foram condenados e, por fim, os três lotes foram adquiridos por uma incorporadora com sede na Virgínia e ambições metropolitanas. O prédio residencial que foi erguido anos depois não combinava com o restante do quarteirão, os tijolos laranja brilhantes eram um pouco espalhafatosos, o caráter geral era monótono e desprovido de estilo. A cidade havia se recuperado, eles sobreviveram, o futuro estava ali e parecia uma merda. Os vizinhos reclamavam. Não era o que havia sido antes, diziam as pessoas, gostávamos do jeito que era. Sempre diziam aquilo quando a velha cidade desaparecia e qualquer coisa nova tomava o seu lugar.

Este livro foi impresso pela Lisgráfica, em 2025,
para a HarperCollins Brasil. O papel do miolo é
pólen natural 70g/m², e o da capa é cartão 250g/m².